中国传记评论

（第二辑）

主编 熊 明

中国海洋大学出版社

·青岛·

图书在版编目(CIP)数据

中国传记评论. 第二辑 / 熊明主编. —青岛：中
国海洋大学出版社，2022.12

ISBN 978-7-5670-3366-5

Ⅰ.①中⋯ Ⅱ.①熊⋯ Ⅲ.①传记文学－文学研究－
中国－文集 Ⅳ.①I207.5-53

中国版本图书馆 CIP 数据核字(2022)第 240570 号

出版发行	中国海洋大学出版社			
社　　址	青岛市香港东路 23 号	**邮政编码**	266071
出 版 人	刘文菁			
网　　址	http://pub.ouc.edu.cn			
电子信箱	cbsebs@ouc.edu.cn			
订购电话	0532－82032573(传真)			
责任编辑	赵孟欣	**电　　话**	0532－85902469
印　　制	日照日报印务中心			
版　　次	2022 年 12 月第 1 版			
印　　次	2022 年 12 月第 1 次印刷			
成品尺寸	185 mm×260 mm			
印　　张	15			
字　　数	294 千			
印　　数	1—1000			
定　　价	68.00 元			

发现印装质量问题，请致电 18663037500，由印刷厂负责调换。

中国
传记评论

China Biography Review

第二辑

2022.2

地　址:山东省青岛市崂山区松岭路 238 号中国
　　　海洋大学文新楼(文学与新闻传播学院)
邮　编:266100
投稿邮箱:zgzjpl@163.com

主　办:中国海洋大学中国传统文艺研究中心

目　录

Contents

Future Forum

特　稿

在国家社科基金重大项目"中国古代杂传叙录、整理与研究"开题闭幕会上的发言*

赵敏俐

　　能够参加"中国古代杂传叙录、整理与研究"这一国家社会科学基金重大项目的开题，我非常荣幸，也学习了很多。我对这个题目很感兴趣，在此也想谈一下我个人的看法。我不知道在评审的过程中评审专家的意见，但是就我看来，这个项目之所以获批，与"杂传"这个概念的提出有直接关系。杂传和小说紧密相关，在这个重大项目中所涉及的杂传，有许多也在古代小说研究的范畴之内。可是关于中国古代小说的研究成果已经足够丰富。关于中国古代小说史，也有李剑国老师和陈洪老师的大著，还有其他许多学者有此类的著作。杂传中研究的内容，不管是《穆天子传》，还是《汉武帝内传》等，都纳入了中国早期小说研究的视野，或者将其看作小说形成的前奏，或者将其看作是小说的早期形态。在我们这个项目中所列的一些后代的杂传，包括唐传奇及其后代的东西，是不是也曾经是小说研究的对象？如果是，杂传研究岂不成了变相的小说研究？假如小说和杂传分不开，那么这个题目没有什么太大的意义。所以这个项目的意义就在于旗帜鲜明地把杂传这个概念单独提出来，作为一个重要的、独立的研究对象。

　　关于杂传的研究，熊明老师此前已经做过了不少工作，他写了研究魏晋南北朝时期杂传的著作《汉魏六朝杂传研究》《汉魏六朝杂传集》，著作写得非常好，打下了良好的基础。但是这次将其作为一个重大课题，要对它进行系统研究，就需要将以前的研究更加系统化、理论化，要将其作为中国学术史上或中国文化史上一个重要的文类来研究。如我在开幕式上说，我们需要解决好三个问题，第一个问题是正名，第二个问题是辨体，第三个问题是立说。也就是说，如果我们要将它变成一个独立的研究对象，开拓出一个新的研究领域，就必须解决好这三个问题。只有在正名和辨体的基础上，我们才能立说，才能自成一派。这里我们首先就会碰到一个问题，杂传这个概念和小说到底是什么关系？这有四种可能：第一，杂传等于小说；第二，杂传包括小说；第三，小说包括杂传；第四，杂传与小说并立。我觉得熊明老师之所以提出这个题目，他旗帜鲜明地把杂传提出来，就

* 作者简介：赵敏俐，首都师范大学燕京人文讲席教授，中国乐府学会会长，中国《诗经》学会、中国屈原学会副会长。研究方向：先秦两汉文学与文化研究。

认为是杂传和小说并立，是把它当作一种独立的文体来看待的。只有在这个基础上，才能把这个重大项目做好。

杂传这个概念其实是很复杂的。作为一种文体，它和历史上的传记、小说以及戏曲等都有关系，和小说的关系尤其重要，需要认真辨析，所以我说辨体特别的重要。关于杂传概念问题，想要弄清楚也不太容易，虽然在古代有人提到过这个概念，但是我们今天说的这个杂传和古人说的不大相同。熊老师的课题把先秦的很多东西列入杂传之中，比如《穆天子传》《晏子春秋》等，汉代的《列女传》也列入其中，其实这些作品在古代属于不同文类。现代人对其也有不同称呼，有的说《穆天子传》是杂传，但有的地方则把它列为野史，或称为杂史，并不称杂传，这个名称本来就不太统一。再比如《列女传》和《韩诗外传》，尤其是《列女传》，它是一种比较特殊的传，这种传的产生与汉代特殊的文化背景直接相关。如果把《列女传》再和《韩诗外传》相比较，会发现它们之间又有经学上的关联，所以即便是采用古代的杂传概念，想要说清楚，也不太容易。唐以前相对来说比较好说，但是到唐代以后，即宋元明清时期，什么才叫作杂传，更是很难界定的，所以我觉得这个问题是我们这个课题组下一步要做的重要工作。我们要对杂传的辨体做细致的工作，找出杂传的特征，弄清楚为什么把它称为杂传？只有这样，我们才能把中国文学史上真正有别于其他文体的杂传找出来并且归为一类。但是这样的典型的"杂传"，此前完全没有人讨论过的是少之又少的，更多的是此前曾经被当作别的文体来讨论过的。如同样一个文本，以前人们是把它当作小说来研究的，现在要将其纳入杂传的研究范围，那就要说明，我们为什么要将其视为杂传，就需要从杂传的角度来对它进行讨论，就要看重它的杂传性质，并且要说出你的道理。比如说一首诗歌，如《诗经》当中的《大雅·生民》，我们通常是把它当作诗歌来看的，但是历史学家说这里面有周民族早期的历史，《生民》里面包含了历史因素，所以我们可将它看成是用诗歌写就的历史。如果我们把小说的一部分放到杂传里面，视角就变了，我们是从杂传的角度来看它有什么特征。既然是国家社科基金重大项目，就应该以此为基础来展开研究。所以我希望熊老师带着你的团队，以后要专门开关于杂传的学术研讨会，最好不要把它和小说并列。你以前主要是跟着李剑国老师做小说，现在已经从李老师的门下走出来了，从小说到杂传，等于是在李老师的基础上另开了一个"门派"，变成了一个独立的"掌门人"。这就像诗和赋的关系，赋是从诗里走出来的，古人说"赋者古诗之流也"，但是汉代的时候赋已经成为一个独立的文体了，从此赋学也成为一个独立的研究门类。所以我建议你下次不要以"杂传和小说"并列为题来开会，而应该专门开古代杂传的学术研讨会，当然在会上也可以讨论它和小说的关系，但是一定要以杂传研究为主题。不然的话你就会很纠结，出现左右兼顾但是又顾不好的局面，这也是我对你们的学科建设和研究方向的一个重要期待。

如果对杂传进行正名、辨体和立说的话，我们还要找一个新的角度。让我们回顾一下近百年中国文学学科的建立。把小说和戏曲单独拿出来研究，是"五四"以来在新学科建立过程当中实现的。我们知道，在中国古代，小说和戏曲是不登大雅之堂的。搞小说的人都知道，"小说"这个概念是从古代借用的。但是它和古代小说是不一样的，因为古代小说概念最早见于《庄子》"饰小说以干县令"一语，那里的"小说"指的是小家杂说，和大人物所讲的大道理是相对的。现在借用这一"小说"概念，是指后代的、现代的、以虚构故事为主的叙事性文体。按此观念我们再反观古代，会发现早在先秦时期就有了类似小说的东西，到后代逐渐发展成为一个符合现代观念的小说，于是我们就按小说的概念标准，说《庄子》里面的《盗跖篇》具有小说的因素，《左传》里面的晋公子重耳出亡的故事也有一定的小说因素。但是换一个角度，我们会说《庄子》是哲学著作，《左传》是史学著作，或者说《庄子》和《左传》都是散文。为什么我们会把《庄子》和《左传》的某些篇章都纳入小说史的视野？就因为我们有了一个新的观念和新的视野。

　　现在我们要研究杂传，也面临着同样的问题，它是一个古代的概念，要建立一个新的学科，就要赋予它一个现代的意义。那么它的现代意义从哪里来？就需要我们仔细地用现代的学术观点审视它，看古今所有可以纳入杂传中的这些文体到底有哪些共同的本质性的东西。在这个方面，当代学术绝不能走自我封闭的老路，必须和国际文化接轨。在这方面，赵白生老师对传记文学的研究可以做参考。也就是说要有国际视野和现代视野，要在审视古代文化的过程中建立一个现代的理论阐释体系，理论建构是非常重要的。怎么建构？我觉得就要探讨杂传和小说之间、和其他文体之间真正的区别，这里有很丰富的内容需要我们发掘。比如，将杂传与小说相比，杂传中有很强的史的因素，在小说的研究当中，我们强调了人物的塑造，强调它的虚构叙事，强调它的情节，但是却不会强调它的史的因素，虽然也说一点，但是不太强调它。比如《红楼梦》和《金瓶梅》这样的书，虽然里面也有丰富的文化史的东西，但是研究小说的人更看重的还是它的小说本质。所以说，如果我们建立当代杂传的概念，不仅要借用古代的学术传统、古代的概念，还要有一个世界的眼光、当代的思维，要把杂传这一文体的本质把握住，论述透，说清楚，从正名、辨体、到立说，把这三步走好，这样才能把杂传学建立起来。

　　我觉得熊老师应该有这样的雄心和气魄，就像王国维研究中国古代戏曲、鲁迅研究中国古代小说一样，有开创新学科的勇气。王国维在《宋元戏曲史》的序言中曾自豪地说："世之为此学者自余始，其所贡于此学者亦以此书为多。非吾辈才力过于古人，实以古人未尝以此学故也。"①鲁迅在《中国小说史略》的序言中也说："中国之小说自来无史，有之，则先见于外国人之所作中国文学史中，而后中国人所作者中亦有之，然其量均不及

---

① 　王国维《宋元戏曲史》，上海三联书店 2014 年版，第 1～2 页。

全书之什一，故于小说仍不详。"①鲁迅虽然自谦地说他的著作"此稿虽专史，亦粗略也"，但是仍然可以看出鲁迅开拓新的学术领域的勇气。然后我们熊明老师可以说："以前还没有一部中国杂传史，把杂传当作一个专门的学术对象来研究，当由我熊明开始！"（笑）当然这句话不是熊老师自己说的，是我对熊老师的学术期待。

　　今天与会的所有人都是杂传研究的爱好者，都在做这样的工作，都对这个题目感兴趣。大家之所以来开会，看重的不仅是青岛的山海风光，更吸引我们的还是这个学术课题的重要性。既然如此，我们就一起来努力，结成一个团队，成立一个杂传研究会，共同讨论，定期开会，把它往前推进。我希望熊老师带领他的团队把这个课题做好，将来可以把杂传列为一个中国文学史上重要的文类研究，以此来推动中国海洋大学的学科建设，将来在这里建立一个面向全国的独具特色的研究机构，开展国内外广泛学术交流。这是我的期待，也是我的一点感想！

2021 年 6 月 19 日

---

① 鲁迅《中国小说史略》，商务印书馆 2017 年版．第 4 页。

中国古代杂传
整理与研究专题

李宗谔《先公谈录》辑论 *

熊　明

内容摘要：李宗谔为北宋初年名臣李昉第三子。李昉去世后，李宗谔纂录李昉生前言谈共三十七事，总为一卷，名《先公谈录》。李宗谔《先公谈录》今佚，观其所存佚文，李宗谔所录李昉生平言谈，涉及内容十分广泛，有当时人物遗闻逸事、职官制度、为官俗尚等等，大多为李昉所亲身闻见。庄于李昉的经历与学识，其所言谈，多可资考证。同时，李宗谔《先公谈录》作为当时"谈录"类杂传的代表性作品之一，体现了宋代传记写作新趋向，具有典型意义。今据诸书征引辑录其佚文，并略做论析。

关键词：《先公谈录》　佚文辑校　文献价值　传记

《先公谈录》是北宋李宗谔撰作的一部以记录其父李昉生前部分言谈为主的杂传（传记）作品。原作散佚，见诸《绀珠集》《类说》等书转录征引，无辑本。

一、《先公谈录》的著录及存佚

《先公谈录》，又称《谈录》，《李昉谈录》《李公谈录》《李氏谈录》《李文正谈录》《西李文正公谈录》，李昉之子李宗谔撰。宋王称撰《东都事略》卷三二列传十五《李宗谔传》云："又有《家传》《谈录》行于世"；《宋史》卷二六五《李昉传》附《李宗谔传》云，李宗谔"又作《家传》、《谈录》，并行于世"。《崇文总目》卷四史部传记类著录《先公谈录》一卷，不题撰人；《宋史·艺文志》史部传记类著录《李昉谈录》一卷，题"李宗谔撰"。《郡斋读书志》卷九史部传记类著录《西李文正公谈录》一卷，释云："右西李文正公昉也，相（皇朝）太宗，其子宗谔录其平生所谈十七事。"《直斋书录解题》著录《李公谈录》一卷，题"翰林学士饶阳李宗谔昌武撰"，并注云："记其父昉之言凡三十七事。"《文献通考》卷一百九十八《经籍考二十五·史·传记》著录《西李文亡公谈录》一卷，并引晁氏、陈氏言，其云："晁氏曰：'西李文正公昉也，相太宗，其子宗谔录其平生所谈十七事。'陈氏曰：'所记凡三十七事。'"诸书称《谈录》当是省称，因是李宗谔为记录其父言谈，故原书当名《先公谈录》，至于称《李

*　基金项目：国家社会科学基金重大项目"中国古代杂传叙录、整理与研究"（编号 20&ZD267）。

作者简介：熊明，文学博士，教授，博士生导师，国家社科基金重大项目首席专家。研究方向：中国古代传记与传记文献、中国古代小说与小说文献。

公谈录》《李昉谈录》《李氏谈录》《李文正谈录》者，当是他书著录或称引时改易。

李昉，字明远，深州饶阳人。五代后汉时以荫补斋郎，选授太子校书。乾祐时举进士，为秘书郎。后周显德中，宰相李谷征淮南，辟李昉为记室，后为主客员外郎、知制诰、集贤殿直学士、屯田郎中、翰林学士。入宋，先后历官中书舍人、给事中、衡州知州、太常少卿、判国子监、户部侍郎、工部尚书兼承旨、文明殿学士、中书侍郎、右仆射等官。曾知贡举，太平兴国八年（983）至端拱元年（988）、淳化二年（991）至淳化四年（993）两度为相。淳化五年（994），李昉年七十，以守进、司空致仕。至道二年（996），陪祀南郊，礼毕入贺，因拜舞仆地，台吏掖之以出，卧疾数日薨，年七十二。赠司徒，谥文正。

李宗谔，字昌武，李昉第三子。宋太宗时由乡举，第进士。先后历官校书郎、秘书郎、集贤校理，真宗即位，拜起居舍人，迁知制诰、判集贤院，为翰林学士，后改工部郎中、知审官院，为经度制置副使、右谏议大夫等官。大中祥符五年（1012）五月，以疾卒，年四十九。

李宗谔所撰《先公谈录》，《郡斋读书志》言共"十七事"，《直斋书录解题》言共"三十七"事，总为一卷。其佚文所在，朱胜非《绀珠集》卷一二录李宗谔《先公谈录》六事，包括照袋、问三事、粗官、窦氏五龙、谏议谓之坡、尚书里行。曾慥《类说》卷一五录《先公谈录》八事，包括仕宦忌太速、照袋、起复佩鱼、拜宰相父母、粗官、窦氏五龙、见客问三事、尚书里行。涵芬楼本《说郛》卷四〇录李宗谔《先公谈录》二事，包括师生、君臣，前有李宗谔自序一篇。宛委山堂本《说郛》卷二四亦辑得《先公谈录》二事及李宗谔序，与涵芬楼本《说郛》几同。另外，《宋朝事实类苑》、四库本《记纂渊海》以及《古今合璧事类备要后集》《古今事文类聚新集》《韵府群玉》《御定佩文韵府》《山谷内集诗注》《春明退朝录》等类书，旧注、笔记等，又有引及或抄录《先公谈录》者。综合朱胜非《绀珠集》、曾慥《类说》及涵芬楼本《说郛》等所引，去除各家重复，今所见李宗谔《先公谈录》之文，实存十七事，包括师生、君臣、九老之会、照袋、见客问三事、粗官、窦氏五龙、尚书里行、谏议谓之坡、仕宦忌太速、起复佩鱼、升堂拜宰相父母故事、治聋酒、少年大魁、堂吏不知典故、朝省议事仪式、学士职任事体与外司不同。另有李宗谔自序一篇。初疑晁氏《郡斋读书志》言"十七事"，"十"上脱"三"字，因而见于诸书征引者共十七事，又与《郡斋读书志》所言"十七事"暗合，然则其本十七事欤？如此则陈氏《直斋书录解题》所言"三十七事"，"三"当为误衍。固如陈振孙所言不误，则《先公谈录》所存之事，略近其半。如晁公武所言不误，则《先公谈录》虽散佚而其文几全存焉。

二、《先公谈录》辑校

今据诸书征引，辑校所存之文如下。案：诸书征引《先公谈录》，引文前大多标目，今辑其文，亦于每条前标目；所辑之文，以诸书所引中佳善者为底本，校以他引，增益补订，并对其他各条之异文一一出校，以存所有佚文旧貌；如另有其他特殊情况，则于文后加案语说明。

[序]宗谔二毛之年，丁先公忧。既卒，哭。朋友勉以毁不灭性之道，虽苟延残喘，素无以度于朝夕，因之录先公昔所尝谈，号泣而书焉。总而谓之曰《先公谈录》。第三男宗谔序。

涵芬楼本《说郛》卷四〇引一条，注出李宗谔《先公谈录》，据以辑录。

[师生]先公尝言：座主王公（翰林学士、户部侍郎王仁裕也）知举时，已年高。有数子，皆早亡，诸孙并幼，每诸生至门，必迎于中堂。公与夫人偶坐（夫人欧阳氏），受诸生拜，一如儿孙礼，然后备酒馔，命诸兰侍坐，于饼饵羹臛之物，皆公与夫人亲手调品，以授诸生，甚于慈母之亲婴儿也。公文章之外，尤精音律，至酒酣，则尽出乐器。自取小管吹弄，诸生有善丝竹者，亦各使献其能。或间以分题联句，未尝不尽欢焉。忽一日，生徒毕集，出一诗版，县于客次曰："二百一十四门生，（时并明经童子二百十四人，故礼部侍郎贾黄中，即童子榜头也。）春风初长羽毛成。掷金换得天边桂，凿壁偷将榜上名。何幸不才逢圣世，偶将疏网罩群英。衰翁渐老儿孙少，异日知谁略有情。"公后有一孙名全禧，终于绵州西昌令，一女适河东薛氏，甚贤明，余亦亡矣。

涵芬楼本《说郛》卷四〇引一条，注出李宗谔《先公谈录》，据以辑录。

案：《御定佩文韵府》卷二六之八《下平声·十一尤韵八》"偷"下"凿壁偷"引一节，注出李宗谔《先公谈录》，文略，仅作："元公尝言座主王公，忽一日生徒毕集，出一诗版，悬于客次曰：'二百一十四门生，春风初长羽毛成。掷金换得天边桂，凿壁偷将榜上名。何幸不才逢圣世，偶将疏网罩群英。衰翁渐老儿孙小，异日知谁略有情。'"

[君臣]先公致政之明年正月望夜，上御乾元门观灯，召公预焉。初夕乐作，酒三行，上起凭栏四顾，见灯烛、士庶之盛，诏移先公近御座，别赐一榻在丞相上。上自取御尊斟酒，并亲授果饵。因顾问先公晋、汉朝旧事。久之，圣意甚欢。谓左右曰："帝都人物阗骈，里闾阔远，非复昔时之隘陋也，若方之晋汉，繁富百倍矣。此惟李某宿旧尚可记耳。"上又目先公语侍臣曰："李某可谓善人君子，侍朕二十年，两在相位，未尝有伤人害物之事，馀可知矣。"先公但俯伏拜谢，至中夜方退。先公归谓诸子曰："吾虽名篆仕仅五十年，内省生平所为，虽不能见奇功异勋，以耀简册，然不蔽人之善，不忌人之进，度德守分，不愧屋漏。承圣君奖拔，两至相位，又俟全老朽，今退其身。又顾盼恩意益厚于往昔，又对群臣目之为善人君子，惟四者有一亦足为幸，吾何人哉而享是具美者。仲尼有言曰：'善人吾不得而见之矣。'又谓子夏曰：'汝为君子儒。'又目季札曰：'有吴延陵君子。'是知善人君子，乃男子极美之称耳。而金口契谕曲加于老臣，吾何以称之。古人受一言之知，尚

思杀身以报,况辱斯言哉。尔曹勉励忠孝节义,思圣君之所言,念吾身之所行,则无忝尔父矣。"

涵芬楼本《说郛》卷四〇引一条,注出《先公谈录》,据以辑录。

案:《宋朝事实类苑》卷二四《衣冠盛事》"李相四美"引一条,文字几与涵芬楼本《说郛》卷四〇引此节同,注出《春明退朝录》,其云:

先公尝言:致政之明年正月十五夜,上御乾元门楼观灯,召公预焉〔一〕。初夕乐作,酒三行。上起凭栏四顾,见灯烛、士庶之盛,诏移先公近御座,别赐一榻,在丞相上。上自取御樽斟酒,并亲赐菓饵〔二〕。因顾问先公晋、汉朝旧事〔三〕,久之,圣意甚欢。谓左右曰:"帝都人物骈阗,闾里道途,非复昔时之隘陋也,方之晋、汉,则繁富百倍矣。此惟李卿宿旧〔四〕,尚可纪耳。"上又目视先公,语侍臣曰:"李卿可谓善人君子矣。侍朕十年,两在相位,未尝有伤人害物之事,余可知也。"先公但俯伏拜谢,至中夜方退。先公归舍,谓诸子曰:"吾策名仕版,仅五十年,内省生平所为,虽不能建奇功异勋〔五〕,以耀简册,然不蔽人之善,不忌人之进〔六〕,度德守分,不愧屋漏。今圣君奖拔,两至相位〔七〕,又保全老朽,令退其身,顾盼恩意甚厚于往昔〔八〕。又对群臣〔九〕,目之为善人君子。惟四者有一,亦足为幸〔一〇〕,吾何人哉而享是四美。昔仲尼有言曰:'善人,吾不得而见之矣。'又谓子贡曰:'汝为君子儒。'又称季札曰,有吴延陵君子,是知善人君子,乃男子之极善美之称耳〔一一〕。而金口崇奖训谕〔一二〕,曲加于老臣〔一三〕,吾何以称之。知己尚思杀身以报,况辱斯言哉。尔曹勉励忠孝之节,思圣君之所言,念吾身之所行,则无忝尔祖矣〔一四〕。"

〔一〕召公预焉:四库本《事实类苑》卷二四引"召"作"先"。

〔二〕并亲赐菓饵:四库本《事实类苑》卷二四引无"并"字。

〔三〕因顾问先公晋、汉朝旧事:四库本《事实类苑》卷二四引"因"下无"顾"字。

〔四〕此惟李卿宿旧:四库本《事实类苑》卷二四引"此惟"作"惟此"。

〔五〕虽不能建奇功异勋:四库本《事实类苑》卷二四引"建"作"见"。

〔六〕不忌人之进:四库本《事实类苑》卷二四引"忌"作"忘","进"作"德"。

〔七〕两至相位:四库本《事实类苑》卷二四引"至相位"作"王相伍"。

〔八〕顾盼恩意甚厚于往昔:四库本《事实类苑》卷二四引"昔"作"者"。

〔九〕又对群臣:四库本《事实类苑》卷二四引"臣"下有"言"字。

〔一〇〕亦足为幸:四库本《事实类苑》卷二四引"足"上无"亦"字。

〔一一〕"又称季札曰"至"极善美之称耳":四库本《事实类苑》卷二四引无此二十七字。

〔一二〕而金口崇奖训谕:四库本《事实类苑》卷二四引"而"作"今上"。

〔一三〕曲加于老臣：四库本《事实类苑》卷二四引"臣"作"朽"。

〔一四〕则无忝尔祖矣：四库本《事实类苑》卷二四引"则"下有"庶几"二字。

案：《宋朝事实类苑》卷二四《衣冠盛事》"李相四美"所引与涵芬楼本《说郛》卷四〇所引文字几同，且篇首有"先公尝言"，当或出自《先公谈录》。检今通行三卷本《春明退朝录》，无此条，或《宋朝事实类苑》所注有误。《郡斋读书志》卷五上所附宋赵希弁撰《附志》著录《春明退朝录》五卷，云："右宋常山公敏求所录也。《读书志》云《春明退朝录》三卷。希弁所藏一本三卷，又一本五卷，凡多七十有八条云。"则此条抑或出五卷本《春明退朝录》。观其行文，即使《宋朝事实类苑》所注不误，也当是《春明退朝录》抄自《先公谈录》。

[九老之会]先公休致之明年，年七十一，思欲继白乐天洛中九老之会。时吏部尚书宋公琪，年七十九；左谏议大夫杨公徽之，年七十五；郢州刺史、判左金吾卫事魏公丕〔一〕，年七十六；太常少卿致仕李公运，年八十；水部郎中、直秘阁朱公昂，年七十一；庐州节度副史武公允成，年七十九；太子中舍致仕张公好古，年八十五；吴僧家左讲经首座赞宁，年七十八。并公九人，欲会于家园，合为九老之会，已形于歌咏，布在人口。适会蜀寇作乱，朝廷方议出师，缘是不成会而罢。

涵芬楼本《说郛》卷四〇引一条，注出李宗谔《先公谈录》，据以辑录。

〔一〕判左金吾卫事魏公丕：作"丕"原作"卞"，误。《宋史·李昉传》言及九老之会事，作"魏丕"。魏丕，字齐物，相州人。《宋史》卷二七〇有传，据改。

案：此条涵芬楼本《说郛》引原系于上条"君臣"之后，前后相连，细究其文字，实不相贯属，或原为两条，因文字前后相连，混为一条，《宋朝事实类苑》卷二四《衣冠盛事》"李相四美"所引，亦无此节文字，故今分别辑录。

[照袋]王太保每天气和暖，必乘小驷，从三四苍头，携照袋，贮笔砚、《韵略》、刀子、笺纸，并小乐器之类。照袋以马皮为之〔一〕，四方有盖并襻〔二〕，五代士人同用之〔三〕。

曾慥《类说》卷一五、《韵府群玉》卷一四《去声·十一队》"照袋"各引一条，作《先公谈录》；朱胜非《绀珠集》卷一二引一条，作李宗谔《先公谈录》；从曾慥《类说》卷一五引。

〔一〕照袋以马皮为之：《绀珠集》卷一二引"马皮"作"乌纱"。

〔二〕四方有盖并襻：《绀珠集》卷一二引"襻"作"举"，误。

〔三〕五代士人同用之：《绀珠集》卷一二引"士人"作"时人"，"同"作"多"。

案：《绀珠集》卷一二、《韵府群玉》卷一四引文略，《绀珠集》卷一二引仅作："以乌纱为之，四方有盖并举，中贮纸笔等。五代时人多用之。"《韵府群玉》卷一四引仅作："王太保乘小驷,从苍头携照袋,贮笔砚、《韵略》、笺纸之类。"

先公尝言〔一〕:恩门王公终于太子少保,七十后精力犹不衰,每天气和暖,必乘小驷,从三四老苍头,携照袋,(照袋以皮为之,四方有盖,其中可容〔二〕。)中贮笔砚、《韵略》、刀子、砺石、笺纸数十幅,并小乐器之类。别置游春盒,随事置酒炙三五人之具。门生在京者多侍行,每出郊野,遇有园亭及竹树之处,必赏燕终日,赋诗品小管色,尽欢醉而归。吾忝左拾遗日,适暮春与同门生五六人,从公登繁台佛舍。繁台即梁孝王吹台也。公是日饮酒赋诗甚欢,抵夜方散。尝记得公诗曰:"柳阴如露絮成堆,又引门生上吹台。淑气即随风雨去,芳尊宜命管弦催。谩夸列鼎鸣钟贵,宁免朝乌夜兔推。烂醉也须诗一首,不能空放马头回。"其天才纵逸,风韵闲适,皆此类也。

江少虞《宋朝事实类苑》卷三九《诗歌赋咏》"登吹台诗"(四库本《事实类苑》卷四〇《诗歌赋咏》"登吹台诗")引一条,失注出处,当出《先公谈录》,据以辑录。

〔一〕先公尝言:四库本《事实类苑》卷四〇引"先公",作"先生",误。

〔二〕照袋以皮为之,四方有盖,其中可容:此十四字原为小注,今以括号区别。

案:宋江少虞《宋朝事实类苑》卷三九《诗歌赋咏》"登吹台诗"条(四库本《事实类苑》卷四〇《诗歌赋咏》"登吹台诗"条)引此条,叙王仁裕诗事,失注出处,然篇首云"先公尝言"。所言照袋事,同曾慥《类说》卷一五、朱胜非《绀珠集》卷一二引,当出李宗谔《先公谈录》,因其所引繁于《类说》卷一五、《绀珠集》卷一二,且失注出处引,故单独辑录。又,其中王仁裕所作诗,《全唐诗》卷七三六王仁裕集亦录,题《与诸门生春日会饮繁台赋》,文字有异:"柳阴如雾絮成堆,又引门生饮古台。淑景即随风雨去,芳樽宜命管弦开。谩夸列鼎鸣钟贵,宁免朝乌夜兔催。烂醉也须诗一首,不能空放马头回。"

[见客问三事]李昉为相,每见客,必问三事:民间有何疾苦,为政有何术业,时政有何缺失。有可采者,即日上闻〔一〕。

《绀珠集》卷一二引一条,作李宗谔《先公谈录》;《类说》卷一五引一条,作《先公谈录》;从《绀珠集》卷一二引。

〔一〕有可采者,即日上闻:《类说》卷一五引无此八字。

案:《绀珠集》卷一二引此条,标目为"问三事",《类说》卷一五标目为"见客问三事",《类说》引书,多照录原文,故《先公谈录》原文标目或当为"见客问三事",从之。

[粗官]唐之盛时〔一〕,士大夫重内轻外〔二〕,任方面者,目为麁材。张燕公愧无通材供国粗使。薛许昌《谢人惠茶诗》云:"粗官乞与真抛弃,赖有诗情合得尝〔三〕。"王彦威仕

元和间为太常博士，累官至大僚，其诗云："貔貅十万拥雄师，正是酬恩报国时。汴水波涛喧鼓角，隋堤杨柳拂旌旗。前驱红斾关西将，坐列青娥赵国姬。为报长安冠盖道，粗官到底是男儿。"彦威时为宣武节度使。

《绀珠集》卷一二引一条，作李宗谔《先公谈录》；《类说》卷一五引一条，作《先公谈录》；从《类说》卷一五引。

〔一〕唐之盛时：《类说》卷一三引此四字，原仅作"唐"，接下句，据《绀珠集》卷一二补"之盛时"三字。

〔二〕士大夫重内轻外：《绀珠集》卷一二引此句无"士大夫"三字，"重内轻外"作"内重外轻"。

〔三〕粗官乞与真抛弃，赖有诗情合得尝：《绀珠集》卷一二引"抛弃"作"抛却"。薛能此诗，《全唐诗》卷五六〇薛能集收录，亦作"抛却"。诗题《谢刘相（一本有公字）寄天柱茶》，全诗作：两串春团敌夜光，名题天柱印维扬。偷嫌曼倩桃无味，捣觉嫦娥药不香。惜恐被分缘利市，尽应难觅为供堂。粗官寄与真抛却，赖有诗情合得尝。

案：《绀珠集》卷一二引文略，仅作："唐之盛时，内重外轻，任方面者，目为粗材。燕公愧无通材供国粗使，薛能《谢人惠茶诗》云：'粗官乞与真抛却，赖有诗情合得尝'之句。"

先公尝言：唐朝长安士大夫重内官而轻外任，及两制尤为华贵，故自从郎或从翰苑出领节制者，皆以为失意。当方面者，目为粗材。自以张燕公有言"愧无通材供国粗使"。又薛许昌《谢茶诗》云："粗官乞与真抛却，会有诗情合得尝。"东京明德门（今为乾元门）〔一〕，即唐时汴州宣武军鼓角楼，至朱梁建都不遑改作，因而号曰建国楼。其上有节度使王彦威诗，今尚在。彦威明于典礼，仕贞元、元和间为太常博士。累官至大僚。其诗曰："貔貅十万拥雄姿，正是酬恩报国时。沛水波涛喧鼓角，隋堤杨柳拂旌旗。前驱红斾关西将，列坐青娥赵国姬。为报长安冠盖道，粗官到底是男儿。"即彦威粗官男儿之言，亦有恨尔。其后至太祖重修，官职不复存矣。

江少虞《宋朝事实类苑》卷三九《诗歌赋咏》"王彦威诗"（四库本《事实类苑》卷四〇《诗歌赋咏》"王彦威诗"）引一条，失注出处，当出《先公谈录》，据以辑录。

〔一〕东京明德门（今为乾元门）："今为乾元门"原为小注，今以括号区别。下同。

案：宋江少虞撰《宋朝事实类苑》卷三九《诗歌赋咏》"王彦威诗"（四库本《事实类苑》卷四〇《诗歌赋咏》"王彦威诗"）引此条，叙粗官事，失注出处，然篇首云"先公尝言"，且其所言粗官事，同曾慥《类说》卷一五、朱胜非《绀珠集》卷一二引，当出李宗谔《先公谈录》。因其所引繁于《类说》卷一五、《绀珠集》卷一二，且失注出处引，故单独辑录。

[窦氏五龙]谏议大夫致仕窦禹钧有子五人，仪、俨、侃、偁、僖。俱以进士及第，俱历显仕，俱着清望。仪、俨尤擅文名于时，冯道赠诗云："燕山窦十郎，教子有义方。灵椿一株老，丹桂五枝芳。"故号曰窦氏五龙。

《绀珠集》卷一二引一条，作李宗谔《先公谈录》；《类说》卷一五引一条，作《先公谈录》，从《绀珠集》卷一二引。

案：《类说》卷一五引文略，仅作："谏议大夫窦禹钧子五人，俱进士及第。冯道诗云：'燕山窦十郎，教子有义方。灵椿一株老，丹桂五枝芳。'时号窦氏五龙。"冯道此诗，《全唐诗》卷七三七冯道集载录，题《赠窦十》，文字同此。

先公尝言：故右谏议大夫致仕窦禹钧，蓟人，累佐使府，颇著名府，有子五人，仪、俨、侃、偁、僖。俱以进士及第。及禹钧悬车，仪、俨已居华显。瀛王冯中令尝有诗赠禹钧曰："燕山窦十郎，教子有义方。灵椿一株老，丹桂五枝芳。"仪终为翰林礼部尚书，俨终翰林学士礼部侍郎，侃终起居郎，即吾同年第十二也。偁左谏议大夫参知政事，僖终左补阙。仪、俨以文章擅大名，自侃以下，亦有清望，俱不享寿考，惜哉，时人谓之窦氏五龙焉。

《宋朝事实类苑》卷二四《衣冠盛事》"窦氏父子"引一条，注出《春明退朝录》，当出《先公谈录》，据以辑录。

案：《宋朝事实类苑》卷二四《衣冠盛事》"窦氏父子"引，在"李相四美"上，并注出《春明退朝录》，篇首亦有"先公尝言"。疑其亦出《先公谈录》。检今通行三卷本《春明退朝录》，无此条，或《宋朝事实类苑》所注有误。《郡斋读书志》卷五上所附宋赵希弁撰《附志》著录《春明退朝录》五卷，云："右宋常山公敏求所录也。《读书志》云《春明退朝录》三卷。希弁所藏一本三卷，又一本五卷，凡多七十有八条云。"则此条抑或出五卷本《春明退朝录》。观其行文，即使《宋朝事实类苑》所注不误，也当是《春明退朝录》抄自《先公谈录》。因其文字与《类说》卷一五引多异，故别录于此。

[尚书里行]旧语：太常不是卿，秘书不是监。以其职器清重〔一〕，不与他卿、监比也〔二〕。先公为翰林〔三〕，长以病求为大蓬〔四〕。又太常卿在六曹尚书下〔五〕，与丞郎同幕次〔六〕，谓之尚书里行。

《类说》卷一五引一条，作《先公谈录》；《绀珠集》卷一二引一条，作李宗谔《先公谈录》；《古今合璧事类备要后集》卷三六《三监门·秘书监》"秘书不是监"、《古今事文类聚新集》卷二六《诸寺部太常寺·太常卿》各引一条，作《李昉谈录》；从《类说》卷一五引。

〔一〕以其职器清重：《绀珠集》卷一二引"器"作"品"。

〔二〕不与他卿、监比也：《绀珠集》卷一二引"比"作"等"，其下无"也"字。

〔三〕先公为翰林：《类说》卷一五引"翰"下原脱"林"字，据《绀珠集》卷一二引补。又，《绀珠集》卷一二引"先公"作"李"，当为引者改。

〔四〕长以病求为大蓬：《绀珠集》卷一二引"求"下无"为"字，"蓬"下有"之拜"二字。

〔五〕又太常卿在六曹尚书下：《类说》卷一五引"六"下原无"曹"字，据《绀珠集》卷一二引补。又，《绀珠集》卷一二引"尚书"下无"下"字。

〔六〕与丞郎同幕次：《绀珠集》卷一二引"丞郎"上无"与"字。

案：《古今合璧事类备要后集》卷三六引有目无文。《古今事文类聚新集》卷二六引文略，仅作："太常不是卿，秘书不是监，以其职品清重，非他卿可比也。"

先公尝言：旧传，太常卿不是卿〔一〕，秘书监不是监。以其品列清重〔二〕，不与诸卿监侔耳。唐室士大夫多尚台省官，不乐九卿〔三〕，故目秘书监为宰相病坊，少监为给舍病坊。然中秘书典综籍〔四〕，有麒麟、天禄二阁，为藏书之所，历代名居禁中，亦曰中书。两汉刘向、杨雄皆典校于其内〔五〕，东汉班固为兰台令史，尚为美职，况监令乎？故其秩甚重，迄今班在太常、宗正之下，七寺卿之上，是以名儒宿老不务趋竞者，多乐就此任。唐白乐天、刘梦得、薛逢皆惕历焉〔六〕，不可一一悉记。吾为翰林学士承旨日，属以多病〔七〕，尝语同列云："禁中视草，非养病之地，他日解职，得遂大蓬之拜〔八〕，归息十数亩之园〔九〕，入就三品之列，为国家典掌图籍于九流百氏之中，优游以终老〔一〇〕，则为幸也〔一一〕。宁期际会明圣〔一二〕，忝尘辅相〔一三〕，此固非平昔之觊望也。"诸子因上问曰："太常卿班列如何？"公曰："太常卿在六街尚书之下〔一四〕，其资望与吏部尚书同，每入朝，随尚书立班，与尚书丞郎同幕次，故太常卿舍为尚书里行者，盖为此也。少卿即寄郎中幕次〔一五〕，博士即寄员外幕次，卿与少卿每入幕次，皆于横行独据一榻〔一六〕，向门而坐，他卿不得并也。"

《宋朝事实类苑》卷二七《官职仪制》"太常卿秘书监"引一条，注出《春明退朝录》，当出《先公谈录》，据以辑录。

〔一〕旧传，太常卿不是卿：四库本《事实类苑》卷二七引无"旧传"二字。

〔二〕以其品列清重：四库本《事实类苑》卷二七引"品"作"职"。

〔三〕不乐九卿：《宋朝事实类苑》卷二七引"卿"原作"列"，据四库本《事实类苑》卷二七引改。

〔四〕然中秘书典综籍：四库本《事实类苑》卷二七引"典综籍"作"崇典籍"。

〔五〕两汉刘向、杨雄皆典校于其内：《宋朝事实类苑》卷二七引"杨雄"下原无"皆"字，据四库本《事实类苑》卷二七引补。

〔六〕唐白乐天、刘梦得、薛逢皆惕历焉：《宋朝事实类苑》卷二七引"惕历"原作"扬历"，误，据四库本《事实类苑》卷二七引改。

〔七〕属以多病：四库本《事实类苑》卷二七引"以"下无"多"字。

〔八〕得遂大蓬之拜：四库本《事实类苑》卷二七引"蓬"作"监"。

〔九〕归息十数亩之园：四库本《事实类苑》卷二七引"归"下无"息"字。

〔一〇〕优游以终老：四库本《事实类苑》卷二七引"终"作"为"。

〔一一〕则为幸也：四库本《事实类苑》卷二七引"为"作"甚"。

〔一二〕宁期际会明圣：四库本《事实类苑》卷二七引"际会"作"遭逢"。

〔一三〕忝尘辅相：四库本《事实类苑》卷二七引"忝尘"作"参预"。

〔一四〕太常卿在六街尚书之下：《宋朝事实类苑》卷二七引"常"原作"仆"，四库本《事实类苑》卷二七引作"常"，当作"常"为是，据改。又，四库本《事实类苑》卷二七引"六"下无"街"字。

〔一五〕少卿即寄郎中幕次：《宋朝事实类苑》卷二七引"少"原作"大"，四库本《事实类苑》卷二七引作"少"，当作"少"为是，据改。

〔一六〕皆于横行独据一榻：四库本《事实类苑》卷二七引"皆"下无"于"字。

案：《宋朝事实类苑》卷二七《官职仪制》"太常卿秘书监"引一条，注出《春明退朝录》。《宋朝事实类苑》卷二七《官职仪制》引此条，在"建隆班簿"上，注"以上《春明退朝录》"。所引文字包括《类说》卷一五、《绀珠集》卷一二、《古今合璧事类备要后集》卷三六所引，且篇首有"先公尝言"，当或出自《先公谈录》。检今通行三卷本《春明退朝录》，无此条，或《宋朝事实类苑》所注有误。《郡斋读书志》卷五上所附宋赵希弁撰《附志》著录《春明退朝录》五卷，云："右宋常山公敏求所录也。《读书志》云《春明退朝录》三卷。希弁所藏一本三卷，又一本五卷，凡多七十有八条云。"则此条抑或出五卷本《春明退朝录》。观其行文，即使《宋朝事实类苑》所注不误，也当是《春明退朝录》抄自《先公谈录》。

[谏议谓之坡]先公尝言故左省崔坡颂事于宗谔，因问坡义。答曰："唐谏议大夫虽在给舍之上，时谏议岁满方迁给事，自给事迁舍人。时有自郎署拜谏议者，骤立在给舍上，朝中谓曰：'饶君斗上坡去，亦须斗下坡来〔一〕'。盖言其却为给舍，序班在下也，后遂为故事。"

《海录碎事》卷一一下《谏官门》"上坡"、《古今合璧事类备要后集》卷二四《台谏门·谏院》"谓曰斗坡"、《翰苑新书前集》卷一二《谏院》"上坡"、《古今事文类聚新集》卷二一《诸院部·谏院》"饶上斗坡"各引一条，作《李氏谈录》；《绀珠集》卷一二引一条，作李宗谔《先公谈录》；《山谷内集诗注》卷一四《次韵石七三六言七首》"且喜龚邹冠豸又闻张董上坡"任渊注引一条，作李宗谔《先公谈录》，从《海录碎事》卷一一下引。

〔一〕饶君斗上坡去，亦须斗下坡来：《古今合璧事类备要后集》卷二四引"斗上坡去"作"斗坡"，《翰苑新书前集》卷一二、《古今事文类聚新集》卷二一引作"斗上坡"。

案：《绀珠集》卷一二、《山谷内集诗注》卷一四任渊注引文略，《山谷内集诗注》卷一四注仅作："唐谏议大夫班在给舍上，一迁为给事，再迁为中书舍人。有自他官为谏议者，班给舍上。故班中戏语曰：'饶他上坡，却须下坡。'言迁给舍班复在下也。"《绀珠集》卷一二引"再迁为中书舍人"句"再"作"又"，"舍人"上无"中书"二字；"故班中戏语曰"句"班"上无"故"字，"语"下无"曰"字。"饶他上坡"句"他"作"陟"，"班复在下也"句"班复"作"却"；余同《山谷内集诗注》卷一四任注引。

［仕宦忌太速］先公少多病，灸灼殆无完肤，故从伯赵相国谓曰："大凡壮年仕宦，忌于太速，肌体患在太丰。观子气实神深，虽体中多疾，不足虑也。"

《类说》卷一五引一条，作《先公谈录》，据以辑录。

［起复佩鱼］先公周显德末翰林学士，起复，裹素纱软脚幞头，惨紫公服，每日入朝〔一〕，犹佩鱼袋。或曰："鱼袋者，取事君夙夜匪懈之义，然以金为饰，亦见其华也〔二〕。居丧夺情，不当有金宝之饰。"公遽谢不敏。

《类说》卷一五引一条，作《先公谈录》；四库本《记纂渊海》卷三六《仕宦部·起复》引一条，作李宗谔《先公谈录》；从《类说》卷一五引。

〔一〕每日入朝：四库本《记纂渊海》卷三六引"每"下无"日"字。
〔二〕鱼袋者，取事君夙夜匪懈之义，然以金为饰，亦见其华也：四库本《记纂渊海》卷三六引"鱼袋"下无"者"字，无"取事君夙夜匪懈之义然"十字，"见其"作"身之"。

［升堂拜宰相父母故事］丞相如在，具庆或遍侍百官，就私第请谒，必先通起居，方见。丞相事分深者，皆升堂拜。如不升堂，亦须向北遥拜。近日少行此礼。

《类说》卷一五引一条，作《先公谈录》，据以辑录。

［治聋酒］吾为翰林学士，月给内酝，兵部李相涛好滑稽，尝因春社寄七言诗云："社翁今日没心情，为乏治聋酒一瓶，恼乱玉堂将欲遍，依稀巡到第三厅。"其笔札遒丽，自一家之妙。俗传社日酒吃治耳聋，故兵部有是句。兵部小字社翁，每于班行呼其名字，其坦率如此。

《古今事文类聚前集》卷七《天时部·社》"治聋酒"引一条，作《李文公谈录》，据以辑录。

［少年大魁］先公尝言：同年相国王公溥〔一〕，二十六岁状元及第。后六年拜相，时年三十二。又四年加守司空，时年三十六。又六年，以一品罢相，守太子太傅，时年四十二，归班，在具庆下。每先太傅见客，公以前宰相兢兢侍侧，略无惰容，客以不安席〔二〕，引去者甚众。当时缙绅之士，无不以为美谈云。在相府时，恩门少保犹在〔三〕，公以机务少暇，每遇沐浴，方得候谒〔四〕。申门人之敬于少保〔五〕，尝有诗寄相国云："一战文场拔赵旗，便调金鼎佐无为。白麻骤降恩何极，黄发初闻喜可知。跋敕案前人到少，筑沙堤上马归迟。立班始得遥相见，亲洽争如未遇时〔六〕。"

《古今事文类聚前集》卷二六《仕进部·状元》"少年大魁"引一条作《李文正谈录》；《宋朝事实类苑》卷二四《衣冠盛事》"王相国"引一条作《春明退朝录》，当出《先公谈录》，从《宋朝事实类苑》卷二四引。

〔一〕同年相国王公溥：《宋朝事实类苑》卷二四引"王公溥"原作"王溥"，据《古今事文类聚前集》卷二六及四库本《事实类苑》卷二四引改。

〔二〕客以不安席：四库本《事实类苑》卷二四引"以不"作"不能"。

〔三〕恩门少保犹在：四库本《事实类苑》卷二四引"犹"作"田"。

〔四〕方得候谒：四库本《事实类苑》卷二四引"候"作"使"。

〔五〕申门人之敬于少保：四库本《事实类苑》卷二四引申作田，《宋朝事实类苑》卷二四引"于"原作"乎"，四库本《事实类苑》卷二四、明抄本《事实类苑》卷二四引作"于"，据改。

〔六〕"一战文场拔赵旗"至"亲洽争如未遇时"：四库本《事实类苑》卷二四引"降"作"济"，"初"作"无"。《全唐诗》卷七三六王仁裕集亦载此诗，题《贺王溥入相》，"筑沙"句小注云"一作蹄"，末句"未遇"作"未贵"。

案：《古今事文类聚前集》卷二六《仕进部·状元》"少年大魁"引一条，作《李文正谈录》，无"云在相府时"至"亲洽争如未遇时"九十六字。又，《宋朝事实类苑》卷二四《衣冠盛事》"王相国"引作《春明退朝录》，其前半所引文字几与《古今事文类聚前集》卷二六引同，且篇首有"先公尝言"，当或出自《先公谈录》。检今通行三卷本《春明退朝录》，无此条，或《宋朝事实类苑》所注有误。《郡斋读书志》卷五上所附宋赵希弁撰《附志》著录《春明退朝录》五卷，云："右宋常山公敏求所录也。《读书志》云《春明退朝录》三卷。希弁所藏一本三卷，又一本五卷，凡多七十有八条云。"则此条抑或出五卷本《春明退朝录》。观其行文，即使《宋朝事实类苑》所注不误，也当是《春明退朝录》抄自《先公谈录》。

［堂吏不知典故］昉归语其子宗谔等曰："堂吏不知典故，岂有为丞郎而判寺乎？若言判寺，自丞以下至簿皆可判也〔一〕，何暇别命官乎？唐朝丞郎兼判他局者甚多，或官高则言判某官事，或官卑则言知某官事〔二〕，或未即真则言权知某官事，或言检校某官事

〔三〕，唯太常卿尤为重任，未闻可忌而判之，必朝廷不以吾不才〔四〕，当言权知太常卿事可矣。然近者窦仪判大理寺，崔颂判国子监〔五〕，此盖失之久矣。"宗谔因问："凡制敕所出，必自宰相，今言堂吏不知典故，何也？"昉曰："命官判寺，宰相必不经心，惟堂吏荃近例使押字耳〔六〕。"

《续资治通鉴长编》卷一八《太宗》（大平兴国二年）"乙卯葬太祖英武圣文神德皇帝于永昌陵"下、《太平治迹统类》卷二九《官制沿革上·太宗》"太平兴国二年三月太祖晏驾诏翰林学士户部侍郎李昉兼判太常寺"下，各引一节，不注出处，当出《先公谈录》，从《续资治通鉴长编》卷一八引。

〔一〕自丞以下至簿皆可判也：《太平治迹统类》卷二九引无"至簿"二字。

〔二〕或官卑则言知某官事：《太平治迹统类》卷二九引"卑"作"次"。

〔三〕或言检校某官事：《太平治迹统类》卷二九引无此七字。

〔四〕必朝廷不以吾不才：《太平治迹统类》卷二九引"不以吾"作"以为"。

〔五〕崔颂判国子监：《太平治迹统类》卷二九引"崔颂"作"权领"。

〔六〕惟堂吏举近例使押字耳：《太平治迹统类》卷二九引"举近例"作"攀近判"。

案：此条《续资治通鉴长编》卷一八、《太平治迹统类》卷二九所录，均不注出处，唯其篇首均有"昉归语其子宗谔等曰"句，且其后又接"昉又言：自太祖临御以来……"云云，《事实类苑》卷二八《官职仪制》"都省议事仪式"、《儒林公议》等引则作："先公尝言……"云云，可知其文当出《先公谈录》。

［都省议事仪式］先公尝言〔一〕：自太祖临御以来，百司人吏，艰于选补，由是台省旧规，渐成废坠〔二〕。吾前岁罢相为右仆射〔三〕，省中并非旧吏，惟私名散官三数人主掌按籍而已〔四〕。其举措应对，山野特甚〔五〕，逮其询省中故事〔六〕，则懵然莫知也。适会敕下，集三省官议事，省吏以状白，吾询之曰："三省官议事，仆射入省乎？"曰："不知也。""台省官与承郎尚书杂坐乎？"曰："不知也。""掌名表郎官与监议御史何向而坐〔七〕？"曰："不知也。""左右丞与尚书坐孰为主？"曰："不知也。"吾为主客郎中掌诰日〔八〕，是时吏部尚书张公昭、兵部尚书李公涛，左丞赵公上交，中丞刘公温叟，致仕杨尚书昭，以耆儒硕德，俱在班列，屡陪诸公于都省议事，大凡在内廷论职不论官，入都省论官不论职，如翰林学士（文明学士、枢密、直学士、三司副使并同上）带两省官及都省官，遇议事之日，入都省，并缀本班坐（此论官不论职也，如郎中则向郎中坐，谏议则向谏议坐也）。每议事，所司于都堂上陈帘幕，具酒馔，设左右丞坐于堂之东北，面南向；设御史中丞坐于堂之西北，面南向；设六部尚书、侍郎坐于堂之东厢，面西向；设两省常侍、给事、谏议坐于堂之西厢，面东向；（如两省有侍郎，则改左右尚侍坐）设知名表郎官坐于堂之东南，面北向；设谏议、御史坐于堂之西南，面北向；又设左右司郎中、员外坐于左右丞后，设三院御史坐于中丞之后，

设诸行郎中员外坐于尚书侍郎之后，设左右司谏正言坐给舍谏议之后，并重行异位。故事：左右仆射与侍中、中书令是为四相。自唐开元之后，仆射参知政事，然非军国大事，本省会议事之日〔九〕，三省官早赴省就次〔一〇〕，所司先以议事遍呈诸官〔一一〕，略知大义。然后所司引知名表郎官，执黄卷（即所议事）升厅〔一二〕，就本位。次引小两省官就本位，次引郎中员外就本位，次引三院御史就本位，次引两省官，次引尚书侍郎，次引御史中丞，各就本位，然后左右丞升厅。所司抗声曰："揖。"群官对揖讫，各就坐〔一三〕。知名表郎官以黄卷授所司，所司捧诣左右丞〔一四〕（如左右丞缺，即次判都省官一人事）。左右丞执卷展读讫，然后授于中丞，于尚书侍郎，迤逦展读讫，复授于名表郎官，始命茶酒进食。（再行酒进食，所司抗声曰揖，揖讫，群官方饮酒，爵止于三行，后以喧谈不设）食饮毕〔一五〕，所司捧笔砚立于左右丞之前，一吏抗声曰："请定讫〔一六〕。"左右丞捧笔叩头〔一七〕，所司曰："揖。"左右丞与群官揖讫，然后以一幅纸写所议事〔一八〕，即署名于其下〔一九〕，迤逦授于四坐监议御史〔二〇〕，命一吏抗声曰："有所见不同者，请不押押字〔二一〕。"（在坐如有异议，不问官位高卑，并于进状论别候进止）。后食讫〔二二〕，所司复抗声曰："食毕，揖。"群官对揖讫〔二三〕，各降级出，就本次以所议事可否，共列状进入，以高者为表首。如诸司三品以上，并入省议事，即诸司三品坐于尚书侍郎之东，南官一品坐于尚书侍郎之前〔二四〕，武班二品坐于给舍之南，并同席异位。如议大事，仆射御史大夫入省，惟仆射鞍辔至厅下马，余官并门外下马〔二五〕，设仆射大夫位于左右丞之前，并行异位，揖毕，押字，皆仆射专之矣。故徐骑省铉，博古之士，多知典故，亦言在江南见旧儒所说议事次第，与略同，命写一图子〔二六〕，授与省吏，即不知此辈能遵行否〔二七〕。

《宋朝事实类苑》卷二八《官职仪制》"都省议事仪式"引一条，作《春明退朝录》，《续资治通鉴长编》卷一八《太宗》（太平兴国二年）："乙卯葬太祖英武圣文神德皇帝于永昌陵"下、《太平治迹统类》卷二九《官制沿革上·太宗》："太平兴国二年三月太祖晏驾诏翰林学士户部侍郎李昉兼判太常寺"下、《儒林公议》各引一节，不注出处，当出《先公谈录》，从《宋朝事实类苑》卷二八引。

〔一〕先公尝言：《儒林公议》引此四字作："故相李昉尝谓其子宗谔曰"。

〔二〕渐成废坠：四库本《事实类苑》卷二八引"废"作"空"。

〔三〕吾前岁罢相为右仆射：《宋朝事实类苑》卷二八引"前岁罢相为"原作"前忝罢"，据四库本《事实类苑》卷二八、《儒林公议》引该补。四库本《事实类苑》卷二八引无"相为"二字，《儒林公议》引无"前岁"。

〔四〕惟私名散官三数人主掌按籍而已：四库本《事实类苑》卷二八引"惟"作"权"。

〔五〕其举措应对，山野特甚：《宋朝事实类苑》卷二八引此九字原作"举措祇应山野"，据《儒林公议》引补。

〔六〕逮其询省中故事：四库本《事实类苑》卷二八引"逮其"作"朴陋"。

〔七〕掌名表郎官与监议御史何向而坐：四库本《事实类苑》卷二八引"掌"上有"又"

字,"表"下有"名"字,"监议"作"谏议"。

〔八〕吾为主客郎中掌诰日：四库本《事实类苑》卷二八引"诰"下无"日"字。

〔九〕本省会议事之日：四库本《事实类苑》卷二八引"省"作"朝"。

〔一〇〕三省官早赴省就次：四库本《事实类苑》卷二八引"省"下无"就"字。

〔一一〕所司先以议事遍呈诸官：四库本《事实类苑》卷二八引"所"上有"就"字,"寻遍"作"论"。

〔一二〕执黄卷升厅：四库本《事实类苑》卷二八引"执"下有"春"字。

〔一三〕各就坐：四库本《事实类苑》卷二八引"坐"作"本位"。

〔一四〕所司捧诣左右丞：四库本《事实类苑》卷二八引"诣"作"议"。

〔一五〕食饮毕：《宋朝事实类苑》卷二八引"饮"原作"欲",明抄本、四库本《事实类苑》卷二八引作"饮",据改。

〔一六〕请定讫：四库本《事实类苑》卷二八引"请"作"读"。

〔一七〕左右丞捧笔叩头：四库本《事实类苑》卷二八引"头"作"首"。

〔一八〕然后以一幅纸写所议事：四库本《事实类苑》卷二八引"后"上无"然"字。

〔一九〕即署名于其下：《宋朝事实类苑》卷二八引"即"原作"节",四库本《事实类苑》卷二八引作"即",当作"即"为是,据改。

〔二〇〕迤逦授于四坐监议御史：四库本《事实类苑》卷二八引无"授"字,"监议"作"谏议"。又,《宋朝事实类苑》卷二八引"四"原作"回",四库本《事实类苑》卷二八引作"四",当作"四"为是,据改。

〔二一〕请不押押字：四库本《事实类苑》卷二八引缺一"押"字。

〔二二〕后食讫：四库本《事实类苑》卷二八引"后"作"设"。

〔二三〕群官对揖讫：《宋朝事实类苑》卷二八引"对"下原无"揖讫"二字,据《儒林公议》引补。四库本《事实类苑》卷二八引无"揖"字。

〔二四〕即诸司三品坐于尚书侍郎之东,南官一品坐于尚书侍郎之前：四库本《事实类苑》卷二八、《儒林公议》引"东、南"作"南、东"。

〔二五〕余官并门外下马：四库本《事实类苑》卷二八引"并门外"作"至门"。

〔二六〕命写一图子：明抄本、四库本《事实类苑》卷二八引"子"作"字"。

〔二七〕即不知此辈能遵行否：四库本《事实类苑》卷二八引"即"作"但"。

案：《续资治通鉴长编》卷一八、《太平治迹统类》卷二九、《续资治通鉴长编》卷一八及《儒林公议》引俱不注出处。《宋朝事实类苑》卷二八引一条,云出《春明退朝录》,篇首有"先公尝言"；《儒林公议》引篇首有"牧相李昉尝谓其子宗谔曰",《续资治通鉴长编》卷一八、《太平治迹统类》卷二九引在"堂吏不知典故"条后。综合以上相关信息,可知此条文字当出李宗谔《先公谈录》。又，《续资治通鉴长编》卷一八、《太平治迹统类》卷二九引文略，仅作："昉又言：自太祖临御以来，百司吏艰于选补，后进者多不习故事，由是台省旧规渐成废坠云。"《儒林公议》引文字多小异于《宋朝事实类苑》卷二八，其云如下：

故相李昉尝谓其子宗谔曰：自太祖临御以来，百司人吏难于选补，台省旧规渐成废堕。吾罢相为右仆射，都省并无旧吏，惟私名散官数人，主掌案籍而已。举措应对，山野特甚，省中故事，懵然不知。会敕，集三署官议事，省吏以状来报，吾诘之曰："三署官议事，仆射入省乎？"曰："不知也。""台省官与丞郎尚书杂坐乎？"曰："不知也。""掌名表郎官与监议御史何向而坐？"曰："不知也。""左右丞与尚书坐孰为主？"曰："不知也。"吾为主客郎掌诰日，时尚书张诏、李涛、杨昭侃、右丞赵上交、中丞刘温叟，以耆儒宿德俱在班行，屡陪诸公于都省议事。大凡在内庭论职不论官，入都省论官不论职。如学士带两省官及都省官，议事之日，入都省并缀本班坐。每议事，有司于都堂陈帘幕。设左右丞坐于堂之东北，面南向；设中丞于堂之西北，面南向；设尚书、侍郎坐于堂之东厢，面西向；设两省常侍、舍人、谏议坐于堂之西厢，面东向；设知名表郎官坐于堂之东南，面北向；设监议御史坐于堂之西南，面北向。又设左右司郎中员外坐于左右丞之后，设诸司郎中员外坐于尚书、侍郎之后，设起居、司谏、正言坐于给舍谏议之后，并重行异位。故事：左右仆射、侍中、中书令，是为四相。自唐开元之后，仆射不知政事，然非军国大事不入省会议。议事之日，三署官早赴省就次，所司先以所议事状徧呈郎官，略知大意。然后所司引知名表郎官执所议黄卷升厅，就本位立，次引监议御史，次引小两省官，次引郎中员外，次引三院御史中丞，各就本位。然后左右丞升厅，所司抗声曰："揖。"群官揖讫，各就坐。知名表郎官以黄卷授所司，捧诣左右丞，左右丞执卷展读讫，然后授于中丞，中丞授于尚书、侍郎，徧至群官读讫，复授于知名表郎官，始命进饮食。所司捧笔研立于左右丞之前，一吏抗声曰："请定议。"左右丞揖群官讫，然后乃取幅纸书所议事，署字于其下，徧授四座。监议御史命一吏抗声曰："有所见不同者，请不署字。"食既讫，所司复抗声曰："食毕，揖。"群官对揖讫。各降阶出就本位。以所议可否，共列状进入，以官高者为表首，异议者于阁门别进状论列，如诸司三品以上、武班二品以上，并入省议事。即诸司三品坐于尚书、侍郎之南，东宫一品坐于尚书郎之前，武班二品坐于给舍之南，并绝席异位，如议大事。仆射、御史大夫入省，惟仆射至厅下马，余官并门外下马，设仆射大夫位于左右丞之前，并重行异位。执笔署字皆仆射专之矣。故徐铉在省，多知典故，亦言江南见旧儒所说议事之仪，与吾所记略同，因命写一图授省吏，未知此辈能遵守否。

[学士职任事体与外司不同]先公尝言，翰林学士居深严之地，职任事体，与外司不同，至于谒见相府，自非朔望庆吊，止公服系鞋而已。学士于内庭出入，或曲诏亦不具靴简〔一〕。若同列齐行，前此命朱衣吏双引，抗声言学士来。直至室门方止〔二〕。归院，则

朱衣吏递声呼学士来者数四。故事：学士叙班，只在宰相后，今之参知政事班位，即旧日学士立班处也。近朝以来，会赴内殿起居〔三〕，叙班在枢密宣徽使后。惟大朝会入阁圣节上寿，始得缀台司步武焉〔四〕。吾自延州归关，再忝内职〔五〕，时与朱崖卢相同列〔六〕，依旧命吏前后双引。既而卢谓吾曰：今府尹令尹（时皇上开封府尹兼中书令）亲贤英仁，复兼右相〔七〕，尚以一朱衣前导，吾侪为学士，而命吏双引，得无招物议乎〔八〕？ 因令罢去双引〔九〕，自是抗声传呼之仪，后亦稍罢矣〔一○〕。

《宋朝事实类苑》卷二九《宋词翰书霽》"学士职任事体与外司不同"引一条，注出《退朝录》；《翰苑群书》卷一二《翰苑遗事》引一条，注出宋敏求《春明退朝录》，当出《先公谈录》，从《宋朝事实类苑》卷二九引。

〔一〕或曲诏亦不具靴简：四库本《事实类苑》卷二九引"曲"作"应"。

〔二〕直至室门方止：《翰苑群书》卷一二引"至"上无"直"字，"室"作"宫"。

〔三〕近朝以来，会赴内殿起居：四库本《事实类苑》卷二九引"朝"作"日"，《翰苑群书》卷一二引"赴"作"叙"。

〔四〕始得缀台司步武焉：四库本《事实类苑》卷二九引"缀"作"级"。

〔五〕再忝内职：四库本《事实类苑》卷二九引"忝"作"奉"。

〔六〕时与朱崖卢相同列：四库本《事实类苑》卷二九引"与"上无"时"字。

〔七〕亲贤英仁，复兼右相：四库本《事实类苑》卷二九引"仁"作"杰"，"右"作"在"。

〔八〕得无招物议乎：四库本《事实类苑》卷二九引"无招"作"毋格"。《翰苑群书》卷一二引无此六字。

〔九〕因令罢去双引：四库本《事实类苑》卷二九引"令罢去"作"而全罢"。

〔一○〕后亦稍罢矣：《翰苑群书》卷一二引"亦"上无"后"字。

案：《宋朝事实类苑》卷二九、《翰苑群书》卷一二引均注出《春明退朝录》，篇首皆有"先公尝言"，疑其亦出《先公谈录》。检今通行三卷本《春明退朝录》，无此条，或《宋朝事实类苑》所注有误。《郡斋读书志》卷五上所附宋赵希弁撰《附志》著录《春明退朝录》五卷，云："右宋常山公敏求所录也。《读书志》云《春明退朝录》三卷。希弁所藏一本三卷，又一本五卷，凡多七十有八条云。"则此条抑或出五卷本《春明退朝录》。观其行文，即使《宋朝事实类苑》所注不误，也当是《春明退朝录》抄自《先公谈录》。

三、《先公谈录》的文献价值

观李宗谔《先公谈录》所存佚文，李宗谔所录李昉生平言谈，涉及内容十分广泛，有当时人物遗闻逸事、职官制度、为官俗尚等等，大多为李昉所亲身闻见。由于李昉的经历与学识，其所言谈，多可资考证。

《先公谈录》所存佚文，涉及当时人物遗闻逸事者，如"师生"条中的王仁裕事、"窦氏五龙"条中的窦禹钧五子俱进士及第事，"少年大魁"条中的王溥事及王仁裕事，即属此类。"师生"条云王仁裕有数子而均早亡，不免有身后之忧。而其门生众多，于是有希望托后事于门生，不仅对前来拜访的诸生极为客气关心，而且以诗表达心迹。王仁裕乃唐末五代时著名政治人物，且文学著名，仅在小说领域，就有《王氏见闻录》《玉堂闲话》《入洛记》《开元天宝遗事》等著作。李昉所谈王仁裕此事，颇可见王仁裕晚年心态和生活。另外，"照袋"条也涉及王仁裕，言王仁裕每天气和暖，出行时喜佩照袋，不仅言及王仁裕喜随身携带之物，而且言及照袋的制作材料、形状，并指出其为五代时人喜用的事实，又涉及当时民间生活俗尚，也是考察唐末五代民俗的重要材料。"起复佩鱼"条于此条相类，不仅涉及当时的官服形制，还涉及当时的居丧习俗，也是了解当时民俗，特别是丧葬、服丧习俗的重要资料。"窦氏五龙"条所言窦禹钧五子俱进士及第事，则是后来民间"五子登科"故事的原型。据李昉所言，冯道赠诗，是对窦禹钧教育五子成功故事的最早褒扬。李昉与窦禹钧五子几乎生活在同时，对窦家事当十分熟悉，故其所述，李宗谔记李昉所述，则当是窦禹钧成功教育五子故事的最早记录。而其后王应麟编《三字经》将此事编入，以"窦燕山，有义方。教五子，名俱扬"十二字概括。

"粗官""尚书里行""谏议谓之坡""堂吏不知典故""都省议事仪式""学士职任事体与外司不同"等条，则涉及唐五代以来的职官制度以及朝野对内外官职的看法、态度与为官风尚等。"粗官"条云"士大夫重内轻外，任方面者，目为粗材"，言及唐代对在朝廷任职和在地方任职的不同态度，并举张说、薛能和王彦威事为例。由此可知唐人普遍追求在朝为官而不愿担任地方官职的风尚。"尚书里行"条云"太常不是卿，秘书不是监。以其职器清重，不与他卿、监比也"，则可知当时对太常卿与秘书监的重视。而"谏议谓之坡"则可知唐以来谏议大夫一职的地位与官秩以及人们对迁任谏议大夫的态度。

"君臣""九老之会""见客问三事""仕宦忌太速""升堂拜宰相父母故事""治聋酒"以及"起复佩鱼"则涉及李昉平生交游中的遗闻逸事，均可资参考。如"君臣"条所记宋太宗对李昉的敬重和对李昉善人君子的评价，就较《宋史》为详，特别是李昉归家后与诸子的谈话，不仅表达对宋太宗褒扬的感激，也是李昉对自己一生行事的总结。李宗谔所录，应当是第一手的资料，最具史料价值。"九老之会"事也见于《宋史·李昉传》，而其来源，当本李宗谔《谈录》。"见客问三事"无疑体现了李昉为政的勤勉、谨慎，"仕宦忌太速"则是有关李昉早年多疾患及为官的情况。而"升堂拜宰相父母故事"以及"起复佩鱼"不仅保存了李昉相关资料，又涉及宋初的仪礼制度等多方面情况。

《先公谈录》所存文字中，共涉及前代及当时人所作诗歌七首，"窦氏五龙"条中的冯道赠诗，《全唐诗》卷七三七冯道集录存，题《赠窦十》①，文字与《先公谈录》全同，其他六

---

①　彭定求等《全唐诗》卷七三七《赠窦十》，中华书局1999年版，第8492页。

首,文字都有不同程度的差异,均只资考证。

《先公谈录》所存佚文中涉及三仁裕诗三首,文字均与《全唐诗》中《王仁裕集》所录有出入。"师生"条中所涉及王仁裕诗,是王仁裕存诗中的重要一首,《全唐诗》卷七三六《王仁裕集》录存,题《示诸门生》,其中,"衰翁渐老儿孙少"一句,"少"作"小",当是《全唐诗》所据之本有异,《类说》所引《先公谈录》,为李宗谔记李昉所言,当更为可信。"照袋"条中《宋朝事实类苑》卷三九《诗歌赋咏》"登吹台诗"所录王仁裕登台所赋诗,"少年大魁"条中《宋朝事实类苑》卷二四《衣冠盛事》"王相国"所录王仁裕寄王溥诗,与《全唐诗》所录王仁裕《与诸门生春日会饮繁台赋》《贺王溥入相》也有差异,理亦同。

"粗官"条中的薛能诗,此处题《谢人惠茶诗》,《全唐诗》题《谢刘相(一本有公字)寄天柱茶》,全诗作:"两串春团敌夜光,名题天柱印维扬。偷嫌曼倩桃无味,捣觉嫦娥药不香。惜恐被分缘利市,尽应难觅为供堂。粗官寄与真抛却,赖有诗情合得尝。"[1]其中,"粗官乞与真抛弃,赖有诗情合得尝",《类说》引《先公谈录》作"抛弃",《绀珠集》卷一二引"抛弃"作"抛却",《全唐诗》卷五六〇薛能集亦作"抛却"。故无论诗题《谢人惠茶诗》与《谢刘相(一本有公字)寄天柱茶》的差异,还是"抛弃"与"抛却"的差异,《先公谈录》都提供了一种可能,在整理薛能诗时,是有参考价值的。

"粗官"条中的王彦威诗,《类说》卷一五引《先公谈录》录全诗而未有诗题:"貔貅十万拥雄师,正是酬恩报国时。汴水波涛喧鼓角,隋堤杨柳拂旌旗。前驱红旆关西将,坐列青娥赵国姬。为报长安冠盖道,粗官到底是男儿。"而在《类说》卷四六引《青琐高议》题符彦卿《和汴帅诗》,诗句略有异文,特别是第一句:"全军十万拥雄师,正是酬恩报国时。汴水波涛喧鼓角,隋堤杨柳拂旌旗。前驱红旆关西将,环坐青娥赵国姬。为报长安冠盖道,麄官到底是男儿。"王彦威为唐太原人,《旧唐书》卷一五七有传。以知礼起家,初为检讨官,撰《元和新礼》,由是知名,特授太常博士。其后为谏议大夫、河南少尹、司农卿、青州刺史、兼御史大夫,充平卢军节度、淄青等观察使、户部侍郎、检校礼部尚书、许州刺史、充忠武军节度、陈许濮观察使、兵部侍郎、检校兵部尚书等官。卒,赠仆射,谥曰靖。符彦卿为五代宋初人,《旧五代史》卷二五一有传,云其字冠侯,陈州宛丘人。后唐时为庆州刺史,入晋历武宁军节度同平章事,汉乾右中为中书令封魏国公,周时进为魏王,归宋,加守太师,为凤翔节度使。宋太祖八年六月卒,年七十八。

此诗归五代宋初符彦卿者,当最初为刘斧《青琐高议》,题符彦卿《和汴帅诗》。不过,刘斧云此事来自"李丞相云",即抄自李宗谔《先公谈录》,则其云符彦卿者,当是转抄讹误,《宋诗纪事》沿袭此误,将此诗归符彦卿,并题《知汴州作》。第一句与《青琐高议》引相同,均作"全军十万拥雄师"。《诗话总龟》卷三及《唐诗纪事》卷五一引此诗,均归王彦

---

① 彭定求等《全唐诗》卷五六〇《谢刘相(一本有公字)寄天柱茶》,中华书局 1999 年版,第 6559 页。

威，第一句相同，作"天兵十万勇如貔"，后《全唐诗》卷五一六录王彦威集，存此一首，首句亦作"天兵十万勇如貔"①，当是据《诗话总龟》及《唐诗纪事》。检《诗话总龟》及《唐诗纪事》，其所述事，当均本之《先公谈录》，如《诗话总龟》卷三《志气门》云：

长安旧以不历台省便出镇兼军节镇者为粗官，大率重内而轻外。今东都乾元门，旧宣武军鼓角门，节度王彦威有诗到其上云："天兵十万勇如貔，正是酬恩报国时。汴水波涛喧鼓角，隋堤杨柳拂旌旗。前驱红旆关西将，坐间青娥赵国姬。寄语长安旧冠盖，粗官到底是男儿。"彦威自太常博士出辟使府至兹镇。故有是句，至今不知所在。薛能亦有《谢寄茶诗》，云："粗官寄与真抛掷，赖有诗情合得尝。"（《谈苑》）②

此段文字基本与《类说》所引《先公谈录》相同，其后阮阅注出《谈苑》，《谈苑》当是《谈录》之讹。宋江少虞所撰《宋朝事实类苑》卷三九《诗歌赋咏》有"王彦威诗"，记王彦威此诗事，应当也是据《先公谈录》转录，其开篇有"先公尝言"四字，即是明证。其中，引王彦威诗作："貔貅十万拥雄姿，正是酬恩报国时。沛水波涛喧鼓角，隋堤杨柳拂旌旗。前驱红旆关西将，列坐青娥赵国姬。为报长安冠盖道，粗官到底是男儿。"与《类说》所引《先公谈录》王彦威诗首句同，唯末字"师"作"姿"。可见，"粗官"故事中的王彦威诗事，当以李昉所述、李宗谔《先公谈录》所记为最早，此诗也当以《先公谈录》所记归王彦威。《全唐诗》卷五一六王彦威集，仅有此诗，题《宣武军镇作》，全诗也当据《先公谈录》重新校订。

"治聋酒"中有李涛诗一首，李涛此诗《全宋诗》卷一李涛集收录，题《春社日寄李学士》，注据《石林诗话》。③ 检《石林诗话》卷上，载其事云：

世言社日饮酒治聋，不知其何据。五代李涛有《春社从李昉求酒》诗云："社公今日没心情，为乞治聋酒一瓶。恼乱玉堂将欲遍，依稀巡到第三厅。"昉时为翰林学士有日，给内库酒，故涛从乞之。则其传亦已久矣，社公涛小字也。唐人在庆侍下，虽达官高年，皆称小字。涛性疏达不羁，善谐谑，与朝士言，亦多以社翁自名，闻者无不以为笑。然亮直敢言，后官亦至宰相。④

《石林诗话》录此诗，第二句首二字为"为乞"，宋祝穆撰《古今事文类聚前集》卷七《天时部·社》"治聋酒"引李宗谔《先公谈录》则作"为乏"。宋阮阅撰《诗话总龟》卷四一《诙谐门下》亦载此事并诗，作"为乏"："兵部李内相涛，唐宗室子，自河阳令一举状登科，小字社翁，每于班中多自名焉，其坦率如此。翰林月给内酝，兵部尝因春社寄翰林一绝云：社

①　彭定求等《全唐诗》卷五一六《宣武军镇作》，中华书局1999年版，第5937页。
②　阮阅《诗话总龟》卷三《志气门》，人民文学出版社2005年版，第27页。
③　傅璇琮等主编《全宋诗》卷一《李涛集》，北京大学出版社1992年版，第7页。
④　叶梦得《石林诗话》卷上，何文焕《历代诗话》，中华书局2001年版，第413～414页。

翁今日没心情，为乏治聱酒一瓶。恼乱玉堂将欲遍，依稀巡到第三厅。"①李涛此诗，似应以《李昉谈录》所载为早，或当据《先公谈录》更为确妥。

作为宋初名臣，李昉为政，深得皇帝及朝野士庶称赏，宋太宗称李昉为"善人君子"："李昉事朕，两入中书，未尝有伤人害物之事，宜其今日所享如此，可谓善人君子矣。"②李昉也颇有文学眼光和才华，比如编纂《太平广记》，对汉唐小说的收集、确认和整理，真如鲁迅在《破〈唐人说荟〉》中所说，将"从六朝到宋初的小说几乎全收在内"，③就体现了其卓越的文学识见和眼光。"为文章慕白居易，尤浅近易晓"；"有文集五十卷"④。李宗谔颇得家法。《宋史·李昉传》附《李宗谔传》云："初，昉居三馆、两制之职，宗谔不数年，咸践其地。风流儒雅，藏书万卷。"又云："宗谔究心典礼，凡创制损益，靡不与闻。修定皇亲故事、武举武选入官资叙、合门仪制、臣僚导从、贡院条贯，余多裁正。""宗谔工隶书。有文集六十卷，内外制三十卷。尝预修《续通典》《大中祥符封禅汾阴记》、诸路《图经》，又作《家传》《谈录》，并行于世。子昭通、昭述、昭适。"⑤李宗谔对其父生前言谈的辑录，一方面无疑是出于对父亲的缅怀，另一方面，也是对其父德行、家教的重温，同时，还有保存先辈逸事与当代掌故的作用。

四、《先公谈录》与传记写作的新趋向

传记文体成熟于司马迁《史记》的列传，至刘向作《列女传》《列仙传》《列士传》等传，杂传文体得以成立，由此以降，杂传创作历汉魏六朝、隋唐五代以至于宋，兴盛不衰。而杂传之名，也由汉魏六朝的杂传之称，至唐宋而称杂传记、传记。杂传的体制类型，也随时代变迁而多有变化。汉魏六朝是杂传创作的第一个繁荣时期，此一时期的杂传、类传承继刘向《列女传》等传，按照人物类型，以先贤耆旧、孝子高士等为主。散传则以名贤、勋臣等人物的别传为主，大致以人物生平为线索，依据对人物品性的塑造，选取其生平相关事迹，撰作成一传。就传记体制而言，在总体上承继《史记》列传的基本范式，一传之中，各事前后相承、转折过渡，条畅连贯。唐五代时期，传记文的出现是杂传发展的重要新变，韩愈、柳宗元等以文章家的身份加入传记写作，于文章结构布局，更是经营缜致，往往见文章家之匠心，从而突破传记的历史定位，将传记文章化，使之成为文学之一体，传记文也大受文章家青睐，常常在他们的文集中占有相当突出的分量。

以李宗谔《先公谈录》为代表的"谈录"类杂传，是宋代出现的传记写作新趋向。"谈

①　阮阅《诗话总龟》卷四一《诙谐门下》，人民文学出版社 2005 年版，第 393 页。
②　脱脱等《宋史》卷二六五《李昉传》，中华书局 2011 年版，第 9138 页。
③　鲁迅《破〈唐人说荟〉》，《鲁迅全集》第八卷《集外集拾遗补编》，人民文学出版社 2005 年版，第 133 页。
④　脱脱等《宋史》卷二六五《李昉传》，中华书局 2011 年版，第 9138、9140 页。
⑤　脱脱等《宋史》卷二六五《李昉传》，中华书局 2011 年版，第 9142～9143 页。

录"之作，唐代业已出现，韦绚《刘宾客嘉话录》即是。韦绚自序其书云："是岁长庆元年春，蒙丈人许措足侍立，解衣推食，晨昏与诸子起居，或因宴命坐。与语论，大抵根于教诲，而解释经史之暇，偶及国朝文人剧谈，卿相新语，异常梦话，若谐谑卜祝，童谣佳句，即席听之，退而默记，或染翰竹简，或簪笔书绅，其不暇记，因而遗忘者，不知其数。"[①]言明是其听刘禹锡平昔谈论，退而默记而成。这种记录人物言谈的"嘉话录"，至宋而大兴，或称"嘉话录"，或称"谈录"，或称"语录"，或称"言行录"。《宋史·艺文志》史部传记类著录大量此类作品，如《丁谓谈录》（即《丁晋公谈录》）一卷、《王曾笔录》一卷、《富弼奉使语录》二卷、《奉使别录》一卷、《杜滋谈录》一卷、《胡瑗言行录》一卷、《刘安世言行录》二卷、《范纯仁言行录》三卷等等。李宗谔《先公谈录》是其中较早产生的作品。其撰作因由与过程，与韦绚《刘宾客嘉话录》近似，李宗谔在《先公谈录序》中云："因之录先公昔所尝谈，号泣而书焉。总而谓之曰《先公谈录》。"亦是回忆、记录当年其父对之所谈而成。

如《先公谈录》，"谈录"体以记录传主言谈为主，分条胪列，每条之间相对独立。这种体制，在早期传记中实已存在，如有"传记之祖"之称的《晏子春秋》，[②]即是由一百八十八个相对独立的轶事组成。《东方朔传》亦此类，全传由有关东方朔的"诙谐、逢占、射覆"之事构成，然而大致以传主生平为线索，在体制上没有超出传记正体的基本制度。宋代大兴的《先公谈录》等"谈录"体杂传，不在意传主生平的完整传述，专记其嘉言，体制自由，实是杂传文体的创新，这恐怕也是其大受当时传记家欢迎的重要原因。

与"谈录"相类，宋代杂传中还有"遗事""事迹""行录""行记"等，见于《宋史·艺文志》史部传记类者如《王仁裕入洛记》一卷、《南行记》一卷、《沈立奉使二浙杂记》一卷、《路政乘轺录》一卷、《潘美事迹》一卷、《王旦遗事》一卷、《韩琦遗事》一卷、《孙沔遗事》一卷、《赵君锡遗事》一卷等等，实际上也与"谈录"相近，是宋代杂传的新变，只不过"谈录"以记言为主，"遗事"以记事为主，体制上都是胪列一言一事，连缀成篇。少者一卷，多者数卷至十数卷几十卷。这些"谈录"或"遗事"所载，虽或各有侧重，但大多驳杂，所涉广泛，时或有不经之事，故后来多视为史料笔记或杂事小说。

此种传记新体，不刻意传述传主的全貌，也不故意表现传主的品性，于嘉言遗事的叙写中，颇可见人物声气性格、趣尚品好。此外，由于其多涉传主同时代人物时事，也往往可见时代风气、文人交游、朝廷轶闻甚至民间习尚、流风遗迹。创新了传记写作范式，拓宽了传记发展路径。

---

① 韦绚《刘宾客嘉话录》原序，《唐五代笔记小说大观》第一册，上海古籍出版社2000年版，第792页。
② 永瑢等《四库全书总目》卷五七《晏子春秋》条，中华书局1995年版，第514页。

主要据辑据校书目：

　　《类说》，［宋］曾慥编，《北京图书馆古籍珍本丛刊》本，书目文献出版社据明天启六年岳钟秀刻本影印，1988。

　　《宋朝事实类苑》，［宋］江少虞撰，上海古籍出版社，1981。

　　《海录碎事》，［宋］叶廷珪撰，李之亮校点，中华书局，2002。

　　《说郛》（涵芬楼本），［元］陶宗仪编，《说郛三种》本，上海古籍出版社，1988。

　　《说郛》（宛委山堂本），［明］陶珽重辑，《说郛三种》本，上海古籍出版社，1988。

　　《类说》，［宋］曾慥编，文渊阁《四库全书》本。

　　《绀珠集》，［宋］朱胜非撰，文渊阁《四库全书》本。

　　《事实类苑》，［宋］江少虞撰，文渊阁《四库全书》本。

　　《古今事文类聚》，［宋］祝穆撰，文渊阁《四库全书》本。

　　《古今合璧事类备要》，［宋］谢维新撰，文渊阁《四库全书》本。

　　《韵府群玉》，［元］阴劲弦、阴复春编，文渊阁《四库全书》本。

　　《山谷内集诗注》，［宋］黄庭坚撰，［宋］任渊注，文渊阁《四库全书》本。

中古道教仙传中的"考验择徒"母题*

张玉莲

内容摘要:"考验"作为道教择徒的一种重要方式,在道教仙传中常体现于"考验择徒"母题中。本文从考验的内容,如守时诚信、恒心毅力、专诚识鉴、仁德胆识等方面,梳理"考验择徒"母题在中古不同时期道教仙传中的承袭与演变,发掘该母题所蕴含的文化意义及宗教精神。在此基础上,探究该母题在各时期道教仙传中的叙事特点和功能。

关键词:中古道教仙传　"考验择徒"母题　文化意义　宗教精神　叙事特点

对母题的界定,学界众说纷纭。美国民间文艺学家斯蒂·汤普森认为:"一个母题是一个故事中最小的,能够持续在传统中的成分。"①认为母题是构成故事的最小成分。刘守华把母题和情节等同,"主题是由一个母题或多个母题结合而表达的基本思想,母题是纯粹的情节和行动"②。笔者以为,母题是叙事性文体中构成情节的、具有相对独立性和特定意义且反复出现的最小单元。中古道教仙传中就有不少母题,其中之一便是"考验择徒"母题。

佛道二教中,对好道修道者进行考验通常是其入教的必要环节,"不受考验不成佛,不受磨难不成道"的俗语形象地道出这一实况,故佛道相关文献中不乏关于"考验"的记述。就道教而言,设置考验主要是出于对"道"的重视。成书于汉代的《太平经》卷七一《戊部之三》:"夫道,乃重事也。或悔与人,且欲夺人道,故先试人,视人坚不。"③指出考验是基于"道"乃"重事"的认识,其目的是检验修道者心志是否坚定。如何检验?同书卷一一四《庚部之十二》陈述"心坚"的各种表现,如被色诱而"志意不倾",见形变而意念不变,临迷惑而"不转志坚",遇危险而"心不恐惧",尽忠孝而"无所顾于下"。④ 随着道教的发展,"考验"的相关理论愈加完备。东晋道教徒葛洪《抱朴子内篇》卷十三《极言》:

---

* 基金项目:本文为国家社会科学基金青年项目"中古道教仙传文学研究"(编号:13CZW030)阶段性成果;国家社会科学基金重大项目"中国古代杂传叙录、整理与研究"(编号:20&ZD267)阶段性成果。
　作者简介:张玉莲,文学博士,云南师范大学文学院副教授。研究方向:中国古代小说与小说文献。

① 〔美〕斯蒂·汤普森著《世界民间故事分类学》,郑海、郑凡等译,上海文艺出版社1991年版,第499页。
② 刘守华《比较故事学论考》,黑龙江人民出版社2003年版,第90页。
③ 王明编《太平经合校》上,中华书局1960年版,第286页。
④ 王明编《太平经合校》下,第595页。

或问曰："古之仙人者，皆由学以得之，将特禀异气耶？"抱朴子答曰："是何言欤？彼莫不负笈随师，积其功勤，蒙霜冒险，栉风沐雨，而躬亲洒扫，契阔劳艺，始见之以信行，终被试以危困，性笃行贞，心无怨贰，乃得升堂以入于室。"①

抱朴子认为古人之所以能够成仙，除了以"信"随"师"，还要经受各种考验，比如应对危困的能力，修道的忠诚度等。在诸如此类的考验理论下，形形色色的考验以母题的形式出现在各种道教典籍中，道教仙传便是其中非常重要的一种文献载体。通过对这些考验母题的探析，能更深刻地理解道教文化及其宗教精神。就中古道教仙传②而言，涉及的"考验择徒"母题，从考验的内容来看，大致分为以下几种：守时、恒心毅力、专诚、识鉴能力、仁德、胆识定力，有时则是综合以上几方面。

一、守时、恒心毅力与得道关钥

中古道教仙传中最早的考验母题大概出现在西汉刘向《列仙传》中。该书卷下《文宾》称神仙文宾考验年过九十的老妪，让其在规定时间到达指定地点："至正月朝，傥能会乡亭西社中邪？"③老妪跋涉十余里赴约，顺利通过考验，最终得道长生。文宾考验老妪的内容包括守时和毅力。

"守时"作为一种考验，更早的为人熟知的有西汉张良接受圮上老父考验事。《史记·留侯世家》称张良通过圮上老父的初步考验——为其拾鞋穿鞋——后，老父设置了第二轮考验："后五日平明，与我会此。"④张良前两次如约而至，却迟于老父。第三次，半夜而往，先于老父，终于通过考验。《列仙传·文宾》设置"守时"这项考验，很可能是受《史记·留侯世家》中张良被考验之事的影响。其后，道教仙传中不乏此种考验方式的书写，且考验次数通常为三。葛洪《神仙传》卷三《陈安世》中仙人令陈安世"明日早会道北大树下"，"频三期之，而安世辄早至，知其可教，乃以药两丸与之……"陈安世最终"道成，白日升天"。⑤ 此外，大概由于史书中张良晚年有"从赤松子游"的出世之愿，故其死后逐渐被世人视为得道成仙者。相应地，张良接受考验之事也成为经典母题进入道教仙传，五代杜光庭《仙传拾遗·张子房》就有老父与张良"三期"的情节。但由于书写意图的差异，《史记》和《仙传拾遗》对老父和张良反应的书写存在差异，前者强调老父前两次见张良迟到是"怒""复怒"，且问迟到缘由，对张良的反应则无任何说明；后者则未言及老父前两次的情绪，而称张良"如是者三……亦无倦怠"。显然，《仙传拾遗》不仅强调张良的"守时"，还

① 王明《抱朴子内篇校释》，中华书局 2002 年版，第 239 页。
② 中古道教仙传，是指汉魏至唐五代以弘道释教为基本意图的神仙传记。
③ 王叔岷《列仙传校笺》，中华书局 2007 年版，第 138 页。
④ ［汉］司马迁《史记》，中华书局 1982 年版，第 2035 页。
⑤ ［晋］葛洪撰，胡守为校释《神仙传校释》，中华书局 2011 年版，第 76～77 页。

强调其为人平和，对得道的信笃。换言之，"考验守时"这个母题在演变中，被添加了"专诚"这项考验内容。故杜光庭《墉城集仙录》卷九《魏夫人》评张良事曰："'信'者得失之关键。张良三期，可谓笃道而明心矣。"①

道教中的"守时"考验，考验的是人的时间观念。古人很早就对时间流动的绝对性有清醒的认识。"子在川上曰，逝者如斯夫"，孔子以不断流淌的河中水，比喻时间的一去不返。在时不我待的时间观念下，人类感受到永恒宇宙之下个体生命的短促，生发出很多思考生命价值和存在方式的感慨。上述道教仙传中以"守时"考验修道者的母题，同样蕴含着惜时的生命意识。在神仙观念下，"山中方一（七）日，世上已千年"，因此，生命短促的人类珍惜时间，便是珍惜生命。在接受"守时"考验中，把握住转瞬即逝的修道升仙机会，方能升仙顺遂。

"守时"考验中还蕴含着"诚信"考验。先秦诸子多倡导诚信，不论儒家的"言必信，行必果"②，还是道家的"言善信，正善治"③，都表明"诚信"乃为人之基本准则。反之，言而无信，则不足以称君子、成大业。当"诚信"作为人类普遍遵守的道德准则后，很自然地成为道教的一项考验内容。发展到后来，"诚信"还成为道教戒律中的重要内容，"九真妙戒"之第七戒即为"不诈，馋贼害善"④，"初真十戒"之"第一戒者"："不得不忠、不孝、不仁、不信，当尽节君亲，推诚万物。"⑤"诚信"已然成为入教门槛。如此，道教仙传中不断出现这种考验内容是符合其宗教精神的。

"恒心毅力"亦是道教仙传中常见的考验内容。《列仙传·文宾》中，九十余岁的老妪作为被考验者，夜行十余里赴约，于其年老体衰之状，这的确是一场艰辛之行，这是从"空间距离"上对其恒心毅力的考验。其后道教仙传中考验恒心毅力的方式，呈现出多样化的样态。《神仙传》卷五《阴长生》中阴长生拜马鸣生为师，后者不教其度世之道。"二十余年"中，在同门悉走的情况下，"不懈怠"且对师"敬礼弥肃"的阴长生，终于通过考验。这是从"时间长度"上对阴长生毅力的考验。以长时间的坚持来考验修道者恒心的母题亦见载于《神仙传》卷七《帛和》，文称王君令帛和于石室中，"可熟视石壁，久久当见文字，见则读之，得道矣"。三年后，帛和终于见到石壁文字而通过了考验。⑥ 帛和接受考验的时间不算长，但能数年如一日注视石壁，必得有坚持不懈的恒心。南朝陶弘景《真诰》卷五《甄命授第一》中傅先生被太极老君试以木钻穿石盘，"积四十七年，钻尽石穿，遂得神

① ［唐］杜光庭撰，罗争鸣辑校《杜光庭记传十种辑校》下，中华书局 2013 年版，第 704 页。
② 刘宝楠《论语正义》，载《诸子集成》（一），中华书局 1954 年版，第 293 页。
③ ［晋］王弼注《老子注》，载《诸子集成》（三），第 4 页。
④ 《太上元始天尊说北帝伏魔神咒妙经》卷六，载张继禹主编《中华道藏》第 30 册，华夏出版社 2014 年版，第 190 页。
⑤ 佚名《虚皇天尊初真十戒文》，载张继禹主编《中华道藏》第 42 册，第 646 页。
⑥ ［晋］葛洪撰，胡守为校释《神仙传校释》，中华书局 2011 年版，第 251 页。

丹，乃升太清，为南岳真人"①。较《神仙传》之阴长生、帛和而言，傅先生接受考验的时间更长，老君设置这样的考验，同样是出于磨炼其意志之意，如文中所评："此有志之士也。"反之，修道者若不能持之以恒，则为试不过。《神仙传·陈安世》中，仙人最初考验的是灌叔平，但因其对仙人渐转懈怠，后者遂另选陈安世为考验对象。

对恒心毅力的考验，也是对修道者身心的磨炼。世俗的种种成功，大都源于内心的持久坚持和外在的不断践行。于多数修道者而言，不死之身和美妙仙境便是终极目标，要实现这个缥缈高远的目标，身心方面的各种严酷考验是必要环节，如《太平经》所言："今是诸得上天之士，皆得持心志坚密，不可误者也。"②

二、专诚、识鉴之慧与仙才资质

任何一种宗教信仰，都要求信徒对其终极理想有坚定不移的专诚之心，道教亦然。《抱朴子内篇》卷十四《勤求》云："先师不敢以轻行授人，须人求之至勤者，犹当拣选至精者乃教之。"③言先师传长生之方的对象，须是好道且至勤至诚者。这种专诚，可能包括对"明师"④指令的无条件服从，对"死亡"的无所畏惧，对"食秽吮疮"的坦然，等等。

这种母题在《神仙传》中就有涉及，该书卷二《魏伯阳》中魏伯阳以"暂死"考验弟子的修道诚心。魏伯阳"知弟子心不尽，乃试之曰：'此丹今虽成，当先试之，今试饴犬，犬即飞者可服之，若犬死者，则不可服也'"。⑤ 一心向道的虞姓弟子，见犬及师服丹皆死而依然服丹，最终经受住生死考验后，随师升仙，其余二弟子则徒生懊恨。修道炼丹的初衷是长生不死，这些弟子面临的却是与其初衷背道而驰的考验：服丹死亡。面对这种考验，不服丹求得尘世余生是人之常情，服丹速死则是超乎常理的荒谬。虞姓弟子其实并非不惧死，而是因为对其师魏伯阳的神异性有毋庸置疑的崇信敬服："'吾师非凡人也，服丹而死，将无有意耶？'亦乃服丹，即复死。"⑥因此，从根本上说，虞姓弟子选择服丹而死，乃是出于对明师可信、神仙可得的绝对专诚。事实上，前述帛和之于王君"视石壁三年"指令的无条件服从，傅先生之于太极老君"木鑽穿石盘"教导的严格遵守，同样需要有对传授者的绝对信任之专诚。这种专诚，当与魏晋南北朝时期修道者须有明师指点的观念密不可分。尊师重教的传统早已有之，春秋时孔门弟子对孔子的尊崇自不必说，战国荀子亦强调"礼

---

① ［梁］陶弘景撰，赵益点校《真诰》，中华书局 2011 年版，第 85 页。
② 王明编《太平经合校》上，中华书局 1960 年版，第 287 页。
③ 王明《抱朴子内篇校释》，中华书局 2002 年版，第 252 页。
④ 明师，指贤明之师。该词出自《韩非子·五蠹》："文学习则为明师，为明师则显荣。"载国学整理社编《诸子集成》（五），中华书局 1954 年版，第 345 页。
⑤ ［晋］葛洪撰，胡守为校释《神仙传校释》，中华书局 2011 年版，第 63 页。
⑥ ［晋］葛洪撰，胡守为校释《神仙传校释》，第 63 页。

有三本……君师者，治之本也……故礼，上事天，下事地，尊先祖而隆君师，是礼之三本也。"①道教在发展过程中，有意吸纳儒家这种尊师观念，很多道教著作都有相关理论阐释，《太平经》卷七十一《戊部之三》曰："故圣贤皆事师乃能成，无有师，道不而独自生也。"②认为即使圣贤也是在明师指点下才成大器。西晋魏华存《清虚真人王君内传》称"学道无师，无缘自解"③，言师之于修道的重要性。《抱朴子内篇·微旨》进一步指出修道当追随明师："未遇明师而求要道，未可得也。"④不仅如此，该书《勤求》更是把"明师之恩"推重于"父母之恩"："明师之恩，诚为过于天地，重于父母多矣，可不崇之乎？可不求之乎？"⑤因此修道者不仅要追随明师，且要对其绝对专诚。这种观念，在师父以死亡作为考验内容的母题中被发挥到极致。

道教对"明师"重要性的强调，不仅表现在要求对明师绝对专诚，亦表现在要有识辨"明师"的能力，即要有"识鉴之慧"。由此衍生出"丑形试真""食秽食异物""忍辱忍垢"之类的考验内容。

"丑形试真"一词出自旧题周季通《玄洲上卿苏君传》："卖履市巷，丑形试真。得意而栖，遁化不伦，时人莫能识也。"⑥"丑形试真"是指神仙以"丑形"（如乞丐、狂人等形象）行于人间，考验能识出其真实身份的修道者。以"丑形行于人间"事，《列仙传·阴生》中就有记载，文称神仙阴生在世人眼中乃是"渭桥下乞儿"。但此言其"丑形"，意在突显俗人的眼拙，并非是考验修道者。后世道教仙传中神仙的"丑形"则宽泛得多，书生、佣客、卜师、屠夫、缊缕老道士等地位低下的社会身份，皆可能是神仙考验修道者的"丑形"。

"丑形试真"这种考验内容，《神仙传·陈安世》有涉及："叔平好道思神，忽有二仙人托为书生，从叔平行游，以观试之，叔平不觉其是仙人也。久而转懈怠。"⑦叔平虽然好道，但并未识出"二书生"的真实身份，是为"试不过"，故未能得二仙人亲授。此外，《真诰·甄命授第一》中真人郭声子在洛市中作卜师，时刘、石、张、臧四姓并欲学道，常自叹云："不遇明师。"⑧言真人以"卜师"形象出现，但寻求明师者并未识出。又，杜光庭《神仙感遇传》卷四《郑又玄》中，郑又玄未能识出先后化身为寒贱之子、大贾之子以及童子的太清真人；同书卷六《维扬十友》中，十友未能识出"衣服滓弊，气貌羸弱"的老叟乃是指引其升仙的明师；同书卷六《张镐妻》中张镐未能识出妻子乃神仙，等等。这些未能识出明师者，最

---

① [清]王先谦《荀子集解·礼论篇》，载国学整理社编《诸子集成》（二），中华书局1954年版，第233页。
② 王明编《太平经合校》上，第284页。
③ [西晋]魏华存《清虚真人王君内传》，载宋张君房编，李永晟点校《云笈七签》，中华书局2003年版，第2289页。
④ 王明《抱朴子内篇校释》，第124页。
⑤ 王明《抱朴子内篇校释》，第255页。
⑥ 旧题周季通《玄洲上卿苏君传》，载宋张君房编，李永晟点校《云笈七签》，第2246页。按，该作可能是晋人假托。详参卿希泰主编《中国道教思想史》，人民出版社2009年版，第387～388页。
⑦ [晋]葛洪撰，胡守为校释《神仙传校释》，中华书局2011年版，第76页。
⑧ [梁]陶弘景撰，赵益点校《真诰》，中华书局2011年版，第86页。

终多未能升仙。由此不难见出，“识鉴明师”之于修道的重要性。对于这一点，《真诰》有明确阐述：

> 明师出而己不觉，皆为试不过，皆无所得也。常当慎此，有异不觉，便为试不过也。人有学道之心，天网疏而不失，皆并试人。①

不仅指出“不识明师”的后果是“无所得”，还提醒修道者“试”无处不在，修道者须谨慎。

尽管不能识出神仙可能导致修仙无果，但有时也会因通过其他考验而得以弥补。《神仙传》卷三《李八百》中唐公昉虽不知“佣客”是前来教其至道的“明师”，但由于其通过“食秽吮疮”的考验而如愿升仙。

“食秽吮疮”作为考验修道者专诚度的一个常见内容，最早见载于《神仙传》。该书《李八伯》中，李八伯先后令唐公昉婢女、唐公昉及其妻为之舔舐恶疮。疾愈后，李八伯表明此举意图：“吾是仙人，君有至心，故来相试，子定可教，今当相授度世之诀矣。”②舔疮者皆有所获，唐公昉更是“丹成便登仙去”。《神仙传》不仅记述经受住“食秽吮疮”考验者的升仙结局，还记述未通过考验者错失升仙机会的后果。该书卷九《壶公》中费长房经受住两种考验后，壶公“乃命噉溷，溷臭恶非常，中有虫长寸许，长房色难之，公乃叹，谢遣之，曰：‘子不得仙也。’”③作者试图通过修道者不同结局的对比，表现“食秽吮疮”考验于修仙者的重要意义。

这种母题在后世被不断书写，陈器文统计称，古今文献中，这种考验母题共15则，除前述《神仙传》中两则外，尚有“马致远杂剧一则，王世贞《列仙全传》六则，清传奇小说两则及清末民初山东、广东等地传说四则。这些故事中出现的人物，都是神仙群体中知名度极高者”④。至于设置这种考验的初衷，可能是为了试探修道者的专诚，“‘忍垢吃秽’的意义是对求仙者‘忠诚不惑’纯粹度的测试，脏道人与臭粪便的内核都是一颗坚忍的道心”⑤。从哲学层面上看，这种母题的设置也许是受道家尤其是庄子“齐物论”观点的启发，将美与丑、善与恶、大与小、香与臭等世人认为对立的审美维度，等量齐观，进而视“（道）在屎溺”⑥的提法为真理。延伸至修道实践中，自然也要求修道者能超越世俗之辨，视“疮秽”为“美食”。

“食秽吮疮”这种考验在继承中也有新变。一种变为“忍辱忍垢”，一种变为“食怪异

---

① ［梁］陶弘景撰，赵益点校《真诰·甄命授第一》，第86页。
② ［晋］葛洪撰，胡守为校释《神仙传校释》，第81页。
③ ［晋］葛洪撰，胡守为校释《神仙传校释》，第308页。
④ 陈器文《道教神仙故事中的“食秽”魔考》，《百色学院学报》，2008年第6期，第6页。
⑤ 陈器文《道教神仙故事中的“食秽”魔考》，《百色学院学报》，2008年第6期，第12页。
⑥ ［清］王先谦《庄子集解》卷六《知北游》，载国学整理社编《诸子集成》（三），中华书局1954年版，第141页。

物或不欲食之物"。前者如五代沈汾《续仙传》卷上《宜君王老》中王老为缢缕老道士治恶疮事。老道士遍身恶疮，王老殷勤为其求医诊治近一年而未愈。后从道士之意为其洗以药酒，道士疮愈而"颜复少年，肌若凝脂"。王老夫妇听道士之言，饮其沐浴过的酒而后飞升为仙。这个母题中蕴含的考验，由之前的"食秽吮疮"变为"忍垢饮酒"，尽管所饮之酒乃道士沐浴恶疮之酒，但感官上，"清泠香美，异于常酝"，不复费长房、唐公昉等所食那种令人恶心的秽物。因此，此文中考验王老的主要是长达一年毫无嫌恶的"忍垢"，而非"食秽"。这种转变，或许是作者的文学创意。

至于以"食不欲食之物或怪异物"为考验内容者，有时是为了测试修道者的"专诚"，有时是为了测试修道者有无"识鉴之慧"。测试修道之专诚者如《神仙感遇传》卷五《僧悟玄》中僧悟玄食肉事。僧悟玄欲游峨眉洞天，有人指点其找洞主张生。张生令其食肉，其再三推辞后，"恐是神仙所试，不敢违命。食尽二器，厌饮弥甚。张亦劝之，固不能食矣"①。肉虽是寻常之物，但对于"不食肉久"且不喜食肉的僧悟玄来说，食肉乃是违背其佛教信仰之难事。所幸其意识到这可能是对其专诚度的考验，故勉强食之。僧悟玄最终如愿至神仙之境的结局，似乎表明其通过了此次考验。以"食异物"测试识鉴能力者，如《神仙感遇传》卷六《维扬十友》中老叟请十友食"童儿"事。文称衣衫褴褛的老叟曾受维扬十友一饭之恩，其回请十友的食物是"蒸一童儿，可十数岁，已糜烂矣，耳目手足，半已随落"。十友"深嫌之"，皆不肯食。老叟与诸丐食毕方告诉十友，"此所食者，千岁人参也……且食之者，白日升天，身为上仙。众既不食，其命也夫"②。十友虽未嫌弃老叟穷贱，但终究未能识出老叟乃引导其飞升的"明师"，亦未能识出貌似"童儿"的怪异食物乃升仙之药，最终未能升仙。这都是好道者无"识鉴之慧"的后果，由此可见仙才难得。

此外尚有以"山神"来试者。道教所谓山神，有时是指主小山之邪神，《抱朴子内篇·极言》称道士入山修道，"或不得入山之法，令山神为之作祸，则妖鬼试之，猛兽伤之，溪毒击之，蛇蝮螫之，致多死事，非一条也"③。又，同书《金丹》称："凡小山皆无正神为主，多是木石之精，千岁老物，血食之鬼，此辈皆邪魊，不念为人作福，但能作祸，善试道士。"④这两则材料都指出山神常常为非作歹，譬如使妖鬼考验道士，稍不留神，被考验者就可能受到伤害甚至导致死亡。所以该书还特地介绍了道士入山之法：以术辟身、持镜、带剑及服丹等等。山神来试之事在道教仙传中就有体现，《神仙传》卷九《介象》中，山神派虎来试被介象识出，其遂通过初试，为进一步的成仙奠定了基础。倘若修道者愚昧地拜邪为师，不

---

① ［唐］杜光庭撰，罗争鸣辑校《杜光庭记传十种辑校》，中华书局 2013 年版，第 496 页。
② ［唐］杜光庭撰，罗争鸣辑校《杜光庭记传十种辑校》，第 528 页。
③ 王明《抱朴子内篇校释》，中华书局 2002 年版，第 243 页。
④ 王明《抱朴子内篇校释》，第 85 页。

仅被判为"试不过"，还可能招来杀身之祸。《真诰·甄命授第一》中，好学道的间成子"为荆山山神所试。成子谓是真人，拜而求道，而为大蛇所噬，殆至于死"①。

三、仁德、胆识定力与入教门槛

所谓仁德，是指致利除害爱人无私的崇高道德。一种成熟的宗教通常会对入教者进行"资格审查"，"德行"往往是其中一个重要考察内容。"德行考察"与"戒律约束"相辅相成，只是"德行考察"多施于入教前，"戒律约束"常行于入教后。道教中的"德行考察"除了包括对传统"五伦"关系的处理，还涉及对其他关系疏远甚至毫无关系者的处理。尽管儒家也提"四海之内皆兄弟"，但更强调"君君臣臣父父子子"这种有等级之差、亲疏之别的"仁爱"。而道教的德行考察，是一种综合儒家"仁爱"和墨家"兼爱"的"仁德"。所以道教论著中既有对儒家仁爱的强调，如《抱朴子内篇·对俗》所言："欲求仙者，要当以忠孝和顺仁信为本。若德行不修，而但务方术，皆不得长生也。"②亦有对"兼爱"的重视，如《太平经》倡导扶危济困，周穷救急："常力周穷救急，助天地爱物，助人君养民。"③

道教对"仁德"的强调，在道教仙传中通常以考察修道者"仁德"这种母题体现。《真诰·稽神枢第二》中称刘讽"少好道德，而家世大富，常周穷困"。仙官马皇先生前来携其升仙，并称原因是："子仁感天地，阴德神鬼，太上将嘉子之用情矣，使我来携汝以长生之道。"④"好道德"的刘讽"常周穷困为事"，正是这种仁德感动天神而使其遂了升仙之愿。该文虽未言刘讽接受考验，但按照道教相关理论，修道者的一切行为，皆在神仙考察范围内，如前所引："人有学道之心，天网疏而不失，皆并试人。"正是如此，才会有太上嘉其行而遣仙官来迎刘讽之举。因此，从根本上来说，刘讽之升仙，是其通过"仁德"考验的结果。此外，《王氏神仙传·王探》中，虽然王探并未识出"狂人"赵先生的"仙人"身份，但其对赵"施与不已""欣然拯之"的仁德，使其最终通过了这场考验，赵密告之曰："我试子尔，子可教者也。"⑤倘若未能识出神仙真实身份，又德行有亏，则多与升仙无缘。前引《神仙感遇传·郑又玄》中，郑又玄未能识出先后化为不同形象的太清真人，固然是无"识鉴之慧"，是为"试不过"。但更重要的是由于其德行败坏，随意凌辱人物。因此，在对郑又玄的考验中，德行考察实为核心内容。

修道之途大都充满艰难险阻，这就要求修道者具备不同凡俗的勇气，所以道教中会

① ［梁］陶弘景撰，赵益点校《真诰》，中华书局 2011 年版，第 86 页。
② 王明《抱朴子内篇校释》，中华书局 2002 年版，第 53 页。
③ 王明编《太平经合校》上，中华书局 1960 年版，第 251～252 页。
④ ［梁］陶弘景撰，赵益点校《真诰》，第 215 页。
⑤ ［唐］杜光庭撰，罗争鸣辑校《杜光庭记传十种辑校》，中华书局 2013 年版，第 887 页。

设置考验修道者胆识的项目，"若生怖惧，为试不过，则失道矣"①。这种考验，道教仙传中亦有反映。《神仙传·费长房》中，壶公设置的考验有三，前两种皆是对费长房胆识的考验：使其独处于深山群虎之中；卧于朽索所悬万斤巨石之下，蛇啮索且断。对于前者，长房"不恐"；对于后者，长房"不移"，遂顺利通过这两项考验。这种考验胆识的母题，得到《真诰》的继承，该书《甄命授第一》称刘伟道学仙，"仙人试之以石，重十万斤，一白发悬之，使伟道卧其下。伟道颜无变色，心安体悦，卧在其下"②。显然，刘伟道被试以巨石事的幻设，乃得益于《神仙传·壶公》之启发，只是较费长房而言，刘伟道所受的考验更惊心动魄，所悬巨石由"万斤"增为"十万斤"，而悬石之物则由"朽索"减为"一白发"。作者如此增减重量或承受力，显然是为了更好地彰显刘伟道非同凡响的胆识。本自《真诰》之刘伟道事的《洞仙传·刘道伟》同样保留这一母题，言仙人以一白发悬约万斤巨石，使刘道伟卧其下③。只是撰者可能未能领会原书将巨石重量设为"十万斤"的初衷，而将其改为"万斤"。

修道过程中，修道者能否抵御住各种诱惑或干扰，专心致志，坚定不移，关乎修道成败，故而"定力"亦是对修道者的一项重要考验。《真诰·真命授第一》记述周君三兄弟得仙人所赠真经，周君专心诵读"万过"后，"翻然飞仙"，二弟三弟则在接近"万过"时去看山边白鹿而终不得仙④。这里对周君兄弟的考验，不仅是其要有读"万过"书的毅力，还要求整个过程中能经受住各种外界干扰，做到心无旁骛。此外，《墉城集仙录》卷一《鲁妙典》称鲁妙典"累有魔试，而贞介不挠"⑤。虽未言测试的具体内容，但通过"贞介不挠"的评价，可推测鲁妙典很可能也经受了"定力"考验。

有时，神仙会将恒心、胆识及定力等测试内容综合运用。《墉城集仙录》卷四《太真夫人》曰：

明生初但服事，只欲学《金疮方》，既见神仙来往，乃知有不死之道，旦夕供给扫洒，不敢懈倦。夫人亦以鬼怪虎狼眩惑众变试之，明生神情澄正，终不恐惧。又使明生他行别宿，因以好女于卧息之间调戏亲接之。明生心坚志静，固无邪念。⑥

当马明生确定有不死之道且太真夫人就是神仙后，其"旦夕供给扫洒，不敢懈倦"的行为，便是其修道"恒心"的具体体现。而夫人"以鬼怪虎狼眩惑众变试之"，则是对其"胆

---

① ［元］赵道一《历世真仙体道通鉴》卷八《尹喜》，张继禹主编《中华道藏》第47册，华夏出版社2014年版，第282～283页。
② ［梁］陶弘景撰，赵益点校《真诰》，中华书局2011年版，第83页。
③ ［六朝］见素子《洞仙传》，载严一萍编《道教研究资料》（第一辑），艺文印书馆1991年版，第14页。按，刘道伟当为刘伟道之误。
④ ［梁］陶弘景撰，赵益点校《真诰》，第84页。
⑤ ［唐］杜光庭撰，罗争鸣辑校《杜光庭记传十种辑校》，中华书局2013年版，第720页。
⑥ ［唐］杜光庭撰，罗争鸣辑校《杜光庭记传十种辑校》，第619页。

识"的考验；夫人使好女"调戏亲接之"，则是对其"定力"的考验。最终，不懈怠、不恐惧、无邪念的马明生通过了考验，如愿拜师升仙。

纵观上述道教仙传中的考验母题，早期的考验如《列仙传》中一般只有一种或一事，随着道教的发展，道教仙传中更多的考验是"综合测试"。所以有的仙传并未叙述考验的具体项目，而是以考验次数表现考验难度，如《真诰·甄命授第一》中青乌公四百七十一年中接受的考验是"十二试"，黄观子四十九年中接受的考验是"百四十事"①。这种长期多次的考验中，"精诚、恒心"当是必考内容，所以杜光庭《墉城集仙录叙》评曰："或精诚不易，试难不移，目注昆丘，心朝大帝而得道者，黄观、韦道微、傅君之例是也。"②认为黄观子等修道者的"精诚不易，试难不移"是其得道的重要原因。相较早期道教仙传中的考验，这种考验难度更大。这或许意味着随着道教的发展，教义更成熟，入教门槛更高，不复道教创立之初为了各种政治目的而不苛求入道者资质。

当然，书写教义者在设置这些考验时，也会考虑实际操作的可行性。若要求修道者通过所有考验方能入教修道，那能登堂入室者必然很少，能修成正果者更是凤毛麟角，这势必会影响道教队伍的壮大和道教的发展，所以西晋华峤《紫阳真人周君内传》中对考验做了折中处理：

> 真人周君曰：诸应得仙道，皆先百过小试之，皆过，仙人所保举者，乃敕三官乞除罪名，下太山除死籍，度名仙府。仙府乃十二大试，太极真人下临之。上过为上仙，中过为地仙，下过白日尸解。都不过者，不失尸解也。尸解，土下主者耳，不得称仙也。③

周君称，虽然"应得仙者"要先接受"百过小试"，再接受"十二大试"，但将考验的成绩划分为四个等级：上过、中过、下过以及不过。不同的等级，会因成绩高低获得相应的位阶：上仙、地仙、白日尸解以及不失尸解。设置不同等级的考验结果，显然会给修道者以更多动力和希望，因为只要努力，都会有所获。所以道教仙传中常有这样的叙述：某人虽未通过所有考验项目，但最终还是得道或成仙，只是可能仙阶不够高而已，如《真诰》之青乌公接受十二种测试而"三不过"，最后成为"仙人"，而非"真人"。

从心理学的角度看，道教中对修道者的种种考验，可能是为了提高教徒凝聚力和生存能力：

> 那些入会仪式中的折磨、劳顿、甚至毒打终于开始显得有点道理了……他们是为了群体的生存才这样做的……那些经历了这些仪式才成为会员的人所具有的忠贞不渝的

---

① 二事分见于梁陶弘景撰，赵益点校《真诰》，第83、85页。
② ［唐］杜光庭撰，罗争鸣辑校《杜光庭记传十种辑校》，第566页。
③ ［西晋］华峤《紫阳真人周君内传》，载张继禹主编《中华道藏》第46册，华夏出版社2014年版，第194页。

态度和现身精神，会极大地增强团体的凝聚力和生存能力。①

　　尽管引文所言"入会仪式中的折磨、劳顿、甚至毒打"是针对某些团体、组织、部落而言，但其考验的意图应与道教的并无二致。那些经历严酷考验的教徒，必定会更加珍惜来之不易的修道机会。如此，这些教派的生存能力和凝聚力就可能得到提升，相应地，这种"考验"也就起到促进该派向积极方向发展之目的。

四、"考验择徒"母题的叙事特点及功能

　　从叙事学的角度看，"考验择徒"母题一般由三个环节组成：神仙设置考验——凡人接受考验——凡人通过考验得道升仙（或考验不过与仙道无缘）。其中，神仙和凡人是不变的因素，"考验"则是沟通神仙和凡人的桥梁。

　　不同时期的仙传中，"考验择徒"母题的叙事特点和功能不尽相同。

　　早期仙传如西汉《列仙传》中，"考验择徒"母题的叙述简略、数量较少，今所见仅一则，即《列仙传·文宾》。文宾给老妪设置的考验是让其以老迈之躯徒步十里赴约，以此考验其诚信和恒心毅力。该母题虽表明了老妪的向道之心，并为其后老妪变成神仙的情节做了铺垫，但更重要的是为了彰显文宾的神仙身份和度人成仙的神力。早期仙传中考验母题数量少，一个很重要的原因是此期道教尚未出现，并无专门理论指导。

　　西晋道教仙传对"考验"的书写基本是相关理论的凝练概括，鲜见具体的考验内容的精细描摹。《玄洲上卿苏君传》提出了"丑形试真"的考验模式。该文虽未言说这种模式的具体内涵与现实运用，却指导后世道教仙传构设出内容丰富的考验择徒母题，而考验的目的，主要是判断修道者是否有"识鉴之慧"。因此，《玄洲上卿苏君传》对于道教仙传中判断"识鉴之慧"这一考验母题的叙事意义，并非实践经验，而是理论价值。前引《紫阳真人周君内传》亦是从理论上阐释接受考验者的最终结局与其通过考验的级别息息相关。至于其中的"百过小试""十二大试"等考验内容及其实践案例，传文并未详述。其他道教仙传亦鲜有对考验择徒母题的叙写。这种情况可能在一定程度上说明，西晋尚处于考验择徒理论的初兴期。

　　东晋道教仙传中，"考验择徒"母题频现，不仅数量众多，考验形式多样，书写也更细腻生动，甚至有的"考验择徒"母题成为传文的主体内容。主要原因可能是此期道教论著对考验择徒的具体要求已有详尽而明确的理论阐释，如前述《抱朴子内篇》的相关理论即是。此期涉及该母题的道教仙传以《神仙传》最具代表性和典型性，是书叙写"考验择徒"母题者多达七则，分别是《魏伯阳》《陈安世》《李八百》《阴长生》《帛和》《壶公》《介象》②。

---

① 〔美〕罗伯特·西奥迪尼（Robert B. Cialdini）《影响力》，陈叙译，中国人民大学出版社2006年版，第118～119页。
② 《神仙传》散佚，今有多种辑佚本，兹以胡守为校释本为据进行统计。

以上诸文涉及的考验内容涵盖以生的诚信、恒心毅力、识鉴之慧，又增出仁德、胆识、专诚等内容。后世道教仙传所涉考验择徒母题的内容大都不出此范围，只是考验方式和叙写特点有所差异。

较前此道教仙传而言，《神仙传》中的"考验择徒"母题虽有简略概括者①，但整体上叙写更详尽，《魏伯阳》《陈安世》《李八百》《帛和》等皆属此类，兹以《陈安世》为例说明。该文主要叙写仁慈的陈安世通过诚信和恒心考验后得道升仙之事。与同样写考验诚信的《列仙传·文宾》相比，《陈安世》的书写更为生动细致。虽两文皆是借助"与人期于某时某地"这种方式来实现考验目的，但《文宾》对该母题的书写仅用五十八字，且考验方式单一：相约一次，被考验者如期到达就完成了考验。《神仙传·陈安世》则用构成传文主体的近四百字书写，且考验方式多样，除需如期到达指定地点与人会面外，还将陈安世的"实对"与灌叔平的谎言展开对比以显前者之诚实。且在相约会面这种考验方式中，会面次数不再是一，而增为"三"。大量篇幅的叙写、多样的考验方式及多次的会面经历，使得传文的叙述更细致，故事情节更曲折，人物形象更鲜明。"考验择徒"母题作为《陈安世》浓墨重彩之处，充分彰显了仁慈的陈安世诚实守信、持之以恒的形象特征。同时，通过考验的陈安世得仙人赠药二丸，最终得道升天。这一结局安排，显然是"考验择徒"母题中受考验者通过考验后情节发展的必然。其他如《阴长生》《李八百》《壶公》《帛和》等也是设置不同类型的考验，且对考验内容的叙写精细而用心，甚至《帛和》《李八百》中，"考验择徒"母题是传文的主体内容。相应地，传文基本结构是：传主简介＋考验择徒＋受考验者得道升仙或未能升仙。其中，受考验者的结局，与其是否通过考验密切相关。作者在同一书中设置受考验者截然相反的结局，意在宣告世人只有具备道教要求的各项基本素养，方有升仙之望。这表明，作为文本主体内容的"考验择徒"母题成为传文书写意图达成的关键。

南朝道教仙传中，有一些"考验择徒"母题依然充当传文主体被详尽书写。如《真诰》卷五《甄命授第一》中傅先生得道是由于其经受住四十七年中不断以木鑽穿石盘的"恒心"考验，同卷中刘伟道成仙是由于其通过巨石悬顶而泰然处之的"胆识"考验。分别本于此二事的《洞仙传》之《傅先生》《刘道伟》亦保留了原文的考验方式。这些考验母题对考验的具体内容做了具体呈现和重点书写，相应地，考验母题作为传文主体，决定了传文的基本内容和情节走向。

但南朝道教仙传对考验母题的书写已出现一个新情况，即以概述性的文字辅以具体数据说明修道者接受考验的时间之长，项目之多，通过之难。《真诰》卷五《甄命授第一》

---

① 如《神仙传·介象》仅以一语说明介象修炼中涉及考验："'若山神使汝来试我，汝疾去。'虎乃去。"［晋］葛洪撰，胡守为校释《神仙传校释》，中华书局 2011 年版，第 324 页。

之周君兄弟三人事中，以修道时间"九十七年"之久和读素书"万过"之多，说明周君成仙乃是其经受住"毅力"和"专诚"考验的结果。前引《真诰·甄命授第一》中青乌公"四百七十一年"中接受的考验是"十二试"，黄观子"四十九年"中接受的考验是"百四十事"，但青乌公、黄观子接受考验的具体项目和详细过程，并未被文本呈现。出现这种新情况的原因，除了作者的求新创变意识外，恐怕还与此期的相关理论有关。南朝时期，"考验择徒"理论愈加成熟完善，影响较大者如前引《真诰》："人有学道之心，天网疏而不失，皆并试人。"言学道修仙过程中，"试"无处不在，"试"无事不可。既然如此，在叙写"考验择徒"母题时，自不必像以往仙传那样逐一精细描述考验的具体内容或过程，只需借助超乎寻常的考验次数或修道时长，便能表明被考验者的修道结局与是否通过考验相关。

据笔者所阅文献，隋朝道教仙传鲜有传者，故此期仙传中"考验择徒"母题的详情无从论述。

唐代道教仙传对"考验择徒"母题的书写情况难下结论。此期道教仙传数量众多，据笔者统计，至少二十六种，但散佚严重，今存作品如温造《瞿童述》、王建《崔少玄传》、长孙巨泽《卢陲妻传》、佚名《孝道吴许二真君传》、李渤《真系传》、贾嵩《华阳陶隐居内传》等鲜有对考验母题明确具体的书写，至于散佚之作的相关情况，更是无法揣测。因此，该母题在唐代道教仙传中的详情难以准确评判。但据留存作品可知，唐代很多道教仙传作家对修道中的"考验"环节不甚关注。

五代道教仙传中虽依然有大量"考验择徒"母题，前引《神仙感遇传》《墉城集仙录》《仙传拾遗》《续仙传》等书皆有涉及，但在考验内容方面较此前道教仙传并无明显创新。主要原因可能是前此相关理论已经非常成熟，且同期道教仙传对此母题的书写已经非常详尽，故五代仙传作者欲在此话题上推陈出新比较困难。另外，与东晋南朝很多道教仙传将"考验择徒"母题作为传文主体重点书写相区别，五代道教仙传对该母题的书写趋于简化，但"考验"这一环节在塑造人物形象、决定人物命运方面依然意义重大，相应地，"考验择徒"母题在很大程度上起到掌控情节走向及安排故事结局的作用。前引《墉城集仙录·鲁妙典》中对鲁妙典接受的考验仅用"累有魔试，而贞介不挠"一语带过，但此语足以表现出鲁妙典对修道的专诚与执着。正是由于经受住"专诚"考验，传文才顺理成章出现下一个情节：鲁妙典感动神仙降受灵药并最终升仙。相应地，传文以鲁妙典的升天及其仙迹的介绍告终也就成为符合情事逻辑的结局安排。此外，《神仙感遇传·维扬十友》中"慕道"的十友未能升仙，是由于未能通过"识鉴之慧"的考验。《续仙传·宜君王老》中"好道"的王老白日飞升，是因为经受住"忍辱忍垢"的考验。两文中好道者的不同结局，均取决于是其否通过考验。由此观之，"考验择徒"母题在很大程度上决定着人物的悲喜命运与传文的最终结局。

综上，中古道教仙传中的"考验择徒"母题，其考验内容会因时代或教义等的不同而有所变化，但考验都是围绕教徒基本素养如守时诚信、恒心毅力、专诚识见、仁德胆识、定力等展开。通过考验者，方有登堂入室，接受仙道或明师亲授的资格。至于考验的意图可能主要是为了提升该教的生存能力和凝聚力。就叙事特点和功能而言，"考验择徒"母题在各时期道教仙传中的书写详略不一、策略有别，但大都在塑造人物形象、推进情节发展或决定传文结局等方面发挥重要作用。由此观之，"考验择徒"母题堪称关楗，在道教仙传中的意义不可谓不重大。

鸠摩罗什及所译三传考论*

李永添

内容摘要：鸠摩罗什是东晋十六国时期著名译经师，《出三藏记集》《高僧传》《晋书》等佛教史籍有传，然其生平事迹、生卒年及译经数目等均有参差之处。鸠摩罗什所译撰《马鸣菩萨传》《龙树菩萨传》《提婆菩萨传》，历代书目或将其视为佛经，或将其视为杂传，观点不一。近代以来，学界诸对《马鸣菩萨传》等三传的性质逐渐达成共识，如汤用彤、吕澂、刘保金等均将其视为传记文学。三传分别记述了付法藏十二祖马鸣、十四祖龙树、十五祖提婆的传说故事，文本叙事风格颇类印度神话，而体例模式近似中国史传。考察与研究菩萨传的文本与体例，对于反哺印度史学、深化中国古代沙门传研究均有着重要的意义。

关键词：鸠摩罗什　《马鸣菩萨传》　《龙树菩萨传》　《提婆菩萨传》　沙门传

鸠摩罗什是姚秦时期西域来华僧人，一生翻译佛典、讲经说法，声望极高，位列四大译经师之首。《出三藏记集》卷十四"述列传"、《高僧传》卷二"译经中"、《晋书·艺术传》卷九十五有传，然三书所载部分内容（诸如鸠摩罗什"'破戒'问题""生卒年问题"等）均有出入，此外，历代佛教内典录对其所译经书部卷之数亦有不同记载，种种问题有待厘清。

目前学界关于鸠摩罗什的研究，涉及范围广泛，但是成果多集中于翻译领域与佛学思想领域[1]，关于鸠摩罗什生平、译经数目等，尚有待于进一步发掘。鸠摩罗什所译撰的《马鸣菩萨传》《龙树菩萨传》《提婆菩萨传》更是鲜有学者论及，仅有落合俊典撰，杨曾文译《"三菩萨传"罗什译质疑》中对鸠摩罗什翻译"三菩萨传"提出质疑[2]。今以鸠摩罗什生平所涉及的问题及所译"三传"的著录情况、文本性质为中心进行考察，试为佛教传记文学研究略尽绵薄之力。

---

*　基金项目：国家社会科学基金重大项目"中国古代杂传叙录、整理与研究"（编号 20&ZD267）。
　　作者简介：李永添，辽宁大学文学院博士研究生。研究方向：中国古代传记文学与文献，中国古代小说与文献。
①　翻译领域诸如刘培《鸠摩罗什与四声之发明及北传》，王玥雯《鸠摩罗什五部译经复音词词义若干问题研究》，马丽《论鸠摩罗什变直译为意译的译经特点》等；佛学思想领域诸如王嵘《简论鸠摩罗什与佛教文化》《鸠摩罗什的文化观》，赖鹏举《中国佛教义学的形成——东晋外国罗什"般若"与本土慧远"涅槃"之争》等。
②　〔日〕落合俊典《"三菩萨传"罗什译质疑》，杨曾文译，《佛学研究》2004 年第 1 期，第 55 页。

一、鸠摩罗什生平及行迹活动考

鸠摩罗什，祖籍天竺，出生于龟兹。祖父达多为天竺国相，洒脱卓异，不同寻常。其父鸠摩炎"聪明有懿节"①，辞避相位，出家为僧，东度葱岭至龟兹。鸠摩炎高尚的德行受到龟兹国王及王妹的敬重和喜爱。龟兹王请鸠摩炎为国师，且逼迫其娶王妹耆婆。在龟兹王逼迫之下，鸠摩炎娶耆婆为妻，并且育有二子：鸠摩罗什和弗沙提婆。

鸠摩罗什人生经历，笔者认为大致可分为三个时期：西域诸国学佛讲法时期（出生至384年吕光征龟兹），客居凉州时期（385年吕光割据凉州至401年姚兴迎罗什入关），长安译经时期（401年姚兴请罗什入长安至409年去世）。

（一）西域诸国学佛讲法时期

据《高僧传·晋长安鸠摩罗什》所载：鸠摩罗什7岁跟随母亲在龟兹出家"日诵千偈"；9岁至罽宾拜师盘头达多，学《杂藏》《中阿含经》《长阿含经》等小乘经典，"才明博识，独步当时，三藏九部，莫不该练"②，并于罽宾王宫挫败外道而备受尊崇；12岁转还龟兹，后转至沙勒国讲经说法，学习外道经典，跟从须耶利苏摩改学《阿耨达经》《中论》《百论》《十二门论》等大乘经典；随即在温宿国辩胜外道，从而"声满葱左，誉宣河外"③；后龟兹国王迎其回国，广说佛法；20岁在王宫受戒，从卑摩罗叉学《十诵律》；之后，耆婆往天竺，罗什留龟兹，母子分离；罗什勤修大乘，业师盘头达多主动前往龟兹向鸠摩罗什求学大乘；鸠摩罗什说法之时，西域国王"皆长跪座侧，令什践而登"④，鸠摩罗什"道流西域，名被东川"⑤。

《出三藏记集·鸠摩罗什传》所载与《高僧传》大致相近，不同之处在于鸠摩罗什跟随佛陀耶舍学《十诵律》，后主动往罽宾向盘头达多讲述大乘佛法二事。关于鸠摩罗什《十诵律》师从何人的问题，伯希和、镰田茂雄、黄先炳等均有关注，姚胜在《佛陀耶舍，还是卑摩罗叉？——鸠摩罗什〈十诵律〉受学师从考述》中通过分析两传文献，考察佛陀耶舍与卑摩罗叉译经活动，以及鸠摩罗什与二人心性之异同，得出师从卑摩罗叉的结论。⑥ 诚然如此，《出三藏记集·鸠摩罗什》前云"后从佛陀耶舍学《十诵律》"⑦，后又云"初，什在龟

---

① ［梁］释慧皎撰，汤用彤校注，汤一玄整理《高僧传》，中华书局2007年版，第45页。
② ［梁］释慧皎撰，汤用彤校注，汤一玄整理《高僧传》，中华书局2007年版，第46页。
③ ［梁］释慧皎撰，汤用彤校注，汤一玄整理《高僧传》，中华书局2007年版，第48页。
④ ［梁］释慧皎撰，汤用彤校注，汤一玄整理《高僧传》，中华书局2007年版，第49页。
⑤ ［梁］释慧皎撰，汤用彤校注，汤一玄整理《高僧传》，中华书局2007年版，第49页。
⑥ 姚胜《佛陀耶舍，还是卑摩罗叉？——鸠摩罗什〈十诵律〉受学师从考述》，《佛学研究》2019年第1期，第127页。
⑦ ［梁］释僧祐撰，苏晋仁、萧鍊子点校《出三藏记集》，中华书局2017年版，第531页。

兹，从卑摩罗叉律师受律"①。然考察鸠摩罗什生平，并无两次学习《十诵律》的经历。《出三藏记集·鸠摩罗什传》所载受学《十诵律》的经历，前后矛盾，当以师从卑摩罗叉学《十诵律》为是。然而后者盘头达多主动或被动向鸠摩罗什学大乘佛教一事，当为慧皎《高僧传》为确立鸠摩罗什的核心地位，而对《出三藏记集》做出的相应改动。

时至建元十九年（383）吕光卯关，建元二十年（384）吕光俘获41岁的鸠摩罗什为止，鸠摩罗什有30余年较为安逸平稳的时间研习佛教经典，为以后译经生涯打下了坚实的基础。

（二）客居凉州时期

鸠摩罗什客居凉州时期是其人生最为痛苦的阶段。面对统治者的怀疑和轻视，鸠摩罗什不仅自身"道流西域，名被东川"②的至上荣誉荡然无存，弘扬佛法的志向难以舒展，而且肉体和尊严亦遭受统治者的践踏。

建元二十年（384），吕光攻占龟兹，俘获鸠摩罗什。然吕氏父子并非信佛之人，勒令鸠摩罗什乘暴牛烈马横加羞辱，强迫其饮酒妻女令其犯戒。次年（385）吕光班师回朝途中听闻苻坚为姚苌所灭，便占领凉州自立为王，鸠摩罗什遂滞留凉州。纵使吕氏父子对鸠摩罗什经由谏而不听到主动采纳，但终究保持着怀疑猜忌的态度。鸠摩罗什在客居凉州的16年里，《高僧传》诸书均将叙事重点集中在鸠摩罗什预测未来之事上。据《高僧传》记载，吕光破关之后，鸠摩罗什的预判共有6处。

（1）建议吕光军队徙军陇二，光不纳。至夜，果大雨洪潦暴起，死者数千。

（2）建议吕光军队返回中土，途中自有福地，光从之，窃号关外，定都凉州。

（3）太安元年（302）正月，姑臧大风，罗什预测有反叛，当自定，后应验。

（4）至光龙飞二年（397），沮渠男成及从弟蒙逊反叛，罗什预测吕纂出师不利，后应验。

（5）光中书监张资病重，罗什以五色系作绳推测其命数，称病不可愈。后果少日资亡。

（6）咸宁二年（400），天有异象，罗什劝谏吕纂克己修德，纂不纳。罗什预测"胡奴将斫人头"③，后果被吕超（小字"胡奴"）斩首。

其实，魏晋南北朝时期，与鸠摩罗什的经历相类的僧人凭借预测未来等道术手段传播佛教是非常常见的现象，但与本文所述关系不甚密切，兹不赘述。鸠摩罗什客居凉州十六七年中，凭借道术取得了一定的信众基础。同时鸠摩罗什熟练掌握汉语，对后期翻译佛经而言，具有非常重要的意义。

---

①　［梁］释僧祐撰，苏晋仁、萧鍊子点校《出三藏记集》，中华书局2017年版，第535页。
②　［梁］释慧皎撰，汤用彤校注，汤一玄整理《高僧传》，中华书局2007年版，第49页。
③　［梁］释慧皎撰，汤用彤校注，汤一玄整理《高僧传》，中华书局2007年版，第51页。

（三）长安译经时期

姚秦弘始三年（401），姚兴灭吕隆，迎罗什入关。自此，鸠摩罗什摆脱了后凉吕氏"软禁"的生涯，开启了 11 年"长安译经"的历程。鸠摩罗什入关后，备受姚兴青睐。姚兴"待以国师之礼，甚见优宠"①。除此之外，"王公已下，并钦赞厥风"②，据《高僧传》所载姚显、姚嵩亦曾"屡请什于长安大寺讲说新经"③。鸠摩罗什众人以长安为中心译经、讲经，一时间形成了"四方义士，万里必集"④的盛大场面。

鸠摩罗什入逍遥园及西明阁翻译佛经，一改前人译经过程中用词"失其藻蔚"⑤的缺陷，译出《金刚般若》《十住》《法华》《维摩》《思益》等经论 300 余卷。姚兴出于"法种无嗣"的担忧，遂以妓女强迫于鸠摩罗什，致使其第二次破戒。鸠摩罗什两次被迫犯"色戒"的经历对其而言是相当痛苦的，每次讲经时均将自己譬喻为臭泥，告知后世，引以为戒。秦弘始十一年（409），鸠摩罗什卒于长安，圆寂火化，唯舌不烂，印证前誓。

《出三藏记集》《高僧传》所载大致相同，唯《晋书·艺术传》对鸠摩罗什第二次被逼"破戒"一事记载有异。《晋书·艺术传》在姚兴强迫鸠摩罗什破戒之前，附增鸠摩罗什主动索要妇女的桥段，云："尝讲经于草堂寺，兴及朝臣、大德沙门千有余人肃容观听，罗什忽下高坐，谓兴曰：'有二小儿登吾肩，欲鄣须妇人。'兴乃召宫女进之，一交而生二子焉。"⑥对鸠摩罗什是否主动索要妇女的看法，由于史料的缺乏，学界对此仍莫衷一是，或因十六国时期佛教戒律并不完备以为然⑦，或从唯物史观角度全面考察鸠摩罗什人物品行以为否⑧。但无论被迫与否，鸠摩罗什"破戒"的行为诚然存在，并在当时社会引起了一些负面影响。除"破戒"问题外，《高僧传》《出三藏记集》《晋书》三书对于鸠摩罗什生卒年、译经数目等问题也存在差异，后文详叙。

二、鸠摩罗什生卒年及译经数目考

（一）生卒年考

鸠摩罗什生卒年这一问题，早在南北朝时期已经出现了不同的观点，兹罗列如下：

---

① ［梁］释慧皎撰，汤用彤校注，汤一玄整理《高僧传》，中华书局 2007 年版，第 52 页。
② ［梁］释慧皎撰，汤用彤校注，汤一玄整理《高僧传》，中华书局 2007 年版，第 52 页。
③ ［梁］释慧皎撰，汤用彤校注，汤一玄整理《高僧传》，中华书局 2007 年版，第 52 页。
④ ［梁］释慧皎撰，汤用彤校注，汤一玄整理《高僧传》，中华书局 2007 年版，第 52 页。
⑤ ［梁］释慧皎撰，汤用彤校注，汤一玄整理《高僧传》，中华书局 2007 年版，第 53 页。
⑥ ［唐］房玄龄等《晋书》卷九十五《艺术传》，中华书局 1974 年版，第 2501～2502 页。
⑦ 张国刚《从神僧佛图澄到"花和尚"鸠摩罗什》，《文史知识》2018 年第 5 期，第 79 页。
⑧ 霍旭初《鸠摩罗什"破戒"问题琐议》，《新疆大学学报》2007 年第 4 期，第 60 页。

以晋义熙中卒于长安。（《出三藏记集·鸠摩罗什传》）①

以伪秦弘始十一年八月二十日卒于长安，是岁晋义熙五年也。（《高僧传·晋长安鸠摩罗什》）②

癸丑之年，年七十，四月十三日薨乎大寺。（《广弘明集·鸠摩罗什法师诔》）③

以秦弘始中卒。（《开元释教录》）④

分析以上四则关于鸠摩罗什卒年的相关记载，可以发现，梁僧祐《出三藏记集》为最早，其云鸠摩罗什卒于"晋义熙中"。义熙是东晋安帝的年号，从405年至418年共14年。《出三藏记集》所载鸠摩罗什卒于晋义熙中之说，涉及范围宽泛且模糊，难以确指。稍晚于僧祐，释慧皎在《高僧传》中将鸠摩罗什的卒年加以明确为"义熙五年"（"弘始十一年"），即409年，并对同时期相关记载进行拨正，云"然什死年月，诸记不同，或云弘始七年，或云八年，或云十一年"⑤，并且认为"七年"乃是"十一年"讹误。不难发现，在梁代关于鸠摩罗什的去世时间就已经有多种说法，就慧皎所提及的就有弘始七年（405）、弘始八年（406）、弘始十一年（409）三种说法。在三种说法中，慧皎更倾向于弘始十一年（409）之说。唐智昇在《开元释教录》中对《高僧传》所记载鸠摩罗什死于"弘始十一年"的说法提出了质疑：

什公卒时，诸记不定。《高僧传》云弘始十一年八月二十日卒于常安，或云七年，或云八年。《传》取十一为正，此不然也。准《成实论》后记云："大秦弘始十三年岁次癸韦九月八日，尚书令姚显请出此论，至来年九月十五日讫。"准此，十四年末什仍未卒，又准僧肇上秦主姚兴《涅槃无名论表》云"肇在什公门下十有余载"，若什四年出经，十一年卒，始经八载，未满十年，云何乃言十有余载？故知但卒弘始年中，不可定其年月也。⑥

智昇据《成实论》后记和僧肇《涅槃无名论表》否定了慧皎"弘始十一年"之说，提出了鸠摩罗什弘始十四年（412）仍活于世，应卒于弘始年间，即399年至416年之间。以上僧祐、慧皎所言多无确切证据，且二人与鸠摩罗什相隔年代甚远，不可作为记录鸠摩罗什卒年的直接证据。智昇所言虽有依据，但最终讲鸠摩罗什卒年划定弘始年中，并不确切。鸠摩罗什去世后，其徒僧肇作《鸠摩罗什法师诔》，其中言及鸠摩罗什"癸丑之年，年七十，四月十三日薨于大寺"⑦。在凉州时期，僧肇便已不远万里拜师鸠摩罗什，后又跟随罗

① ［梁］释僧祐撰，苏晋仁、萧鍊子点校《出三藏记集》，中华书局2017年版，第535页。

② ［梁］释慧皎撰，汤用彤校注，汤一玄整理《高僧传》，中华书局2007年版，第54页。

③ ［唐］道宣《广弘明集》卷二十三，上海古籍出版社1991年版，第274页。

④ ［唐］智昇撰，富世平点校《开元释教录》，中华书局2019年版，第239页。

⑤ ［梁］释慧皎撰，汤用彤校注，汤一玄整理《高僧传》，中华书局2007年版，第54页。

⑥ ［唐］智昇撰，富世平点校《开元释教录》，中华书局2019年版，第239～240页。

⑦ ［唐］道宣《广弘明集》卷二十三，上海古籍出版社1991年版，第274页。

什入长安译经。作为跟随鸠摩罗什十余年之久的僧肇，其诔文所云鸠摩罗什去世于癸丑之年(413)，是非常有说服力的，亦与《开元释教录》所云弘始年中相吻合。归纳看来，古代关于鸠摩罗什卒年有"晋义熙中"、"弘始十一年"(义熙五年，409)、"弘始七年"(405)、"弘始八年"(406)、"癸丑年"(413)、"弘始中"六说，而僧肇《鸠摩罗什法师诔》中的"癸丑年"，即弘始十五年(413)最为可信。

　　近代以来，学界对此仍有不同观点，比较有代表的三种说法：一种坚持了慧皎《高僧传》的弘始十一年(409)说，代表为日本学者塚本善隆和吕澂[①]；一种坚持了僧肇《鸠摩罗什法师诔》的弘始十五年(413)说，代表学者有汤用彤等[②]；一种为431年说，代表为方立天[③]。其中，汤用彤先生在《汉魏两晋南北朝佛教史》中依据僧肇《鸠摩罗什法师诔》推算鸠摩罗什生于343年或344年，卒于弘始十五年(413)年。笔者认为汤氏所依据的材料及相关论断是正确的，并且鸠摩罗什生年也可确定为344年。

(二)译经考

　　鸠摩罗什所译经书，据《出三藏记集》卷二载"三十五部，凡二百九十四卷"[④]，卷十四《鸠摩罗什传》又言"三十三部，三百余卷"[⑤]。《高僧传》继承了《出三藏记集》卷十四《鸠摩罗什传》"三百余卷"之说，云"凡所出经论三百余卷，唯《十诵》一部，未及删烦，存其本旨，必无差失"[⑥]。《出三藏记集》统计鸠摩罗什译经35部，凡294卷，如下：

　　《新大品经》二十四卷(伪秦姚兴弘始五年四月二十三日于逍遥园译出，至六年四月二十三日讫。)、《新小品经》七卷(弘始十年二月六日译出，至四月二十日讫。)、《新法华经》七卷(弘始八年夏于长安大寺译出。)、《新贤劫经》七卷(今阙。)、《华首经》十卷(一名《摄诸善根经》。)、《新维摩诘经》三卷(弘始八年于长安大寺出。)、《新首楞严经》二卷、《十住经》五卷(或四卷，定五卷。什与佛驮耶舍共译出。)、《思益义经》四卷(或云《思益梵天问经》。)、《持世经》四卷(或三卷。)、《自在王经》二卷(弘始九年出。)、《佛藏经》三卷(一名《选择诸法》。或为二卷。)、《菩萨藏经》三卷(一名《富楼那问》，亦名《大悲心》。或为二卷。)、《称扬诸佛功德经》三卷(一名《集华》。)、《无量寿经》一卷(或云《阿弥陀经》。)、《弥勒下生经》一卷、《弥勒成佛经》一卷、《金刚般若经》一卷(或云《金刚般若婆罗蜜经》。)、

①　据日本学者塚本善隆考证，《高僧传》记载鸠摩罗什去世于"弘始十一年"是正确的，生卒年为公元350—409年，享年60岁；吕澂在《中国佛学源流略讲》认为塚本义隆考证"理由很充分，因而是可信的"。吕澂《中国佛学源流略讲》，中华书局1988年版，第87页。

②　汤用彤《汉魏两晋南北朝佛教史》，商务印书馆2017年版，第222页。

③　方立天《中国佛教与传统文化》，上海人民出版社1988年版，第50页。

④　[梁]释僧祐撰，苏晋仁、萧鍊子点校《出三藏记集》，中华书局2017年版，第51页。

⑤　[梁]释僧祐撰，苏晋仁、萧鍊子点校《出三藏记集》，中华书局2017年版，第534页。

⑥　[梁]释慧皎撰，汤用彤校注，汤一玄整理《高僧传》，中华书局2007年版，第54页。

《诸法无行经》一卷、《菩提经》一卷（或云《文殊师利问菩提经》。）、《遗教经》一卷（或云《佛垂般泥洹略说教戒经》。）、《十二因缘观经》一卷（阙本。）、《菩萨呵色欲经》一卷、《禅法要解》二卷（或云《禅要经》。）、《禅经》三卷（一名《菩萨禅法经》，与《坐禅三昧经》同。）、《杂譬喻经》一卷（比丘道略所集。）、《大智论》百卷（于逍遥园译出。或分为七十卷。）、《成实论》十六卷、《十住论》十卷、《中论》四卷、《十二门论》一卷、《百论》二卷（弘始六年译出。）、《十诵律》六十一卷（已入律录。）、《十诵比丘戒本》一卷、《禅法要》三卷（弘始九年闰月五日重校正。）①

然而，《出三藏记集》所录 35 部恐非鸠摩罗什所译之数，《十诵律》为鸠摩罗什传语、弗若多罗正译，不当列入其内；《禅法要》为《禅经》之校正本，当为一书；而本应列入其中的《马鸣菩萨传》《龙树菩萨传》《提婆菩萨传》等皆未纳入其中。隋费长房《历代三宝记》对鸠摩罗什所译经书大肆扩充，以至 98 部，425 卷之多。但费长房在著录时未加考辨，所存在的问题较之《出三藏记集》尤甚，普遍存在一书多名或误收误录的现象。初唐道宣《大唐内典录》亦未加辨别而因袭《历代三宝记》，直至盛唐智昇方认识到《出三藏记集》的缺漏与《历代三宝记》的杂糅问题。智昇在《开元释教录》卷四列"七十四部，三百八十四卷"②，对前代佛教目录所存在的问题加以纠正，在详辨真伪基础上加以考订和整理，应当是一种较为可信的说法。

三、《马鸣菩萨传》等三传著录情况、性质与其他

《马鸣菩萨传》《龙树菩萨传》《提婆菩萨传》均一卷，鸠摩罗什译撰。《隋书·经籍志》等史志书目无录，清人丁国钧《补晋书艺文志》卷二史录杂传类、秦荣光《补晋书艺文志》卷三子部释家类、吴士鉴《补晋书经籍志》卷二史录杂传类、黄逢元《补晋书艺文志》卷二史录杂传类等均有补录。此外，佛教内典录亦将其著录：隋费长房《历代三宝记》将其列入卷八"译经符秦姚秦"，唐释道宣《大唐内典录》列入卷七"圣贤集传录"，明佺等《大周刊定众经目录》列入卷十四"圣贤集传"，智昇《开元释教录》列入卷十三"有译有本录中圣贤传记录"。

关于三传的性质，历来有两种观点，一者为子部释家类，一者为史部杂传类。当然，这与佛教传记交叉学科的属性有关，致使古代目录学家对其难以甄别。佛教传记文处于文学、历史、宗教三学科的交叉地带，沾染了三学科的共同属性，归入史学范畴或哲学范畴均不无道理。但纵观中国古代目录学家，除隋费长房、清秦荣光等将其视作"佛经"，归入子部之外，多将其视作"传记类"。依四部分类的划分标准，《马鸣菩萨传》等三传作为

---

① ［梁］释僧祐撰，苏晋仁、萧鍊子点校《出三藏记集》，中华书局 2017 年版，第 49～51 页。
② ［唐］智昇撰，富世平点校《开元释教录》，中华书局 2019 年版，第 233 页。

佛教史籍文献,理应属于史部传记类。事实亦是如此,近代以来,学者对三传史部杂传的性质逐渐趋于一致,汤用彤将其视为"印土圣贤传记"①,刘保金《中国佛典通论》亦将《马鸣菩萨传》归入"史志"类②。

诸佛经藏对三传大多按照《马鸣菩萨传》《龙树菩萨传》《提婆菩萨传》的顺序收录。

马鸣,付法藏第十二祖,又被誉为"天竺十二祖",因讲经时"马解其音",故而得名"马鸣菩萨",公元 1—2 世纪天竺人,佛教著名的文士、论师,著有《佛所行赞》《大庄严论经》《大乘起信论》等。《马鸣菩萨传》是由马鸣生前传说连缀而成,有写本经与刻本经两个系统。刻本藏经载马鸣菩萨初为外道,因论辩败于胁长老而拜其为师,后广宣佛法,以至于使饿马"垂泪听法"之事。写本《马鸣菩萨传》除马鸣"初为外道",在论辩中败于佛教僧人而拜其为师的情节与刻本内容相同之外,其余内容与刻本不同。写本《马鸣菩萨传》主要记述了马鸣菩萨拜师富楼那以及龙树菩萨、鸠摩罗陀法师传法之事。日本名古屋七寺所藏平安时代写本与京都兴圣寺所藏镰仓时代写本《马鸣菩萨传》均展示出了与刻本藏经不同之处。落合俊典等日本学者据此否定了鸠摩罗什的著作权,指出《马鸣菩萨传》为"罗什弟子僧睿依据罗什的讲说整理编集而成"③。无独有偶,在中国也发现了与日本写本《马鸣菩萨传》相呼应的资料,唐释道世《法苑珠林》卷五十三引《马鸣菩萨传》残篇、五代后晋可洪《新集藏经音义随函录》所收录词语等均与刻本《马鸣菩萨传》有出入,而与日本写本《马鸣菩萨传》相呼应。周叔迦、苏晋仁在校勘《法苑珠林》中《马鸣菩萨传》时也发现了两个文本的差异,并在注语部分指出"(刻本)《马鸣菩萨传》与此不同,出处待考,或为佚典"④。遗憾的是,当时写本《马鸣菩萨传》并未引起学界重视,两位先生亦多是推测《法苑珠林》中的《马鸣菩萨传》是"佚典"。随着写本《马鸣菩萨传》的面世,对此问题便有了更多的思考空间:宋前已流传有《马鸣菩萨传》——现存的写本系统,因此道世修撰《法苑珠林》、可洪修撰《新集藏经音义随函录》时尚有引用,而宋代修撰藏经时原始文本已无从得见,因此无法入藏,目前最为流通的刻本《马鸣菩萨传》当系唐五代之后、北宋《开宝藏》编纂之前伪造而后进入藏经系统的。

龙树,付法藏第十四祖,南天竺人,因生于树下,又以龙得道,故称"龙树菩萨",著名的佛教大乘论师,中观学说创始人。据《摩诃摩耶经》载"(佛灭度后)六百岁已……有一比丘名曰马鸣,善说法要,降服一切诸外道辈;七百岁已,有一比丘名曰龙树"⑤,可见马鸣与龙树生活时期相去百年左右。《龙树菩萨传》存在两个版本系统:一为《高丽藏》《赵城

① 汤用彤《汉魏两晋南北朝佛教史》,商务印书馆 2017 年版,第 464 页。
② 刘保金《中国佛典通论》,河北教育出版社 1997 年版,第 253 页。
③ 〔日〕落合俊典、杨曾文"'三菩萨传'罗什译贡疑",《佛学研究》2004 年第 1 期,第 55 页。
④ 〔唐〕释道世撰,周叔迦、苏晋仁校注《法苑珠林校注》,中华书局 2003 年版,第 1579 页。
⑤ 〔萧齐〕昙景《摩诃摩耶经》,高楠顺次郎等编《大正新修大藏经》第 12 册,台湾新文丰出版公司 1975 年版,第 1013 页下。

金藏》木刻本系统,一为宋元《碛砂藏》、明《永乐北藏》、清《乾隆藏》等刻本经系统。两个版本系统所记载内容大致相同,仅存在语句和语序之间的差异。日本《大正新修大藏经》将两个版本共同收录。《龙树菩萨传》记载了龙树菩萨初学隐身术入王宫行色,侥幸逃脱之后信奉佛法,晓通三藏,更求余经而不得,受大龙菩萨哀愍带至龙宫"开七宝藏,发七宝函",出龙宫感化南天竺国王大弘佛法,催伏外道之事。今将清《乾隆藏》与《高丽藏》所收录的《龙树菩萨传》之差异列表1①。

表 1 　《乾隆藏》本与《高丽藏》本差异列表

《乾隆藏》本	《高丽藏》本
世学艺能,天文地理、图纬秘谶及诸道术无不悉练。	天文地理、图纬秘谶,及诸道术无不悉综。
我若呪法授之,此人才明绝世,所不知者,唯此贱法,若得之便去,不复来屈。且与其药使日用而不知,药尽必来求,可以术屈为我弟子。	此诸梵志才明绝世,所不知者,唯此贱法。我若授之,得必弃我,不可复屈。且与其药使用而不知,药尽必来,永当师我。
随其气势,龙树识之。	无
其四人得术,隐身自在,入王宫中。	四人得术,纵意自在,常入王宫。
无	悚以白王庶免罪咎。
凡如此事应有二种:或鬼或术。可以细土置诸门中,令有司守之,断诸术者。若是术人,足迹自现,可以兵除。若其是鬼,则无迹也。鬼可呪除,人可刀杀。	凡如此事应有二种:或是鬼魅或是方术。可以细土置诸门中,令有司守之,断诸行者。若是术人,其迹自现,可以兵除。若是鬼魅,入而无迹,可以术灭。
备法试之,见四人迹,即闭诸门,令数百力士挥刀空斫,斫杀三人。	即敕门者备法试之,见四人迹,骤以闻王。王将力士数百人入宫悉闭诸门,令诸力士挥刀空斩,三人即死。
是时始悟,欲为苦本。厌欲心生,发出家愿:若我得脱,当诣沙门,求出家法。	是时始悟,欲为苦本,众祸之根,败德危身,皆由此起,即自誓曰:我若得脱,当诣沙门,受出家法。
雪山中深远处有佛塔。	遂入雪山,山中有塔。
即起憍慢心。	外道弟子白之言:"师为一切智人,今为佛弟子。弟子之道,咨承不足,将未足耶。未足一事,非一切智也。"辞穷情屈,即起邪慢心。
方欲以无所推屈表一切智相。	欲以除众人情,示不受学。

①　[姚秦]鸠摩罗什《提婆菩萨传》,高楠顺次郎等编《大正新修大藏经》第 50 册,台湾新文丰出版公司 1975 年版,第184~186 页。

（续表）

《乾隆藏》本	《高丽藏》本
时南天竺王甚邪见，承事外道，毁谤正法。龙树菩萨为化彼故，躬持赤幡在王前行，经历七年，王始怪问："此是何人，在我前行？"答曰："我是一切智人。"	又南天竺王总御诸国，信用邪道，沙门释子一不得见，国人远近，皆化其道。龙树念曰："树不伐本则条不倾，人主不化则道不行。"其国政法王家出钱雇人宿卫，龙树乃应募为其将，荷戟前驱，整行伍，勒部曲。威不严而令行，法不彰而物随。王甚嘉之，问是何人。侍者答言："此人应募，既不食廪，又不取钱，而在事恭谨，闲习如此。不知其意何求何欲？"王召问之："汝是何人？"答言："我是一切智人。"
是时，龙树于南天竺大弘佛教。	无

在叙事顺序上，《高丽藏》本《龙树菩萨传》与《乾隆藏》等亦有不同，其将龙树菩萨在南天竺广造经论、与外道斗法之事提至显示神通感化国王之前。与《高丽藏》相同，《赵城金藏》——作为北宋《开宝藏》的覆刻本，其中《龙树菩萨传》叙事顺序亦是如此。然而就文本叙事逻辑而言，《高丽藏》和《赵城金藏》本《龙树菩萨传》均存在一个问题，为何信用邪道、排斥释子的南天竺国王会讥讽外道婆罗门自不量力，反而夸赞龙树菩萨可"与日月争光"？此段内容显然应见于龙树菩萨显示神通感化国王之后才顺理成章。反观清《乾隆藏》中《龙树菩萨传》后半段的叙事顺序为：南天竺国王信用外道—龙树菩萨施法感化国王并拥有广泛信众—龙树菩萨大造经论—外道挑衅龙树而遭到南天竺国王讥讽—龙树菩萨折服外道，较之《高丽藏》《赵城金藏》所录更符合逻辑。《龙树菩萨传》的正常的叙事顺序至晚在宋元雕刻《碛砂藏》时候已被纠正，《永乐北藏》《乾隆藏》亦因袭之。

提婆，付法藏第十五祖，龙树菩萨弟子，南天竺人，著有《中论》《百论》《百字论》等。《提婆菩萨传》诸藏经内容一致，讲述提婆菩萨左眼供奉天神，显神通感化国王、弘扬佛法，最后为外道所杀之事。值得注意的是，提婆菩萨显神通感化国王之事与《龙树菩萨传》中相关情节类似，除名字互相替换之外，其余文字则完全雷同。那么，显示神通感化国王的究竟是龙树还是提婆？《龙树菩萨传》与《提婆菩萨传》是谁抄录谁，抑或是《龙树菩萨传》和《提婆菩萨传》的原始梵文佛经就是如此？此问题从《付法藏因缘传》中或可找到答案。北魏时期吉迦夜共昙曜译出《付法藏因缘传》，译经时间与鸠摩罗什大致同时或稍晚。《付法藏因缘传》卷五"龙树传"和卷六"提婆传"内容分别与《龙树菩萨传》《提婆菩萨传》相近。《付法藏因缘传》"龙树传"载：

事既穷迫，俯仰问之："诸天今者为何所作？"答言："大王，天今正与阿修罗战。"王既闻已，譬如人噎，既不得吐，又不得出。设非其言，无以为证。欲纳彼说，事又难明。龙树复言："此非虚论，王且待之，须臾当验。"语讫，空中刀剑飞下。长戟短兵，相继而落。王复语言："干戈矛槊，虽为战器，何必是天阿修罗也？"龙树答曰："虽若虚言，当验以实。"作是语已，修罗耳鼻从空而下。王始惊悟，稽首为礼，恭敬尊重，受其道化。尔时殿上万婆罗门见其神德叹未曾有，剃除须发而就出家。时诸外道闻是事已，悉来云集。①

而在卷六"提婆传"中，虽言及提婆菩萨说服国王大行佛法，但无此段向国王展示天与阿修罗大战的相关内容。由此可见，天与阿修罗大战的内容本应《龙树菩萨传》所有，后因提婆菩萨亦与南天竺国王有着密切关系，而将此段传说复制、移植、挪用到提婆菩萨身上。

《马鸣菩萨传》《龙树菩萨传》《提婆菩萨传》是由马鸣、龙树、提婆三人的传说故事连缀而成，神话色彩浓厚，显示出与中国本土的僧传重"史实"的不同风貌。诞生于中土的菩萨传作为佛教传记文学的子类，杂糅了印土佛传和中土僧尼传的特色，与二者有着密切的联系。为便于观览与研究，改将《马鸣菩萨传》（藏经刻本与七寺一切经写本）、《龙树菩萨传》（《乾隆藏》本与《高丽藏》本）、《提婆菩萨传》附之文末。

四、《马鸣菩萨传》等三传与佛传、僧尼传的联系与区别

佛教传记文学，前人多缩称为"佛传"或"僧传"②。笔者认为"佛传""僧传"二称固有其合理处，"佛传""僧传"应更为准确地理解为"佛陀传""僧人传"，当属于佛教传记文学的子类。故以此二称代指佛教传记文学难免有以偏概全之嫌。佛教传记文学中"传"与"记"二者所记述有所侧重，在古代亦隶属于不同的文体。从字面意思来看，"佛传""僧传"仅侧重于"传"体，而对"记"体并却不提。因此，不能简单地将"佛教传记文学"与"佛传""僧传"等同视之，将佛教传记文学缩称为"佛传"或"僧传"也是值得商榷的。佛教传记文学，应当为分传体和记体两大部分。将传体单独拎出，依照传主类型仍可划分为佛教沙门者传和居士传，而其中比重较大的出家者传，我们不妨称之为"沙门传"。

沙门，Sramana，《佛学大辞典》解释为"又作娑门、桑门、丧门、沙门那。译曰息、息心、静志、净志、乏道、贫道等"③。在印土，佛法及外道，凡出家者皆名沙门。佛教东传之后，普遍以"沙门"代之佛教出家者。在《摩诃僧祇律》中，佛告比丘"汝等各各，异姓异家，信

---

① ［北魏］吉迦夜共昙曜译《付法藏因缘传》，高楠顺次郎等编《大正新修大藏经》第 50 册，台湾新文丰出版公司 1975 年版，第 318 页上一中。
② 王丽娜《佛教传记文学研究史及相关问题刍议》，《世界宗教文化》2014 年第 5 期，第 97 页。
③ 丁福保《佛学大辞典》，上海书店出版社 2017 年版，第 1195 页。

家非家，舍家出家。皆同一姓，沙门释子"①。

"沙门传"，又称"释传"，是个偏正结构的短语，是指以信仰佛教的出家人为传主的传记，主要包括佛陀及弟子传和僧传、尼传，是佛教史学的重要组成部分。关于"沙门传"之名，最早出现于东晋释法济《高逸沙门传》中。遗憾的是，此传早已散佚。熊明先生在《汉魏六朝杂传集》中曾根据《世说新语》刘注征引对其进行了辑佚和考证。通过书名和钩沉残存的资料，我们不难发现，《高逸沙门传》是一部以一批"高逸"品格的僧人为传主的类传。此后以"沙门传"为题的僧尼传记也时常出现，法安《志节沙门传》、僧宝《游方沙门传》、陆杲《沙门传》等皆是如此。

沙门传主要分为三类：佛传、菩萨传和僧尼传。其中，菩萨传，又称"西土圣贤传记"。顾名思义，它是指以西土佛教出家者为传主，记载其生平事迹的传记作品。为了将其与《高僧传》《续高僧传》等总传中收录的外国来华的僧人区别开来，故习惯性地将单篇流行的西土圣贤传记称之为"菩萨传"。除《马鸣菩萨传》《龙树菩萨传》《提婆菩萨传》之外，还包括南朝宋释玄畅《诃梨跋摩传》、陈真谛《婆薮槃豆法师传》等。由于菩萨传与佛传、中土僧尼传有着明显区别，难以被二者包含在内，虽然篇幅较少，亦将其单独拎出，与佛传、僧尼传并列。菩萨传一方面主动向佛经人物故事取材，另一方面又自觉遵循中国古代传统传记文学的体例模式和叙事手法。

从传主生活背景与故事起源角度而言，菩萨传和佛传有着相同之处。佛传与菩萨传均起源于宗教发达的印土，由此产生了瑰丽的宗教想象和神话思维。作者在现实原型的基础上，不断地附骨添肉，逐渐形戍"神化"了的宗教人物。佛教信徒构造出瑰丽的神异场景书写，在佛传与菩萨传中均有体现。在小乘和部派时期，佛陀是"释迦族的圣人""觉悟者"，是以认识宇宙与社会的圣人和教授解脱法门的导师形象出现于信众视野的。然而，大乘佛教兴盛以来，信徒在佛陀人生历程的故事线和时间节点附加以神异事件，并且对佛陀的形貌特征、行为表现进行夸张化处理，致使佛陀神圣的光环大大掩盖了之前苦修的凡人形象，定格为今日所常见的具备"六神通""三十二相、八十种好"的佛陀形象。历代佛传记述佛陀的神异事迹亦大致遵循"八相成道"的顺序叙述开来，其神迹遍布每一个环节。鸠摩罗什所译三传也是如此，奇崛瑰丽的想象和虚构的场景目不暇接。《马鸣菩萨传》中胁长老为使马鸣菩萨心悦诚服，"为现神足，种种变化"②，马鸣菩萨使饿马"垂

---

① ［东晋］佛陀跋陀罗共法显译《摩诃僧祇律》，高楠顺次郎等编《大正新修大藏经》第 22 册，台湾新文丰出版公司1975 年版，第 455 页中。

② ［姚秦］鸠摩罗什《马鸣菩萨传》，高楠顺次郎等编《大正新修大藏经》第 50 册，台湾新文丰出版公司 1975 年版，第 183 页下。

泪听法，无念食想"①；《龙树菩萨传》中龙树习得隐身术，入王宫侵凌美人，再入龙宫"开七宝藏"诵读大量佛经，施展咒术斗伏外道；《提婆菩萨传》中传主为国王展示天神与阿修罗大战场景。佛传与菩萨传神异场景的书写均体现了印土本有的宗教环境，与中土僧传却迥然有异。

由于菩萨传与佛传传主所生活的人文生态有着共性，因此，反映在文本内部也更为相似。菩萨传在故事情节和叙事风格与中土僧传却相去甚远。然而菩萨传与中土僧传有没有关联呢？答案是肯定的。菩萨传受到东汉以来译经活动的影响生成，但是菩萨传并非像传统佛经翻译历程由译经师照本宣科地翻译、著述、成经，而是经过了译经师的再加工。或正因为有译经师的再加工环节，学界多将菩萨传的著作权由西土转向中土僧人。就鸠摩罗什所译三传而言，译经师的"再加工"活动显然受到了中土史传文学的影响。中国古代史传文学，尤其是以《史记》为代表的纪传体史书，其本纪、世家、列传部分围绕人物组织故事，奠定了以人物为重心进行谋篇布局的传记文学书写模式。此后，这种书写模式不仅成为历代正史的写作样板，而且对杂传也产生了深刻的影响。西汉刘向《列女传》《列士传》《孝子传》将无能入正史的某种类型的人物作为传主，记录其生平事迹。刘向诸传单行于正史之外，标志着杂传文体的正式形成。诸如此类，单行于正史之外的杂传在魏晋南北朝逐渐兴盛起来。而创作于此时的《马鸣菩萨传》等三传受到或正史、或杂传创作模式的影响，因而具有中土史传的"外形"。考察三传，均遵循了传主"名字—籍贯—生平—去世（称号由来）"模式。

《马鸣菩萨传》等三传全篇充满神异色彩，就故事情节与叙事风格而言，更接近于印土佛教神话传说，与中土僧传迥然有别。此外，三传还反映出了公元1—3世纪印土宗教繁杂与崇尚论辩的社会生态。考察文本，不难发现，马鸣、龙树、提婆除却在佛教理论上有着较高的造诣外，还具有一个共同的特点——长于论辩和法术。马鸣高超的论技，使得寺中僧人"不得公鸣犍椎，受人供养"②，胁长老通过神异的法术使得龙树最终心悦诚服；龙树菩萨亦通过咒术使得婆罗门外道大败而归，通过展示天神与阿修罗战争征得国王认可；提婆菩萨亦是"才辩绝伦"。印土僧人长于论辩和法术的传统是由宗教之间互相攻讦的必备条件。在古印度，宗教繁多，诸信仰之间矛盾尖锐，论辩和法术相结合是折服对手的重要方式。此点在《释迦谱》等佛陀传记中亦能找到相应旁证，佛传言及佛陀在传道时，一方面依靠法理感化，另一方面通过术法取胜，如佛陀度化憍陈如等五人、奉火教大迦叶三兄弟等均展示了神通，窥破其内心所想，先从术法层面折服对手，再以佛法感

---

① ［姚秦］鸠摩罗什《马鸣菩萨传》，高楠顺次郎等编《大正新修大藏经》第50册，台湾新文丰出版公司1975年版，第184页上。

② ［姚秦］鸠摩罗什《马鸣菩萨传》，高楠顺次郎等编《大正新修大藏经》第50册，台湾新文丰出版公司1975年版，第183页中。

化。同时，印度宗教之间的矛盾尖锐，在《提婆菩萨传》中有侧面体现：

> 有一邪道弟子凶顽无智，耻其师屈，形虽随众，心结怨忿，啮刀自誓："汝以口胜伏我，我当以刀胜伏汝。汝以空刀困我，我以实刀困汝。"作是誓已，挟一利刀，伺求其便。诸方论士，英杰都尽，提婆于是出就闲林，造《百论》二十品，又造《四百论》以破邪见。其诸弟子各各散诸树下，坐禅思惟。提婆从禅觉经行，婆罗门弟子来到其边执刀穷之曰："汝以口破我师，何如我以刀破汝腹。"即以刀决之，五藏委地。①

因提婆菩萨战胜某外道，而遭受外道弟子的报复，最终命丧于外道狂徒之手。由此可见公元 1—3 世纪印土宗教之间不可调和的矛盾冲突。然而，印土神话发达，而史学滞后，一些史实则需要从汉译佛经中搜寻。中土所创作的菩萨传及佛传，对于回溯印土历史，反哺印度史学具有重要的意义。

可以说，菩萨传与佛传在故事情节与叙事风格方面有异曲同工之妙，然而在形式上与中土僧尼传却一脉相承。

总之，以《马鸣菩萨传》《龙树菩萨传》《提婆菩萨传》为代表的沙门传，杂糅了中土史学传统与印土神话传说，处于文学、史学、宗教三学科交界处。正因如此，沙门传作为研究对象，不应仅局限于某一视角或某一作品进行考察，需要从宏观角度考量其生成与发展机制，全面梳理沙门传文献现存状况。从宏观角度对沙门传整理与研究，这不仅对文学史而言有着重要意义，其所提供的佛教史料对研究社会生活、古代地理风俗、补充正史所缺等方面都是不可或缺的。就目前而言，中国古代沙门传的研究现状与其地位是不相匹配的，理应当受到更多的重视与瞩目。

《马鸣菩萨传》《龙树菩萨传》《提婆菩萨传》三传校录：

马鸣菩萨传
姚秦　鸠摩罗什　译撰

【题注】《马鸣菩萨传》一卷，姚秦鸠摩罗什译撰。《隋书·经籍志》等史志书目无录，清人丁国钧《补晋书艺文志》卷二史录杂传类、秦荣光《补晋书艺文志》卷三子部释家类、吴士鉴《补晋书经籍志》卷二史录杂传类、黄逢元《补晋书艺文志》卷二史录杂传类等均有补录。此外，佛教内典录亦将其著录：《历代三宝记》将其列入卷八"译经符秦姚秦"，《大唐内典录》列入卷七"圣贤集传录"，《大周刊定众经目录》列入卷十四"圣贤集传"，《开元释教录》列入卷十三"有译有本录中圣贤传记录"。历代藏经均有收录。

马鸣菩萨，中天竺人，本信奉婆罗门教，后拜胁长老为师，改信大乘佛教，世称为"天

① ［姚秦］鸠摩罗什《提婆菩萨传》，高楠顺次郎等编《大正新修大藏经》第 50 册，台湾新文丰出版公司 1975 年版，第 187 页中一下。

竺十二祖"，作有《佛所行赞》五卷、《大庄严论经》十五卷、《大乘起信论》一卷等。《马鸣菩萨传》有写本经与刻本经两个系统，前者以日本名古屋七寺所藏平安时代写本、京都兴圣寺所藏镰仓时代的写本以及《法苑珠林》卷五十三所收录的残篇《马鸣菩萨传》为代表，后者以明《永乐北藏》、清《乾隆藏》以及日本撰集《大正新修大藏经》等为代表，今将两个系统共同收录。

　　有大师名马鸣菩萨〔一〕，长老胁弟子也。时长老胁勤忧佛法，入三昧，观谁堪出家，广宣道化，开悟众生者〔二〕。见中天竺有出家外道，世智聪辩〔三〕，善通论议〔四〕，唱言："若诸比丘能与我论议者，可打揵椎；如其不能，不足公鸣揵椎，受人供养。"时长老胁，始从北天竺，欲至中国，城名释迦。路逢诸沙弥〔五〕，皆共戏之："大德长老，与我富罗提〔六〕。"即有持去者。种种嬲之，辄不以理〔七〕。长老胁颜无异容，恬然不忤〔八〕。诸沙弥中广学问者，觉其远大，疑非常人。试问其人，观察所为。随问尽答，而行不辍足，意色深远，不存近细。时诸沙弥，具观长老德量冲邈〔九〕，知不可测，倍加恭敬，咸共侍送。于是长老胁，即以神力，乘虚而逝。到中天竺，在一寺住，问诸比丘："何不依法鸣揵椎耶？"诸比丘言："长老摩诃罗，有以故不打也。"问言："何故？"答言："有出家外道，善能论议。唱令国中诸释子沙门众：'若其不能与我论议者，不得公鸣揵椎〔一〇〕，受人供养。'以有此言，是故不打。"长老胁言："但鸣揵椎，设彼来者，吾自对之。"诸旧比丘深奇其言，而疑不能辨〔一一〕。集共议言："且鸣揵椎，外道若来，当令长老任其所为〔一二〕。"即鸣揵椎，外道即问："今日何故打此木耶？"答言："北方有长老沙门来鸣揵椎，非我等也。"外道言："可令其来。"即出相见，外道问言："欲论议耶？"答言："然。"外道即形笑言："此长老比丘形貌既尔，又言不出常人，如何乃欲与吾论议？"即共要言，却后七日，当集国王、大臣、沙门、外道、诸大法师于此论也。至六日夜，长老胁入于三昧，观其所应。七日明旦，大众云集。长老胁先至，即升高座，颜色怡怿，倍于常日。外道后来，当前而坐，占视沙门容貌和悦，志意安泰，又复举体备有论相，便念言："将无非是圣比丘耶〔一三〕？志安且悦，又备论相，今日将成佳论议也。"便共立要，若堕负者当以何罪？外道言："若负者当断其舌。"长老胁言："此不可也，但作弟子，足以允约。"答言："可尔。"又问："谁应先语？"长老胁言："吾既年迈，故从远来，又先在此坐，理应先语。"外道言："亦可尔耳，现汝所说，吾尽当破。"长老胁即言："当令天下泰平〔一四〕，大王长寿，国土丰乐，无诸灾患。"外道默然，不知所言。论法无对，即堕负处。伏为弟子，剃除须发，度为沙弥，受具足戒。独坐一处心自惟曰："吾才明远识声震天下，如何一言致屈，便为人弟子。"念已不悦。师知其心，即命入房，为现神足，种种变化。知师非恒，心乃悦伏，念曰："吾为弟子固其宜矣〔一五〕。"师语言："汝才明不易〔一六〕，真未成耳〔一七〕。设学吾所得法，根、力、觉、道，辩才深达，明审义趣者，将天下无对也。"师还本国，弟子住中天竺，博通众经，明达内外，才辩盖世，四辈敬伏。天竺国王甚珍遇之。其后北天竺小月氏国王伐于中国，围守经时。中天竺王遣信问言："若有所求，当相给与，何足苦困人民，久住此耶？"答言："汝意伏者，送三亿金当相赦耳。"王言："举此一国，无一亿金，如何三亿而可得耶？"答言："汝国内有二大宝，一佛钵、二辩才比丘。以此与我，足当二亿金也〔一八〕。"王言："此二宝者，吾甚重之，不能舍也。"于是比丘为王说法，其辞曰："夫含情受化者，天下莫二也。佛道渊弘，义存兼救。大人之德，亦以济物为上，世教多难，故王化一国而已。今弘宣佛道，自可为四海法王已。比丘度人，义不容异，功德在心，理无远近。宜存远大，何必在目前而已？"王素宗重，敬用其言，即以与之。月氏王便还本国〔一九〕，诸臣议曰："王奉佛钵，固其宜矣。夫比丘者，天下皆是，当一亿金，无乃太过〔二〇〕？"王审知比丘高明胜达，导利弘深。辩才说法，乃感非人类。将欲悟诸群惑〔二一〕，饿七匹马，至于六日。旦，普集内外沙门异学，请比丘说法〔二二〕。诸有听者，莫不开悟。王系此马于众会前，以草与之，（马嗜浮流，故以浮流草与之也。）马垂泪听法，无念食想，于是天下乃知非恒。以马解其音故，遂号为"马鸣菩萨"。于北天竺广宣佛法，导利群生，善能方便，成人功德，四辈敬重，复成称为"功德日"。

据 1975 年台湾新文丰出版公司出版《大正新修大藏经》校录，并采用其中宋、元、明三本及日本宫内省图寮本部分校勘记，校之以《高丽藏》（简称"《丽藏》"）、《赵城金藏》（简称"《金藏》"）、《频伽藏》、《卍正藏经》、《乾隆藏》（简称"《龙藏》"）。

〔一〕有大师名马鸣菩萨：《碛砂藏》《永乐北藏》及《龙藏》均无"有"字，宫本、《金藏》"有"作"又"。

〔二〕开悟众生者：《金藏》"开悟"作"明悟"。

〔三〕世智聪辩：宫本、《碛砂藏》《永乐北藏》及《龙藏》"聪"作"慧"。

〔四〕善通论议：宫本、《碛砂藏》《永乐北藏》及《龙藏》"论议"作"言论"，《金藏》无"议"字。

〔五〕路逢诸沙弥：《碛砂藏》"逢"作"逢"。

〔六〕与我富罗提：宫本、《碛砂藏》《永乐北藏》《金藏》《龙藏》"富罗提"作"富罗捉"。

〔七〕辄不以理：宫本、《碛砂藏》《永乐北藏》《金藏》《龙藏》"辄"作"转"。

〔八〕恬然不忤：宫本、《碛砂藏》《永乐北藏》《金藏》《龙藏》"忤"作"计"。

〔九〕具观长老德量冲邃：宫本、《碛砂藏》《永乐北藏》《金藏》《龙藏》"量"作"重"。

〔一〇〕不得公鸣犍椎：《碛砂藏》《永乐北藏》《金藏》《丽藏》《龙藏》《卍正藏经》《频伽藏》"犍椎"作"揵椎"，下同。

〔一一〕而疑不能辨：宫本、《碛砂藏》《永乐北藏》《龙藏》"辨"作"辩"，《卍正藏经》《金藏》《丽藏》作"办"。

〔一二〕当令长老任其所为：《金藏》"任"作"住"。

〔一三〕将无非是圣比丘耶：宫本、《碛砂藏》《永乐北藏》《金藏》《龙藏》"圣"作"近"。

〔一四〕当令天下泰平：宫本、《碛砂藏》《永乐北藏》《龙藏》"泰"作"太"。

〔一五〕吾为弟子固其宜矣：《金藏》"吾为"作"为吾"。宫本、《碛砂藏》《永乐北藏》《金藏》《龙藏》"固"作"故"，下同。

〔一六〕师语言："汝才明不易"：《金藏》"言汝"作"汝言"。

〔一七〕真未成耳：《金藏》《丽藏》"真"作"直"。

〔一八〕足当二亿金也：《丽藏》"二"作"一"。

〔一九〕月氏王便还本国：宫本、《碛砂藏》《永乐北藏》《金藏》《龙藏》《卍正藏经》《频伽藏》"便"作"使"。

〔二〇〕无乃太过：《碛砂藏》"太"作"大"。

〔二一〕将欲悟诸群惑：《金藏》"悟"作"语"。

〔二二〕请比丘说法：宫本、《金藏》"请"作"诸"。

马鸣菩萨传（名古屋七寺一切经写本）

马鸣菩萨，佛灭后三百余年〔一〕，出自东天竺桑歧多国，婆罗门种也。弱枝奇誉〔二〕，以文谈见称。天竺法〔三〕，论师文士比报胜〔四〕，以表其德。马鸣用其俗法，以利刀冠杖，铭其下曰〔五〕：天下智〔六〕，其有能以一理见屈，文一见胜者〔七〕，当以刀自刎其首〔八〕。当此杖周游〔九〕，文论之士莫敢有无一言而对一文者〔一〇〕。是时，韵陁山中有六通三明阿罗汉〔一一〕，名富楼昨〔一二〕，外道名理，无绾达〔一三〕。马鸣诣而阴焉〔一四〕，见其端坐林下，志气眇然，若不可测。神色谦退，以如可屈〔一五〕。遂与之言〔一六〕，沙门说之："敢有所明，要必屈汝。我若不胜，便刎颈相谢"。沙门嘿〔一七〕，容无负色，亦无胜颜。加之数四〔一八〕，曾无应情。马鸣退自惟〔一九〕："我负矣，彼胜矣。彼自无言〔二〇〕，故无可屈。吾以言之，虽知言者可屈，亦未勉于言〔二一〕，真可愧也〔二二〕。"进谢其屈〔二三〕，便欲以刀自刎〔二四〕。沙门止之："汝以自刎谢我，当随我意，剃如用罗〔二五〕，为我弟子。"进可问道洗心，退可不负要言〔二六〕。即理伏〔二七〕，落发投赞受具戒〔二八〕。坐则文宣佛理〔二九〕，游则阐扬道化。作庄严佛法诸论数百万言〔三〇〕，大行于天竺〔三一〕。是时虽近正法之末，而人心犹得。自击之势不足，而文言之悟有有余。马鸣所以略颂文于理外，间叶辞于意里，敷婉旨以明宗，述略本以尽美，不其然乎。其善属文，直尒言之，便自妙绝于胜〔三二〕。举世推宗，以为造作之戒〔三三〕。虽复西河之乱文〔三四〕，身子之疑圣〔三五〕，梦以过也〔三六〕。其后五百年，龙树菩萨出世，容才卓荦，明鉴若神。振般若大坏之纲，纫无生已落之渚，使大乘之道再一于阎浮，无执之化，重宣于末法。及其染翰之初〔三七〕，著论之始，未尝不稽首马鸣，作自归之偈。庶要其真照，以自悟焉云〔三八〕。今天竺诸王势士，皆为立庙宗之若佛，说讯有之〔三九〕："龙树菩萨南方之照，若朗月之烛幽夜。界法师西方之比丘，若太白之在众。鸠摩罗陁法师,北方三美,若辰星之在众宿。马鸣菩萨三方于东复,其犹朝阳路车,六合俱照。或称鸠摩罗陁处于北方,若月照于夜。龙树菩萨南方继之,若众宿之环极。"鸠摩罗陁、韦罗二法师善业三藏,不信大乘。马鸣、龙树兼大小而一之。其所著述,但明实相于先贤,拯弱丧于梦,故菩萨称之焉。

据日本名古屋七寺《马鸣菩萨传》写本校录,与《法苑珠林》卷五十三"机辩篇"引文相同。

〔一〕佛灭后三百余年:《法苑珠林》"灭"作"去世"。

〔二〕弱枝奇誉:《法苑珠林》"枝"作"状"。

〔三〕天竺法:《法苑珠林》作"天竺俗法"。

〔四〕论师文士比报胜:《法苑珠林》作"论师文士皆执胜相"。

〔五〕铭其下曰:《法苑珠林》作"铭云"。

〔六〕天下智:《法苑珠林》作"天下智士"。

〔七〕文一见胜者:《法苑珠林》"文一"作"一文"。

〔八〕当以刀自刎其首:《法苑珠林》"以刀"作"以此刀"。

〔九〕当此杖周游:《法苑珠林》作"当执此刀周游诸国"。

〔一〇〕文论之士莫敢有无一言而对一文者:《法苑珠林》作"文论之士莫能抗之者"。

〔一一〕韵陁山中有六通三明阿罗汉:《法苑珠林》"六通三明阿罗汉"作"一罗汉"。

〔一二〕名富楼昨:《法苑珠林》"富楼昨"作"富楼那"。

〔一三〕无绾达:《法苑珠林》作"无不综达"。

〔一四〕马鸣诣而阴焉:《法苑珠林》作"于是马鸣诣而侯焉"。

〔一五〕以如可屈:《法苑珠林》"以"作"似"。

〔一六〕遂与之言:《法苑珠林》无"之"字。

〔一七〕沙门嘿:《法苑珠林》作"沙门默然"。

〔一八〕加之数四:《法苑珠林》"加"作"扣"。

〔一九〕马鸣退自惟:《法苑珠林》"惟"作"思惟"。

〔二〇〕彼自无言:《法苑珠林》"自"作"安"。

〔二一〕亦未勉于言:《法苑珠林》"亦"作"自吾"。

〔二二〕真可愧也:《法苑珠林》"也"作"耳"。

〔二三〕进谢其屈:《法苑珠林》"进"作"退"。

〔二四〕便欲以刀自刎:《法苑珠林》"以刀自刎"作"自刎首"。

〔二五〕剃如用罗:《法苑珠林》作"鬀汝周罗"。

〔二六〕进可问道洗心,退可不负要言:《法苑珠林》无此句。

〔二七〕即理伏:《法苑珠林》作"即以理伏"。

〔二八〕落发投赞受具戒：《法苑珠林》作"赞"作"簪"，"具戒"作"具足戒"。

〔二九〕坐则文宣佛理：《法苑珠林》作"佛理"作"佛法"。

〔三〇〕作庄严佛法诸论数百万言：《法苑珠林》作"数百万言"作"百有万言"。

〔三一〕大行于天竺：《法苑珠林》无"于"字。

〔三二〕是时虽近……便自妙绝于胜：《法苑珠林》无此三句。

〔三三〕以为造作之戒：《法苑珠林》作"戒"作"式"。

〔三四〕虽复西河之乱文：《法苑珠林》"文"作"孔文"。

〔三五〕身子之疑圣：《法苑珠林》"圣"作"圣师"。

〔三六〕梦以过也：《法苑珠林》"梦"作"蔑"。

〔三七〕其后五百年……染翰之初：《法苑珠林》作"其后龙树染翰之初"。

〔三八〕庶要其真照，以自悟焉云：《法苑珠林》作"谦讥凭其冥照以自寤焉"。

〔三九〕说訧有之：《法苑珠林》作"评有之日"。

龙树菩萨传
姚秦　鸠摩罗什　译撰

【题注】《龙树菩萨传》一卷，姚秦鸠摩罗什译撰。《隋书·经籍志》等史志书目无录，清人丁国钧《补晋书艺文志》卷二史录杂传类、秦荣光《补晋书艺文志》卷三子部释家类、吴士鉴《补晋书经籍志》卷二史录杂传类、黄逢元《补晋书艺文志》卷二史录杂传类等均有补录。此外，佛教内典录亦将其著录：《历代三宝记》将其列入卷八"译经符秦姚秦"，《大唐内典录》列入卷七"圣贤集传录"，《大周刊定众经目录》列入卷十四"圣贤集传"，《开元释教录》列入卷十三"有译有本录中圣贤传记录"。

龙树，付法藏第十四祖，南天竺人，因生于树下，又以龙得道，故称"龙树菩萨"，著名的佛教大乘论师，中观学说创始人。《龙树菩萨传》存在两个版本系统：一是《高丽藏》《赵城金藏》木刻本系统，一是宋元《碛砂藏》、明《永乐北藏》、清《乾隆藏》刻本系统。两个版本所记载内容大致相同，仅存在语句和语序之间的差异，《大正新修大藏经》将两个版本共同收录。

大师名龙树菩萨者〔一〕，出南天竺，梵志种也，天聪奇悟，事不再告。在乳哺之中〔二〕，闻诸梵志诵《四韦陀典》，各四万偈，偈有四十二字，背诵其文〔三〕，而领其义〔四〕。弱冠驰名，独步诸国。世学艺能、天文地理、图纬秘谶，及诸道术，无不悉练。契友三人，亦是一时之杰。相与议曰："天下义理，可以开神明、悟幽旨者，吾等尽之矣。复欲何以自娱？骋情极欲〔五〕，最是一生之乐。然诸梵志道士〔六〕，势非王公〔七〕，何由得之？唯有隐身之术，斯乐可办〔八〕。"四人相视，莫逆于心，俱至术家求隐身法〔九〕。术师念曰："此四梵志，擅名一世〔一〇〕，草芥群兰。今以术故，屈辱就我。我若呪法授之，此人才明绝世，所不知者唯此贱法，若得之便去，不复可屈。且与其药，使日用而不知，药尽必来求〔一一〕，可以术屈为我弟子〔一二〕。"各与青药一九，告之曰："汝于静处，用水磨之，以涂眼睑，则无有人能见汝形者。"龙树菩萨磨药闻气，便尽知药名，分数多少，锱铢无失〔一三〕。随其气势，龙树识之，还语术师，此药有七十种，分数多少，尽如其方〔一四〕。药师问曰："汝何由知？"答曰："药自有气，何以不知？"师即叹伏："顾斯人者〔一五〕，闻之犹难，而况相学？我之贱术，何足惜耶〔一六〕。"即具授。其四人得术〔一七〕，隐身自在〔一八〕，入王宫中。宫中美人，皆被侵陵，百余日后，宫中人有怀妊者〔一九〕，以事白王。三大不悦："此何不祥，为怪乃尔〔二〇〕？"召诸智臣，以谋此事。有旧老者言："凡如此事，应有二种〔二一〕，或鬼或术。可以细土置诸门中，令有司守之，断诸术者。若是术人，足迹自现，可以兵除〔二二〕。若其是鬼，则无迹也。鬼可呪除，人可刀杀。"备法试之〔二三〕，见四人迹〔二四〕。即闭诸门，令数百力士挥刀空斫〔二五〕，斫杀三人。唯有龙树〔二六〕，敛身屏气〔二七〕，依王头侧。王头侧七尺〔二八〕，刀所不至。是时始悟欲为苦本，厌欲心兰发出家愿：若我得脱，当诣沙门，求出家法。既而得出，入山诣佛塔，出家受戒。九十日中，诵三藏尽〔二九〕，通诸深义。更求诸经，都无得处。雪山中深远处有佛塔，塔中有一老比丘，以《摩诃衍经》与之〔三〇〕，谦受爱乐，虽知实义〔三一〕，未得通利〔三二〕。周游诸国，更求余经。于阎浮提中，遍求不得。外道论师〔三三〕，沙门义宗〔三四〕，咸皆摧伏。即起憍慢心〔三五〕，自念言："世界法中，津涂甚多。佛经虽妙，以理推之，故未尽。未尽之中，可推而说之，以悟后学。于理不违，于事无失，斯有何咎？"思此事已，即欲行之。立师教诫，更造衣服，令附佛法〔三六〕，所别为异。方欲以无所推屈，表一切智相。择日选时，当与诸弟子受新戒、着新衣〔三七〕，便欲行之。独在静室，水精地房。大龙菩萨见其如此，惜而愍之，即接入海。于宫殿中开七宝藏，发七宝函，以诸方等深奥经典、无上妙法，授之龙树〔三八〕。龙树受读，七十日中，通练甚多，其心深入，体得实利。龙知其心，而问之曰："看经遍未？"答言："汝诸函中经甚多无量，不可尽也。我所读者，已十倍阎浮提。"龙言："如我宫中所有经典，诸处此比，复不可知。"龙树即得诸经一箱，深入无生，三忍具足〔三九〕。龙还送出。时南天竺王甚邪见，承事外道，毁谤正法。龙树菩萨为化彼故，躬持赤幡，在王前行，经历七年，王始怪问："此是何人，在我前行〔四〇〕？"答曰："我是一切智人。"王闻是已，甚大惊愕，而问之言："一切智人，旷代不有。汝自言是，何以验之。"答言："欲知智在说，王当见问。"王即自念："我为智主，大论议师。问之能屈，犹不足名。一旦不如，此非小事。若其不问，便是一屈"。迟疑良久，不得已而问之："天今何为耶？"龙树言："天今与阿修罗战。"王闻此言，譬如人噎，既不得吐，又不得咽。欲非其言，复无以证之。欲是其事，无事可明。未言之间，龙树复言："此非虚论求胜之谈，王小待之，须臾有验。"言讫，空中便有干戈兵器，相系而落。王言："干戈矛戟，虽是战器，汝何必知是天与阿修罗战?"龙树言:"构之虚言,不如校以实事。"言已,阿修罗手足指及其耳鼻从空而下。又令王及臣民、婆罗门众,见空中清除,两阵相对。王乃稽首,伏其法化。殿上有万婆罗门,皆弃束发,受成就戒。是时龙树于南天竺大弘佛教〔四一〕,摧伏外道,广明摩诃衍。作《优波提舍》十万偈,又作《庄严佛道论》五千偈〔四二〕、《大慈方便论》五十偈〔四三〕。令摩诃衍教大行于天竺。又造《无畏论》十万偈,于《无畏》中出《中论》也。时有婆罗门,善知呪术,欲以所能与龙树诤胜,告天竺国王:"我能伏此比丘,王当验之。"王言:"汝大愚人。此菩萨者,明与日月争光,智与圣心并照〔四四〕。汝何不逊,敢不推敬?"婆罗门言:"王为智人,何不以理验之,而抑断一切?"王见言至,为请龙树,清旦共坐政德殿上,婆罗门后至,便于殿前,呪作大池,广长清净。中有千叶莲华,自坐其上,而诃龙树:"汝在地坐,如畜生无异,而欲与我清净华上大德智人抗言论议〔四五〕?"尔时龙树亦以呪术,化作一六牙白象,行池水上,趣其华坐,以鼻缴拔,高举掷地。婆罗门伤腰委顿,归命龙树:"我不自量,毁辱大师。愿哀受我,启其愚蒙。"有一小乘法师,常怀忿嫉。龙树问之言〔四六〕:"汝乐我久住世不?"答言:"实不愿也。"退入闲室,经日不出。弟子破户看之,遂蝉蜕而去。去世已来,始过百岁〔四七〕,南天竺诸国为其立庙,敬奉如佛。其母树下生之,因字"阿周陀那〔四八〕"。阿周陀那,树名也。以龙成其道,故以"龙"配字,号曰"龙树"也。(依《付法藏经》,即第十三祖,三百余年任持佛法〔四九〕。)

据1975年台湾新文丰出版公司出版《大正新修大藏经》校录,采用其中部分校勘记,以《碛砂藏》《永乐北藏》《乾隆藏》等作为参校。

〔一〕大师名龙树菩萨者:宫本句前有"又大师"三字。

〔二〕乳哺之中:《碛砂藏》作"乳之哺中"。

〔三〕背诵其文:宫本作"皆领其义"。

〔四〕而领其义:宫本作"背诵其文"。

〔五〕骋情极欲:宫本作"骋欲极情"。

〔六〕然诸梵志道士:宫本无"诸"字。

〔七〕势非王公:宫本"王公"作"公王"。

〔八〕隐身之术,斯乐可办:宫本作"术法隐身藏形其"。

〔九〕俱至术家求隐身法:《龙藏》"家"作"果"。

〔一〇〕擅名一世:宫本"擅"作"诞"。

〔一一〕药尽必来求:宫本"药尽必"作"尽则",《碛砂藏》"求"作"永"。

〔一二〕可以术屈为我弟子:《碛砂藏》作"当师我"。

〔一三〕锱铢无失:宫本无此四字。

〔一四〕尽如其方:宫本"如其方"作"而说之"。

〔一五〕顾斯人者:《碛砂藏》"顾"作"愿"。

〔一六〕师即叹伏……何足惜耶：宫本作"师伏其神明镜　领识拔奇，此人难遇，况今愿学我此术法，何足秘恪？"

〔一七〕其四人得术：宫本作"其术四人"。

〔一八〕隐身自在：宫本无"自在"二字。

〔一九〕宫中人有怀妊者：宫本无"中人有"三字。

〔二〇〕为怪乃尔：宫本"为"作"有"。

〔二一〕凡如此事，应有二种：宫本作"此有二种"。

〔二二〕可以兵除：宫本无此四字。

〔二三〕备法试之：宫本无"备法"二字。

〔二四〕见四人迹：宫本无"四人"二字。

〔二五〕令数百力士挥刀空斫：宫本"挥刀空"作"拔刀闇"。

〔二六〕唯有龙树：宫本无"唯有"二字。

〔二七〕敛身屏气：宫本"敛"作"以"。

〔二八〕屏气……王头侧七尺：宫本作"依王坐王头边头边七尺"。

〔二九〕诵三藏尽：宫本无"尽"字。

〔三〇〕以《摩诃衍经》与之：宫本"衍"作"乘"。

〔三一〕诵受爱乐，虽知实义：宫本作"虽得实"。

〔三二〕未得通利：宫本"通"作"道"。

〔三三〕外道论师：宫本"论师"作"诸师"。

〔三四〕沙门义宗：宫本"义"作"豪"。

〔三五〕即起憍慢心：宫本"即起憍慢"作"憍慢即起"。

〔三六〕今附佛法：宫本"今"作"合"。

〔三七〕当与诸弟子受新戒、着新衣：宫本无此十一字。

〔三八〕授之龙树：宫本无"之龙树"三字。

〔三九〕三忍具足：《碛砂藏》"三"作"二"。

〔四〇〕在我前行：《碛砂藏》"我"作"吾"。

〔四一〕是时龙树于南天竺大弘佛教：宫本无"时南天竺王……是时龙树"。

〔四二〕又作《庄严佛道论》五千偈：宫本"《庄严佛道论》"作"《庄严佛道》"。

〔四三〕《大慈方便论》五十偈：宫本、《碛砂藏》"五十"作"五千"。

〔四四〕智与圣心并照：宫本"心并照"作"人并能。"

〔四五〕而欲与我清净华上大德智人抗言论议：宫本作"而欲与我清净大智抗言论议"。

〔四六〕法师……问之言：宫本作"道人先为法主龙树问言"。

〔四七〕始过百岁：宫本无"过"字。

〔四八〕阿周陀那：宫本作"阿周那"，下同。

〔四九〕依《付法藏经》……三百余年任持佛法：《碛砂藏》"佛法"后有"其所"二字，宫本无此十八字。

龙树菩萨传（《高丽藏》本）

姚秦　鸠摩罗什　译撰

龙树菩萨者，出南天竺，梵志种也，天聪奇悟，事不再告。在乳餔之中，闻诸梵志诵《四围陀典》各四万偈，偈有三十二字，皆讽其文，而领其义。弱冠驰名，独步诸国，天文地理、图纬秘谶及诸道术，无不悉综。契友三人亦是一时之杰，相与议曰："天下理义可以开神明悟幽旨者，吾等尽之矣。复欲何以自娱？骋情极欲最是一生之乐。然诸梵志道士势非王公，何由得之？唯有隐身之术，斯乐可办〔一〕。"四人相视，莫逆于心，俱至术家求隐身法。术师念曰："此四梵志擅名一世，草芥群生，今以术故，屈辱就我。此诸梵志才明绝世，所不知者唯此贱法。我若授之，得必弃我，不可复屈。且与其药使用而不知，药尽必来永当师我。"各与青药一丸告之曰："汝在静处以水磨之，用涂眼睑，汝形当隐，无人见者。"龙树磨此药时，闻其气即皆识之，分数多少，锱铢无失，还告药师向所得药有七十种，分数多少皆如其方。药师问曰："汝何由知之？"答曰："药自有气，何以不知？"师即叹伏："若斯人者闻之犹难，而况相遇。我之贱术，何足惜耶。"即具授之。四人得术，纵意自在，常入王宫。宫中美人，皆被侵凌。百余日后，宫中人有怀妊者，懅以白王，庶免罪咎。王大不悦："此何不祥为怪乃尔？"召诸智臣，以谋此事。有旧老者言〔二〕："凡如此事，应有二种，或是鬼魅或是方术。可以细土置诸门中，令有司守之，断诸行者。若是术人，其迹自现，可以兵除。若是鬼魅，入而无迹，可以术灭。"即敕门者，备法试之。见四人迹，骤以闻王。王将力士数百人入宫，悉闭诸门，令诸力士挥刀空斩，三人即死。唯有龙树敛身屏气，依王头侧。王头侧七尺，刀所不至。是时始悟欲为苦本众祸之根，败德危身皆由此起，即自誓曰："我若得脱，当诣沙门，受出家法。"既出入山，诣一佛塔，出家受戒。九十日中，诵三藏尽，更求异经，都无得处。遂入雪山，山中有塔。塔中有一老比丘，以《摩诃衍经》典与之，诵受爱乐，虽知实义，未得通利。周游诸国，更求余经，于阎浮提中遍求不得。外道论师，沙门义宗，咸皆摧伏。外道弟子白之言："师为一切智人，今为佛弟子。弟子之道，咨承不足，将未足耶。未足一事，非一切智也。"辞穷情屈，即起邪慢心。自念言："世界法中津涂甚多，佛经虽妙，以理推之，故有未尽，未尽之中，可推而演之。以悟后学，于理不违，于事无失，斯有何咎。"思此事已，即欲行之，立师教戒，更造衣服，令附佛法〔三〕，而有小异。欲以除众人情，示不受学。择日选时，当与谓弟子受新戒，着新衣，独在静处水精房中。大龙菩萨见其如是，惜而愍之，即接之入海，于宫殿中开七宝藏，发七宝华函

〔四〕，以诸方等深奥经典、无量妙法授之〔五〕。龙树受读九十日中，通解甚多。其心深入，体得实利〔六〕。龙知其心而问之曰："看经遍未？"答言："汝诸函中经多无量，不可尽也。我可读者，已十倍阎浮提。"龙言："如我宫中所有经典，诸处此比，复不可数。"龙树既得诸经一相〔七〕，深入无生，二忍具足，龙还送出。于南天竺，大弘佛法，摧伏外道，广明《摩诃衍》，作《优波提舍》十万偈，又作《庄严佛道论》五千偈，《大慈方便论》五千偈，《中论》五百偈，令摩诃衍教大行于天竺。又造《无畏论》十万偈，《中论》出其中。时有婆罗门，善知咒术，欲以所能与龙树诤胜，告天竺国王："我能伏此比丘，王当验之。"王言："汝大愚痴。此菩萨者，明与日月争光，智与圣心并照。汝何不逊，敢不宗敬？"婆罗门言："王为智人，何不以理验之，而见抑挫？"王见其言，至为请龙树。清旦，共坐政听殿上。婆罗门后至，便于殿前咒作大池广长清净，中有千叶莲华，自坐其上而夸龙树〔八〕："汝在地坐与畜生无异，而欲与我清净华上大德智人抗言论议。"尔时，龙树亦用咒术化作六牙白象，行池水上，趣其华座，以鼻绞拔高举掷地。婆罗门伤腰，委顿归命龙树："我不自量，毁辱大师。愿哀受我，启其愚蒙。"又南天竺王总御诸国，信用邪道，沙门释子一不得见。国人远近，皆化其道。龙树念曰："树不伐本，则条不倾。人主不化，则道不行。"其国政法王家出钱雇人宿卫，龙树乃应募为其将，荷戟前驱，整行伍，勒部曲，咸不严而令行，法不彰而物随。王甚嘉之，问是何人。侍者答言："此人应募，既不食廪，又不取钱。而在事恭谨闲习如此，不知其意，何求何欲。"王召问之："汝是何人？"答言："我是一切智人。"王大惊愕，而问言："一切智人，旷代一有。汝自言是，何以验之？"答言："欲知智在说，王当见问。"王即自念："我为智主大论议师，问之能屈，犹不是名〔九〕。一旦不如，此非小事。若其不问，便是一屈。"迟疑良久，不得已而问之："天今何为耶？"龙树言："天今与阿修罗战。"王闻此言，譬如人噎，既不得吐，又不得咽，欲非其言，复无以证之，欲是其事，无事可明。未言之间，龙树复言："此非虚论求胜之谈，王小待之，须臾有验。"言讫，空中便有干戈兵器相系而落。王言："干戈矛戟虽是战器，汝何必知是天与阿修罗战？"龙树言："构之虚言，不如校以实事。"言已，阿修罗手足指及其耳鼻从空而下，又令王及臣民、婆罗门众见空中清除，两阵相对。王乃稽首伏其法化，殿上有万婆罗门皆弃束发受成就戒。是时有一小乘法师，常怀忿疾。龙树将去此世，而问之曰："汝乐我久住此世不？"答言："实所不愿也。"退入闲室经日不出，弟子破户看之，遂蝉蜕而去。去此世已来至今，始过百岁。南天竺诸国为其立庙，敬奉如佛。其母树下生之，因字"阿周陀那"。阿周陀那，树名也。以龙成其道，故以龙配字，号曰龙树也。（依《付法藏传》〔一○〕，即第十三祖师也，假饵仙药现住长寿二百余年〔一一〕，住持佛法。其所度人不可称数，如法藏说）。

据《高丽藏》校录，以《赵城金藏》《频伽藏》为参校。

〔一〕斯乐可办：《频伽藏》"办"作"辩"。

〔二〕有旧老者言：《金藏》句前有"所"字。

〔三〕令附佛法：《金藏》"令"作"今"。

〔四〕发七宝华函：《金藏》脱"宝华"二字。

〔五〕无量妙法授之：《金藏》衍"宝华"二字。

〔六〕体得实利：《频伽藏》"实"作"宝"。

〔七〕龙树既得诸经一相：《金藏》"相"作"箱"。

〔八〕自坐其上而夸龙树：《金藏》"夸"作"诃"。

〔九〕犹不是名：《金藏》"是"作"足"。

〔一〇〕付法藏传：《金藏》作"付法藏经"。

〔一一〕假饵仙药现住长寿二百余年：《金藏》"二百"作"三百"。

提婆菩萨传
姚秦 鸠摩罗什 译撰

【题注】《龙树菩萨传》，一卷，姚秦鸠摩罗什译撰。《隋书·经籍志》等史志书目无录，清人丁国钧《补晋书艺文志》卷二史录杂传类、秦荣光《补晋书艺文志》卷三子部释家类、吴士鉴《补晋书经籍志》卷二史录杂传类、黄逢元《补晋书艺文志》卷二史录杂传类等均有补录。此外，佛教内典录亦将其著录：《历代三宝记》将其列入卷八"译经符秦姚秦"，《大唐内典录》列入卷七"圣贤集传录"，《大周刊定众经目录》列入卷十四"圣贤集传"，《开元释教录》列入卷十三"有译有本录中圣贤传记录"。历代藏经均有收录。

提婆，付法藏第十五祖，龙树菩萨弟子，南天竺人，著有《中论》《百论》《百字论》等。

提婆菩萨者〔一〕，南天竺人，龙树菩萨弟子〔二〕，婆罗门种也。博识渊揽，才辩绝伦，擅名天竺，为诸国所推。赜探胸怀〔三〕，既无所愧，以为所不尽者，唯以人不信用其言为忧。其国中有大天神，铸黄金像之座〔四〕，身长二丈，号曰"大自在天"。人有求愿，能令现世如意。提婆诣庙，求入拜见。主庙者言："天像至神，人有见者，既不敢正视。又令人退后失守百日。汝但诣问求愿〔五〕，何须见耶。"提婆言："若神必能如汝所说，乃但令我见之〔六〕。若不如是，岂是吾之所欲见耶。"时人奇其志气，伏其明正。追入庙者，数千万人。提婆既入于庙〔七〕，天像摇动其眼，怒目视之。提婆问天神："则神矣，何其小也〔八〕。当以威灵感人〔九〕，智德伏物。而假黄金以自多。动颇梨以荧惑非所望也。"即便登梯，凿出其眼。时诸观者，咸有疑意：大自在天何为一小婆罗门所困？将无名过其实，理屈其辞也〔一〇〕。提婆晓众人言："神明远大。故以近事试我。我得其心，故登金聚出颇梨。令汝等知神不假质，精不托形。吾既不慢神，亦不辱也。"言已而出。即以其夜，求诸供备。明日清旦，敬祠天神。提婆先名既重，加以智参神契，其所发言，声之所及，无不响应。一夜之中，供具精馔，有物必备。大自在天贯一肉形〔一一〕，高数四丈，左眼枯涸〔一二〕，而来在坐，遍观供馔〔一三〕，叹未曾有。嘉其德力〔一四〕，能有所致，而告之言："汝得我心，人得我形，汝以心供，人以质馈。知而敬我者汝〔一五〕，畏而诬我者人。汝所供馔，尽善尽美矣。唯无我之所须，能以见与者，真上施也。"提婆言："神鉴我心，唯命是从。"神言："我所乏者左眼，能施我者〔一六〕，便可出之。"提婆言："敬如天命。"即以左手，出眼与之，天神力故，出而随生。索之不已，从旦终朝，出眼数万。天神赞曰："善哉摩纳，真上施也。欲求何愿，必如汝意。"提婆言："我禀明于心，不假外也。唯恨悠悠童瞳〔一七〕，不知信受我言〔一八〕。神赐我愿，必当令我言不虚设。唯此为请〔一九〕，他无所须。"神言："必如所愿。"于是而退诣龙树菩萨〔二〇〕，受出家法，剃头法服〔二一〕，周游扬化。南天竺王总御诸国〔二二〕，信用邪道，沙门释子一不得见，国人远近，皆化其道〔二三〕。提婆念曰："树不伐本，则条不倾〔二四〕。人主不化，则道不行。"其国政法王家出钱雇人宿卫，提婆乃应募为其将〔二五〕。荷戟前驱，整行伍，勒部曲，威不严而令行〔二六〕，德不彰而物乐随。王甚喜之，而问是何人〔二七〕，侍者答言："此人应募，既不食廪，又不取钱。而其在事恭谨闲习如此，不知其意何求何欲。"王召而问之："汝是何人？"答言："我是一切智人。"王大惊愕，而问之言："一切智人，旷代一有。汝自言是，何以验之。"答言："欲知智在说，王当见问。"王即自念："我为智主大论议师。问之能屈，犹不足名，一旦不如，此非小事。若其不问，便是一屈。"持疑良久，不得已而问："天今何为耶？"提婆言："天今与阿修罗战。"王得此言，譬如人噎，既不得吐，又不得咽。欲非其言，复无以证之；欲是其事，无事可明。未言之间，提婆复言："此非虚论求胜之言，王小待，须臾有验。"言讫，空中便有干戈来下，长戟短兵，相系而落。王言："干戈矛戟，虽是战器，汝何必知是天与阿修罗战？"提婆言："构之虚言，不如校以实事。"言已，阿修罗手足指及其耳鼻从空而下〔二八〕。王乃稽首，伏其法化。殿上有万婆罗门，皆弃其束发，受成就戒。是时提婆于王都中建〔二九〕〔三〇〕高座，立三论〔三一〕，言："一切诸圣中，佛圣最第一。一切诸法中，佛法正第一。一切救世中〔三二〕，佛僧为第一。八方诸论士有能坏此语者，我当斩首，以谢其屈。所以者何？立理不明，是为愚痴，愚痴之头，非我所须。斩以谢屈，甚不惜也〔三三〕。"八方论士既闻此言，亦各来集，而立誓言：我等不如亦当斩首，愚痴之头亦所不惜。提婆言："我所修法，仁活万物。要不如者，当剃汝须发以为弟子，不须斩首也〔三四〕。"立此要已，各撰名理，建无方论，而与酬酢。智浅情短者〔三五〕，一言便屈；智深情长者〔三六〕，远至二日〔三七〕。则辞理俱匮，即皆下发。如是日日，王家日送十车〔三八〕，衣钵终竟，三月度百余万人。有一邪道弟子，凶顽无智，耻其师屈，形虽随众，心结怨忿，啮刀自誓："汝以口胜伏我，我当以刀胜伏汝。汝以空刀困我，我以实刀困汝〔三九〕。"作是誓已〔四〇〕，挟一利刀，伺求其便。诸方论士、英杰都尽，提婆于是出就闲林，造《百论》二十品，又造《四百论》以破邪见。其诸弟子各各散诸树下，坐禅思惟。提婆从禅觉经行〔四一〕，婆罗门弟子来到其边，执刀穷之曰："汝以口破我师，何如我以刀破汝腹。"即以刀决之〔四二〕，五藏委地，命未绝间，愍此愚贼而告之曰："吾有三衣钵钎在吾坐处，汝可取之。急上山去，慎勿下就平道。我诸弟子未得法忍者，必当捉汝〔四三〕，或当相得，送汝于官〔四四〕。王便困汝，汝未得法利，惜身情重，惜名次之，身之与名，患累出焉，众衅生焉〔四五〕。身名者，乃是大患之本也。愚人无闻，为妄见所侵，惜其所不惜，而不惜所应惜。不亦哀哉。吾蒙佛之遗法，不复尔也，但念汝等为狂心所欺，忿毒所烧，罪报未已。"号泣受之。"受之者，实自无主〔四六〕；为之者，实自无人〔四七〕。无人无主哀酷者〔四八〕，谁以实求之？实不可得。未悟此者，为狂心所惑，颠倒所回〔四九〕，见得心着〔五〇〕。而有我有人有苦有乐，苦乐之来，但依触着。解着则无依〔五一〕，无依则无苦，无苦则无乐。苦乐既无，则几乎息矣〔五二〕。"说此语已，弟子先来者失声大唤。门人各各从林树间集，未得法忍者，惊怖号咷，拊匈扣地："冤哉！酷哉！谁取我师，乃如是者？"或有狂突奔走，追截要路，共相分部，号叫追之声聒幽谷。提婆诲诸人言："诸法之实，谁冤？谁酷？谁割？谁截？诸法之实，实无受者，亦无害者。谁亲？谁怨？谁贼？谁害？汝为痴毒所欺，妄生著见而大号咷，种不善业。彼人所害，害诸业报〔五三〕，非害我也。汝等思之，慎无以狂追狂，以哀悲哀〔五四〕也。"于是放身，脱然无矜，遂蝉蜕而去。初出眼与神故〔五五〕，遂无一眼，时人号曰"迦那提婆"也。

据1975年台湾新文丰出版公司出版《大正新修大藏经》校录，并采用其中宋元明三本及日本宫内省图寮本部分校勘记，校之以《高丽藏》《赵城金藏》《频伽藏》《卍正藏经》《乾隆藏》。

〔一〕提婆菩萨者：宫本在句前有"又大师名"四字，《碛砂藏》《永乐北藏》《龙藏》有"大师名"三字；宫本、《碛砂藏》《永乐北藏》《龙藏》均无"者"字。

〔二〕龙树菩萨弟子：宫本、《碛砂藏》《永乐北藏》《龙藏》此句作"是"。

〔三〕赜探胸怀：《碛砂藏》《永乐北藏》、龙藏"赜探"作"探赜"，宫本无"赜"字。

〔四〕铸黄金像之座：宫本"铸"作"验"。

〔五〕汝但诣问求愿：宫本、《碛砂藏》《永乐北藏》《龙藏》《金藏》均"问"作"门"。

〔六〕乃但令我见之：宫本、《碛砂藏》《永乐北藏》《龙藏》"但"作"从"。

〔七〕提婆既入于庙：宫本、《碛砂藏》《永乐北藏》《龙藏》均无此"于庙"二字。

〔八〕何其小也：《金藏》"其小"作"欺尔"。

〔九〕当以威灵感人：宫本"威"作"精"。

〔一〇〕理屈其辞也：宫本、《碛砂藏》《永乐北藏》《龙藏》作"耶"，下同。

〔一一〕大自在天贯一肉形：《金藏》"肉"作"皮"。

〔一二〕左眼枯涸：宫本、《碛砂藏》《永乐北藏》《龙藏》"枯涸"作"枯没"。

〔一三〕遍观供馔：宫本、《碛砂藏》《永乐北藏》《龙藏》"遍观"作"历观"。

〔一四〕嘉其德力：宫本"嘉"作"喜"。

〔一五〕知而敬我者汝：宫本、《碛砂藏》《永乐北藏》《龙藏》"知"作"智"。

〔一六〕能施我者：宫本、《碛砂藏》《永乐北藏》《龙藏》"施"作"与"。

〔一七〕唯恨悠悠童矇：宫本、《碛砂藏》《永乐北藏》《龙藏》"矇"作"蒙"。

〔一八〕不知信受我言：《碛砂藏》无"信"字。

〔一九〕唯此为请：《金藏》"请"作"精"。

〔二〇〕于是而退诣龙树菩萨：《碛砂藏》《永乐北藏》《龙藏》"龙树菩萨"作"龙树菩萨寺"，宫本为"寺"字。

〔二一〕剃头法服：宫本"头"作"髮"。

〔二二〕南天竺王总御诸国：《碛砂藏》《丽藏》《金藏》"总御"作"摠御"。

〔二三〕皆化其道：宫本、《碛砂藏》《永乐北藏》《龙藏》作"咸受其化"。

〔二四〕则条不倾：宫本、《碛砂藏》《永乐北藏》《龙藏》"条"作"枝"，《金藏》作"终"。

〔二五〕提婆乃应募为其将：宫本、《碛砂藏》《永乐北藏》《龙藏》《金藏》均无"应"字。

〔二六〕威不严而令行：《碛砂藏》"令行"作"今自行"，宫本、《永乐北藏》《龙藏》作"令自行"。

〔二七〕而问是何人：《碛砂藏》《永乐北藏》《龙藏》《金藏》均无"是"字。

〔二八〕阿修罗手足指及其耳鼻从空而下：《金藏》无"耳"字。

〔二九〕南天竺王总御……都中建：宫本作"于天竺大国之都四衢道中敷"十二字。

〔三〇〕王大惊愕……都中建：《碛砂藏》《永乐北藏》《龙藏》作"欲于王前而求验试王即许之于天竺大国之都四衢道中敷"二十四字。

〔三一〕立三论：宫本"立"作"作"。

〔三二〕一切救世中：宫本"中"作"众"。

〔三三〕甚不惜也：宫本"甚"作"其"。

〔三四〕不须斩首也：宫本无"须"字。

〔三五〕智浅情短者：宫本、《碛砂藏》《永乐北藏》《龙藏》"短"作"近"。

〔三六〕智深情长者：宫本、《碛砂藏》《永乐北藏》《龙藏》"长"作"远"。

〔三七〕远至二日：宫本、《碛砂藏》《永乐北藏》《龙藏》"远"作"极"。

〔三八〕王家日送十车：宫本、《碛砂藏》《永乐北藏》《龙藏》无"十车"二字。

〔三九〕我以实刀困汝：宫本、《碛砂藏》《永乐北藏》《龙藏》"以"作"当以"。

〔四〇〕作是誓已：《金藏》"誓"作"语"。

〔四一〕提婆从禅觉经行：宫本、《碛砂藏》《永乐北藏》《龙藏》"觉"作"起"。

〔四二〕即以刀决之：宫本、《碛砂藏》《永乐北藏》《龙藏》《金藏》"之"作"其腹"。

〔四三〕必当捉汝：宫本、《碛砂藏》《永乐北藏》《龙藏》"捉"作"追"。

〔四四〕送汝于官：宫本、《碛砂藏》《永乐北藏》《龙藏》"官"作"王"。

〔四五〕身之与名，患累出焉，众衅生焉：宫本无此句。

〔四六〕实自无主：宫本、《碛砂藏》《永乐北藏》《龙藏》无"自"字。

〔四七〕实自无人：《金藏》"无人"作"死人"。

〔四八〕无人无主哀酷者：《金藏》"主"作"王"。

〔四九〕颠倒所回：《金藏》"所"作"不"。

〔五〇〕见得心着：宫本、《碛砂藏》《永乐北藏》《龙藏》"得"作"得之"。

〔五一〕解着则无依：宫本、《碛砂藏》《永乐北藏》《龙藏》"解着"作"触着"。

〔五二〕则几乎息矣：宫本、《永乐北藏》《龙藏》"乎"作"于"。

〔五三〕害诸业报：宫本无"害"字。

〔五四〕以哀悲哀：宫本、《碛砂藏》《永乐北藏》《龙藏》作"以哀非哀"。

〔五五〕初出眼与神故：宫本、《碛砂藏》《永乐北藏》《龙藏》句前有"其"字。

志磐与《佛祖统纪》*

赵　伟　陈　缘

内容摘要：作为天台宗忠诚的后学，志磐撰写了《佛祖统纪》以追述天台宗的历史，发扬天台之学。《佛祖统纪》载录了中国佛教在历代的兴衰，赞扬与肯定扶持佛教者与其行为，批驳反佛、辟佛与毁佛者之言论与行为，为佛教的发展争取空间。志磐在《佛祖统纪》中毫不避讳地表达对天台宗的虔敬，通过详尽援引天台诸学者之典籍、叙录天台诸祖之统系，展现出天台宗与天台之学的完整面貌。《佛祖统纪》中尤其叙写了与天台之学复兴相关的事件，表明了志磐编撰本书的目的不仅在于揭明天台宗及天台之学的历史，也在于希冀天台宗及天台之学能够继续发扬下去。在山家山外之争中，志磐表现出了严格的门户之见，之意似乎也是想以此来维护并保障天台宗与天台之学的继续发展。整部《佛祖统纪》展现了志磐对天台宗、天台之学的"尊祖重道之心"，同时体现出志磐弘扬山家正统的佛教史传观念。

关键词：志磐　《佛祖统纪》　复兴天台之学　山家

一、《佛祖统纪》

《四库全书总目》载《佛祖统纪》提要云："宋僧志磐撰。志磐，咸淳中住四明东湖。是书详载天台一宗源流，其凡例称：政和中僧元颖作《宗元录》，庆元中吴克己作《释门正统》，嘉定间僧景迁因克己之书作《宗源录》，嘉熙初僧宗鉴又取《释门正统》重修之。志磐以其皆未尽善，乃参取诸书，撰为此编。以诸佛诸祖为《本纪》八卷，以诸祖旁出为《世家》二卷，以诸师作《列传》十三卷，又作《表》二卷，《志》三十卷，全仿正史之例。大旨以教门为正脉，而莲社净土及达摩、贤首、慈恩、灌顶、南山诸宗仅附见于《志》，断断然分门别户，不减儒家朱陆之争。至所称上稽释迦示生之日，下距法智息化之年，一佛二十九祖通为《本纪》，以系正统，如帝王正宝位而传大业。如谓已超方外，则不宜袭国史之名；如谓仍在寰中，则不宜拟帝王之号。虽自尊其教，然僭已甚矣。"①据此知志磐为南宋时僧徒·曾

---

*　作者简介：赵伟，青岛大学历史学院教授。研究方向：佛教与中国思想史、中国古代宗教与文学。陈缘，青岛大学历史学院硕士研究生。研究方向：佛教与中国思想史、中国古代宗教与文学。

① ［清］纪昀《四库全书总目》卷一百四十五，中华书局 1965 年影印版，第 1239～1240 页。

住四明东湖，其他史籍文献极为缺乏，对撰写了《佛祖统纪》这样一部关于天台宗史传之僧徒来说，颇有些不太正常。

《四库全书总目》对该书的介绍，主要在四个方面：一是此书撰写缘由；二是此书的体例；三是此书为"天台一宗源流"之著，但著者撰写之意图存在着如朱陆般的门户之争；四是批评著者的僭越。《四库全书总目》对此书的评判，还是相当中肯的。

《四库全书总目》载此书为五十四卷，《钦定续文献通考》载"释志磐《佛祖统纪》五十四卷，志磐，咸淳时人，住四明东湖"，《千顷堂书目》载"志磐《佛祖统纪》五十四卷"，《钦定续通志》载"《佛祖统纪》五十四卷，宋僧志磐撰"。以上皆为清代书目所载，都是记录为"五十四卷"，清代之前书目所记则非如此，记录皆为"四十五卷"，弘赞在犙编《解惑编》云"宋志磐，字灵芝，号石室，作《佛祖统纪》"①，不载卷数。《释氏稽古略续集》载"《佛祖统纪》四十五卷"，《大明重刊三藏圣教目录》卷下载"《佛祖统纪》四十五卷"，《阅藏知津》载"《佛祖统纪》四十五卷，南城昆池碣北□、宋四明东湖沙门志磐撰"，并详细说明道："前有《通例》一卷。释迦本纪一，西土二十四祖纪二，东土九祖纪三，兴道下八祖纪四，诸祖旁出世家五，诸师列传六，诸师杂传七，未详承嗣传八，历代传教表九，佛祖世系表十，山家教典志十一，净土立教志十二，诸宗立教志十三，三世出兴志十四，三界名体志十五，法门光显志十六，法运通塞志十七，名文光教志十八，历代会要志十九。"②

《阅藏知津》撰者智旭是晚明僧徒，此时《佛祖统纪》尚为四十五卷，入清后则变为了五十四卷。另有五十五卷本，1925年，商务印书馆影印日本续藏经本，为"《佛祖统纪》五十五卷，卷首一卷"，即将卷首的序、凡例等列为一卷；傅增湘《藏园群书经眼录》载为五十五卷，其中援引沈乙盦沈跋云："宋刻《佛祖统纪》五十五卷，阙《法运通塞志》十五卷，沅叔学使得之都门，持以示余。留置斋头十余日，以藏本校之，目录微有不同，如藏本《诸师杂传》为二十一卷，而此本为二十二卷。藏本《本纪》一之一、一之二，《列传》六之一、六之二等，此本止作一、二、三、四，标卷目而不标类目。《诸师列传》第二十卷目录，藏本有识语云：'《诸师列传》，《统纪》原止十卷，而目录、通例均编为十一，此述者之误，故卷一排去目录有五十五卷，而《统纪》止五十四卷，今改正。'云云。今此本通例正作《诸师列传》一卷，目录正作第二十一卷，《诸师列传》十一，与识语所称合。又名《文光教志》目下藏本有识语云：'自《天台禅林寺碑》至《与喻贡元书》十七篇，南藏目录以第五十一卷收之，今改依《本纪》，以四十九卷收前十七篇，以五十卷收后七篇。'今此本卷第虽经剜改，而前卷十七篇，后卷七篇亦与识语称同，而卷中篇类乃例与目录相应。以是推之，此刻当为明刻南藏祖本，南藏本殆又经窜乱者也。明世别有单刻本，余家有之，与此不同。"③如何由四十五

---

①　［清］弘赞在犙《解惑编》卷上之下，《嘉兴藏》第35册，新文丰出版公司1987年版，第458页。
②　［明］智旭《阅藏知津》卷四十三，中华书局2015年版，第861页。
③　傅增湘《藏园群书经眼录》卷十，中华书局1983年版，第891页。

卷变为五十四卷,目前并不明了。关于《佛祖统纪》版本的变迁,日本学者西协常记《〈佛祖统纪〉诸文本的变迁》进行了考证,指出现存中国国家图书馆藏南宋咸淳刻本为祖本,是明代各大藏经本与"大正藏本""续藏经本"的源头。[①] 杜泽逊《四库存目标注》子部中著录了《佛祖统纪》现存多种版本。[②] 孙敬阳《〈佛祖统纪〉文献价值研究》[③]在此基础上又进行了梳理,补充与载录了多种收录与版本信息。

中国国家图书馆藏南宋咸淳刻本被收录于《四库全书存目丛书》,该本存卷一、卷二、卷四至卷十八、卷二十三至卷四十共三十九卷。通过与其他各本进行比较,各本所载《佛祖统纪序》中有"目之曰《佛祖统纪》,凡之为五十四卷"之语,此本则作"目之曰《佛祖统纪》,凡之为类四十卷";通例下的《释志》中,其他各本所载"作《法运通塞志》十五卷",比本"十五"二字缺,为"《法运通塞志》□□卷"。根据这两个差异,可以推论:第一,南宋咸淳刻本可能为四十卷本,或四十五卷本;第二,《法运通塞志》可能不是与全书同时刻印的,尤其是卷四十八"法运通塞志第十七之十五"可以看得比较清楚。首先,此处"法运通塞志第十七之十五"说明"法运通塞志"应该有十七卷,其实只有十五卷,缺第十六、十七卷。其次,卷四十八载录宋宁宗、宋理宗时期的法运通塞情形,其中,如"端平三年,四明沙门海印删修陆师《寿宝珠集续集》,净业有验者名《净土往生传》十二卷",下有注云"志磐删为《净土立教志》,凡三卷,入《统纪》中,最为简要"[④],显然不是志磐的口吻。最后,卷四十八后,列有元代及明初佛教法运通塞的情形,显然不是志磐所撰写之原文,文中叙及元顺帝崩时,云"大明皇帝以其知顺天命退避而去,谥曰顺帝"[⑤],据此推测本部分极有可能是在编纂《洪武南藏》(《建文南藏》)或《永乐南藏》《永乐北藏》时期所增加,使之将佛教僧史延伸至明初。

关于志磐及《佛祖统纪》的研究,除了上面提到的之外,有韩毅《〈佛祖统纪〉与中国宋代僧人的史学思想》、秦瑜《〈释门正统〉与〈佛祖统纪〉成书旨趣之差异再探》、俞信芳《略论〈佛祖统纪〉诸文本的变迁—兼涉〈佛祖统纪〉校注》、宋道发《论南宗志磐的佛学思想—以〈佛祖统纪〉为中心》、鲁海军《志磐〈佛祖统纪〉研究》[⑥]等。本文在上述成果的基础上,叙述志磐《佛祖统纪》对天台宗、天台之学及天台宗历代诸宗师传记的书写。

---

① 赵敦华《哲学门》,北京大学出版社 2007 年版,第 93～112 页。
② 杜泽逊《四库存目标注》,上海古籍出版社 2007 年版,第 1405～2453 页。
③ 孙敬阳《〈佛祖统纪〉文献价值研究》,河北大学硕士论文,2013 年。
④ [宋]志磐《佛祖统纪》卷四十八,《大正藏》第 49 册,新文丰出版公司 1983 年版,第 432 页。
⑤ [宋]志磐《佛祖统纪》卷四十八,《大正藏》第 49 册,新文丰出版公司 1983 年版,第 437 页。
⑥ 韩毅《〈佛祖统纪〉与中国宋代僧人的诗学思想》,《河北学刊》2003 年第 5 期;秦瑜《〈释门正统〉与〈佛祖统纪〉成书旨趣之差异再探》,《宗教学研究》2008 年第 2 期;俞信芳《略论〈佛祖统纪〉诸文本的变迁——兼涉〈佛祖统纪〉校注》,《中国佛学》2017 年第 1 期;宋道发《论南宗志磐的佛学思想——以〈佛祖统纪〉为中心》,复旦大学博士论文,2001 年;鲁海军《志磐〈佛祖统纪〉研究》,杭州师范大学硕士论文,2010 年。

二、《佛祖统纪》对佛教的维护

关于《佛祖统纪》的编纂，明代僧人明昱《阅佛祖统纪说》云："夫道无统则散，统无纪则乱，散乱之作，道理焉依。然道因言显，理假教明，讵离言教而觅道理乎……欲明古圣之道，此《统纪》斯其至焉。"①即，志磐撰纂此书的目的是为了传承道统，当然志磐所传的道统是专指佛教天台宗的道统。同为明末人杨鹤《佛祖统纪叙》："从上诸祖，授受渊源，支分派别，亦如一花五叶，传衣受记，历历分明，自是天台一家眷属……其意直欲薪尽火传，灯灯相续耳。近日宗门盛行，讲律或废，不知如车双轮、如鸟双翼。后之绍统者，若真如天台深入法华三昧，亲见灵山一会俨然未散，棒喝狂禅皆当反走矣。"②杨鹤从明末教、禅之弊肯定志磐对本书的撰纂，著中通过呈现相对完整的天台宗面貌以重振天台宗，不仅使得"棒喝狂禅皆当反走"，而且使得天台宗"薪尽火传，灯灯相续"。志磐在《佛祖统纪序》中指出此书创作经历云："自宝祐戊午，首事笔削，十阅流年，五誊成稿，夜以继昼，功实倍之。"并明确指出撰写本书的两个意图，其一是绍隆天台之脉，云："笃生天台，绍隆法运，以五时八教、四种三昧，与夫事理即具境观不二之旨，以为后学入道之本。历代师承，宝兹大训，至于今七百年，守之弗坠。翰林梁子之言曰：'言佛法者，以天台为司南，则殊途异论，往往退息。'诚然哉斯论也，志磐手抱遗编，久从师学，每念佛祖传授之迹，不有纪述，后将何闻。"③志磐之论，与二述明昱、杨鹤的评论完全一致。

志磐意欲通过《佛祖统纪》使天台宗重新恢复兴盛，为达到这个目的，志磐大力阐述了天台宗的完整的历史。为了消减统治者与儒者对佛教的排斥，减少佛教发展的阻力，志磐同时在叙述中一直贯穿着两个着重点。第一是强调天台宗及天台之学有益于世，云"开人心之性灵，资国政之治化，岂不曰大有益于世"④，强调对治世、国家的重要作用，显然是为了统合与朝廷之间的关系，获得朝廷的支持，卷末《刊板后记》再次云："咸淳元年乙丑寓东湖月波山，始饬工刊《统纪》。至六年庚午冬，忽感喘嗽之疾，家林法眷棹船见邀，遂以十二月二十一日归于福泉之故庐。是时尚有《会要志》四卷未能刊，于是乘病写本，俾刊人毕其功。秋七月，锓事既备，拟辨纸印造万部，为最初流通。尝计之刊板所费将万券，而印造之本逾二十万券，非高明识鉴有大财力者则不能济。当愿佛祖圣贤冥密劝化当朝居位王公大人，知有法门，共相激发，或一出己力，或转化群贤，特辍余赀，建立纸本，使《统纪》一书布散寰海，是亦助国行化之大端也。"⑤《后记》中叙述自己刊刻《佛祖

---

① [宋]志磐《佛祖统纪》卷首，《大正藏》第49册，新文丰出版公司1983年版，第129页。
② [宋]志磐《佛祖统纪》卷首，《大正藏》第49册，新文丰出版公司1983年版，第129页。
③ [宋]志磐《佛祖统纪》卷首，《大正藏》第49册，新文丰出版公司1983年版，第129页。
④ [宋]志磐《佛祖统纪》卷首，《大正藏》第49册，新文丰出版公司1983年版，第129页。
⑤ [宋]志磐《佛祖统纪》卷尾，《大正藏》第49册，新文丰出版公司1983年版，第475页。

统纪》的艰难历程，实际上更重要的是强调了此书是"助国行化之大端"。

第二是一再载录对辟佛者的批驳，著中对历史上重要的反佛事件、重要的辟佛者一再加以批驳，如《佛祖统纪通例·息众疑》提到韩愈、欧阳修等人的排佛，云："此书所用藏典教文，非儒生居士之所可易解。有能字字句句研究其义，以所疑难，质诸沙门，则精义入神，然后可以知佛。若轻心疾读，不究所归，斯何益于人哉。又世之为儒者，好举韩欧排佛之论，而不知二公末年终合于释氏之道。今人有能少抑盛气，尽观此书，反复详味，则知韩欧之立言皆阳挤阴助之意也。"①志磐这里指出韩欧"末年终合于释氏之道""韩欧之立言皆阳挤阴助之意"等语，存在着一个发展的过程，开始时一直对二人进行批驳，在"法运通塞志"即将结篇时，指出二人"终合于释氏之道"；《佛祖统纪》实际上通篇对二人以批驳为主。

《法运通塞志》主要记载历朝历代对佛教的扶持，涉及帝王、官僚、士大夫、民众等等，其中，有一些自身微不足道，但扶持与驰援佛教的小人物，如对待名微而"《唐史》无闻"的李节便是一例。潭州岳麓寺沙门疏言往太原求大藏经，河东节度使司空卢钧、副使韦宙以经施之，节度巡官李节为之《记》，曰：

> 儒学之人喜排释氏，其论必曰"禹汤文武周孔之代皆无有释，释氏之兴源于汉，流于晋，弥漫于宋魏齐梁陈隋唐，此衰世之所奉也，宜一扫绝之使不得滋"。论者之言粗矣，吾请精而言之。昔有一夫，肤腴而色和，神清而气烈，怡然保顺，医与祷无用也。复一夫而有风湿之病，背瘫而足躄，耳聩而目瞑，于是用攻熨焉，事禳禬焉。是二夫者，胡相反耶？病不病异耳。呜呼，三代之前，世康矣，三代之季，世病矣。三代之前，禹汤文武德义播之，周公孔子典教持之，道风虽微，犹有渐渍，以故诈不胜信，而恶知避善也。暨三代之季，风俗大败，诈力相乘，废井田则唯务兼并，贪土宅则日事战争，奸邪于是肆其志，贤士不能容其身，以故上下相仇，而激为怨俗也。释氏之教，以清净自居，柔和自抑，则怨争可得而息也；以因果为言，穷达为分，则贵贱可得而安也。怨争息则干戈盗贼之不兴，贵贱安则君臣民庶之有别，此佛圣人所以救衰世之道也。不有释氏，尚安救之哉？今论者不责衰世之俗为难移，而尤释氏之徒为无用，是不怜抱病之夫，而诟医祷之为何人也；不思释氏救世行化之为大益，而且疾其宫墙之丽、徒众之蕃，摘其猥庸无检者为口实，而欲一概以废弃之，是见其末而遗其本也。会昌季年，武宗大剪释氏，巾其徒，彻其居，容貌于土木者沉诸水，言论于纸素者投诸火，分命御史乘驿走天下，察敢隐匿者罪之。于是，天下名蓝真宇毁去若扫。今天子建号之初，雪释氏不当废也，亟下诏复之……释氏救世之道既言之矣，向非我明君洞鉴理源，何能复行其道；非司空公克崇大法，何能复全其书；非沙门疏言深识法运，何能不惮远求以逮兹盛典。奉圣上之令，兴释氏之宗，惠及后人，其功

---

① ［宋］志磐《佛祖统纪》卷首，《大正藏》第49册，新文丰出版公司1983年版，第131页。

用有不可胜言者。①

李节在《记》中为佛教张目,指出佛教是为救世道风俗之衰,而非致世道风俗衰败之原因。李节的论述是从佛教的功用与目的说的,强调了佛教对社会风俗有利的一面。志磐评价李节之文云:"此文立言建理,足以晓世之不知佛者,使退之见之,当愧服不暇,子厚《浩初序》徒云与《易》《论语》合,而不能如此明言救世之功。"②志磐将李节与韩愈、柳宗元相比较,批评韩愈对佛教的斥责,并指出李节之观念较柳宗元更为深刻。志磐对李节的赞扬与肯定,其支持佛教是最为主要的原因。

志磐《法运通塞志》序指出撰写此志的目的,云:"佛之道本常,而未始离乎世相推迁之际,自释迦鹤林诸祖继出,所以传持此道,东流震旦,逮于今而不息。大较圣主贤臣宿禀佛嘱常为尊事,而儒宗道流之信不具者,时有排毁,然终莫能为之泯没,以此道本常也。夫世称三教,谓皆足以教世,而皆有通塞,亦时使之然耳。列三教之迹,究一理之归,系以编年,用观通塞之相。"③可以看到目的有三个,第一是说明佛教流传于中国后至此不息,第二是说明佛教在中国流传与发展的"通塞之相",第三是佛教在中国的流传与发展过程中有"通塞",即既有顺利发展的情形,也有"时有排毁"的情形。撰写《法运通塞志》,志磐一方面是以史料阐述佛教在中国流传的"通塞之相",实际上更重要的是为佛教进行辩护。志磐列举中国历史各时期佛教的发展,同时对批判佛教者进行反批判。其中,专列"毁法恶报"一目,列举内容有:

魏高贵乡公:罽宾国王害师子尊者,白乳涌高数尺,王臂寻堕,七日命终。

晋安帝:昙无谶在凉译经,后西归,凉王遣人刺于路,王见神人以剑刺之,遂卒。

宋沙门惠琳著《黑白论》,与佛理相违,后感疾,肤肉糜烂,竟死。时以为叛教之报。简静寺尼用书经绢为儿衣,身疮白虫,号叫而死。

梁武帝:沙门智稜值寇还俗,道士孟悉达劝为黄冠,引佛教润色诸道经,暮年为道士讲《西升经》,忽失音舌卷,于座委顿而死。望蔡令,杀牛饮啖,卧佛堂上,白癞病死。

宋真宗:慈照聪禅师,郡守笞之,师曰"教他平地起骨堆",守全家死。

神宗:王安石子雱资性险恶,既亡,荷铁枷告父,安石请以江宁园庐为僧寺(即半山寺)。

徽宗:宣和废佛法,杨戬议废太平兴国寺,瘗佛像于殿基,已而戬病,胸腹溃裂而死。诏天下建神霄宫,太平州将拆承天寺,主议者石仪曹一子,为金甲神纳于火,石某绝嗣。④

---

①　[宋]志磐《佛祖统纪》卷四十二,《大正藏》第49册,新文丰出版公司1983年版,第387~388页。
②　[宋]志磐《佛祖统纪》卷四十二,《大正藏》第49册,新文丰出版公司1983年版,第388页。
③　[宋]志磐《佛祖统纪》卷三十四,《大正藏》第49册,新文丰出版公司1983年版,第325页。
④　[宋]志磐《佛祖统纪》卷五十四,《大正藏》第49册,新文丰出版公司1983年版,第475页。

以上尽管只列数条，但语气极为严厉，对反对佛教、打击佛教、背弃佛教批驳之严厉，实属罕见。

志磐极力维护佛教的地位，当佛教与权力相冲突时，志磐选择站在维护佛教地位的立场。欧阳修《归田录》中载赞宁答赵匡胤"见在佛不拜过去佛"之语，志磐极不赞成此语，辩解说："宁于太宗朝随吴越王初归京师，未尝及见太祖，欧阳氏所录妄也。今观真宗百拜已上，不欲分任近臣，盖习熟于祖宗之家法也。其后如徽宗拜佛牙，南渡历朝拜大士，则知有国以来无不拜佛之理。欧阳慢佛，不欲人主致敬，故特创此说。'见在''过去'无义之谈，所以上诬君主下诬宁师也。"①将帝王拜佛教指为宋代帝王之家法，或许只有志磐才有这样的底气。

赵匡胤只是涉及对释迦牟尼之像拜与不拜的问题，并未涉及反佛问题。中国历史上不乏反佛、排佛、灭佛、毁佛的帝王，志磐对此都进行了毫不留情的抨击。如志磐对唐武宗的会昌灭佛念念不忘，时不时地提起，对不能一贯信赖佛教者，亦加以批评。如在记载唐宣宗"饵道士丹疽发于背"而崩时，志磐说："武宗毁佛信道，饵丹发背而殂，世方以之为戒。宣宗避仇为僧，卒登宝位，愤会昌之沙汰，诛窜李赵，立方等戒坛，令僧尼重受戒法，其意甚至。至末年，复用道士服，饵金丹，疽发于背。其过在于好求长年，而不达世相无常之义，故终蹈其祸，为后人笑云。"②一边再次抨击唐武宗，一边批评唐宣宗不能一直信赖佛教、不能遵从"世相无常之义"，从而"终蹈其祸"。此中可见志磐对统治者及士大夫的苛责之严。在提到周世宗柴荣打击佛教时，志磐又再次提及历代灭佛之事，云："自昔佛法遭毁，有四时焉：魏太武因司徒崔浩焚毁经像，阬戮沙门，既而崔浩腰斩，太武身感疠疾，竟为常侍宗爱所弑；文成嗣位，复大兴佛法（其一）。周武因卫元嵩毁经像塔寺，殴沙门反俗，厥后杜祈入冥，见周武地狱受苦求救之事；宣帝嗣兴，佛法复盛（其二）。唐武宗因赵归真毁像废寺，僧尼还俗，帝后疽发背而殂，时穆陵尉称天符以李炎毁佛、有夺寿去位之报，归真等皆被诛戮；宣宗即位，佛法大兴（其三）。周世宗毁像铸钱，废拆寺院，疽发胸而殂，人见在狱受苦，有'周通钱尽，方得脱罪'之语（其四）。"③志磐指出历史上的四次灭佛，发起者之帝王与臣僚，最后都不得善终，继任者能够兴持佛教，王朝又得再次兴盛。话语与用词中，充斥着对打击佛教之帝王与臣僚的不满，且毫不隐晦自己的不满。

在上述援引历代灭佛事件中，可以看到志磐尽管对部分宋代帝王对待佛教的态度也有不满，但口气比之对前代诸帝王的批判要轻浅得多，毕竟作为宋代僧徒，不可能对宋代的帝王过于严责。但在涉及帝王对佛教的轻视或发布不利佛教的政策时，志磐同样提出批评。如绍兴十五年（1145），宋高宗"敕天下僧道始令纳丁钱，自十千至一千三百，凡九

① ［宋］志磐《佛祖统纪》卷四十四，《大正藏》第49册，新文丰出版公司1983年版，第405页。
② ［宋］志磐《佛祖统纪》卷四十二，《大正藏》第49册，新文丰出版公司1983年版，第388页。
③ ［宋］志磐《佛祖统纪》卷四十二，《大正藏》第49册，新文丰出版公司1983年版，第392页。

等,谓之清闲钱",当时有不少法师反对,如引道法师致书于省部云:"大法东播千有余岁,其间污隆随时,暂厄终奋,特未有如今日抑沮卑下之甚也……僧道旧籍仕版,而得与儒分鼎立之势,非有经国理民之异,以其祖大圣人而垂化为善故耳。至若天灾流行,雨阳不时,命其徒以祷之,则天地应鬼神顺,抑古今耳目所常闻见者也。夫苟为国家御灾而来福祥,亦宜稍异庸庶之等夷可也,若之何遽以民赋,赋且数倍。今天下民丁之赋多止缗钱三百,或土瘠民劳而得类免者,为僧反不获齿于齐民,以其不耕不蚕而衣食于世也。"志磐对此评论说:"目僧道同丁夫,而出征赋以免之,岂独僧道之耻,亦国家不知尊尚二教之耻也。今州家征免丁,则必举常年多额以责之,而不顾僧之存亡去住。既又欲以亏额均赋诸寺者,其为患皆此类。尝考郡志云'僧道免丁,岁无定额,官吏曾不省,此王荆公创新法',当年后世,谁不知为民患? 然今之为政者,语安石则目之小人,追民赋则仍用其立法。盖利源一开,虽有圣人之治所不能革,以人心好利者同然耳。然则为利创法者,未尝不为后世患。"①

绍兴二十一年(1151),发生两件对佛教不利的事情,其一是"初太后韦氏北还之日,以道家四圣有神助,至是改孤山为延祥观以奉之",其二"十一月谪衡州宗杲量移梅州"。志磐对此颇为不平,评论说:"自古公卿与释氏游者,重其道,敬其人耳。本朝公卿交释氏者尤为多,未闻以语言之过交相为累者。洪觉范之窜朱崖,坐交张无尽,杲大慧之流衡阳,坐交张子韶,而皆以语言为其罪。夫儒释之交游,不过于倡和以诗谈论以道,否则为庐山结社之举耳。岂当陷贤于奸佞,而钩党于林间之人哉。其为法门不幸,有若二师者,言事之过论,九重之不察也。"②

佛教与文人的交游,或者佛教对之于政治与统治,"不过于倡和以诗谈论以道,否则为庐山结社之举耳",却遭受到法门不幸,志磐毫不留情地将批评的矛头指向"九重之不察"。二十二年(1152),宋高宗对佛教以"非有意绝之"的方式要求暂停度僧:"朕见士大夫奉佛者多乞放度牒,今田业多荒,不耕而食者二十万人,若更给度牒,是驱农为僧也。佛法自汉明入中国,其道广大,终不可废,朕非有意绝之,正恐僧徒多则不耕者众,故暂停度僧耳。"志磐对宋高宗不放度牒的做法,尽管委婉指出"抑僧以助农"是"知政本",但反而论之,认为"驱闲民而僧之"也是"为政之权道",云:"今之为僧者,未暇以学道言之,或迫于兄弟之众多,或因无田而不耕,皆天下之闲民也。深山蛇虎之乡,边海斥卤之地,非田也。出家之士,率众力,凭志愿,幸而可开为亩,皆天下之闲田也。以闲民食闲田,未尝为农病也,矧今为农者常自多,常苦于天下之田少,而寺院之产常自定,不令闲民为僧,则农益多,农多而常田少,农始病矣。去而为商贾,为百工,为游乞,为倡优,趋末者纷纷然。

---

① ［宋］志磐《佛祖统纪》卷四十七,《大正藏》第49册,新文丰出版公司1983年版,第425~426页。
② ［宋］志磐《佛祖统纪》卷四十七,《大正藏》第49册,新文丰出版公司1983年版,第426页。

又不能为，则盗于海，劫于陆，无所而不为矣。然则驱闲民而僧之，是亦为政之权道也。"①

反向的论证，不管论证是否合理及符合事实，志磐实际上是在不动声色地对宋高宗进行反驳。与对宋高宗的态度不同，志磐对宋孝宗的态度就相当温和。《佛祖统纪》记宋孝宗对待佛教云："（乾道）四年四月八日，召上竺讷法师，领五十僧入内观堂，行护国金光明三昧。斋罢说法，上曰'佛法固妙，安得如许经卷'，师曰'有本者如是'，上说，进授左街僧录、慧光法师。自是岁岁佛生日，赐入内僧帛五十匹，修举佛事。九月，上谓礼部尚书李焘曰：'科举之文不可用佛老语。若自修之山林，于道无害，倘用之科场，恐妨政事。'"②宋孝宗虽然下令不得在科举中出现佛道教之语，却因经常"修举佛事"，志磐的态度就有很大的差别，云："儒家用《老》《庄》语其来已久，故不可一旦绝去。至若穷理之妙，尽性之奥，高出世表而无所不容者，则无越乎释氏之书。然儒家欲明理于天人之际，《易》《洪范》《中庸》《大学》《语》《孟》求之自足，倘涉乎佛经语意，则自违其宗，而放肆无归矣。"志磐对宋孝宗科举不可用佛道之语的诏令，持支持的态度；可能是志磐也认为，科举使用的语汇应该只能是儒家典籍，儒家典籍中涉及"佛经语意"是"自违其宗"。由这段话来看，志磐本质是相同的含义，是指三教本质相同，但相互之间就语汇等来说，还应该保持相应的纯粹性，因此以"大哉孝庙之戒，其有旨乎"③之语肯定宋孝宗的做法。

上述可知志磐对历代帝王的态度，基本上是从支持佛教还是打击佛教出发的，对支持与扶持佛教的帝王都赞扬和肯定，对批驳、反对与打击佛教的帝王都否定、批评，甚至是严厉苛责。对待文人士大夫，志磐秉持着同样的态度。《佛祖统纪》中载录大多数是对佛教支持及佛教发展的情形，对佛教在历史中的遭难，夹杂着记录不少。《佛祖统纪》中载录许多文人士大夫扶持佛教的事例，志磐对此大加赞扬；同时载录了部分批驳、打击佛教的事例，志磐对此进行了大力批驳。赞扬文人士大夫扶持佛教行为，是为了佛教的发展；批驳文人士大夫驳斥、打击佛教的行为，同样是为了佛教的发展。

唐代韩愈、宋代欧阳修等人从儒学（道学）的立场对佛教进行了批驳，批驳佛教的言论在当时及后世都显现了强大的影响。对韩愈、欧阳修二人批驳佛教的言论，志磐在《佛祖统纪》中不遗余力地进行了驳斥。《佛祖统纪》中对韩愈、欧阳修不停地进行驳斥，言辞相当严厉，按照记载的前后顺序如下。叙及梁武帝与佛教的关系时，提到韩愈曾"专责梁武事佛及祸，以警当年之君上"以及"鄂佛为夷"之对待佛教的态度，志磐以不善的口气说"退之终罹斥逐之祸，何其速哉"④，认为韩愈受到了反驳佛教的果报。对反对及斥责佛教者，别说韩愈，即使皇帝，志磐的态度亦相当苛责，如对唐武宗的会昌灭佛，志磐刻画云

① ［宋］志磐《佛祖统纪》卷四十七，《大正藏》第 49 册，新文丰出版公司 1983 年版，第 426～427 页。
② ［宋］志磐《佛祖统纪》卷四十七，《大正藏》第 49 册，新文丰出版公司 1983 年版，第 427～428 页。
③ ［宋］志磐《佛祖统纪》卷四十七，《大正藏》第 49 册，新文丰出版公司 1983 年版，第 427～428 页。
④ ［宋］志磐《佛祖统纪》卷四十一，《大正藏》第 49 册，新文丰出版公司 1983 年版，第 383 页。

"李炎坐毁佛教，夺寿去位，当与西海君同录其魂……后数日上果病崩"①，这样的态度是相当大不敬，并且极为大胆，表现出对唐武宗的极大愤恨；统治者及文人士大夫反对、斥责、压制佛教者，历史上数不胜数，但以此极大愤恨且严厉得近乎诅咒的态度对待统治者及文人士大夫，在中国佛教历史上并不多见。以因果论对待历史上的反佛之君臣，志磐明确说："自古人君之毁佛者，必有臣佐以济其事。故魏太武以崔浩，周武以张宾、卫元嵩，唐武以李德裕、赵归真，卒使大法被辱，君臣俱蒙恶报，何彼此之不幸欤。至若举行沙汰，如桓玄之在晋世，傅奕之在唐朝，姚崇之在明皇，李训之在文宗，然皆牵于时事，既行而复厄。以故一时小厄，不若三武为祸之酷也。若周世宗天性毁佛，而不得其佐，韩愈、欧阳修天性排佛，而不逢其君，使世宗得崔浩则案诛沙门，当有甚于太武之虐，使韩欧逢三武则毁像灭僧，当不减于崔李之酷。崔浩腰斩，德裕窜死，不令之终，亦足为报。鲁直谓退之见大颠排佛为沮，祖秀谓永叔见圆通排斥内销，维韩与欧获善于后，亦由知识道力有以回之耳。"②

对反佛教者的态度严厉，对扶持佛教发展者自然是大力颂扬，如在韩愈和柳宗元二者的区别对待上，《佛祖统纪》淋漓尽致地表现出了志磐这样的观念与态度。柳宗元与佛教僧人交往，从佛教的角度对韩愈的斥佛进行批评，志磐肯定柳宗元说："退之不知佛，所以斥佛，后世士夫见韩《原道》及《答孟书简》，则便以能距杨墨者为比。杨墨之僻，诚足距者，至于佛道广大，则凡世间九流悉为所容，未有一法出乎佛道之外，岂当以杨墨比之哉。或曰：'柳子谓浮图之言与《易》《论语》合，《易》《论语》世间言教，岂足以知佛道之极际？'曰：'浩初以子厚儒生，未可语以深妙，故以《易》《论语》要义比况之，俾其易领耳。'柳子既有所发，故复欲以此警退之之不逮，非从《易》《论语》中说，则儒人未易领也。然子厚自此卒能优入此宗，故其《送元举序》云'佛之道大而多容'，《无姓碑》云'绍承本统，以顺中道'，《送重巽师序》云'吾自幼学佛，求其道三十年，吾独有得焉'，此未可以《易》《论语》裁量之也……今以浩初序章句以释之，将以广柳子之能言也。"③

志磐对韩愈辟佛念念不忘，提到北宋初期河南府进士李蔼"造灭邪集以毁释教，窃藏经以为衾"时，又再次提到韩愈对佛教的排斥，云："儒家有排佛者，以不曾读佛经耳，使稍知观览，必能服其为道之妙。李蔼造论指佛为邪，盖傅奕、韩退之诋佛为夷之余波也。"④将李蔼"毁释教"归因到韩愈北驳佛教的影响，是韩愈排佛的余波。端拱二年（989），宋太宗有"我宿世曾亲佛座，但未通宿命耳"之语，并诏直学士院朱昂撰塔铭，云："儒人多薄佛，向中竺僧法遇乞为本国佛金刚座立碑，学士苏易简为之，指佛为夷人，朕恶其不逊，遂

---

① ［宋］志磐《佛祖统纪》卷四十二，《大正藏》第49册，新文丰出版公司1983年版，第386页。
② ［宋］志磐《佛祖统纪》卷四十二，《大正藏》第49册，新文丰出版公司1983年版，第386页。
③ ［宋］志磐《佛祖统纪》卷四十一，《大正藏》第49册，新文丰出版公司1983年版，第383页。
④ ［宋］志磐《佛祖统纪》卷四十三，《大正藏》第49册，新文丰出版公司1983年版，第395页。

别命制之。"志磐因此再次提到韩愈等人的辟佛,云:"人无通识不足以知佛,故韩愈夷其佛,欧阳修亦夷其佛,太宗以苏易简指佛为夷而恶之。自古人君,莫如太宗之有通识也。佛圣人也,五天中土也,此方即五天之东境也,今称中国者,此方自称尊也。称四夷者,且约此方四境之外论之也,儒家乏通识,即目睫以言之,故多失言。"①

志磐直接指韩愈等辟佛之儒士"乏通识",并开始对欧阳修的驳斥。《佛祖统纪》叙述至宋仁宗对佛教的扶持时,提到欧阳修对佛教的排斥,志磐又对韩愈和欧阳修等人提出批评,云:"孔子、文中子皆谓佛为圣人,韩氏则曰'佛者夷狄',欧阳作《本论》曰'佛法为中国患',二子不知佛为圣。不知天地之广大故,不知奚为夷奚为中国;不知佛法之妙故,不知奚为本奚为患。儒宗有欲排佛者,倘未能览其典籍、质诸学者、熟复其义理之所归,则吾恐轻肆慢易,如韩欧一时之失言也。然退之问道于大颠,自云得入处,故鲁直有云'退之见大颠后,作文理胜,而排佛亦少沮'。欧阳见祖印,肃然心服,故东坡有云'永叔不喜佛,然其聪明之所照了,德力之所成就,真佛法也'。今人徒知诵前时之觝排,而不能察后来之信服,以故二子终受斥佛之名,其不幸乎。"②

与前之论述稍有不同的是,志磐注意到黄庭坚、苏东坡等人对韩愈、欧阳修等的评述,因此没有如之前火力全开地进行批判。或许志磐在此书的撰写过程中,观念就有所改变,即不仅仅批判斥佛者对佛教的批评,更要引导士人对佛教产生认同。认同的有效方式,就是让反对者"览其典籍、质诸学者、熟复其义理之所归"。

政和元年(1111),宋徽宗认为"曾参等所封侯爵犯先圣讳,甚失弟子尊师之礼",志磐似乎是要抓住一切机会批评韩愈、欧阳修,趁势说:"世之为儒者,知尊夫子为先圣,而不知避其讳。如唐宋诗人好以先圣名为戏,其不知礼若是。退之诗云'乘槎追圣丘',欧阳诗云'仁义丘与轲',又'丘门安敢辄论诗'。二儒排佛老、尊孔孟,常切切然,而反侮圣人之名。韩欧尚不知礼,余不足责也。'③又责备韩愈、欧阳修不知"礼",志磐之所以如此反复回击韩愈、欧阳修的辟佛,目的是以此堵上反佛儒者之口。志磐十分清楚,就宋代来说,佛教发展最大的阻力是儒学,尤其是程朱及其门人站在之前从来没有过的理论高度上对佛教进行批驳,使佛教信奉者感到了巨大的压力。志磐一再提醒儒者"稍知观览,必能服其为道之妙",诱引儒者多去读佛教典籍,从而能减轻儒者对佛教的批驳。卷四十七提到王日休"一志念佛",云:"国学生王日休……为六经训传数十万言,一旦捐之,曰:'是皆业习非究竟法,吾其为西方之归乎?'自是一志念佛,日课千拜。一夕厉声念佛,忽云佛来接我也,屹然立化。邦人有梦二青衣引之西行。日休为净土文,行于世,尝为之说云:'儒者或以释氏之徒无戒行,故轻其教者,岂可以道流不肖而轻老子、士人不肖而轻孔子?

① ［宋］志磐《佛祖统纪》卷四十三,《大正藏》第 49 册,新文丰出版公司 1983 年版,第 400 页。
② ［宋］志磐《佛祖统纪》卷四十五,《大正藏》第 49 册,新文丰出版公司 1983 年版,第 411 页。
③ ［宋］志磐《佛祖统纪》卷四十六,《大正藏》第 49 册,新文丰出版公司 1983 年版,第 419 页。

释氏之教有世间法,有出世间法,其世间法戒杀盗淫,儒释未尝不同,其不同者,释氏之出世间法也。儒家止于世间,故独言一世而归之于天,释氏知屡世,而能具见群生业缘本末,此其不同耳。"志磐一边再次批评韩愈、欧阳修,一边明确提出儒者是以"道学"的角度批驳佛教的,云:"王龙舒之为儒也,固尝为六经作训传矣。潜心学古,非世儒之常流也。及尽弃其学而学佛,必有一定之见。今人为儒未及于龙舒,而欲以汎汎口舌效韩欧排佛之失言,是皆未足以知两家之道本不悖也。至若世间、出世间之说,虽未尽理,谓佛能具见群生业缘本末,此得之矣。苏黄诸公诚知此,伊洛先辈徒能以道自任,以故时有排斥,然不足以知此义也。"①志磐之所以一而再再而三地以韩愈、欧阳修为靶子,对批评佛教者进行反批评,主要的目的应该是借此消除、减轻儒者(道学家)对佛教发展的阻力。

《佛祖统纪》中显示出来,志磐对韩愈、欧阳修的批驳确实是不遗余力,甚至卷五十四中专列"韩欧排佛"一目,如下云:

唐宪宗迎凤翔佛骨入禁中,刑部侍郎韩愈上表,谏曰:"佛本夷狄之人,身死已久,枯朽之骨凶秽之余,岂宜以入宫禁?乞以此骨付之水火,永绝根本。"帝大怒,贬潮州刺史。愈至潮,闻大颠禅师名,请入郡同道。留旬日,尚书孟简闻愈与大颠游,以书嘉之,愈答书称:"大颠颇聪明识道理,远地无可与语,故自山召至州郭,留数十日,实能外形骸不为事物侵乱,非崇信其法求福田利益也。"简复报之曰:"释氏之教,大明善恶之异路,覈天下神道报应之征,为广其道,奈何韩君以愚人下俚翁姬之情见待之耶?"云云。

王荆公非韩云:"人有乐孟子之距杨墨,而以斥佛老为己功,庄子所谓夏虫者,斯人之谓乎。"

苏子瞻非韩云:"退之于圣人之道,知好其名而未乐其实,其论至于理而不精,往往自叛其说而不知。"

西蜀龙先生作非韩百篇。

明教嵩禅师作非韩三十篇。

祖印讷禅师《与欧阳公》,论退之排佛老。

宋仁宗。谏议欧阳修著《本论》,谓佛法为中国患,又曰今佛之法可谓奸邪,又曰千年佛老贼中国。修左迁滁州,将归庐陵,游庐山谒祖印讷禅师,与之论道,肃然心服。平时排佛为之内销,祖印谓曰:"退之倡排佛老,足下今又和之,将使后世好名之士援韩氏、欧阳氏以为法,岂不为盛德之累?足下所著《本论》,孜孜以毁佛为务,以蒐狩丧祭乡饮之礼为胜佛之本,是犹退之《原道》实未知道。"修大惊报,师复为说悟心之旨,自此颇有省发。及入参大政,每誉于公卿之前,岁时书问未尝绝。出知扬州,高丽遣使问魏武注孙三处要义阙注,诏问修,不知答。饬使者往问祖印,师曰"兵者机密之事,不可以示人"。使反命,

---

① [宋]志磐《佛祖统纪》卷四十七,《大正藏》第49册,新文丰出版公司1983年版,第428~429页。

以其言应诏。

欧阳外传云：欧子撰《新唐书》，如高僧玄奘、神秀诸传及正观为战士建寺之文，并与削去。司马君实云："永叔不喜佛，《旧唐史》有涉其事者必去之。"因曰："驾性命道德之空言者，韩文也；泯治乱成败之实效者，《新书》也。"孝宗御制《原道论》云："朕观韩愈《原道论》，徒文繁而理迂耳。"①

由此可见志磐对韩愈、欧阳修的意见确实非常之大，一直念念不忘地进行批判，其中之因由，还是如上所言，是欲以此清泯儒者（道学家）对佛教发展带来的消极影响。

尽管极力维护佛教，对乱用佛教而引起的弊病，志磐同样予以批评，如自称白莲导师的吴郡延祥院僧茅子元，"依放台宗出圆融四土图，晨朝礼忏文，偈歌四句，佛念五声"；表面上似乎虔诚地信仰佛教，然却以佛教之名，行非佛教之事，"受其邪教者，谓之传道，与之通淫者，谓之佛法"，"相见傲僧慢人无所不至，愚夫愚妇转相诳诱，聚落田里皆乐其妄"。志磐指出其妄，云："所谓四二图者，则窃取台宗格言附以杂偈，率皆鄙薄言辞。晨朝忏者，则撮略慈云七忏，别为一本，不识依何行法；偈吟四句，则有类于樵歌；佛念五声，则何关于十念。号白莲妄托于祖，称导师僭同于佛，假名净业而专为奸秽之行，猥亵不良。"对之大加批伐，云："嗟夫，天下之事未尝无弊也，君天下如禹汤而有桀纣，相天下如周召而有斯莽，道本老庄而有归真灵素，释本能仁而有清觉子元，信三教皆有其弊也。"②

上引对历代帝王毁佛的进行批评之后，又转而对宋代帝王扶持佛教的行为进行了简要说明，云："越五年，我太祖皇帝飞龙在天，首诏天下复寺立像，遣沙门求法西天，馆梵僧翻传贝叶，建精蓝济战士之魄，造经版寿大藏之传，当国家多事，而于弘赞佛道无所不举。及太宗继体，度童子十七万人，建译经院，制《圣教序》，赐天下无名伽蓝之额，建开宝大塔舍利之藏。暨真宗在朝，圣德遐被，五天咸贡梵典，昭陈天禧，度僧二十四万。仁宗践阼，光赞上乘，谨翻译之功，广藏宫之卷。"③

将历代毁佛情形与宋代扶持佛教的情况做简要对比，可见志磐尽管对宋代帝王对佛教的态度与行为也有所批评，但总体还是以肯定为主，其目的还是在减轻统治者给佛教发展带来的阻力。又如在提及赵匡胤"现在佛不拜往佛"时，接着转而陈述赵匡胤陈桥驿被将士推戴即帝位时，志磐一方面综述《谈苑》《皇朝景命录》等文献，指出赵匡胤即帝位收到佛教的佑护，云："时太夫人杜氏（太祖母昭宪皇后）同王夫人（太祖后孝明皇后）方设斋于定力寺，为祈福。闻变，王夫人惧，太夫人曰：'吾儿平生多奇异，人言当极贵，何忧也。'"一方面对赵匡胤的出生与即位做佛教的解读，提到赵匡胤的出生，志磐说："初，是

---

① ［宋］志磐《佛祖统纪》卷五十四，《大正藏》第 49 册，新文丰出版公司 1983 年版，第 473～474 页。
② ［宋］志磐《佛祖统纪》卷四十七，《大正藏》第 49 册，新文丰出版公司 1983 年版，第 425 页。
③ ［宋］志磐《佛祖统纪》卷四十二，《大正藏》第 49 册，新文丰出版公司 1983 年版，第 393 页。

后唐明宗，于禁中焚香祷天曰：'臣本夷狄，不足以王中原，愿早生圣人以安天下。'天成二年二月十六日，上降生于洛阳太内甲马营，神光满室，异香不散，体被金色，三日而变，人知其为应明宗祷云。"随之对"神光""金体"进行了解释，云："神光金体，佛大士之瑞相也。开嘉运于五季久阨之年，践大位于四海望治之日，而又知兴教护法，慈临民物，以为社稷灵长之福。非佛大士之示生，其孰能与于此哉。"①接着描述了赵匡胤成帝之前种种佛缘，以此说明以有信仰、扶持佛教者接替打击佛教的周世宗柴荣。在这样的前提下，将赵匡胤描述成爱护佛教的有道之君，云："自有佛法以来，有道之国未尝不隆笃佛教以劝天下。太祖初见周朝毁像，伤之曰'令毁佛法，大非社稷之福'。及登大宝，亟下兴复之诏，可谓有道之君必隆佛教。"②由此可见志磐对宋代帝王及往代毁佛帝王的态度存在着一定的差别，最终的目的还是为了维护佛教在当时的发展。

《佛祖统纪》明确而清楚地显示了志磐对佛教的维护，通过梳理佛教在历代的发展、对批评佛教的严厉反批评等方式，为佛教的发展争取更大的空间。由对驳斥、打击佛教行为的严责来看，志磐对佛教的维护有些过于纯净，几乎容不得半点对佛教不利的情形；一旦出现对佛教不利的情形，便极力进行严厉的反击。

三、《佛祖统纪》对天台之学的书写

以上罗列了志磐对佛教的维护，充分展现出其内心之中对佛教的热忱，以及容不得对佛教不利之言论、行为。就《佛祖统纪》本身而言，除了展现志磐对佛教的维护之外，更重要的是对天台宗历史及兴衰的书写。作为一名坚定的天台宗僧徒，志磐其实是将此书撰写成了一部天台宗历史、天台宗观念史，既体现出了佛教史传的普遍特征，又体现出专为天台宗史、天台宗祖师传的专题特征。

志磐对此并不忌讳，而是做了明确说明，如《佛祖统纪通例·释本纪》强调说："自北齐始开龙树之道，至于天台大弘《法华》，章安集为论疏，荆溪制记申明，禀承教观，实居震旦，是谓今师祖承，作《东土九祖纪》二卷，自邃法师嗣荆溪之业，师师相承，历晚唐五代。暨我本朝，教法散而复合，仰惟四明法智，用能中兴天台一家教观之道，同功列祖，作《兴道法师下八祖纪》一卷。"③明确指出是传承天台宗的祖脉，《佛祖统纪通例·叙古制》自言撰写过程，首先说明之前关于天台一脉传承之史传，云："徽宗政和间，吴兴颍师始撰《宗元录》，述天台一宗授受之事，自北齐至本朝元祐，为之图以系道统，于是教门宗祖始粲然有所考矣。宁宗庆元中，铠庵吴克己因颍《录》增广之，名曰《释门正统》，未及行而亡。嘉定间，镜庵迁法师复取颍本及铠庵新图，重加诠次，增立新传六十余人，名《宗源录》。理

---

① ［宋］志磐《佛祖统纪》卷四十三，《大正藏》第49册，新文丰出版公司1983年版，第394页。
② ［宋］志磐《佛祖统纪》卷四十三，《大正藏》第49册，新文丰出版公司1983年版，第394页。
③ ［宋］志磐《佛祖统纪》卷一，《大正藏》第49册，新文丰出版公司1983年版，第130页。

宗嘉熙初，钱唐良渚鉴法师，取吴本，放[仿]史法，为本纪、世家、列传、载记、诸志，仍旧名曰《释门正统》。"对上述关于天台传承的史传，志磐指出其失云："镜庵则有不立体统之失，良渚则有名位颠错之缪，至于文繁语鄙事缓义乖，则皆有之。而题称释门，尤为疏阔。"指出二者史传之失谬，并非站在指责的立场，志磐对史传编纂之不易有着相当深刻的体会，云："要之草创，讨论、修饰、润色非可以求备于一人也。"志磐说明此书的编纂（"今之所述"），云："盖是用《宗源录》《释门正统》，参对文义，且删且补，而复取大藏经典、教门疏记、儒宗史籍、诸家传录之辞，及琇师《隆兴统纪》、修师《释氏通纪》，用助援引。依史氏法，为四佛纪、四祖纪、二世家、十一列传、一杂传、一未详承嗣传，二表，三十志，成一家之全书。至若一传之后，赞以述德；一事之下，论以释疑。及文有援古，事有余义，则必兼注于下，俾览者之易领。"①即充分吸收之前几种著述的成果，在对之删补的基础之上，采集各种著述甚至儒家及其他各家之著述用以补充、援证，并按照史书的体例撰写而成。

《佛祖统纪通例·息众疑》中提到撰写此书之材料的来源，云："此书之作，或因旧文以删修，或集诸文以补足，或取师友之论著，或考碑碣之撰述，不复一一注所出者。"②这里提到的"旧文""集诸文""师友之论著"自然应该主要是指天台宗方面的文献，如此"以光大教"③。此书几乎将天台宗的著述全部纳入《佛祖统纪》之中，实际上可以看作是天台集成或总结性之著述。如上所述"取师友之论著"，即将天台诸著述尽可能地收录其中，一方面明确列出所援引的天台教文，如《法华文句》《妙乐》《法华妙玄》《释签》《心观论》《辅行》《涅槃玄义》《观音别行》《法界次第》《四教仪》《南岳愿文》《智者别传》《二师口义》《四教义》《国清百录》《宝云振祖集》《四明教行录》《天竺别集》《草庵遗事》《翻译名义》《九祖略传》等；一方面在涉及具体阐释时，几乎穷尽所能联系到的天台文献，如开篇《教主释迦牟尼佛本纪》中以天台教义释"本迹"。《教主释迦牟尼佛本纪》第一之一"明本迹"第一句为"如来圣人之利见于世也，则必有降本垂迹开迹显本之妙存焉"，首先解释本迹云"夫本者，法身之谓也，迹者，八相之谓也"，这是采用释签的解释。志磐接着说："由法身以垂八相，由八相以显法身，本迹相融俱不思议。自非《法华》开近显远、开迹显本之谈，则不足以深知此旨。"援引《法华》开近显远、开迹显本之谈"是以天台宗的观念与理论解释"本迹"，因此援引智顗《法华玄义》进一步阐述"本迹"云："本者，理本，即是实相一究竟道；迹者，除诸法实相其余种种，皆名为迹。又理之与事，皆名为本，说理说事皆名教；又理事之教皆名为本，禀教修行名之为迹，如人依处，则有行迹寻，迹可得处也。又行能证体，体为本；依体起用，用为迹。又实得体用，名为本；权施体用，名为迹。又今日所显者为本，先

①　[宋]志磐《佛祖统纪》卷一，《大正藏》第49册，新文丰出版公司1983年版，第130～131页。
②　[宋]志磐《佛祖统纪》卷一，《大正藏》第49册，新文丰出版公司1983年版，第131页。
③　[宋]志磐《佛祖统纪》卷一，《大正藏》第49册，新文丰出版公司1983年版，第131页。

来已说者为迹。此之六义。"①志磐将智颛的说法完全搬过来，以天台理事观看待释迦牟尼之本迹。

　　志磐分解六重本迹图，以《安乐行》言理事，"观一切法空如实相"为理，"但以因缘有从颠倒生故说"为事，属于"迹"的范畴；以《方便品》言理教，"法不可示言辞相寂灭"为理，"以方便力故为五比丘说"为教，属于"迹"的范畴；又以《方便品》言教行，"诸法从本来常自寂灭相"为教，"佛子行道已来世得作佛"为行，属于"迹"的范畴；以《寿量品》言体用，"吾于成佛已来甚大久远"为体，"但以方便教化众生"为用，属于"本"的范畴；以《药草喻品》言实权，"是我方便诸佛亦然"为权，"今当为汝说最实事"为实，属于"本"的范畴；以《方便品》言已今，"诸佛法久后"为已，"要当已真实"为今，属于"本"的范畴。关于"已今"，志磐援引《释签》的阐释，云："已即是迹，即指迹门是诸迹教；今即是本，即指本门。本门已前皆名为已，涌出已后方名为今，故云已说事理乃至权实名之为迹，今说事理乃至权实皆名为本。故知若无迹中事理乃至权实，何能显于长远之本？又，已今之言虽异前五，亦是一往，指于寿量，名为今本。"②《释签》是指《妙法莲华经玄义释签》，天台沙门湛然述，湛然将第六已今拿出来专门阐说，实际是强调其与前五重本迹"不思议一"，即都是"约事则有本中事理、迹中事理，约理则无复本迹事理之殊"③。普门子《释签缘起序》中评述湛然云："公孩提秀发，志学名成，渊解得于自心，博赡振于先达，无适不可以虚受人，洎毗坛以至于国清，其从如云矣……不忘于本，以天台命家，善继其宗，以释签顺学，信所谓观象得意俾昏作明，永代不朽者也。"④志磐引用湛然之语时，对天台宗一定也是"不忘于本""善继其宗"。

　　志磐又援引《读教记》关于本迹的论述，《读教记》是指法照编纂《法华经三大部读教记》，对"六重本迹"有比较详细论述。志磐总结《读教记》《释签》《妙法莲华经玄义》等述论，指出："斯盖《记》主点经玄意，实权、已今即指迹文为本门也，故云今说'已今为本，方是实说'……《文句》明本迹，初引《寿量品》'我成佛已来甚大久远'，又《方便品》'我本立誓愿普令一切众生同得此道'，又《五百授记》'内祕菩萨行，外现是声闻'……今诸家商略者，或云前三是从本垂迹，后三是发迹显本，故云三引迹文；或云前三是因为迹、后三是果为本，或云圆谈大旨不分本迹之文，或云别含本意，故云三引本文。"⑤从中可以看到志磐综述、商略诸家的特点。

---

①　[宋]志磐《佛祖统纪》卷一，《大正藏》第49册，新文丰出版公司1983年版，第134～135页。又见智颛《妙法莲华经玄义》，《大正藏》第33册，新文丰出版公司1983年版，第736页。

②　[宋]志磐《佛祖统纪》卷一，《大正藏》第49册，新文丰出版公司1983年版，第135页。又见[唐]湛然《妙法莲华经玄义释签》卷第十五，《大正藏》第33册，新文丰出版公司1983年版，第920页。

③　[唐]湛然《法华玄义释签》卷第十五，《大正藏》第33册，第920页。

④　[唐]普门子《释签缘起序》，《大正藏》第33册，新文丰出版公司1983年版，第815页。

⑤　[宋]志磐《佛祖统纪》卷一，《大正藏》第49册，新文丰出版公司1983年版，第135～136页。

　　志磐又援引《观音别行玄记》关于权实的阐述。《观音别行玄记》为四明知礼撰，志磐援引云："若理事、理教、教行、体用四重本迹，不独今经，诸部容有。若尘点劫前最初成佛而为实本，中间今日示现成佛，皆为权迹，此名权实本迹。本门开竟，此身即本；迹门已说，及诸部谈，皆名为迹，是名今已本迹。此之二重，诸经绝议，故云诸教不明，《法华》方说。"①援引诸家之说后，志磐总结道："窃考如来本迹之义，以由已今相望，互有久近，本不可以大小机见为之分别。今约诸部共谈之粗，《法华》开显之妙，较而论之，则大小机见不容不审。例如祇一八相而有大小之别，由机见之不同也。"②指出"本不可以大小机见为之分别"，是相当有见地的。

　　由上对"本迹"的综论来看，志磐有综述六本迹，又有对已今、权实等的重点阐述，最后又有总结论述，故可见志磐对《佛祖统纪》的撰写，是先博采众家之说，然后提出自己的意见，言此书在一定程度上是天台宗之说的集大成并不太过分。

　　《佛祖统纪》行文中，涉及相关内容时，与天台相关的文献材料，能够使用的则尽量予以使用，如在叙述释迦牟尼初转法轮情形时，志磐加注解云："《文句》引《因果经》'三七日与《法华》不异'，又《释签》备引诸经明三七皆不同。"③在解释《华严经》信解品"即遣旁人"等语时，明确说明"以上注文并出《文句》"，最后以《法华妙玄》"如来说圆顿教门，以大拟小，机生闷绝"④之语解释信解品之义。述"时长通后"之义时，志磐云："评时长通至三处者，谓般若海空、法华佛慧、涅槃心地法门是也。《妙玄》引《无量义经》云：'次说般若历劫修行华严海空，法华会入佛慧，即是通至二经。'（《签》云'以般若亦得名华严，法华佛慧不殊初故'，又《妙乐》云'当知法界论之无非华严，佛慧言之无非法华'）。"⑤上述情况表明本书在编纂中，志磐将能用到的天台宗的文献加以解释，就尽量用上，如述"三七拟机"时，援引多种天台文献，云："《签》云'初七思惟欲说圆，次七思惟欲说别，三七思惟欲说通，皆无机，故但说三藏'，《签》又云'约大机则寂场之时，约小机则成已思惟未说之时'，《妙乐》云'小见三七停留，大睹始终无改，此皆如来拟宜之化意也'。言化事者，如《文句》云'华严末席始开于渐'，《妙乐》释之云'正经云：佛在逝多林入师子频申三昧，舍利弗从祇园出，不见如来自在庄严，不见诸大菩萨眷属，无智眼能见，亦不能赞叹。'"⑥即使提到其他经籍，往往采用与天台宗有关联者，如提到"七处八会"时，志磐说："七处八会者，是旧经六十卷，晋跋陀罗译。天台所引用者。若新译八十卷，是唐实叉难陀译，更加'普光明'一

①　［宋］志磐《佛祖统纪》卷一，《大正藏》第49册 新文丰出版公司1983年版，第136页。又见［宋］知礼《观音别行玄记》卷第一，《大正藏》第34册，新文丰出版公司1983年版，第895页。
②　［宋］志磐《佛祖统纪》卷一，《大正藏》第49册，新文丰出版公司1983年版，第138页。
③　［宋］志磐《佛祖统纪》卷三上，《大正藏》第49册，新文丰出版公司1983年版，第152页。
④　［宋］志磐《佛祖统纪》卷三上，《大正藏》第49册，新文丰出版公司1983年版，第150页。
⑤　［宋］志磐《佛祖统纪》卷三上，《大正藏》第49册，新文丰出版公司1983年版，第150页。
⑥　［宋］志磐《佛祖统纪》卷三上，《大正藏》第49册，新文丰出版公司1983年版，第151页。

会,是为七处九会,三十九品。"①在下面的介绍中,志磐使用天台宗的方式,在八会后加了"逝多林说一品"成"七处九会",并在九会之后,援引《释签》之语说明三十九品,云:"龙宫所藏三本,上本十三世界微尘数品,中本四十九万八千八百偈,下本十万偈四十八品,今但三十九品,则知经来未尽。"②由上可见志磐的眼里,天台宗及天台之学几乎成了唯一的主线。

显而易见,志磐是将天台观念贯穿于整部书的编纂之中,尤其是将天台宗关于"法华"的阐释贯穿于整部书之中。如卷第四论释迦牟尼"入涅槃",志磐序云:"如来所说一代法门,其意在乎开显大事因缘而已。及乎人机,既得大益,则又为之说云'所应度者,皆已度毕',于是唱入灭度,以示化仪之有始卒,将以起懈怠者之慕心,以垂训未来之人尔。至曰'我不灭度,常在灵山',斯则如来不生不灭大般涅槃之旨。"志磐接着解释涅槃的两个含义,第一即为"为法华未熟人追说四教,具谈佛性令知真常入大涅槃,名捃拾残机教",云:"谓如来调熟渐机众生,以法华、涅槃皆为后教后味。譬如田家,先种先熟,先收后种,后熟后收。是以八千声闻、无量损生菩萨、大德身子等,于法华中得受记莂,见如来性,成大果实,如秋收冬藏,更无所作,即是前番从摩诃般若出法华。若钝根人,法华不入,更用般若淘汰,如五千自起,人天被移。此等未熟者,更论般若入于涅槃而见佛性,即是后番从般若出大涅槃。故知法华前番如秋成大获涅槃,后番如捃拾余残。"志磐阐发自己的看法,云:"法华开显已废方便,其未熟者尚劳调停,故于临灭度时重施三教之权,用显一乘之实,此追说之意也。然五千先已结缘,略闻开显,今此会中复为追说,既于当座知常,故须即施即废,此追泯之意也。追说者重施也,追泯者重会也。《法华》已施已废即是前番,《涅槃》重施重废即是后番。"在解释第二义"扶律谈常教"后,志磐进行阐述说:"《法华》开显之后,《涅槃》广开常宗,知一切众生皆有佛性,于是末代无知,安于平等大慧之说,忽略戒律,不复经怀,此戒缓之失也。至于不读佛经,唯好外典,此乘缓之失也……是以止观方便具五缘中,首明持戒以为助道,要令行人以圆三观,观察所持十种戒本,相相清净,事理俱持,乘戒俱急,非同十二年中不知圆常,唯明事相之戒,故义例有云:'虽依法华三昧妙行,末代钝根若无扶助,则正行倾覆,故须扶律谈常以显实相。'"③志磐没有一味追扬法华三昧而忽视戒律,而是强调"事理俱持,乘戒俱急",表明了其相当理性、辩证的佛教观念。

四、《佛祖统纪》对天台宗诸祖的书写

《佛祖统纪》中载录了天台宗的诸祖传承,展现了志磐呈现与复兴天台之学的意志,及为天台历代诸祖作传的佛教史学观念。志磐说明撰写《二十四祖纪》之意图,云:"《止

---

① [宋]志磐《佛祖统纪》卷三上,《大正藏》第49册,新文丰出版公司1983年版,第151页。
② [宋]志磐《佛祖统纪》卷三上,《大正藏》第49册,新文丰出版公司1983年版,第152页。
③ [宋]志磐《佛祖统纪》卷四,《大正藏》第49册,新文丰出版公司1983年版,第163~164页。

观论》之辞曰："行人若闻付法藏，则识宗元。'付法藏人，始迦叶终师子，二十三人；末田地与商那同时，取之则二十四人。诸师皆金口所记（事出《辅行》），并是圣人能多利益（按，《法藏经》："我灭度后，有二十四尊者出现于世，流传我法。'）……今论祖承传大法，而辄多诸祖云证小果者，准荆溪意，谓四果是真福田，化道易行，宜作此像，即是四依为四果像。是知金口诸师皆破无明，位在四依，内弘大法，而外示小像。为明付法，撰《二十四祖纪》。"①又解释取二十四祖而非通常的二十八祖，云："佛所得宿命，记未来成道，虽累亿劫，必能前知，岂今记祖止二十四。窃原佛意当用二义：一者，以师子遭命难，为传持佛法之一厄；二者，此后诸祖，虽有其继，恐非四依大圣之比。以故金口齐此而言，非谓无继祖也。世或谓师子遭难不传法者，病人之言耳。吾宗谓祖承止师子，而禅林加四人，于是竞相是非，连代不息。试以大意决之，则无所为碍。谓师子虽遭命难，非无弟子可以传法，特不在金口预记之数耳。然则加以四人，至于达磨，而始为东土之来，谓之二十八人，斯亦何害？禅人欲实其事，但言四人相承，传之达磨则可矣，今乃妄引禅经之证，适足以自取其不实也。"②

志磐首先以"佛祖之道以心传心，尚何俟于言说，至于当机印可，则必资授受以为传道之仪"，说明尽管以心传心的佛之道不俟于言说，"当机印可"仍需传道授受，即为谱写天台传承找到了缘由。于是论述天台传承，云："自夫经论东度，教满真丹，此土诸师闵世之不能领，乃专业讲说，用通此宗。而得其小者亡其大，执其偏者遗其圆，以故心传之妙终未有以敷畅。道之将行，笃生圣哲，北齐尊者宿禀自然，不俟亲承，冥悟龙树即空即假即中之旨，立为心观以授南岳。南岳修之以净六根，复以授诸智者。智者用之以悟《法华》，乃复开拓鸿业以名一家，尝作而言曰："传道在行，亦在于说。'于是约略五时，开张八教，总括群籍，归宗《法华》，贯五章以解首题，分四释以消文句。教理之说既显，观行之旨须明，乃复述以《止观》一论，说己心中所行，先之以六章开解，次之以依解立行，二十五法为方便，十乘观法为正修。三千事理，即具之谈，抗折百家，度越今古，遂为天下明教之本。时则有章安大禅师，凤擅多闻，复由妙悟，因其讲授，执笔载言，集为论疏，以汲惠于后学。而世之好为异论者，若五教三时，专门偏尚，虽发机之际各有所中，终未足以知一化之始终，诣《法华》之宗极。"志磐高度评价智顗的贡献，云："当知常住教卷满阁浮提，方袍之徒多于竹苇，使天台不生，时教不行，观道不明，吾必谓之佛法已灭。"复又载记智顗之后天台诸宗师云："章安即缵承大统，乃复传之《法华》，法华之世讲徒七百，而天宫实继其业。天宫之门求道无数，而左溪独嗣其后。左溪盛席，学徒更繁，远域隣封，填门拥室。自法华三世，皆继体守文，专事讲说而已。至荆溪之世，遭罹多艰，畔人窃发，则金錍义

---

① ［宋］志磐《佛祖统纪》卷五，《大正藏》第 49 册，新文丰出版公司 1983 年版，第 169 页。
② ［宋］志磐《佛祖统纪》卷六，《大正藏》第 49 册，新文丰出版公司 1983 年版，第 177 页。

例,不得不为之致讨。学者异言,则诸部记述,不得不为之指南,申明正宗以诒后世,弘赞之勋殆比隆于章安者矣。"志磐撰写《东土九祖纪》,载记天台宗师事迹及史实,明确说明是为了"尊祖重道,述德记功"①。

　　根据志磐的记载来看,天台宗对龙树相当尊崇,视之为天台宗中土初祖,云:"章安有言:'智者《观心论》云归命龙树师,验知龙树是高祖师也。'《辅行》释之曰:'智者应称龙树为曾祖师,若以尊上为高,则如汉齐诸君,并指始祖为高,所谓功德无上,谥为高耳。'今家亦以龙树为始祖,故智者指为高祖也。夫传佛心宗,绍隆道统,后人尊之通称为祖。"②将北齐慧文视之为二祖,援引紫云遵式"得龙树一心三智之文,依论立观,于兹自悟"之语,视之为龙树弟子,志磐解释说:"北齐以上哲之姿,独悟中观,而当时诸师无与竞化,非明最嵩鉴所能知也。既以口诀授之南岳,而北地门徒曾无传者,盖当高氏政乱国蹙之日,宜此道之不能显也。"③

　　传慧文一心三观者为慧思,志磐记云:"南岳以所承北齐一心三观之道传之天台,其为功业盛大无以尚矣,故章安有曰:'思禅师名高嵩岭,行深伊洛(喻名行之高深),十年常诵,七载方等,九旬常坐,一时圆证(见《天台别传》),师之自行,亦既勤矣。'"慧思颇为专注于《法华经》,慧思传记载道:"或见朋类读《法华经》,乐法情深,得借本于空冢独观,无人教授,日夜悲泣。复以冢非人居,乃移托古城,凿穴栖身,昼则乞食,夜不事寝,对经流泪,顶礼不休。久雨失蒸,举身浮肿,忍心向经,忽尔消灭。"至于在圆寂之前,询问门人道:"若有十人不惜身命,常修法华念佛三昧、方等忏悔、常坐苦行者,随有所须,吾自供给,如无此人吾当远去。"结果"竟无答者",实际上表明《法华经》在彼时尚未引起相当的重视。慧文强调一心三观,对《法华经》并没有给予足够的重视,天台宗对《法华经》的重视正是起于慧思,志磐说:"至于悟法华三昧,开拓义门,则又北齐之所未知,故荆溪亦云:'文禅师但列内观视听而已(见《止观大意》)。'"④

　　智顗与《法华经》的关系,可能与其幼年记诵《普门品》有关,志磐记载云:"七岁喜往伽蓝,蒙僧口授《普门品》,一遍成诵。"⑤出家之后"身在高座,足蹑绳床,口诵《法华》,手正经像(此表以《法华》旨意区别淳杂,使一归于正)。"⑥陈文帝天嘉元年(560),智顗往大苏山顶拜慧思,慧思说"昔日灵山同听《法华》,宿缘所追,今复来矣",志磐以此方式,附和上慧思、智顗之间的《法华》因缘。志磐更是详细记载二人研学《法华经》的情形,云:"经二七日诵经,至是真精进,是名真法供养如来,身心豁然寂而入定,持因静发(《妙乐》云:'圆

---

① ［宋］志磐《佛祖统纪》卷六,《大正藏》第 49 册,新文丰出版公司 1983 年版,第 177～178 页。
② ［宋］志磐《佛祖统纪》卷六,《大正藏》第 49 册,新文丰出版公司 1983 年版,第 178 页。
③ ［宋］志磐《佛祖统纪》卷六,《大正藏》第 49 册,新文丰出版公司 1983 年版,第 178～179 页。
④ ［宋］志磐《佛祖统纪》卷六,《大正藏》第 49 册,新文丰出版公司 1983 年版,第 179～180 页。
⑤ ［宋］志磐《佛祖统纪》卷六,《大正藏》第 49 册,新文丰出版公司 1983 年版,第 181 页。
⑥ ［宋］志磐《佛祖统纪》卷六,《大正藏》第 49 册,新文丰出版公司 1983 年版,第 181 页。

门三昧陀罗尼，体同名异，三昧从定。陀罗尼从慧，静者定也，即法华前方便也。持者空持，初旋陀罗尼也。'）照了法华，若高晖之临幽谷（日正午也）；达诸法相，如长风之游太虚。将证白师，南岳更为开演，凡自心所悟，及从师咨受，四夜加进，功逾百年。南岳叹曰'非汝弗证，非我莫识'。所入定者，法华三昧前方便也。"①之后，智顗讲《法华》之名颇显，陈太建元年（569）"开《法华经》题"，陈宣帝"勑停朝一日"。智顗对《法华经》的研修达到极高的程度，"盖智者用如来之意明法华之妙，故龙树北齐亦所不及"，智顗之学"义旨以法华为宗骨"。志磐在智顗传后，赞扬天台宗与智顗云："舍天台之学而欲识佛法意者，未足与议也。故自夫圣教东度，经论遍弘，唯任己心，莫知正义。齐梁之际挺出诸贤，盛演《法华》，立言判教。一音四相之说，四时六宗之谈，众制纷纭，相倾相夺，南三北七，竞化当时，犹夫粟散小王妄自尊大，而不知金轮飞行统御四海威德之盛也。惟我智者大禅师，天纵之圣，备诸功德，以为缵承祖父三观之绪未遂光大，于是约法华悟门，说止观大道，立经陈纪为万世法。至于盛破光宅，则余者望风；遍难四宗，则他皆失据。宣布至化，坐致太平，非夫间生圣人，其孰能为此大业者哉。"②智顗是天生圣人，只有天台之学才能识佛法真意，对智顗与天台之学的肯定可谓达到至高之境地。

第五祖章安灌顶从智顗学，"陟智者止金陵光宅，听讲《法华》，隋开皇十三年夏受《法华玄义》于江陵玉泉"，颇得《法华》精义，志磐云："师晚年于会稽称心精舍讲说《法华》，时人赞之有'跨朗笼基，超云迈印'之语。郡中有嘉祥吉藏，先曾疏解《法华》，闻章安之道，废讲散众，投足请业，深悔前作之妄。"居国清寺时，灌顶曾以讲《法华》治愈疾病，云："有老父染疾，百药不瘳，其子求救于师。即焚香转《法华经》，病者闻香入鼻，其疾遂愈。"又以讲《法华经》化解水灾，云："仙居乐安岭南曰安洲，溪流湍急，岁常溺人，师誓之曰：'若此溪坦平，当于此讲经。'旬浃之间，白沙遍涌，平如玉镜，乃讲《光明》《法华》以答灵惠。"志磐赞灌顶能够传扬智顗之学，云："昔在智者为佛所使，以灵山亲闻《法华》之旨惠我震旦，乃开八教明三观，纵辨宣说，以被当机，可也。至于末代，传弘之寄，则章安侍右，以一遍记之才，笔为论疏，垂之将来，殆与庆喜结集同功而比德也。微章安，吾恐智者之道将绝闻于今日矣。"③

第六祖智威，在国清寺以灌顶为师，"受具之后，咨受心要，定慧俱发，即证法华三昧"。唐上元元年（674）欲卜胜地说法度人，于是寻找锡止之处，至轩辕炼丹山，"翦棘刈茅，班荆为座，聚石为徒"，名其地曰法华，其亦被称为法华尊者。志磐称赞说："世谓徐陵对智者发五愿，转身得出家学道，证法华三昧，嗣承祖位。今详观愿辞，何期心未深，而所获更胜，殊不知灵鹫同会，咸为得入。故能以自在力用，或现宰官身，或示比丘相。昔徐

---

① ［宋］志磐《佛祖统纪》卷六，《大正藏》第49册，新文丰出版公司1983年版，第181页。
② ［宋］志磐《佛祖统纪》卷六，《大正藏》第49册，新文丰出版公司1983年版，第186页。
③ ［宋］志磐《佛祖统纪》卷七，《大正藏》第49册，新文丰出版公司1983年版，第186～187页。

陵，今法华，大权益物，随愿出兴，岂当以世间仕宦因福受报者比量之耶。"①

九祖荆溪湛然被视为"荆溪不生，则圆义将永沈"，可见被认可程度之高。湛然著述很多，志磐称其以著述传承天台之道，云："疏以申经，记以解疏，夫然。故旨义始归于至当，而后人得以守其正说。大哉。《释签》《妙乐》《辅行》之文，其能发挥天台之道，畴不曰厥功茂焉。不有荆溪，则慈恩、南山之徒横议于其后者，得以并行而惑众矣。师之言曰'将欲取正，舍予谁归'，诚然哉。"②

九祖荆溪湛然之下，志磐有撰《八祖纪》，其中说明了两个事情。一是为天台诸祖师私立谥号，吴越王曾赐多名祖师谥号，但也有"龙树、北齐、南岳三师未及谥"，志磐以弟子身份给予私谥，云："今并取邃法师下无师号者，即本纪之文。摭其行实，以为尊称，是盖尊祖之大义也，他日有能考论懿德上之清朝赐以徽谥者，幸当用此定名，庶乎不失其实也。或疑今私谥者，汉朱穆门人与蔡邕谥文忠先生、晋陶潜门人谥靖节先生（见《汉书》《宋史》）、唐萧颖士门人谥文元先生（赵璘《因话录》）、元延祖谥太先生（元结之父），此皆门人私谥，无咎。"二是记明湛然之后的天台传承，及谛观自高丽带回天台经籍而使天台复兴，云："传圣人之道者，其要在乎明教观而已。上尊龙树，下逮荆溪，九世而祖之，宜矣。至于邃、修二师，相继讲演，不坠素业；会昌之厄，教卷散亡，外、琇、竦三师唯传止观之道；螺溪之世，赖吴越王求遗书于海东，而谛观自高丽持教卷用还于我，于是祖道复大振，四明中兴，实有以资之也。是诸师者，或显或晦，述而不作，称之曰祖，盖传授有所继，正统有所系也。"③所言"传授有所继，正统有所系"也是志磐撰写此书的目的。

十世祖道邃从荆溪湛然研修《止观辅行》，且水平为听者敬服，"师为众开说发明深旨，听者无不领寤，同门元皓一见师大敬服"。在道邃的影响之下，天台之学传播到日本，志磐云："贞元二十一年，日本国最澄远来求法，听讲受诲，昼夜不息，尽写一宗论疏以归。"志磐注意到天台之学在域外的传播，最澄将天台宗论带到日本之后，天台之学在日本得到传播："澄既泛舸东还，指一山为天台，创一刹为传教，化风盛播，学者日蕃，遂遥尊邃师为始祖。日本传教实起于此。"并为道邃辩护云："《指要》斥日本乾淑所录邃《知上止观中异义》，以三界为无漏总中三者。窃详邃师亲受止观于荆溪，无缘辄创此说，特乾淑辈为此私义，托邃师以行之耳。则知日本别行十不二门，题云'国清止观和上'者，皆其国人之依放也。《指要》又云'他既曾附示珠指，往于彼国，必是依之勘写'，据此又知国人依奉先所寄之本，故并托'止观和上'之名以行其文也。四明之言，斥乾淑奉先耳，世人不寤，便谓斥邃师，请以此议为解。"④志磐为道邃的辩护，真切显示其对天台宗与天台宗诸

①　［宋］志磐《佛祖统纪》卷七，《大正藏》第49册，新文丰出版公司1983年版，第187页。
②　［宋］志磐《佛祖统纪》卷七，《大正藏》第49册，新文丰出版公司1983年版，第189页。
③　［宋］志磐《佛祖统纪》卷八，《大正藏》第49册，新文丰出版公司1983年版，第189～190页。
④　［宋］志磐《佛祖统纪》卷八，《大正藏》第49册，新文丰出版公司1983年版，第190页。

祖的深切情感;特别重视记载天台在海外的流传,可能与后来谛观带回高丽天台经籍而使天台复兴相关。

对于十五祖净光尊者义寂,志磐记载了吴越王派使者到日本求取天台经籍事,云:"自唐末丧乱,教籍散毁,故此诸文多在海外,于是吴越王遣使十人,往日本国求取教典。既回,王为建寺螺溪,扁曰定慧,赐号净光法师。"使得天台之学"郁而复兴",志磐将此归之为义寂之力。该书前文提到吴越王是向高丽派遣使者,此处却是载向日本派遣使者,志磐援引《二师口义》:"吴越王遣使,以五十种宝,往高丽求教文,其国令谛观来奉诸部,而《智论疏》《仁王疏》《华严骨目》《五百门》等不复至。"得出结论说:"据此,则知海外两国皆曾遣使,若论教文复还中国之宝,则必以高丽谛观来奉教卷为正。"①关于吴越王向高丽、日本派遣使者事,中日学者对此多有论述,有多种不同的看法。唐末宋初,天台宗的典籍散佚严重,义寂对此通过德韶法师劝说钱俶派人到海外去寻找天台经籍,不少学者引述志磐的记载,认为吴越王当时普向高丽、日本皆派遣了使臣。

自十一祖至十五祖传后皆无评述之语或赞语,至十六祖宝云尊者义通,传后又加了评述之语,云:"螺溪网罗教典,去玖复还,宝云二纪敷扬,家业有付。而世方尊法智为中兴者,以其有著书立言、开明祖道、舐排山外,绍隆道统之功也。"②明确点出知礼"舐排山外",可见《佛祖统纪》是站在山家的立场撰写的。山家、山外之争,是天台宗史上的重大事件,知礼"舐排山外",宝云则为知礼之师,而使志磐将其列为十六祖,并专门加以评述,可见志磐对山家、山外之争也是非常重视,并持有严格的山家门户。评述之中援引慈云遵式评述宝云之语,云:"慈云赞之曰:'章安既往,荆溪亦亡,诞此人师,绍彼耿光,一家六教,钟此三良。'又为之辞曰:'一家教部,毗陵师所未记者悉记之,四种三昧人所难行者悉行之。'"慈云对宝云的评价,志磐极为赞同,云"诚为实录",二者对宝云的评价应该有很大程度上是出于山家的立场。在净觉仁岳法师传中,志磐批评仁岳先辅助知礼阐扬山家之说,后又与知礼之说相背,云:"天台家谓学华严、唯识者为他宗,盖指其不受时教规矩之说耳。净觉初为山家之学甚厉,为止疑抉膜十门折难,以排四师甚力。一日师资小不合,而遽为寿量之异说,甚至于十谏雪谤,抗办不已,前辅之而后畔之。其为过也,与学他宗者何异焉。父作之,子述之,既曰背宗,何必嗣法,置之杂传亦足为惩。然此亦是护宗纲辨法裔为之说耳,若鉴之以佛眼,则圣贤弘道,互有抑扬,岂当定其优劣。如调达波旬皆以大权示现邪见,讵可以俗情裁量之邪。是知议净觉者,当以此意亮之。"③志磐尽管对仁岳弘扬天台之学是相当肯定,仍为之作传,但因"小不合"而"后畔之"为"异说",将其列入"杂传"以示惩罚,可见其持山家门户之严。

① ［宋］志磐《佛祖统纪》卷八,《大正藏》第 49 册,新文丰出版公司 1983 年版,第 191 页。
② ［宋］志磐《佛祖统纪》卷八,《大正藏》第 49 册,新文丰出版公司 1983 年版,第 191 页。
③ ［宋］志磐《佛祖统纪》卷二十一,《大正藏》第 49 册,新文丰出版公司 1983 年版,第 241～242 页。

　　站在山家的立场，志磐将知礼传撰写得相当详细，并对知礼对山外的"觚排"、对山家的维护有较多说明，传后的评述中，志磐一边肯定知礼，一边对山家山外之争做了说明，云："唐之末造天下丧乱，台宗典籍流散海东。当是时，为其学者，至有兼讲华严以资说饰。暨我宋龙兴，此道尚晦，螺溪、宝云之际，遗文复还。虽讲演稍闻，而曲见之士气习未移，故恩清兼业于前，昭圆异议于后，齐润以他党而外务，净觉以吾子而内畔，皆足以涸乱法门、壅塞祖道。四明法智，以上圣之才，当中兴之运，东征西伐，再清教海，功业之盛，可得而思。是以立阴观妄，别理随缘，究竟蛣蜣，理毒性恶，唯色唯心之旨，观心观佛之谈，三双之论佛身，即具之论经体，十不二门之指要，十种三法之观心，判实判权，说修说性。凡章安、荆溪未暇结显诸深法门，悉表而出之，以为驾御群雄之策，付托诸子之计。自荆溪而来，九世二百年矣，弘法传道何世无之，备众体而集大成，辟异端而隆正统者，唯法智一师耳。是宜陪位列祖，称为中兴，用见后学归宗之意。今涮河东西，号为教黉者，莫不一遵四明之道，回视山外诸师，固已无噍类矣。然则法运无穷之系，其有在于是乎。"①这段话有四层：第一层说明唐末之乱造成天台之学经籍散佚，向海外寻求经籍；第二层说明由于经籍的回归，造成诸学者之间的分歧，出现山家、山外之争；第三层对山外进行批评，对山家加以肯定，尤其是对知礼"东征西伐，再清教海"的功业加以表彰；第四层肯定知礼对后世"号为教黉者，莫不一遵四明之道"之影响力。

　　卷第九至卷二十，为旁出世家、法嗣、诸师等传，所列诸传者皆被志磐视为承续天台正统者，志磐云："诸祖前列所以明正统也，至若旁出法嗣，自南岳照禅师之下，皆足以光昭法运、力扶宗门，诱掖来机，扞御外务。"②与传续天台正统者相对，是卷二十一的杂传，志磐叙杂传云："杂传之作，将以录诸师之未醇正者，故净觉以背宗录，神智以破祖录，草庵以失绪录。或曰'法智之世，先后为异说者有之矣，岂当尽以杂传处之乎'，然昭圆之于四明无师资世系之相摄，后人概以山外指之，亦足惩之矣。至若法智子孙时为逆路之说者，未若净觉神智之为甚也，彼祝之而不类。"③即旁出世家、法嗣等实际为志磐认可的山家传承，杂传所列或者山外诸家，或者是本为山家而后为异说者。将净觉等人列为杂传以示惩罚，再次表明志磐山家门户之严格。

　　尽管山家门户严格，《佛祖统纪》仍为之立传，表明志磐对能弘传天台之学者持有赞扬与肯定之态度，卷二十二列"未详承嗣传"，亦是对"于法门有旁赞之一益"之传承天台之学者进行表彰，云："有为天台之道，而无闻于后世者，固亦多矣，非以其迹晦而位卑、身亡而嗣绝乎。"④对"旧虽有传而无所师，附见他传而无所考"者列传，即是对其承续天台之

① ［宋］志磐《佛祖统纪》卷八，《大正藏》第49册，新文丰出版公司1983年版，第194页。
② ［宋］志磐《佛祖统纪》卷九，《大正藏》第49册，新文丰出版公司1983年版，第195页。
③ ［宋］志磐《佛祖统纪》卷二十一，《大正藏》第49册，新文丰出版公司1983年版，第241页。
④ ［宋］志磐《佛祖统纪》卷二十二，《大正藏》第49册，新文丰出版公司1983年版，第244页。

学的肯定。卷二十三为"历代传教表"，也是山家的传教年表，云："北齐悟一心三智之旨以授南岳，南岳修之以授智者，智者始以五时八教开张一化，而归宗于《法华》本迹之妙。既发其解必立之行，于是说己心中所行，以示一心三智之证。载之文字，用以印心，以教后世。自北齐上法龙猛，下逮法旨，为十七世，作《历代传教表》。"①

卷第二十五《山家教典志》，更是只列山家经籍，篇首云："智者高座以纵辩，章安直笔以载书，所谓以文字广第一义谛，是犹托之空言，不如载之行事之深切著明也。荆溪有云'文即门也'，即文以通其理，岂非门乎。至若后世发挥祖道，粲然有述，虽各出义章，互形废立，所以归宗之诚，则无乎不同也。"②以此来强调"归宗之诚"。

《山家绪余集》收录志磐有《宗门尊祖议》，虽然如同以极简之语言悉数《佛祖统纪》中所载录之天台诸祖统系，却能看出作为天台后学之志磐对天台宗的热忱及虔敬，云：

如来圣人以开权显实、开迹显本之道化天下后世者，谓之佛。佛弟子以次传道为世宗主者，谓之祖。其实一道尔，故如来之将息化也，以无上大法付之饮光，饮光任持二十年以付庆喜，庆喜持法宣化亦二十年以付商那，下而至于十三世曰龙树，始以文字般若著所证三观之道，曰《中观论》。暨译传东夏，于是北齐以宿悟已证立为观法以授南岳，南岳承其旨，悟《法华》净六根以授天台，天台始立五时、张八教，用明《法华》开显之妙，而大畅乎境观之旨。时则有章安执笔，载为疏论，其道遂大明。法华天宫继世讲演，嗣其法者，唯左溪；左溪门学，独荆溪能承正统，述诸记以赞祖谟，则清凉异议为之寝息；以文字广第一义谛，则莫若兹时之盛。以故世之学者，取龙树至例为九祖，以奉清祀，其有由矣。自荆溪以来，用此道以传授者，则有兴道（遂师）、至行（修师）讲道不绝，会昌多难，教卷散亡，正定妙说高论（外、琇、竦二[三]法师），三世唯传止观之论。迨乎螺溪，法运将泰（寂师），天假吴越（钱忠懿王）求遗书于海东，于是教籍复还。宝云嗣兴，敷扬二纪，而四明法智以佛所生子垂迹海隅，一家教部，毗陵师未记者悉记之，四种三昧人所难行者悉行之，斯慈云之极言也。当是时，有为异说者如昭圆诸师，世方指为山外，而法智独擅中兴教观之名，自兴道讫四明凡八世，所以绍隆正统，而显扬大教者，有在于是。是宜等而上之，用陪位于九祖，以尊大其道，为可尔。然则今之宗门列刹，凡所以讲天台四明之道者，有能起龙树至法智，通祀为十七祖，以并兹之位，诚有见于后学尊祖重道之心也。③

可以说，整部《佛祖统纪》就是展现了志磐对天台宗、天台之学的"尊祖重道之心"，弘扬天台宗尤其是天台山家正统的佛教史传观念十分明显。

① ［宋］志磐《佛祖统纪》卷二十三，《大正藏》第49册，新文丰出版公司1983年版，第247页。
② ［宋］志磐《佛祖统纪》卷二十五，《大正藏》第49册，新文丰出版公司1983年版，第258页。
③ ［宋］善月《山家绪余集》，《续藏经》第57册，新文丰出版公司1983年版，第235页。

论传记文学的叙事 *

孙德喜

内容摘要：传记文学围绕传主叙事，既要以传主为叙事核心，又要从传主出发，叙述与之相关的事情。与传主相关之事，可以概括为以下几种：传主前传、外传与后传，对此叙述要受到篇幅的限制，不能喧宾夺主。传记文学作家与传主的关系对于叙事立场具有重大的影响。叙述传主的私密生活时既要考虑到趣味性，也要注意到对个人隐私的保护。从叙述视角来看，传记文学既可以取自传主视角，也可以以身边某个人物来观察传主，还可以根据传记作家本人的角度展开叙述。传记叙事往往与议论密切结合，特别是评传，在叙事的基础上展开评论，从而形成以叙带议、以议提叙、叙议相融的叙事模式。

关键词：传记文学　叙事　围绕传主叙述　叙事立场　叙述视角

传记文学与小说一样都是以叙事为主，然而对于小说叙事的研究可以说非常充分，无论是对于一般的小说叙事学理论的研究，还是对于具体作家作品的叙事策略与方式的研究都非常深入。有关论文论著虽然不能说是汗牛充栋，却也相当可观。与之相比，传记文学的叙事研究则很少，原因很可能是，传记文学属于散文，不过是散文中以叙事为主的一类，只是在人们的印象中·散文的叙事与小说相比则显得比较单薄，往往就是根据史实材料，按照时间顺序一一叙述，似乎没有什么深文大意。其实，传记文学的叙事虽然不及小说那样丰富多彩，但也还是有许多问题应该引起关注，值得好好探讨的。

对于传记文学叙事问题，杨正润在他的《现代传记学》中设置专节进行了论述。杨正润的研究主要在"叙述者及其视点""叙述时态""叙述层次""叙述范围""叙述程度"和"传记的节奏与张力"等方面，比较全面地涵盖了传记文学叙事的主要方面。但是，传记文学的叙事仍然存在着有待思考和研究的问题。本文试图就传记文学叙事的立场、叙事话语以及叙述对象等几个问题进行探讨。

一

传记文学是对传主的人生及相关的史实展开叙述，那么它的叙述对象就是传主人生

---

* 作者简介：孙德喜，文学博士，扬州大学文学院退休教师。研究方向：中国现当代文学教学和研究。

中所经历的各种事件以及背景史实与相关事件。这就决定了传记文学围绕传主叙事，既要以传主为叙事核心，又要从传主出发，叙述与之相关的事情。而小说的叙事对象既可以围绕主要人物展开，也可以叙述重大事件，还可以叙述某种生活形态，甚至还有的小说以社会现象为叙事对象。传记的传主人生叙述比较明确，问题是，与传主相关之事究竟包括哪些？值得探讨。与传主相关之事，可以概括为以下几种：传主前传、外传与后传。所谓前传，就是指对传主出生之前一些事件的叙述，主要叙述传主的家族史、传主生长的人文环境与自然环境。通过前传的叙述，传主的文化基因和自然条件可以清晰地呈现在读者面前。钟兆云的《辜鸿铭全传：改变崇洋媚外的中国》在叙述辜鸿铭人生之前，叙述了其先祖从福建移居到南洋的事情，既交代了传主姓辜的来历，又让读者了解到辜鸿铭爱国恋土情结产生的根源。[①] 所谓外传，就是在对传主的叙述中插入传主之外相关的人和事的叙述，目的在于丰富读者对传主的认识和理解。林影的《叶辛传》[②]在叙述叶辛被选为全国人大代表时，荡开笔墨，叙述了贵州历史上的著名人物王阳明的轶事，以烘托叶辛在贵州文学界的鹤立鸡群，同时也表明叶辛在贵州受到重用和备受尊重的原因。有时候，传记在叙述传主的某一重要事件时，需要交代一些背景性的材料或者将事件的来龙去脉叙述清楚，就需要叙述传主以外的某些人和事。叶辛在担任《山花》主编期间，发表了苗族作家的小说《蛊》，从而引走了一场轩然大波。为了帮助读者了解这场风波兴起的文化因素，林影叙述了贵州和湖南少数民族地区盛行的放蛊传说，同时介绍了当地苗族的各个分支及其文化差异。所谓后传，指的是对于传主身后有关他的事情的叙述。周广秀的《箫剑诗魂：柳亚子评传》叙述了柳亚子去世后在"文革"中受到批判的情形。柳亚子早在 1958 年就已经去世，但是由于他曾经出于对领袖的崇拜而刻了印章，在"文革"中被人误解进而遭到了批判，并且被利用来整人。[③] 还有一些传记叙述了传主去世后人们的悼念、缅怀和追忆，他的言行和著述所产生的巨大影响，显示了传主人格的高尚、精神的伟大、成就的杰出和崇高的历史地位。

对于传主前传、外传和后传的叙述不仅在篇幅上受到一定的限制，不能喧宾夺主，而且还得注意与传主的关联度。这就是说，与传主相关联的事情很多，与传主几十年漫长人生中所经历的事件一样，非常繁多，都不可能一一叙述。如果事无巨细地叙述，不仅十分烦琐细碎，而且容易将意义重大的事件湮没。那么，作家在叙述这些传主之外的事情时必须对所叙述的材料进行斟酌，再决定取舍。但是，有些作家在传记叙述中或多有溢出，将许多与传主关联度较小的事情作津津有味的叙述，从而使传记的叙述旁逸斜出，有时也会收到不一样的叙事效果。在王蒙《我的自传》第一卷的"在生产大队"中，王蒙叙述

---

① 钟兆云《辜鸿铭全传：改变崇洋媚外的中国》，中国青年出版社 2016 年版，第 9～11 页。
② 林影《叶辛传 挫折是成功的阶梯》，安徽文艺出版社 2017 年版，第 183～188 页。
③ 周广秀《箫剑诗魂：柳亚子评传》，中国社会科学出版社 2002 年版，第 393～395 页。

的不是那里的人与自己打交道和来往交谈，而是巴彦岱公社的马木提·乌守尔、阿西木·玉素甫、塔里甫、阿卜都热合满等人的趣事和轶事，可以给作品增强趣味性和可读性。[①]传记如果不加节制，叙述与传主关系不太大的事情，就可能使写作臃肿而旁枝四出。周而复在《往事回首录》这部自传中叙述了他于1954年率团去印度访问的事。参加文化代表团出国访问，确实是周而复人生的一个组成部分，在自述中值得一写。他对这次出国访问的叙写也常常溢出主线，比如，他在叙述这次访问时，首先援引了当年周恩来总理与印度总理尼赫鲁签署的两国联合声明的原文，以强调他们这个代表团访问印度时的中印友好气氛。首先，周而复不是外交官，也不是外交部新闻发言人，他没有必要将中印联合声明的原文引上那么多。其次，中印这个联合声明对周而复个人并无特别的影响。接着，周而复又介绍了文化代表团的人员组成及访问筹备情况。而这个介绍同样与他个人关系不大，因为他并没有参与组团工作，也没有提出有关组团的意见和要求，他所做的只是为出访做一些"政治准备"工作。随后又花了差不多一页的篇幅叙述周恩来总理的指示和安排，而周恩来总理所谈的基本上是政策问题，而且还是对整个代表团来谈的，其实这也可以一笔带过。对访问过程的叙述既琐碎又浮泛，缺乏触动他思想和灵魂的东西。他花了不小的篇幅描述了欢迎的场面，而这样的场面在外交场合是司空见惯的，然而周而复做了比较精细的描述。随后，周而复细致地叙述了印度政府的安排和服务员十分周到而殷勤的服务，以及对方的接待和会谈。他的叙述和描写与随行记者的新闻报道相差无几，如果说有什么区别，那就是周而复的叙述比记者的报道更富文采一些。

二

　　传记文学作家与传主的关系对于叙事立场具有重大的影响。作家与传主的关系主要有，一是研究者与研究对象的关系。许多传记文学作家都是将传主视为研究对象，多年来长期从事传主研究，而且已经成为传主的研究专家。比如在1980—1990年，北京十月文艺出版社出版的现代作家传记丛书的作者，在他们所写传记的传主的研究方面都颇有造诣，成为海内外该传主乃至整个现当代文学研究的顶级专家。比如《田汉传》的作者董健教授就是现代戏剧研究的大家，《萧红传》的作者季红真女士在现代文学研究方面取得突出的成就，《沙汀传》的作者吴福辉教授在现代文学领域研究成果突出，《周作人传》的作者钱理群教授是现代文学领域的一代宗师，《冯至传》的作者陆耀东教授在现代诗歌研究方面影响巨大，《曹禺传》的作者田本相先生堪称曹禺研究的领衔人物，等等。二是作者本人就是传主，他们写出的是自传。许多文化名人与政要人士都给历史留下了珍贵的自传（包括自述、回忆录与日记等）。有的自传是由传主口述，再由晚辈、朋友或者学生

---

① 参见王蒙《我的自传·半生多事》，花城出版社2006年版，第247～251页。

进行整理，这种情况略微复杂些，七如舒芜口述的自传就是由他的晚辈朋友许福芦撰写整理的。柏杨自传则是由其本人口述，由周碧瑟执笔写成的。胡适、张学良、李宗仁等口述自传都是由美国著名华人学者唐德刚记录和整理的。三是作者是传主的亲属。他们写出的是家传。比如北京十月文艺出版社出版的《胡风传》的作者是胡风夫人梅志，著名作家老鬼为他的母亲撰写了传记《母亲杨沫》，邵绡红为其父亲邵洵美写了传记《我的爸爸邵洵美》，现代作家周立波的一本传记《人间事都付与流风：我的祖父周立波》就是由他孙女撰写的。有些传记作家虽然不是传主的亲属，但是作为传主的下级、晚辈、老乡或者学生而与传主长期相处，形成了与传主的朋友、师生等亲密关系，因此，这些作家所写的传记虽然不能算是严格意义上的家传，也可以算是准家传。比如作为贾平凹好友的孙见喜就给贾平凹写了好几本传记。①

　　作家与传主的关系虽然不能完全决定着作家的传记叙事立场，但是这种影响还是存在的，不可忽视，而且有些对于某些作家的传记的叙事所产生的影响还是非常大的。我们先看前面所提到的第一种关系。由于传记作家的学者与专家身份，他们长期的学术研究使他们非常重视传记文本的学术性，而学术性则要求作家在写作时既要客观，又要讲究叙述的真实性以及叙述的规范性。因此，兼具学者身份的传记文学作家往往采取客观公正的立场叙述传主人生经历、业绩和精神世界。作品的叙述视角也大多采取平视。钱理群在对周作人的叙述中既突出了传主早期的文学成就和巨大的影响，又揭示出传主在日本侵略者侵占北平期间的媚敌行为的根源，所展示的周作人的形象经得起推敲。在叙述传主与哥哥鲁迅的反目问题时，钱理群根据他所掌握的材料说话，既不夸张，也不掩饰。因而，钱理群在这里的叙述堪称传记文学的典范。

　　自传的叙述基本上采取的是第一人称，以内视角的方式展开。由于自传传主的思想境界的不同，人格修养的差异，对于自己人生叙述的态度各自有别，各人在自我叙述时所采取的立场各有差异。有的作者希望通过自传写作来总结一下自己的人生得失，给后人留下自己人生中的经验教训，有的作者则以自传的方式记录自己参与见证的历史，为后人留下一份历史记录，有的以自我审视的眼光回顾自己的人生，并且借助自传写作对自己的罪错进行反思，进而为此道歉和忏悔，有的通过自我叙述来为自己被误解和曲解进行申辩，还有的则可能借自传写作大肆炫耀自己的成功与辉煌，表现出十足的自恋……但是，无论如何，自传作者都着眼于自身而展开叙述，所展现的则是作者主体与客体环境的关系。有的自传虽然采用的是第三人称叙述，但仍然是作家自我立场的叙事。所谓作家自我立场的叙事，是指作家以自我为叙事出发点和终结点，以自我的眼光看待身边的

---

① 孙见喜给贾平凹所写的传记有《贾平凹之谜》（四川文艺出版社，1990 年）、《鬼才贾平凹》（北岳文艺出版社，1994 年）、《贾平凹前传》（花城出版社，2001 年）、《贾平凹评传》（与李星合著，郑州大学出版社，2005 年）、《贾平凹传》（上海人民出版社，2008 年）、《危崖上的贾平凹》（花城出版社，2008 年）等。

人和事,就是对自身的描写和叙述,也同样是自我审视,对自我的精神、人格和形象给予理想化的重塑。

自传的叙述,从理论上讲,所叙述的应该是第一手材料,其真实性似乎毋庸置疑。但是,这未免过于信任作家了。各个作家性格不同,经历各异,有的作家比较严谨,在自传的叙述中能够严格按照历史来叙述,有的作家则将自我想象与历史叙述混合在一起。即使是那些严谨的作家,对于叙述自我经历的叙述仍然未必可靠,其原因主要是人的记忆由于主客观的因素可能将某些事情或者事情的某个方面放大或缩小,进而导致叙述的变形和失真。

家传的作者由于与传主具有血亲关系,在叙述传主的人生时首先受到感情的影响。家传的作者与传主除了夫妻关系之外,还有父母与子女、祖父母与孙子孙女的关系以及兄弟姐妹关系。由于血亲联系与长期在一起生活,其间虽然难免产生过一定的矛盾,发生过某些纠纷,但是夫妻之间的爱恋之情、晚辈对长辈的感恩和敬佩之情都常常洋溢于传记的字里行间,在叙述中往往采取仰视视角,叙述传主的光辉业绩。除了情感因素之外,家传作者与传主还存在着共同的利益,同时,中国传统伦理中的避讳原则也在影响着不少家传作者,从而在家传中回避叙述有损于传主形象的细节。梁秋川在《曾经的艳阳天——我的父亲浩然》中叙述了传主在 1976 年 10 月 24 日的揭批“四人帮”的大会上做批判发言,然而,作为“文革”中大红大紫作家的浩然,既然能够揭批“四人帮”,难道在 20 世纪 50 年代到 70 年代中就不会积极参加各种大批判吗? 显然,在梁秋川这里,批判“四人帮”是光彩的,而此前批判他人是与政治迫害联系在一起的,不那么光彩,所以为了维护父亲的光辉形象而为父亲避讳。那么,浩然为什么会积极发言批判“四人帮”呢? 梁秋川给出的答案是,浩然“从此后可以专心致志、踏踏实实、安安稳稳地进行文学创作,做自己应做又愿意做的事情”①。梁秋川的叙述很不可靠。因为,浩然在“四人帮”横行的年代创作并没有受到干扰,他不仅写作并出版了《金光大道》和《西沙儿女》等令他“辉煌”的作品,而且还受到热捧。我们还应该看到,他当时的写作并非做自己不愿意做的事,而是积极主动。倒是在粉碎“四人帮”之后他所写的批判发言与“有关材料”恐怕并非自己所愿。

在非家传的写作中,有时也会存在避讳的现象,尽管传记作者和传主没有血亲关系,也可能没有直接的利益牵连,但是传记作者在对传主的长期研究中逐渐形成了对传主的某种崇拜,也可能出于某种外部的现实压力,回避了有损于传主形象的叙述。孙晨在《世纪诗星——臧克家传》中令人遗憾地没有提及传主在新中国成立以来的政治运动与文艺批判中的主要态度和心路历程,回避了传主在重大问题上发表的文章和表明的态度。1955 年,臧克家在《人民文学》8 月号上发表了《胡风反革命集团底“诗”的实质》,全面批

---

① 　梁秋川《曾经的艳阳天——我的父亲浩然》,团结出版社 2014 年版,第 178 页。

判和否定了"胡风反革命集团"的诗人诗作，指责这些诗是披着歌颂的外衣，实质是污蔑和攻击。这本传记对此没有提及。1981 年，臧克家在《河北师院学报》第 1 期上发表《关于"朦胧诗"》，传记作者似乎也忘记了，未能让读者了解到在"朦胧诗"讨论中传主的态度和观点，很可能给读者这样的印象：传主当时压根就不知道文坛上闹得沸沸扬扬的"朦胧诗"争论，或者是传主自始至终对"朦胧诗"争论采取冷眼旁观的态度。也许传记的作者以为这在传主的人生之中只是一件小事，事实上这关系到传主一个时期的诗学观念和政治态度，应该是很重要的，因而在传记文学作品中是不可遗漏的。既然在传记中能够为传主避讳，那么在整个传记的叙事中传记作者也就会出于崇拜而以仰视视角展开叙述，对于传主的成就予以夸大，对于传主的言行予以拔高，对于传主的著述予以过度解读。通过这样的叙事，传记作者在夸大和拔高的叙事中以抬高自己的传记写作价值和意义，因而这样的传记写作则在不自觉中偏离了理性、客观性和科学性。

三

如果说一般的历史著作在涉及个人时基本上叙述其公共生活，突出其公共形象，那么传记则既叙述其公共生活，又叙述其私密生活，表现其私密形象。所谓公共生活，就是指一个人在公共场合的言行举止，比如社交活动、集体活动、职业行为等等，所展现的是这个人为人所知的形象特征；而私密生活则是指一个人在独处或者与亲友相处时的言行举止，一般很少为人知晓。一个人在公共场合往往要掩饰和伪装自己，力避自己形象的损害，一旦到了私密空间，则往往卸除伪装，不再违心地表演。那么，传记在叙述传主的人生时固然要叙述其公共生活，更要叙述传主的私密生活。这样，可以更好地把握传主的精神世界，展现传主真实的灵魂。钟兆云在《辜鸿铭全传：改变崇洋媚外的中国》①中不仅叙述了传主与许多人的辩论和交往，而且叙述了他捧着太太淑姑的小脚细闻的细节，表现出他对女人裹小脚的痴迷。这样，读者通过阅读这本传记不仅了解到辜鸿铭的思想观念和善辩的性格，而且可以了解到他痴迷女人小脚到了病态的程度。华强在《章太炎大传》②中既叙述了他参加革命的种种活动，又叙述了他穿着随意，长时间不换衣服，而且还常常用衣袖抹鼻涕的私密行为。如果说我们从章太炎与孙中山的时亲时疏的交往中看到的是他的革命观和为人的直率，那么从他的穿着和用衣袖抹鼻涕的陋习则看到了传主不修边幅、不拘小节、邋遢的习惯。

当然，对于私密生活的叙述并不等于无原则地暴露传主的个人隐私，更不是为了满足某些人的窥私欲。作家在叙事时，一方面，无论传主是否还活着，都必须尊重和保护个

---

① 钟兆云《辜鸿铭全传：改变崇洋媚外的中国》，中国青年出版社 2016 年版，第 108、177~198 页。
② 华强《章太炎大传》，上海交通大学出版社 2011 年版，第 60~82、285 页。

人的隐私；另一方面，传主大多是公众人物，相对于他人而言，其行为举止和行动踪迹往往都相对透明，尤其是传主身上的弱点和缺陷不能以保护个人隐私为借口而予以避讳。这就需要作家对叙述材料进行认真鉴别，而且在具体的叙述过程中把握好分寸，既叙述传主的生活细节，又不能暴露和渲染传主的隐私，更不能无中生有或者移花接木地制造所谓的个人隐私以博人眼球。如果故意这样做，则完全违背了传记写作的历史真实性原则，无论是对历史还是对读者都不负责任，更是缺少对传主和读者的应有尊重。

四

在传记叙述中，传主当然是叙述的核心，但是如何叙述也非常重要。从叙述视角来看，传记文学既可以取自传主视角，也可以以身边某个人物来观察传主，还可以根据传记作家本人的角度展开叙述。

读者在阅读传记时既要了解传主的人生经历，特别是具有传奇性的故事，又对传主特定情境中的心理和具体想法怀有浓厚的兴趣。传记作者如果了解读者的阅读期待就可能在叙述时采用传主视角。所谓传主视角，就是以传主的眼光看待其身边的人和事，以传主的心态来面对其所处的现实，以传主的思维方式来思考其遇到的问题，对传主人生故事和细节采取追踪式的记叙。王攸欣的《朱光潜传》叙述了朱光潜初到武汉读书时逛书店的事：

> 他们（指朱光潜和章伯钧、徐中舒三人——引者注）去得更多的是江边几条街上的书店。书店里的书极多，朱光潜初到大都市，以前很少有机会逛规模较大的书店，从没有看见过这么多的书，这时候真是如饥似渴，什么书都想读，但书价并不便宜，往往一部书要花去他半个月的伙食费，他只得尽量忍住买书的欲望。[①]

这里叙述的书店"规模较大"和"这么多的书"以及书价"都不便宜"，都是传主当时的切身感受。这种传主视角的叙述可以让读者体会到传主的心理和想法。

每一个人都生活于一定的社会环境中，总要和各式各样的人打交道，而且就在传主观察世界、认识各种人的时候，人们也在认识他、了解他、感受他。因而，传记在叙述传主的时候，可以从与传主打交道的人那里来认知传主，展现出另一视野中的传主形象。张梦阳的《鲁迅全传：苦难三部曲之三·怀霜夜》在叙述鲁迅和萧红交往时，先引用了萧红文章《回忆鲁迅先生》中的一大段话，展现出萧红眼中的鲁迅，再从萧红视角叙述道：

> 噢！鲁迅先生并非迂呆的"老夫子"，他其实很爱生活，很爱异性，很懂得女人的生理

---

① 王攸欣《朱光潜传》，人民出版社 2011 年版，第 27 页。

和心理。不然，许先生怎么能够不顾一切地爱上他，为他付出巨大的牺牲?!①

传记中的他人视角虽然并不多见，但是在对传主的叙述中起着补充和丰富的作用，可以从不同的视角展现传主不同的风采。

传记从本质上讲，应该属于四大文学体裁中的散文类。而散文突出的是作家主体，作家通过描写、叙述和议论，表达自己对于现实、人生、自然和宇宙的感悟与认识。既然传记是一种散文，那么传记作家自然在作品中表达自己对传主的认识和评判，同时也寄寓自己的思想感情。刘思惠在《一生半累:陆小曼》中这样叙述传主与翁瑞午的私情:

> 翁瑞午多年来混迹情场，懂得如何哄女人和讨女人的欢心，知道什么时候要逢迎拍马、投其所好，什么时候该体贴周到、殷勤备至。对于陆小曼，他似乎是动了真心，所以格外地知冷知热。在陆小曼不开心的时候，他用极为风趣的话头，极尽诙谐幽默的本事逗她开心;他知道陆小曼喜欢被人捧着，所以就成天在她耳边花言巧语地吹捧，而且还向人吹嘘她的优点，陪着她出风头，让她感到飘飘然，无一处不舒坦;他知道陆小曼爱画画，就从自己父亲的收藏中挑出许多名画来，隔不多久就送两幅给陆小曼，显得极有品位又有派头……②

这段叙述既流露出对翁瑞午引诱陆小曼的厌恶，又对陆小曼表示可惜和同情。这里所展示的就是传记作者眼中的人物。

传记作品采取什么视角叙事由传记作者根据需要而定，在具体叙述中不必拘于某一种，具有很大的灵活性。总体来说，以传记作者视角叙事为主，其他视角叙事为辅。

结语

传记文学叙事与小说叙事相比确实没有后者丰富多样，叙事时空也大体受到传主生活时空的限制。但是，也有其特殊之处，这就是传记叙事往往与议论密切结合，特别是评传，在叙事的基础上展开评论，从而形成以叙带议，以议提叙，叙议相融的叙事模式。随着传记文学的发展，许多传记文学作家向小说学习，借鉴小说的叙事方式，进而使传记的叙事更加精彩，文学性更强，也更吸引读者。

---

① 张梦阳《鲁迅全传:苦难三部曲之三·怀霜夜》，华文出版社 2016 年版，第 306 页。
② 刘思惠《一生半累:陆小曼》，湖南师范大学出版社 2011 年版，第 136 页。

论中国现代作家传记的发生、发展与入史问题 *

张元珂　尹淑珍

内容摘要：中国传记"现代性"的萌芽始于晚清留洋志士与维新者们的理论探索和创作实践中。梁启超、王韬、容闳等革新者的传记创作，从内容、形式到方法都对新文学奠基者们从事现代作家传记创作构成某种启发。胡适、郁达夫等新文学奠基者们从理论到实践为中国现代传记的发生做出了重要贡献，而传记理论和名著译介，以及在此基础上所做出的"为我所用"式的理论建构和实践，则持续为推动中国现代作家传记发生与发展提供了强大支撑。包括自传、回忆录、日记文学在内的现代作家传记，是中国新文学不可分割的重要组成部分。其中，作家自传是最能彰显创作成绩和文学史意义的门类。中国现代作家传记的创作成就和文学史意义不容忽视。在当前，哪些作家作品入史、怎样入史，是文学史家们所应该认真讨论并予以解决的学术和学科中的重大课题。

关键词：现代传记　传记文学　现代作家传记　新文学　中国现代文学史

作家传记是现代传记的重要组成部分，也是其中最具学术性、文学性，最受读者喜爱的门类之一。更为重要的是，作为中国新文学不可分割的一部分，自 20 世纪 20 年代以来，其发生与发展便自成一脉并在经典传记作家、传记作品和传记思潮方面都形成了独立存在的谱系、价值、意义。作家传记在中国现代文学史特别是现代传记发展史中的地位已无须赘言，然而，长期以来，因传记在文体属性和学科归属上争议不断而致使相关问题研究难有实质性升华，特别是对中国现代作家传记与新文学的关系、作家传记的文学史书写、与中国现代文学史的关系、传记作家和作家传记作品的经典化等问题一直未见或未有全面、系统、深入的研讨。本文将依托第一手的资料，对这些问题做全面、深入研究。

一、作家传记与中国现代传记的发生

中国传记由古代向现代的转型发生于社会政治剧烈变动的晚清时期。因为西方传

* 基金项目：国家社会科学基金会一般项目"新文学版本整理、发掘与研究"（编号：17BZW185）

作者简介：张元珂，文学博士，副研究员，中国艺术研究院传记研究中心副主任、《传记文学》编辑。研究方向：中国新文学版本、中国当代小说和传记文学。尹淑珍（笔名贯贯），山东省济南市槐荫区实验学校教师、济南市作家协会会员，业余主要从事散文和传记创作。

记理论、方法和传记作品的陆续引入，特别是在 1910—1917 年间由上海广学会、《大同报》《协和报》《教育杂志》、上海商务印书馆推出了大量西洋传记①，从而大大改变了中国传记生态场域。虽然彼时关于传记本质的理解依然固守单一历史范畴，但对传记内容、形态和写法的认知与实践已发生变化。这不仅突出表现在传主不再聚焦帝王将相、才子佳人，而转向对中外政界精英、英雄人物、功勋学者等各行业典型人物的撰述，还表现在传记将被从史学中解放出来而逐渐拥有独立发展的可能。当梁启超提出"仿西人传记之体"、作"人的专史"、以"人物为本位"的作传理念时，作为史学附属物的古典形态的传记即已昭示出由"丫鬟"扶正为"小姐"、由"跟班"擢升为"主人"的行将自立为主体的新形象。而在林纾《冷红生传》、王韬《弢园老人自传》、容闳《西学东渐记》等经典文本中，无论是对自我形象的个性宣扬，还是对传主精神内核及其与时代关系的深度开掘，均有开一代风气之先。事实上，类似王韬、林纾那种在自传中充分彰显主体性乃至直接坦露一己性格、心理、隐私或非常态遭际，与后来徐志摩、郁达夫、郭沫若等作家的自传文学创作可谓渊源相继。而在梁启超《南海康先生传》和《李鸿章传》，以及同时期从欧美翻译过来的《华盛顿》《林肯传》等经典传记中，从作者愿景、传主建构到时代速写，其诉求大都指向对"新我"和民族的文化启蒙。实际上，类似梁启超那种将传记与"新民"密切关联并在为包括政敌（比如李鸿章）在内的中外杰出人物立传时所竭力秉承的世界视野、"我注六经"式的综合阐释，以及自由畅达、丰富多彩的新语体实践（比如，半文半白的"新的语体文"），对后来胡适、朱东润、林语堂等现代传记主倡者或主将们的启发不可谓不大。由是观之，虽然胡适、郁达夫等现代传记奠基者们一再宣称西方现代传记理念在其传记创作实践中占据无可争议的主导地位，但在纵向上也不可能不程度不一地从晚清传记创作者们的探索与实践中获得启发。然而，他们依然据守于历史和古代传记范畴内，而旨归并未从文体和本体意义上求取中国传记的质变，故其"现代性"的充分发生，除注意前述自晚清以来的历时线索、动因外，依然更多考量新文学运动在中国现代传记发生过程中所起到的根本推动作用。

---

① 在这几年间，在期刊上连载大型西洋经典传记（译著），成为一景。比如：1911 年，上海《大同报》选载美国莫尔根的《林肯传》分别是第十六章"国党之推戴"（第 14 卷第 21 期）、第二十二章"南北失和"（第 15 卷第 7 期）、第二十三章"战败之暗淡"（第 15 卷第 8 期）、第二十五章"过渡之显象"（第 15 卷第 13 期）、第二十六章"白宫之筹划"（第 15 卷第 15 期）、第二章"居印第亚拿之野"（第 15 卷第 19 期）、第三十一章"林肯与陆军人员"（第 15 卷第 21～22 期）、第三十二章"林肯逝世"（第 15 卷第 25 期）。1912 年，上海广学会出版《格兰斯顿》（勒舍尔著、张味久译）、《巴赖德》（梅益盛译、许默斋笔述）、《林肯》（励德厚译、魏延弼笔述）、《华盛顿》（林万里编）、《美国第二总统亚但氏约翰传》（沫尔赐著、曹卓人笔述）、《美国宗教家劳遮威廉传》（陈一山笔述、曹卓人删润）、《女大善士伊利赛伯传》（节丽春译）、《世界英雄论略》（托马斯·卡莱尔著），上海印书馆出版由林万里编的《哥伦布》和《毕斯麦》，《教育杂志》（第四卷第 1 期）刊发秦同陪的《喀费特传》。1913 年，《协和报》发表无名氏的《德国大诗家世来尔斯畔》（第 4 卷第 7 期、第 8 期、第 12 期、第 13 期）；1914 年，《教育杂志》刊发太玄的《伊略脱传》（第六卷第 10～12 期），等等。此处条目信息参考俞樟华等编撰《中国现代传记文学编年史》（上），浙江大学出版社 2019 年版。

　　首先,在这一过程中,胡适从西方引入并首倡"传记文学",其开创之功和启蒙之力是巨大的。1914 年 9 月 23 日,胡适在日记中从内容、体例、优缺点三方面谈了自己的看法:

　　"吾国之传记,惟以传其人之人格(Character)。而西方之传记,则不独传此人格已也,又传此人格进化之历史(The development of a charactre)。"

　　"东方传记之体例(大概):(一)其人生平事略。(二)一二小节(Incidents),以写其人品……西方传记之体例:(一)家世。(二)时势。(三)教育(少时阅历)。(四)朋友。(五)一生之变迁。(六)著述(文人),事业(政治家,大将,……)。(七)琐事(无数,以详为贵)。(八)其人之影响。"

　　"东方无长篇自传。"

　　"东方短传之佳处:(一)只此已足见其人人格之一斑。(二)节省读者日力。西方长传之佳处:(一)可见其人格进退之次第,及其进退之动力。(二)琐事多而详,读之者如亲见其人,亲聆其谈论。西方长传之短处:(一)太繁;只可供专家之研究,而不可为恒人之观览……(二)于生平琐事取裁无节,或使之滥。东方短传之短处:(一)太略。所择之小节数事或不足见其真。(二)作传太易。……(三)所据多本官书,不足征信。(四)传记大抵静而不动。"

　　"吾国人自作年谱日记者颇多。年谱尤近西人之自传矣。"①

　　要言之,在胡适看来,中国古代传记"体例"简单,缺乏对"人格进化之历史"的审视与书写,且无长篇自传。他所谓"太略""太易""不足征信""静而不动"等对中国传记"短处"的认定也都有切实的针对性。而西方传记除长篇"太繁""取裁无节,或使之滥"外,在其他诸项上都远远优于中国传记。因此,若使中国现代传记发达,必须引进西方传记的理念,并充分吸纳其上述"长处",以求取质的突进。更重要的是,他将这一传统文类与刚创生不久的新文学关联一起,拟将其作为一个独立的新文体予以提倡,并赋予其现代内涵、功能、意义。毫无疑问,如同他在《文学改良刍议》中提出的"文学八事"一样,这则专谈"传记文学"的短小日记也同样具有重要的纲领意义。所不同在于,它有观点无论证,实操性大不如前者,因而实验色彩更浓。在此后的实践中,不同于白话小说和新诗的一呼百应并快速取得非凡成就,"传记文学"则在很长一段时期内显得很"冷场"。除胡适、郁达夫、郭沫若等少数同行在积极宣扬和写作外,并未出现各领域作者争相操之的局面。这就形成了一个很耐人寻味的现象,即现代意义上的"传记文学"概念、理论、写法大都由少数新文学奠基者引入、介绍、推广,然后又迫于"冷清"而不得不规劝新文学同人加入,

①　该日记转引自俞樟华等编撰《中国现代传记文学编年史》(上),浙江大学出版社 2019 年版,第 10 页。

以达成某种愿景。胡适当然是其中最积极者，他除了自己创作传记外，还力劝林长民、梁启超、梁士诒、蔡元培、张元济、高梦旦、熊希龄、叶景葵等一帮老友写自传，甚至托自己的学生马逢瑞向曾任山东督军兼省长的田中玉将军约稿①。但结果几乎落空，除陈独秀外，其他都未应诺。这一事例也从侧面证明"传记文学"在新文学现场中的尴尬地位。由此导致的结果必然是，在创生期内，从事传记创作的主体几乎是清一色的新文学作家，传记写作对象又大都是新文学作家的同人；现代作家传记一枝独秀，昭示和代表了中国现代传记文学在 20 世纪二三十年代所能达到的最高水平。

其次，新文学奠基者们对现代传记理念、样态和写法的探讨，是促进中国现代意义上的"传记文学"真正生成的主要推手。

中国现代作家传记的发生与传记文体理论的探讨始终是相向而行的，除上述胡适外，郁达夫、梁遇春、阿英、茅盾、梁启超、林语堂、叶圣陶等众多作家都有专论。其中，对文类和文学属性的强调及相关理论问题的讨论，为推动中国现代传记的发展迈出了最具建设性的一步。一方面，"传记文学"作为一种新式文类在其创生源头上即被纳入中国新文学文类谱系中予以阐释。对此，主倡者胡适说得最直接："我很盼望我们这几个三四十岁的人的自传的出世可以引起一班老年朋友的兴趣，可以使我们的文学里添出无数的可读而又可信的传记来。我们抛出几块砖瓦，只是希望能引出许多块美玉宝石来；我们赤裸裸的叙述我们少年时代的琐碎生活，为的是希望社会上做过一番事业的人也会赤裸裸的记载他们的生活，给史家做材料，给文学开生路。"②胡适的抛砖引玉在当时虽应者不多，但作为一种号召，其对新文学作家的鼓舞、启发，是毋庸置疑的。同时，传记的独立性和文类归属也被做了明确界定和申明。无论是郁达夫认为的"传记文学，是一种艺术的作品，要点并不在事实的详尽记载，如科学之类；也不在示人以好例恶例，而成为道德的教条"③，还是主张对传记与历史作文类上的区分——"传记是文学上的一个独立的部门。传记一方面固然可以作为历史的资料看待，但决不就是历史"④，还是特别强调"文学性"作为传记固有属性的重要价值——"传记文学，是文学的一类，但是一般人都忽略了它的价值，是很可悲的事⑤"，都可表明，彼时有关现代传记本体属性和文类特质的认知、探讨已经有了质的升华。另一方面，有关现代传记"写什么"和"怎么写"的讨论也全面展开。梁遇春主张引进西方"新传记文学"写法，即可以用小说的笔法和戏剧的艺术——"先把关于主要人物的一切事实放在作者脑里熔化一番，然后用小说家的态度将这个人物渲染

① 胡适《海滨半日谈——纪念田中玉将军》，《四十自述》，吉林大学出版社 2015 年版，第 268 页。
② 胡适《四十自述·自序》，吉林大学出版社 2015 年版。
③ 郁达夫《什么是传记文学》，郑振铎编《文学百题》，上海生活书店 1935 年版，第 242 页。
④ 《怎样写传记》，新绿文学社编《名家传记》，上海文艺书局 1934 年初版，第 2 页。
⑤ 易如《谈传记文学》，《学校生活》1935 年第 98 期。

得同小说里的英雄一样,复活在读者的面前"。"将主人翁一生的事实编成像一本戏,悲欢离合,波起浪涌,写得可歌可泣,全脱了从前起居注式传记的干枯同无聊。"①——并且"希望国人丢弃笔记式的记载,多读些当代的传记,多做研究性格的工夫"。他所倡导的写法和理想中的传记样式极类今天的"传记体小说";郁达夫认为:"新的传记,是在记述一个活泼泼的人的一生,记述他的思想与言行,记述他与时代的关系。他的美点,自然应当写出,但他的缺点与特点,因为要传述一个活泼泼而且整个的人,尤其不可不书。所以若要写新的有文学价值的传记,我们应当将他外面的起伏事实与内心的变革过程同时抒写出来。长处短处,公生活与私生活,一颦一笑,一死一生,择其要者,尽量来写,才可以见得真,说得象(像——笔者注)。"②在他看来,"新的传记"应当把个体的人生、思想、言行、美点和缺点、与时代的关系,特别是"外面的起伏事实与内心的变革过程",都要充分顾及。最关键的是,要把这些要素和内容整合在一起,使其成为"一件艺术品",而非如彼时那些"自唱自吹的自传与带袭带抄的评传之类"③的东西。总之,不论对其文类独立地位的肯定,对其文学属性的认定,还是对书写内容与方法的讨论,新文学作家都是主力军,并在文学维度上大做文章,相关观点也最容易为其接受并付诸实施。新文学奠基者们的探讨和实践至少可以证明:"现代传记的本体属性并非先验论的、一维性的,而更多是实践性的、多维性的、可能性的,即其'现代性'的发生、演变,以及由此而渐趋生成并约定俗成的若干属性或形态,都已冲破单一历史属性、范畴的拘囿而展现出多维发展趋向。或者说,史学意义上的'真实性'与文学意义上的'文学性'已成为其缺一不可的两个本体属性,而由此出发在文体、语体、语式等形式层面上变革又必然赋予'现代传记'以诸多形态。"④

再次,对西洋传记理论和经典传记作品的持续译介,为革新中国传记理念,创新现代传记形式,提供了强大的方法论支撑。从根本或根源上来说,文化差异导致了中西传记的巨大不同。中国古代传记大都写得简单、短小,叙述也比较简洁。西方写个人的事比较多,细节把握得很准、很细,性格演变展现得很具体、很全面,可读性特别强;加之古代传记写作,避讳心理和法则不宜破除——直到现在依然有很多无法克服的禁区或局限性——由此所带来的"传料"的匮乏和真伪问题一直为今人所诟病,所以茅盾有感于此,不免偏颇地说:"有人说,中国人是有着五千年家谱的民族。但是,我却要说,中国人是未曾产生过传记文学的民族。"⑤对于新文学作家来说,从事传记创作首先要打破这一痼弊

---

① 梁遇春《新传记文学谭》,《新月》1929 年第 2 卷第 3 期。
② 郁达夫《什么是传记文学》,郑振铎编《文学百题》,上海生活书店 1935 年版,第 240~241 页。
③ 郁达夫《传记文学》,《申报·自由谈》1933 年 9 月 4 日。
④ 斯日、张元珂《2021 年中国传记文学研究发展报告》,《传记文学》2022 年第 4 期。
⑤ 茅盾(原署"社谈")《传记文学》,《文学》1933 年第 1 卷第 5 号。

传统，以使其脱胎换骨，从内容到形式完成现代性转换。主要由新文学奠基者倡导和践行的中国现代传记创作活动，在其源头上从理论到形式即深受西洋传记影响。对传记独立性、文学性等本体特质的认定，对"人的专史""赤裸裸地叙述"、书写"人格进化之历史"、"注意伟人的不伟处"等诸多理念的实践，对传记形式的多元建构（比如：梁启超的"专传"、胡适和郭沫若的"长篇自述"、阿英的"新的传记文学"、郁达夫的"日记文学"）等等，其经验和动因大都借鉴自西洋现代传记。以郁达夫为例，在同时代作家群体中，他是对西方传记文学经典理解和把握最充分的少数几位先知者之一。比如，他对《约翰生传》《雪莱传》《维多利亚女皇》等西方经典传记的写法及其艺术效果大为赞赏，因为他觉得它们不仅"把一人一世的言行思想，性格风度，及其周围环境，描写得极微尽致"①，还"以飘逸的笔致，清新的文体，旁敲侧击，来把一个人的一生，极有趣味地叙写出来"②。他更是对卢梭的《忏悔录》的主题和风格情有独钟。郁达夫的自传和日记不必忌讳，赤裸裸言说一己个性和情感，包括苦恋王映霞的经过、青春期的性苦闷在内的个人隐私和盘托出。这使得他的传记文学观和创作实践更接近五四新文学所宣扬的个性解放、自由等核心内涵。因而像《日记九种》和《达夫自传》这类自传深受读者喜爱，也容易产生身份和时代的共鸣。郁达夫的这些理念和写法全借鉴欧美，是通过阅读诸多经典译著并受其启迪和感染的结果。总之，对西洋传记的译介以及由此给中国传记带来的革新贯穿于整个过程中，其影响之内在、之巨大、之广泛无须赘言。

　　胡适和郁达夫等主倡者们提出的这些设想，也只有在新文学作家群体中得到充分落实。由于新文学作家大都处在"成长"中，相关资料的困乏和价值重估的困难，也使得"他传"这种形式难有起色。五四新文化运动使得民主与科学的观念深入人心。思想自由和个性解放，反映在文学创作中，即突出表现在对作为个体的"我"之生命观、人生观的率性言说或表达。自传、日记、回忆录因天然地适合这种生命诉求而被作家们广为采用。因此，相比于他传，作家自传相对多一点且有较强的感染力，影响也大。主要代表作有田寿昌、宗白华和郭沫若的《三叶集》，冰心的《寄小读者》，郁达夫的《日记九种》，徐志摩的《巴黎的鳞爪》，宋若瑜和蒋光慈的《纪念碑》，鲁迅的《朝花夕拾》，丰子恺的《谷诃生活》，郭沫若的《水平线下》《我的幼年》和《反正前后》③。这类极具经典特质或包含丰富文学史讯息的自传文学作品，是创生时期内中国现代传记文学诞生并初步取得非凡成就的标志。其中，作家日记占了很大分量。在当时，它是被作为一种与小说、散文、诗歌并列存在文体

---

① 郁达夫《传记文学》，《申报·自由谈》1933 年 9 月 4 日。
② 郁达夫《传记文学》，《申报·自由谈》1933 年 9 月 4 日。
③ 出版社和初版时间分别是：亚东图书馆 1920 年、北新书局 1926 年、上海北新书局 1927 年、新月书店 1927 年、亚东图书馆 1927 年、北平未名社 1928 年、上海世界书局 1929 年、创造社出版部 1928 年、上海光华书局 1929 年、上海现代书局 1929 年。

而予以展开的。这种态势一直延续至 20 世纪 30 年代，展现出由创生到发展的明显态势①。

二、中国现代作家传记的发展

从 1930 年开始，中国现代作家传记特别是自传文学创作逐渐多起来，至 1934 年即迎来一波创作高潮，乃至当时有批评家将这一年定为"自传年"："今年，在妇女界是国货年，但在文学界，明明是'自传年'。不管到那（哪——笔者注）一家新书店，不管翻开那（哪——笔者注）一种杂志或附刊，总可以看到作家的自传的。"②也有人认定自传为"文坛上最时髦的作品"："'自叙传'，是现今文坛上最时髦的作品！除翻译的以外，创作的自叙传，有写成专书的，有单篇独立的，琳琅满目，美不胜收；这显然地是受了西洋近代自叙传文学的思潮之激荡，而迸发出来的一种新的浪花。"③20 世纪 30 年代，作家自传在现代中国的兴起，是中国现代传记文学史（包括中国现代文学史）上第一次出现的带有思潮性的文学现象。在短短几年间，中短篇作家自传大量涌向。这种先在期刊发表后被结集出版的散传也颇受读者喜爱。各类传记文集层出不穷，显示出以下若干突出特点。其一，女作家传记备受推崇，成为带有时代标志意义的热点现象。比如，黄英编《中国现代女作家》④，收录谢冰心、庐隐、陈衡哲、袁昌英、冯沅君、凌叔华、绿漪、白薇、丁玲 9 人的传记。主打"女作家"旗帜，既切合青年读者阅读需求，也迎合出版商对于利润的渴求。其二，自传结集出版呈现出即时性、丛书化特点。比如：钱杏邨编《现代中国文学作家》（第 2 卷）⑤；1933 年，上海光华书局推出《现代中国作家自传》（第一集），内收鲁迅、柳亚子、鲁迅、洪深、章衣萍等作家的自传；1933 年，耕耘出版社推出《女作家自传选集》（出版时间不详），何香凝题字，内收谢冰莹、白薇等作家的自传。这些文集或丛书所收作家传记皆为当世已成名的新文学作家，很好地营造出了一种其文、其人与读者同在的现场感。其三，各种形态的自传文集尤其多。比如：左群编《鲁迅自述》、张越瑞选辑《近人自传选》、陶元德编《自传之章》⑥。中短篇作家自传成为 20 世纪 30 年代最繁荣的文学创作现象之一，

---

① 对于发生期内中国现代传记实绩的观察和评介存在重大分歧，比如，茅盾就认为："……直到最近为止，我们的文坛上还没有发现所谓传记文学这样的东西。……即使有所谓人物传记，即也不过是家谱式或履历单式的记载，那只有列在讣文后面最是相宜，却不配称作传记文学。"（茅盾《传记文学》，《文学》1933 年第一卷第五号。）茅盾的评介显然不合乎实际，至少像鲁迅、郭沫若、郁达夫在 20 世纪 20 年代的自传文学创作已足堪配称作传记文学的力作了。

② 杜若《自传年》，《一周间》1934 年第 1 卷第 3 期。

③ 《编者的话》，郭登峰编《历史自叙传文钞》（上），上海商务印书馆 1937 年初版，第 1 页。

④ 上海北新书局 1931 年初版。

⑤ 上海亚东图书局 1932 年初版。

⑥ 出版社和初版时间分别是：东壁书屋 1936 年、上海商务印书馆 1937 年、广州宇宙风社 1938 年。

到 30 年代末期有所衰落,但对旧作的结集出版依然不间断展开①。

长篇自传不断涌现,是昭示中国现代作家传记文学步入发展期且取得突出成就的重要标志。以下是这一时期各年长篇自传的代表作。

1930 年(1 部):郭沫若《水平线下》,现代书局(再版)。

1931 年(3 部):郭沫若《黑猫与羔羊》,上海国光书局;郭沫若《黑猫》,上海现代书局;《划时代的改变》②,上海现代书局。

1932 年(3 部):李季《我的生平》,上海亚东图书馆;王独清《我在欧洲的生活》,上海光华书局;章衣萍《衣萍书信》,上海北新书局;郭沫若《创造十年》,上海现代书局。

1933 年(10 部):鲁迅《两地书》,上海青光书局;郭沫若《沫若书信集》,上海泰东书局;胡适《四十自述》,上海亚东图书馆;巴金《巴金自传》,上海第一出版社;张资平《资平自传》,上海第一出版社;沈从文《从文自传》,上海第一出版社;郑振铎《欧行日记》上海良友图书印刷公司;王独清《长安城中的少年》,光明书局;胡适《胡适日记》,上海文化研究社;白薇、杨骚《昨夜:白薇·杨骚情书集》,南强书局。

1934 年(3 部):郑振铎《欧行日记》(良友丛书之十四),上海良友图书印刷公司;朱湘《海外寄霓君》,北新书局;朱自清《欧游杂记》,开明书店。

1935 年(2 部):周作人《周作人日记集》,上海青光书局;胡适《南游杂忆》,国民出版社。

1936 年(5 部):倪贻德《艺苑交游记》,上海良友图书印刷公司;谢冰莹《一个女兵的自传》,上海良友图书印刷公司;朱湘著、罗念生编《朱湘书信集》(《人生与文学社丛书》第2 种),天津人生与文学社;《鲁迅:自述》(编者不详),东壁书屋;徐志摩《爱眉小札》,上海良友图书印刷公司。

1937 年(2 部):邹韬奋《经历》,上海生活书店;郭沫若《北伐途次》,上海潮锋出版社。

1938 年(1 部):陈独秀《实庵自传》,上海亚东图书馆。

1939 年(2 部):郭沫若《反正前后》,立社出版社;何其芳《还乡日记》,上海良友复兴图书印刷公司。

1940 年(1 部):萧红《回忆鲁迅先生》,重庆生活书店。

1941 年(3 部):落花生、周芬伸《我的中学时代》,上海文化图书公司;舒士心编《鲁迅语录》,激流书店;孟津编选《鲁迅自传及其作品》,上海英文学会。

① 比如:1940 年,上海宇宙风社出版《回忆鲁迅及其他》(周黎庵主编),内收郁达夫的《回忆鲁迅》、知堂的《钱玄同先生纪念》等共 5 篇文章;1941 年,上海文化图书公司出版《我的中学时代》(俞荻编),收入茅盾、郭沫若、赵景深、胡适等 30 人回忆中学时代的文章;1943 年,重庆文信书局出版《近代名人传记选》(朱德君编),其中收有丰子恺、陈衡哲、谢冰心三人的自传;1945 年,重庆出版界月刊社出版《当代作家自传集》(第 1 集)(卓立、吴梵编),重庆耕耘出版社出版《女作家自传选集》(编者不详,发行人为黄新);1946 年,上海简明出版社推出《我的童年》(编者不详),收鲁迅、茅盾、郭沫若、袁牧之、巴金、黄庐隐、曹聚仁等 30 位作家关于童年时代的自传。
② 即《反正前后》,因当时国民党图书查禁,改为现名。

　　1943 年（5 部）：赵景深《文坛忆旧》，上海北新书局；朱光潜《我与文学及其他》，上海开明书店；沈从文《我的生活——沈从文自传》，上海中央书店；臧克家《我的诗生活》，读书出版社；朱自清《伦敦杂记》，开明书店。

　　1945 年（1 部）：《鲁迅自述传》，长春大陆书局。

　　1946 年（5 部）：郭沫若《创造十年续编》，北新书局；郭沫若《苏联纪行》，胶东新华书店；王亚平《永远结不成的果实》，文通书局；谢冰莹《女叛徒》，上海国际书局；朱谦之《奋斗廿年》，广东广州国立中山大学史学研究会。

　　1947 年（7 部）：胡适《胡适留学日记》（四册），商务印书馆；郭沫若《革命春秋》，上海海燕书店；郭沫若《我的结婚》，强华书局（再版）；陆小曼编《志摩日记》，晨光出版公司；梁漱溟《我的自学小史》，上海华华书店；胡山源《我的写作生活》，上海日新出版社；苏曼殊《曼殊书信》，上海光明书局。

　　1948 年（1 部）：萧乾《人生采访》，文化生活出版社。

　　1949 年（1 部）：《苏联五十天》，新中国书局。

　　作家自传第一波热潮发生三 20 世纪 30 年代。以同时代作家为撰述对象的各种单篇传记大量刊发，以及出版社不断结集出版的现象，作为 30 年代文学之"一"景而备受关注。长篇自传在短短几年内即出现高峰（1933 年 10 部）。中短篇自传于 30 年代末期开始有所衰落，长篇自传亦然，不过，在 40 年代长篇自传领域内，《胡适留学日记》《回忆鲁迅先生》《文坛忆旧》《女叛徒》等作家自传仍然是发展期内的重要收获。作家自传在体例、种类、形态、风格上各各不一。中国现代作家自传在其发展期内形成了多样风格，郭久麟将之概括为"以郁达夫为代表的自我暴露型，以郭沫若为代表的自我张扬型，以瞿秋白为代表的自我剖析型和以谢冰莹为代表的自我倾诉型"[①]。其实，除这四种类型外，还有以胡适为代表的自我写实型和以鲁迅为代表的自我代偿型。"自我写实"，即作者出于"给史家做材料"之深远考量而极力将"自传"做得客观、中正；"自我代偿型"，即作者为求取"今日之我"在心态或精神上的自洽、自适，而对"昨日之我"及其时代所做出的近似独白式的言说或撰述。就体例和形态而言，大体可归为如下几种。第一，直接以"××自传（自述）"为题，以较长一段人生为撰述对象，或者撰述某一段生活或生平而生成的长篇自传。前者代表作有胡适《四十自述》、郁达夫《达夫自传》、黄庐隐《庐隐自传》、巴金《巴金自传》、张资平《资平自传》、陈独秀《实庵自传》、沈从文《从文自传》、许钦文《钦文自传》、谢冰莹《一个女兵的自传》；后者代表有郭沫若《水平线下》、王独清《我在欧洲的生活》、欧阳予倩《自我演戏以来》。这类长篇自传的涌现，不仅彻底改变了"东方无长篇自传"的历史，而且因为多聚焦对"人格进化之历史"的揭示、详细撰述而在内容和体例上更具有十

---

① 郭久麟《中国二十世纪传记文学史》，山西人民出版社 2009 年版，第 54 页。

足的开拓性。第二，回忆录和日记体。在 30 年代，庐隐、徐志摩、鲁迅等作家的逝世，丁玲被捕入狱，沈从文在北平，都是文学和文化界的大事，以此为背景或契机，产生了大量的中短篇回忆录和长篇他传；日记并非今天的普通记事体，而被当作一种特殊的、严肃的"日记文学"予以对待，既有理论上的倡导，又有具体的实践，出现胡适、徐志摩、鲁迅、周作人、何其芳、朱自清等众多名家书信集。这类自传主要聚焦自己一时一地的言行、心理、精神，无论单独成篇（比如：瞿秋白的《多余的话》、鲁迅的《鲁迅自述传》），还是以某种线索或逻辑把互不关联的生活片段、情感、情绪整合为一体，都竭力凸显"我"之主体形象和内在真实。第三，文学自传。这类自传与散文、小说有较大关联且常因处于文体的模糊地带而引发文体认定上的争议，但其从外在到内在又完全合乎自传体式的标准。比如：鲁迅的《朝花夕拾》、萧红的《商市街》、萧红的《呼兰河传》。前两者常被归于散文范畴，但这个文集里各篇文章各述一段生活或一种记忆，串联起来即是鲁迅对童年和少年生活的全景呈现；后者常被被认定为长篇小说，但这部作品中的主人翁形象以及以此为线索和中心所建构起的关于小城风貌、人情百态的文本景观，事实上就是萧红以自我形象和早年经历为原型而写就的代偿书。上述三类自传文学作品的涌现，不仅标志着现代意义上的传记在"现代中国"的创生并初步发展，也标志着由"传记"和"文学"聚合而成的"传记文学"作为中国新文学内部一种新文类的诞生，并具有文学史的意义。

各类型的中短篇他传也比较多，在杂志上发表和结集出版均较为常见。比如：王森然的《近代二十家评传》收周树人、周作人、陈独秀、林纾、王国维、章士钊、胡适、郭沫若等 20 位近代名人的评传[①]；贺炳铨编《新文学家传记》收茅盾、丁玲、郁达夫、蒋光慈等 15 位作家的传略[②]；草野编《现代中国女作家》评介谢冰心、黄庐隐、冯沅君、绿漪、白薇、丁玲 6 位女作家[③]；《近人传记文轩》收胡适的《丁君这个人》和《高梦旦先生小传》、王云五的《我所认识的高梦旦先生》等 7 篇[④]；姚乃麟编《中国文学家传记》收郁达夫的《志摩在回忆里》、林语堂的《胡适之》等当时重要作家的传记作品[⑤]；人间社编《二十今人志》收胡适之、老舍、黄庐隐、徐志摩、孙大雨、曹元庆、周作人、朱湘、刘大白等作家的传记[⑥]；曹聚仁等编《现代作家传略》收胡适、徐志摩、刘大白、孙大雨等作家传记[⑦]。

长篇作家他传各年代表作如下。

1931 年（2 部）：伏志英编《茅盾评传》，上海现代书局；素雅编《郁达夫评传》，上海现

---

① 北平杏岩书屋 1933 年初版。
② 上海文艺书局 1934 年初版。
③ 北平人文书店 1934 年初版。
④ 上海商务印书馆 1937 年初版。
⑤ 上海万象书屋 1937 年初版。
⑥ 上海良友复兴图书印刷公司 1935 年初版。
⑦ 我国香港一新书店 1948 年初版。

代书局。

1932 年（6 部）：戴叔清编《文学家人名词典》，上海文艺书局；上海现代书局推出田汉的《郭沫若评传》、冯乃超《郭沫若评传》；李霖编《郭沫若评传》，开明书店；黄伯钧《黑猫》，载李霖编《郭沫若评传》，现代书局 1932 年版、史秉慧《张资评评传》，上海现代书局。

1933 年（5 部）：张惟夫《关于丁玲女士》，北平立达书局；谭天《胡适与郭沫若》，上海书报合作社；〔美〕里夫著、叶舟译《丁玲——新中国的女战士》，汉口光明书店；沈从文《记丁玲》，上海良友图书印刷公司；张白云编《丁玲评传》，上海春光书店。

1936 年（3 部）：含沙《鲁迅印象记》，上海金沧书店；赵景深《文人剪影》，上海北新书局；李长之《鲁迅批判》，北新书局。

1938 年（7 部）：张静庐《在出版界二十年》，湖北汉口上海杂志公司；萧三《伟大的鲁迅》，广东广州战时出版社；杨殷夫《郭沫若传》，广东广州新中国出版社；史天行编《丁玲在西北》，汉口芒种书屋；俞士连《最近的丁玲》，上海长虹书局；《女战士丁玲》，每日译报社；晶莹《中国的女战士：丁玲》，金汤书店。

1939 年（1 部）：沈从文《记丁玲续集》，上海良友复兴图书印刷公司。

1940 年（3 部）：张文澜《女兵冰莹》，重庆独立出版社；1941 年 2 部：朱湘《现代诗家评》，上海三通书局；〔日〕小田岳夫《鲁迅传》，筑摩书房。

1942 年（2 部）：孙伏园《鲁迅先生二三事》，重庆作家书屋；欧阳凡海《鲁迅的书》，广西桂林文献出版社。

1943 年（3 部）：荆有麟《鲁迅回忆片段》，广西桂林上海杂志公司；郑学稼《鲁迅正传》，重庆胜利出版社；王冶秋《民元前的鲁迅》，重庆峨眉出版社。

1945 年（1 部）：殷尘《郭沫若归国秘记》，上海言行出版社；任鹤鲤译著《鲁迅传》，星洲出版社。

1946 年（6 部）：胡愈之《郁达夫的流亡与失踪》，香港咫园书屋；陈烟桥《鲁迅与木刻》，福建崇安中国木刻用品合作工厂；邓珂云编、曹聚仁校订《鲁迅手册》，上海群众杂志公司；民主文丛编《韬奋的死及其他》，民主文丛出版社；梁漱溟、周新民《李闻被害真相》，民主出版社；《李闻案调查报告书》，民主出版社。

1947 年（5 部）：林语堂等著《文人画像》，上海金星出版社；骆宾基《萧红小传》，上海建文书店；许寿裳《亡友鲁迅先生印象记》，峨眉出版社；许寿裳《鲁迅的思想与生活》，台湾文化协进会编；《闻一多传》（民享丛书之一种），民享出版社；史靖《闻一多的道路》，上海生活书店。

1948 年（4 部）：林辰《鲁迅事迹考》，开明书店；王士菁《鲁迅传》，新知书店；白韬《回忆陶行知先生——其生平及其学说》，黑龙江哈尔滨光华书店；王益编《韬奋和生活书店》，山东新华书店。

1949 年（5 部）：黄鸣岐编著《苏曼殊评传》，上海百新书店；刘芝明、张如心《关于萧军及其文化报所犯错误的批评》，北平华北大学出版社；《萧军思想批判》，大连东北书店；李卉编《中国革命作家小传》，上海大地出版社；陈从周《徐志摩年谱》（自费，非正式出版物）。

在近 20 年间，长篇现代作家传记至少有 110 部，长篇他传有 54 部。这表明，长篇他传创作在三四十年代持续展开，保持了一个良好的发展势头。截止到 1949 年，鲁迅、丁玲、郭沫若、郁达夫、萧红等作家已拥有多部不同形态和风格的传记。长篇传记在其经典化进程中起到了重要助推作用。其一，现代作家他传以"××传"为题的作家他传并不多见。代表作主要有吴其昌《梁启超传》、王士菁《鲁迅传》、胡愈之《郁达夫的流亡与失踪》、沈从文《记丁玲》、骆宾基《萧红小传》。其中，长篇作家他传收获最大的是鲁迅。因为鲁迅是中国现代文学史上的第一大家，其文学史地位和文化价值无人能比，加之其在 1936 年过早去世，所以，以传记形式纪念鲁迅、书写鲁迅，并以此建构"民族魂"形象，就成了彼时文化界的头等大事。以此为契机，从中短篇回忆录到大部头的作家传，也就在此后十多年间持续推出——单长篇就有郑学稼《鲁迅正传》、〔日〕小田岳夫《鲁迅传》、王士菁的《鲁迅传》、李长之的《鲁迅批判》、林辰《鲁迅事迹考》——成为中国现代作家传记发展史上备受瞩目的风景。丁玲也有多部长篇他传，即张惟夫《关于丁玲女士》、〔美〕里夫著、叶舟译《丁玲——新中国的女战士》、沈从文《记丁玲》和《记丁玲续集》、张白云编《丁玲评传》、史天行编《丁玲在西北》、俞士连《最近的丁玲》、每日电讯社《女战士丁玲》（著者不详）。从 1933 年到 1938 年短短 7 年间，各种形态的"丁玲传"竟有 7 部之多。如此"热"，这是由其作为当红实力派女作家的地位和创作成就决定的，更与其一系列传奇经历及形象变迁——特立独行的恋爱经历（"女神"）、参加"左联"（名人、作家）、被捕入狱（女囚徒）、奔赴延安（"革命战士"）——而长时间成为时代焦点人物有关。郭沫若和郁达夫也各有两部长篇他传出现。总之，以鲁迅、丁玲、郭沫若、郁达夫、萧红为代表的现代作家之所以在三四十年代即有多部长篇传记，是因为他们都有若干突出的共性，比如：特立独行的个性、非凡的爱恋经历、一波三折的人生、较早取得卓越的文学地位和成就。总之，个体之"人格进化之历史"要足够丰富、曲折、吸引人，文学形象和地位要有足够的影响力，是其较早拥有一部或多部传记并在当时产生很大影响的根本原因。

其二，作家评传也是中国现代作家传记的常见形式。它是以作家生平、人格、作品为主要论述和品评对象的传记形态。比如，现代书局于 1931 和 1932 年出版的《郁达夫评传》《郭沫若评传》《茅盾评传》《张资平评传》，王森然的《近代二十家评传》，李长之的《鲁迅批判》，可作为这种特殊传记形态的代表作。在 30 年代，评传作为现代传记之一种，从内涵到形式都不成熟，一个突出表现就是，很多作品名为"评传"，实则是作家小传、作品论及相关资料的汇编。所以，关于现代书局出版的四部作家评传，当时有论者说："无论那（哪——笔者注）一部，都仅有三分之一是可以看得过去的文章，其余的不是与作品毫无重要关系的短文，便是感情用事互相攻讦的文字……它们只是几册随便凑集起来的杂文。他们并不能帮助读者正确地了解各作家的作品，或者，也许出乎他们的意外，它们反有了类似广告的效用。"①倒是像李长之的《鲁迅批判》、王森然的《周树人评传》这类作品因为对作家生平、作品及相关文献资料做了严格筛选和艺术性整合、加工，从而以其述论结合、主客交融，特别是熔铸作者感情的有倾向性的表达，而使其更接近今天的"评传"形态。如今，以鲁迅、郭沫若、郁达夫、徐志摩、沈从文、萧红为代表的现代作家都有多种评传；中国现代作家评传是当下最为通行、最为常见，也是高校及科研院所学者们所喜闻乐见、必定投入学识和精力予以对待的传记形式。作家评传这种极具中国特色的传记形态，是"文学批评"与"传记"这两种艺术门类聚合、升华而生成的特殊文类。之所以说它"极具中国特色""特殊"，是因为它可能是现代中国孕育出的独有文类，并在由"现代"向"当代"转型中，特别是伴随作为一门学科的"中国现代文学史"的诞生及其相关考评机制的运行②，"作家评传"会越来越向学术化方向迈进，而文学性（可读性）会越来越弱。

现代作家自传很难保持持续的生产，即作家与传主合二为一的文学创作在资料、情感、内容、主题等诸"要件"上大都难以多次生成增值效益。或者说，对于一个作家而言，所能审视和书写的经历，以及所能诱使其再次投入创作的动因，也都因为第一次写作而几近耗空。这也就是作家自传在30年代末出现落潮的根源所在。相反，自传，尤其其中的日记、回忆录，都可作为传主的基本材料而被运用于他传创作中，从而使得在40年代长篇作家他传持续涌现并初步形成相对标准的"全传"模式。但大部分长篇他传、长篇自传，以及包括日记、回忆录、书信、年谱在内的其他形态的传记，都很不规范，很多全传或评传都是小传、作家论、年谱及相关资料的"大杂烩"。而在40年代，有些"作家论"与"评传"很难区分开来，比如，郭沫若的《论郁达夫》、周恩来的《论鲁迅与郭沫若》、田禽的《中国女剧作家论》③。这也充分展现了中国现代作家传记在创生和初步发展期内的原始样式和样态。在此背景下，李长之《鲁迅批判》、郑学稼《鲁迅正传》、王士菁《鲁迅传》、沈从文《从文自传》就具有非同寻常的传学价值和文学史意义。它们在体例、写法和文体上的探索与实践，对中国现代作家传记的发展做出了典型示范，提供了宝贵经验。

在此，有必要重审"作家论"与"评传"的关联与区别。作家论是中国现代文学较早产生的文论形式。在20世纪20年代，除台静农编《关于鲁迅及其著作》和钟敬文编《鲁迅在广东》外④，并未见其他像样的完整的大部头作家论，倒是中短篇作家论这种不成型的

---

① 白苧《"现代"的"评传"》，《新月》1932年第4卷第3期。
② 现今高校及科研院所，大都是将"作家传"归为创作范畴，"作家评传"可归入学术研究范畴，因而才有机会被认定为学术成果。这必然会导致一种不良结果的发生，即高校学者对创作作家传没有积极性，而多乐忠于"作家评传"的写作；由于评传带有突出的学术研究性质，在可读性和文学性上都大打折扣。
③ 分别发表于《人物杂志》1946年第3期、《人物杂志》1946年第5期和第6期、《高原》1946年新第1卷第2期。
④ 出版社和初版时间分别是：北平未名社出版部1926年、北新书局1927年。

文学批评范式引人关注。作家论原本与新文学几乎同步发生，并逐渐成为学人研究中国现代作家作品所依持的最基础的平论方式，但它在内涵和形态上与作家他传有着很大重合处。比如：茅盾在二三十年代创作的《鲁迅论》、《王鲁彦论》(署笔名"方璧")、《徐志摩论》《庐隐论》《冰心论》《落花生论》和《女作家丁玲》①，沈从文的《论穆时英》②，1932 年上海光华书局推出《现代中国作家论》(第一卷)和《当代中国女作家论》，1933 年上海乐华图书公司出版的《当代中国作家论》，1936 年文学出版社出版的《作家论》(内收茅盾、穆木天、许杰等作家的"作家论")，代表了新文学发生期内中短篇作家论的典型形态；李何林《鲁迅论》、陶明志《周作人论》、李希同编选《冰心论》、雪峰(即冯雪峰)《鲁迅论及其他》、贺玉波《郁达夫论》、郭沫若《论郁达夫》、夏康农《论胡适与张君劢》③代表了大部头作家论著作的初始样态。这些作家论大都是建立在对作家生平、人格及其创作充分把握和理解基础上，侧重从撰述和品评维度上对作家的整体形象、气质和创作风貌予以整体呈现。该时期内绝大部分作家论都把对作家生平和人格形成作为重要论述对象，其中不少与他传并无多大区别。比如，李长之《鲁迅批判》一直被看作是中国现代文学批评史上的经典之作，实际上，它就是一种别样形态的"作家评传"，即如笔者曾在一篇文章中所言："李著并非沿袭常见的文学批评思路，而是融传记学方法与学术研究理路于一体，而又尽显现代传记写作样式的综合性实践……更重要的是，在此论析过程中，他始终将西方的精神分析理论、传统的'知人论世'与'以意逆志'说，以及现代传记学方法融为一体，既而论析鲁迅思想、人格及创作得失的批评实践，也堪称方法论上的重大探索与实践。"④李长之初衷并不在于为鲁迅作传，但他将西式批评和中国传统传记批评融为一体的做法，却不期然生成了一种类似作家评传的准传记样式。这个典型案例可充分表明，发生于中国现代文学史上的作家论与作家评传在方法、形态上有着更多相似处，乃至有时难以将二者予以区分。不过，在后来的发展中，作家论越来越长，及至广泛出现大部头的专著。虽然传记作为一种方法从未离场，但作为一种特殊形态的作家他传已不复存在。作家论逐渐蜕变为纯粹的文学研究和批评范式而与传记愈行愈远。但不管怎么说，作为作家他传替代物之一种的"作家论"也光荣地扮演了其在特定年代、特殊语境或场域中的角色。

现代作家传记之所以在 30 年代迎来发展史上的第一次高峰，其原因无非有二。一方面，"新文学"主将们或出于"给史家做材料，给文学开生路"之深远考量，或被"人的文

---

① 分别发表于《小说月报》1927 年第 18 卷第 21 号、《小说月报》1928 年第 19 卷卷第 1 号、《现代》1933 年第 2 卷第 4 期、《文学》1934 年第 3 卷第 1 号、《文学》1934 年第 3 卷第 2 号、《文学》第 3 卷第 4 号、《文艺月报》1933 年第 2 期、《中国论坛》1933 年第 2 卷第 7 期。

② 天津《大公报》1935 年 9 月 9 日。

③ 出版社和初版时间分别是：北新书局 1930 年、北新书局 1935 年、北新书局 1932 年、桂林充实社 1940 年、上海大光书局 1936 年、人民文学出版社 1946 年、上海新知书店 1948 年。

④ 张元珂《作为"中间物"的鲁迅传记写作(上)》，《传记文学》2019 年第 6 期。

学"和"人的觉醒"的双重启蒙理念和个性解放精神所鼓惑，或受朋友（比如胡适、赵家璧、
邵洵美、巴金）、期刊和出版社的邀请，而在彼时形成了一股作家自传创作热潮。在这一
过程中，胡适、郭沫若、郁达夫、朱东润等新文学主将们的倡导和率先垂范，是引发中国现
代作家自传形成创作潮流的重要原因之一。另一方面，这也是时代语境、传媒（报纸、期
刊、出版社）、读者等多方力量合力作用和助推的结果。我们知道，伴随新文化运动的发
生及持续影响，个性解放、爱、自由等时代理念已在青年人群体中扎根，而以郁达夫、郭沫
若、巴金为代表的一大批新文学作家，无论自身生活和人格形成，还是包括自传在内的各
类文学创作，几乎就是此种理念的形象化身和生动显现。因此，这样的时代培养了这样
一群作家和读者，彼此在读写之间很容易生成共鸣。而以营利为主要目的的出版社、期
刊、报纸——比如：《宇宙风》《良友》《国闻周报》《读书杂志》《人间世》等期刊或杂志，上海
第一出版社、上海时代图书公司、上海良友图书印刷公司（抗战全面爆发后改为"上海良
友复兴图书印刷公司"）、现代书局等——及时捕捉和迎合这种态势，纷纷主动约稿并以
丛书、专题或专栏方式集中推出现代作家自传作品①，从而成为推动现代作家自传快速生
成和传播的主推手。上述两方面动因使得其在短短几年间持续、集中涌现，从而形成了
中国现代传记文学史上第一拨备受瞩目的创作思潮。

　　30 年代末当现代作家自传开始衰落时，长篇他传却由此开始复兴。其原因似也不难
理解：一方面，作家自传在 30 年代的大量出现，也为 40 年代长篇作家他传奠定了资料基
础；作家自传特别是长篇自传创作大都是一次性的，而很难保持持续性。由此一来，由他
人以作家本人自传材料为主要依托进行他传创作，也就合乎发展规律。另一方面，在 20
世纪 40 年代，有关中外现代传记理论的译介、探讨更是全面、深入展开，也为他传创作提
供了理论和方法上的支持。无论有关其本质属性的认知——"讨论传叙文学，首先应当
知道这是一般文学和史学中间的产物：因为是文学，所以注重撰述底技巧；因为是史学，
所以注重记载底翔实。我们对于这两方面，都应当顾虑。"②"传记就其主要的性格讲，是
历史的一个支庶，是文学的一个部门……借用新史学的观点，技巧，方法去再拓殖的一个
文学领域。"③"传记则用文学的笔法，来描写历史的事实，史料是它的根据，文学是它的方
法，它是文学和历史两者的结晶，有历史的忠实，小说的动人。"④——还是具体写法、形态
的讨论——"传叙文学应当着重人格的叙述……传叙文学家认识人格不是成格而是变

---

① 比如，邵洵美不仅亲自译介"自传"理论，还创办上海第一出版社，先后出版沈从文、庐隐、巴金、张资平、许钦文等
　当时青年作家的自传——他曾主动向沈从文、郁达夫、施蛰存、洪深等作家约稿——从而为"长篇自传"这种新文
　体在现代中国的发展做出了贡献。更关键的是，正是得益于约稿，才生成了沈从文《从文自传》这种在表现手法和
　主题内容都出手不凡的精品力作，并赢得彼时和后来不同时代读者的喜爱。
② 朱东润《传叙文学底前途》，《中学生杂志》1943 年第 66 期。
③ 湘渔《新史学与传记文学》，《中国建设》1945 年第 1 卷第 1 期。
④ 任美锷《莫洛亚著传记文学两种》，《思想与时代》1942 年第 8 期。

格……传叙文学是艺术……在他的笔触下面,不应当是固定的、成型的、完美的人生;而止(只——笔者注)是独有的、变幻的而且不能十分完美的人生。"①"新传记需着重心理的分析……新传记当以描写性格为中心的任务……新传记必须照顾到主人翁所生的社会及其时代……新传记当注重文笔……理想的新传记不只是一种史学的著作,它同时还应该是一种文学的著作;应该是一件完美的艺术品,给科学披上文学彩衣的艺术品……为了文章起见,某种幻想有时又是可以被容纳的。"②——都已经接近今天我们对于"现代传记"内涵和外延的认知与理解,特别是随着朱东润的系列文章和孙毓棠《传记与文学》、沈嵩年《传记学概论》③等传记理论专著的出现,更是从理论和方法上为中国现代传记发展提供了强力支撑。但是,理想中的长篇作家他传到底怎么写,写什么,以及具备何种样态,谁都没法回答。从这个意义上来说,长篇作家他传即使在 40 年代依然是一种正在形成中的文类样式。完整的、大部头的、较为客观的现代作家传记几难见到。因此,王士菁的《鲁迅传》尽管被曹聚仁称为"那简直是一团草,不成东西"④,但依然"以其相对明晰的时间线索、切近时代与传主生平关联、初具整体性架构的文体实践,以及在国内首开完整版鲁迅传撰写之先河"⑤,而在整个中国现代作家传记写作史上具有重要的示范意义。

三、中国现代作家传记的入史问题

作家传记是人物传记中最特殊、最重要、文学性最高的门类之一。在中国现代传记文学创作领域,以鲁迅、胡适、郭沫若、徐志摩、丁玲、萧红等经典作家为传主的传记写作更是一大热点。如今,一位经典作家动辄有数十部乃至上百部的传记,已在昭示这样一个基本事实,即作家传记不仅自成一体,也是文学史的重要组成部分。作家传记不仅来源于文学史,而且在逐渐成为文学史的有机组成;文学史不仅是传记的材料源头,而且我们对文学史的理解也必然会受到作家传记的影响;更重要的是,它作为中国现代传记门类之一,生成了众多思想性和艺术性俱佳的精品力作(特别是其中的自传文学),从而在事实上已成为中国现代文学中与小说、诗歌、散文、戏剧等并列存在的不可忽视的新文类之一种。然而,目前通行的诸种中国现代文学史著作都没有单独设置关于传记文学的章节。倒是在韩兆琦《中国传记文学史》、陈兰村《中国传记文学发展史》、郭久麟《中国二十世纪传记文学史》等若干专门史中有专论,但是这些著作并不是在"中国现代文学史"学科背景下生成并形成对现有文类谱系和学科体制的有力革新与建设。它们自有其作为

①　朱东润《传叙文学与人格》,《文史杂志》1942 年第 1 期。
②　孙毓棠《论新传记》,《传记与文学》,重庆中正书局 1943 年版,第 4～8 页。
③　重庆正中书局 1943 年版、教育图书出版社 1947 年版。
④　曹聚仁《鲁迅评传》,复旦大学出版社 2006 年版,第 2 页。
⑤　张元珂《作为"中间物"的鲁迅传记写作(上)》,《传记文学》2019 年第 6 期。

一门独立学科的重要价值和开拓意义,但依然难以被纳入现有中国现代文学史撰述和教学体系中。不管怎么说,现代传记在中国现代文学史专著中的长期缺席是令人遗憾的。

中国虽是传记古国和大国,以《史记》为代表的中国古代传记文学创作可谓源远流长。但在现代中国,传记并没有因之而提升其在新文学门类中的地位。相反,即使有胡适、郭沫若等新文学奠基者们大力倡导和写作,也没有改变其在学科和文类中被无限边缘化乃至彻底漠视的不公平境遇。中国现代文学与中国现代传记文学本应是包含与被包含的关系,但在此后的学科划分和创作实践中被硬性隔开,俨然成了不归属任何学科的颇不受待见的"弃子"。若论原因,无非是以下几点。

其一,因关于传记本体属性的认定存在重大分歧,致使现代传记难有学科归宿。从对其历史属性的单一界定,到对文学属性的充分肯定,再到对历史与文学双重属性的肯定,一直到现在依然争议不断。这深刻影响了其在学科归属上的定位:是归于历史,还是归于文学,还是脱离历史与文学而自立一科? 但不管归于哪一门,现代传记的地位都很尴尬:在历史学科中,它往往被看作是一种研究工具或附属物,文学性问题颇受排斥或贬议,甚至"史家不肯承认传记文史籍者,亦有其人。他们以为传记不科学,主观偏见,在所难免。因为传记编纂,常常以传主立场记述当时事物情景,鲜能秉笔直书,长短齐见"[1];在文学学科中,它通常被认定为阐释传主或佐证真伪的基本材料,但对历史学维度上的真实观及其书写方式颇有抵触;若在历史和文学之外,它真成了"孤家寡人""被放逐的流浪者",对其长远发展肯定不是好事。由于其跨学科属性,学界有关其本质属性的认定和理解并不一致,从而影响其学科归属和述史原则的认定。目前,中国现代作家传记普遍被现代文学史家漠视和排斥的遭遇,其重要原因即在此,即由于长期以来对传记本体属性的固有认知(属于"历史")、作家传记只是阐释作家或用以佐证文学研究的资料而不被纳入文学史叙述的骨干架构中。

其二,现在的文类划分和文学史学科体制均借鉴自西方,致使作为一门学科的"中国现代文学史"在其源头上即把传记排斥在外。即由小说、诗歌、散文、戏剧的"四分法",以此为线索和骨架所形成的文学史述史结构以及书写对象,长期以来以约定俗成方式固定为某种标准或统一模式[2]。在具体实践中,小说、诗歌、散文一直占据文学史书写的核心地位,戏剧也很重要,但目前因被纳入戏剧与影视文学学科中而在书写力度上有所弱化,

---

[1] 林国光《论传记》,《学术季刊》1942年第1卷第1期。

[2] "中国现代文学史"作为一门学科产生于20世纪50年代。《中国新文学史稿》(王瑶著)、《中国现代文学三十年》(温儒敏、吴福辉、钱理群合著)、《中国现代文学史 1917—2012》(上)(朱栋霖、朱晓进、吴义勤主编)等三部中国现代文学史代表作均未述及"传记";而在当代文学史著作中,更是如此,比如:余树森、张钟、洪子诚等五人合著的《当代文学概论》(北京大学出版社1980年版)只分"第一编 诗歌创作""第二编 散文创作""第三编 戏剧创作""第四编 短篇小说创作""第五编 长篇小说创作"。其他如陈思和主编《中国当代文学史教程》、洪子诚独著《中国当代文学史》、张志忠主编《中国当代文学 60 年》等文学史教材均为见有关现代传记的章节。

文学理论与文学批评因为中国现代文学批评史的独立而一般不再在文学史名义下予以重点叙述,诸如报告文学和随笔一类的边缘文体或被纳入散文中,或根据文学史时段甚至述史者个人喜好而自由决定其有无。而现代传记最"悲催",是在此之外不被考虑的文类。如说其在文学史著作中的存在,也无非就是如下两种方式:一是在引文、注释或文末参考著作条目中,二是在文体上被以小说或散文予以阐释。总之,无论他传、自传,还是回忆录、日记等广义传记形式,目前都未被作为一种独立文类而被纳入文学史中,其在中国现代文学史中的应有位置几被漠视和剥夺。

其三,学术研究方法或范式过度西化,致使作家传记创作或研究与文学史的关联被硬性割裂。一直以来,为某一作家写一部传记,也是大部分现代文学学者们的一个美好愿望。与其他题材的传记相比,作家传记的作者多为高校及科研院所的教授、学者、作家,因此,它一般都具有突出的资料性和学术研究性质,所以,能对文学史研究和书写提供强力支撑。反之,文学史研究与书写也为作家传记创作提供理论、方法和学术观点上的支持。彼此间所形成的这种互源互构关系①,本应是确保学科和文类持续繁荣、协同发展的有效机制,但由于 20 世纪 80 年代以来西方文艺理论和学术研究范式的大举侵入,特别是受"作者死了""文本是一个复数"等西方现代文论思想的深刻影响,致使作为一种批评方法或范式的传记批评渐趋式微。由此带来的不良结果之一是,不仅作家论、作家评传这种形式被边缘化,就连最富有中国传统的以"知人论世"、以作者为中心的传记批评和研究也被作为一种落伍的范式打入冷宫。自此,作家传记的创作或研究与中国现当代文学史的互动基本处于并行但几难并轨的离散状态。在这种情况下,作家传记的经典化以及进入文学史的可能被彻底放逐。

中国现代作家在创生时期就以鲁迅的《朝花夕拾》、郁达夫的《日记九种》、郭沫若的《我的幼年》等自传文学创作而初步彰显其非凡成就,待至 30 年代后又以胡适《四十自述》、瞿秋白《多余的话》、沈从文《从文自传》、郁达夫《达夫自传》、谢冰莹《一个女兵的自传》等一系列自传力作,以及以吴其昌《梁启超传》、王士菁《鲁迅传》、李长之《鲁迅批判》、萧红《回忆鲁迅先生》、沈从文《记丁玲》为代表的一大批他传精品,而尽显其无可否认的文学价值和文学史意义。这些传记作品不仅为推进作家、作品和文学史研究提供丰富的史料支持,其本身也是具有丰厚审美意蕴的新文学作品。更关键的是,他们本身就是五四新文学运动的产物,是新文学奠基者们有意创造和宣扬的一种新文类。胡适、郭沫、郁达夫等新文学作家创作和宣扬传记文学,其目的不仅在于以这种方式完成对自我形象和与时代关系的表现、宣泄、倾诉或代偿,还在于以此作为反抗旧文学、建设新文学,以完成

---

①　可参阅陈子善、辜也平、易彬、房伟、张元珂《互源与互构:重审作家传记与中国现当代文学史关系》,《传记文学》2022 年第 1 期。

"给文学开生路"的伟大愿望。因此,中国现代文学史实在没有理由将之排除在外。显然,以这些已经完成经典化或具有无可替代的传记文学史意义的作品为中心,以胡适、鲁迅、郭沫若、郁达夫、朱东润、沈从文等主要传记作者为基点,以中西和古今交叉影响下生成的传记思潮或现象为焦点、线索,对发生于 20 世纪 20 至 40 年代的中国现代作家传记发展史予以梳理、阐释和文学史定位,就显得尤其迫切而重要。因之,对现行流行的文学史著作的述史结构予以调整,加入有关现代传记的内容,应是题中应有之义。

如何入文学史? 在具体操作层面上倒也不难展开:如是教学型文学史著作,为求取实用、简便、易学,可在不同时段专设一章或一分节论述即可。现以孔范今主编的《中国现代文学史》(人民教育出版社 2012 年版)为例,对此稍做说明。"第一编 中国现代文学起步(1898—1917)":可在"第一章 中国文学现代转型的应运而生"中设一节专述晚清以来古典形态传记的现代性萌芽,并在此评述王韬、梁启超等人的传记理念及其创作;"第二编 中国新文学的发生发展":可在"第三章 新文学运动及其发展中的分化与转化"中设一节,专述现代传记的发生;"第三编 中国现代文学的多元发展(1927—1937)":可增设一章述析现代自传文学的发展及创作成就,并在此章中对鲁迅、郭沫若、郁达夫、沈从文、谢冰莹等重要传记作家及其创作设专节论述;"第四编 中国现代文学新的聚合与分化(1937—1949)":可在"第十七章 本期文坛变化"一章中增设一节:他传、日记、回忆录等作家传记文学创作,并对瞿秋白《多余的话》、鲁迅《两地书》、黄庐隐《庐隐自传》、沈从文《从文自传》、王士菁《鲁迅传》做重点介绍。实际上,每部文学史著作都可做类似章节增补或调整,因而实际操作并不难,难的是述史理念固化且难以改变。如果是学者个人著史,考虑到体系上的连贯性、系统性,可把"现代作家传记"作为一个整体,单独设立一部分,然后分章论述。比如,现代传记的发生和现代传记的发展可作为两个阶段或论题分别予以论析,在此过程,对思潮、现象和有代表性的作家、作品作重点讨论。以教学为目的的集体著史方式和以学术研究为目的的学者个人写作,是两种不同风格、不同目的、产生不同效果的文学史写作模式。如果说集体编著的文学史往往因为参与者在文学史理念、学养与观点上的差异而导致著作内部章节之间缺乏连贯性,也难以形成文学史书写的特有个性和风格,那么,学者个人著述因在角度、体例、风格、内容、观点等方面都各不相同。因而一般不但可以避免上述问题发生,还可以在文学史理念与实践方面提供新经验、新形式。考虑到目前现代传记研究力量的薄弱性和相关成果往往存在不同程度的争议性,故在涉及该内容时应提倡两种模式的互融与互鉴——既要充分鼓励学者个人著史并充分吸纳其最新研究成果,也要考虑到集体著作中通行的文学史观点。

搞清楚版本谱系和文本演变情况是从事文学史写作的基本前提。因为很多长篇作家传记都存在版本问题,所以在对重要作品文学史意义作阐释之前都必须有详尽而系统的版本梳理和考究。比如:沈从文的《从文自传》仅在三四十年代就出现四个版本:1934

年上海第一出版社初版本、1936 年良友图书印刷公司本（一般简称"良友本"）、1943 年开明书店初版本、1946 年开明书店改订本（沈从文著作集之一）、1943 年上海中央书店版。其中，从初版本到"良友版"（收录于良友"特大本"《从文小说习作选》中），再到开明版，沈从文都在前一版本基础上做了修改，其中尤以开明书店改订本最大（大量增加了有关家族、地方政治、文化习俗的内容，以及对所见之人与事的评论）。中央书店本与"良友版"等同。虽然第一出版社初版本由于时间仓促而致使出现文字错愕、部分细节失实等问题，但从文本风格、主题意蕴、作者心态来看，还是初版本最具文学史价值，而其他著版本由于作者理性思维的参与，特别是与"自传"不相关的内容和大量议论的加入，而使其原生的朴野性和表达上的直接与率真特色大为弱化。郭沫若的自传创作于 1928 年至 1948 年之间，后结集《沫若自传》，总文字 120 多万字。但这些"自传"在编入 1957—1963 年由人民文学出版的《沫若文集》（第 6 卷至第 9 卷）时，凡是不雅指称、敏感的涉政文字、不利于自我形象建构的语段、对他人或他事不合时的评价，以及不合规范的标点和用词用语，均被做了删改。因此，在版本选用上不能参阅文集本，而必须以初版本为准。谢冰莹的《一个女兵的自传》从 1936 年上海良友图书印刷公司初版本（1940 年出再版本，即"普及本"），到 1948 年上海晨光出版社"合订改正重拼初版本"[①]，在涉及早年参加"左联"的经历，有关"革命"活动、思想和口号的文字，都被做了删改或中性化处理。谢冰莹于 1948 年离开大陆赴台生活后，在 1955 年台湾力行书局初版本中，再次对前文本做了修改，涉及面更广。其中，常年别离故土后所形成的乡愁意识和在台为躲避政治干扰，成了促成这次文本修改的两个主因。所以，在所有版本中，1936 年初版本最能准确反映彼时谢冰莹的真实经历和思想样态。即便鲁迅的《两地书》，其从手稿到初版本也出现了重大修改，比如："去言情化""去隐私化"、删改涉政内容、删除部分批判和贬低青年人的文字，等等。所以，有研究者认为："鲁迅和许广平往来的原信与《两地书》性质不同，二者不能等量齐观或相互替代。原信是鲁许二人分散完成、各自署名的应用文，不是二人的合作作品。1933 年 4 月出版的《两地书》不是一部真正的书信集，而是一部以鲁许往来原信为素材创作而成的书信体文学作品，它具有完整性，不可拆分。"[②]因此，在论及《两地书》时，具体选用哪个版本也须做出说明，因为版本选择不同，得出的观点就有差异。总之，列举以上例子，意在说明，对版本谱系和文本演变的梳理和研究，是从事文学史写作的基础，否则，会引发一些不必要的误判或错解。

结语

中国现代传记文学的萌芽、发生与发展，都是由外部因素和内部因素合力主导的结

---

① 《女兵自传》，为赵家璧主编《晨光文学丛书》之一种。在此，不仅标题有变，在诸多细节和思想倾向上都有所改变。
② 韩雪松《〈两地书〉原信与初版本比较研究》，吉林大学博士论文，2018 年。

果。所谓"外部因素"包括晚清以来社会政治、经济和文化领域内的巨变，西洋传记理论和经典传记作品的大量译介，先知者们的理论倡导和实践，期刊、报纸、出版社等传媒力量的介入，等等；所谓"内部因素"包括传记本体属性、传记文体形态、传记内部文类等因素在时代和历史诱导下或者自身作为"主体"所自动涌现的内生力量。中国现代传记文学是在胡适、郁达夫等新文学奠基者倡导和实践下发生并在 30 年代得到初步发展的。它同小说、诗歌、散文等新文体一样，从形式到内容无不深受欧美现代传记理念和写法的深刻影响。但是，这并不意味着它和古典传统的彻底绝缘。对历史真实性的追求，依然是现代传记所竭力维护和努力实践的方向之一。这也确实构成了古今维度和文类内部发展上的延续性。不同之处在于，对传记独立性和文学属性的强调，以及对传记体例、格局、形态、语言、内容、传主等诸方面的创造或建构，已彻底超越中国古典形态传记范畴，而从内到外展现为全面向"现代"大幅迈进和拓展态势。作为一个最能彰显中国现代传记创作实绩的门类之一，中国现代作家传记一直就与中国新文学的发生和发展同向而进，并在事实上成为中国现代文学史的重要组成部分。它与五四启蒙主潮和现代传媒的互动更为频繁，而内在与散文、小说等新文类的文体交融更为直接而深入，在读者和时代之间更容易达成互融与共鸣。《寄小读者》《朝花夕拾》《日记九种》《多余的话》《从文自传》等众多现代传记文学经典之作的产生，也一再证明，中国现代作家传记已在中国现代文学和文学史上占有重要位置。然而，由于一直以来文学史家述史理论和实践的滞后，致使中国现代传记被长期排斥于当前各种版本的中国现代文学史著作之外。如今，不是能不能、要不要入史，而是如何入、入哪些的问题。这既是一个理论问题，也是一个实践问题，迫切需要学术界持续讨论并给予解决。

胡适的传记创作及其成就与意义 *

章罗生

内容摘要： 除"文学改良"与"白话文学"等方面的历史贡献外，胡适对传记的现代转型与发展等，也有其突出成就与重要贡献。他不但大力提倡而且亲自写作传记，并在理论方面有重要建树。其传记创作的特点，一是宣扬爱国精神，二是与白话文运动关系密切，三是题材范围比前人更为扩大，四是对体裁、方法等做各种尝试，形式更为多样。同时，作为一代开时代新风的文化大师，他又注重"为文学开新路"，其创作具有主体虔敬、题材庄重、守真求实、情理融通、文史兼容等方面的学术、理论意义。

关键词： 胡适　传记创作　特色成就　价值意义

关于胡适，学术界如此高度评价："是'传统中国'向'现代中国'发展过程中，继往开来的一位启蒙大师"，是近代中国"唯一没有枪杆子做后盾而思想言论能风靡一时、在意识形态上能颠倒众生的思想家"[1]，或者说，"对于中国现代文化史—学术思想史来说"，他是"拿破仑式的英雄"（章士钊称之为"适之大帝"）；他留给中国人的，是其"自由主义思想、实验主义态度和怀疑的精神，以及他那播种者、开风气的文化收获"[2]。他"最卓越的贡献"是在文学方面，其中尤为重要与关键的，"他是近百年来提倡'文学改良'和推行'白话文学'的第一人"——虽然"近代中国以白话文做大众传播工具的不始于胡适"，但"正式把白话文当成一种新的文体来提倡，以之代替文言而终于造成一个举国和之的运动，从而为今后千百年的中国文学创出一个以白话文为主体的新时代，那就不能不归功于胡适了"；他的确"既不落伍，也不浮躁。开风气之先，据杏坛之首，实事求是，表率群伦，把我们古老的文明，导向现代化之路"，而其中"最大的贡献是在文学方面"等。[3] 然而，在文学方面，除"文学改良"与"白话文学"等方面的历史贡献外，他对中国纪实文学——尤其是对文学传记的现代转型与发展等，也有其突出成就与重要贡献。而这一点，又是以往

---

* 基金项目：本文系国家社会科学基金后期资助项目"中国现当代纪实文学（1898—2021）"21FZWB019）的阶段性成果。
作者简介：章罗生，文学博士，教授，湖南大学纪实文学研究所所长。研究方向：中国现当代文学与纪实文学研究。

① 见唐德刚《胡适杂忆》，广西师范大学出版社 2015 年版，第 30～31 页。
② 见沈卫威《无地自由·胡适传》（增订珍藏本），河北人民出版社 2015 年版，第 2～3、469 页。
③ 唐德刚《胡适杂忆》，广西师范大学出版社 2015 年版，第 87、183 页。

"胡适研究"中所欠缺或忽略的,因而本文试对此做初步考察。

一、传记创作与理论

纵观胡适的整个创作与文学活动可知,他自 1914 年在日记中提出"传记文学"的名称起,一生矢志不渝地提倡和推进中国的文学传记创作,是现代第一位大力倡导、研究和写作文学传记的作家。

胡适提倡文学传记的方式,主要是通过发表演说、劝人写作、为他人作序以及为中外传记写评论等方式。据有关史料记载,从 20 世纪 20 年代到 50 年代,他曾多次为文学传记大声疾呼,号召人们进行传记的写作和研究,并动员梁启超、蔡元培、陈独秀等撰写自传。而他为唐德刚等学生讲学时,也是从"传记"这一门"学问"开始的。[①] 在理论方面,他于 1930 年写的《南通张季直先生传记序》是新文化运动以来第一篇关于中国文学传记的专论。在该文中,他认为,对重要的历史人物都应为之作传:"应该有写生传神的大手笔来记载他们的生平,用绣花针的细密工夫来搜求考证他们的事实,用大刀阔斧的远大识见来评判他们在历史上的地位。"[②]认为中国文学传记不发达的原因,一是缺乏崇拜伟人的风气,二是忌讳太多,三是"文字的障碍"即古文难以传神写生。特别是对第二点,他做了如下深刻分析:

> 传记最重要的条件是纪实传真,而我们中国的文人却最缺乏说老实话的习惯。对于政治有忌讳,对于时人有忌讳,对于死者本人也有忌讳。圣人作史,尚且有什么为尊者讳,为亲者讳,为贤者讳的谬例,何况后代的谀墓小儒呢……故几千年的传记文章,不失于谀颂,便失于诋诬,同为忌讳,同是不能纪实传信。[③]

此后,他在台湾所作的《传记文学》讲演中又这样谈道:"我觉得二千五百年来,中国文学最缺乏最不发达的是传记文学","中国传记文学第一个重大缺点是材料太少,保存的原料太少,对于被作传的人的人格、状貌、公私生活行为,多不知道"。[④] 并认为,中国伟大的传记很少,其不发达的原因是忌讳、顾虑太多,中国缺乏保存史料的公共机关,等等。总之,胡适之所以大力提倡传记创作,一是认为"中国缺乏传记的文学";二是认为"传记起源于纪念伟大的英雄豪杰",它"可以帮助人格的教育";三是认为传记可以"给史家做材料,为文学开生路"等。如在《论六经不够作领袖人才的来源》一文中,他认为中国传统教育的缺点之一,是"传记文学太贫乏了,虽偶有伟大的人物,而其人格风范皆不能成为

① 唐德刚《胡适杂忆》,广西师范大学出版社 2015 年版,第 133 页。
② 《胡适全集》第 3 卷《南通张季直先生传记序》,安徽教育出版社 2003 年版,第 781~782 页。
③ 《胡适全集》第 12 卷《传记文学》,安徽教育出版社 2003 年版,第 416 页。
④ 《胡适全集》第 4 卷《论六经不够作领袖人才的来源》,安徽教育出版社 2003 年版,第 544 页。

多数人的读物",而西方教育的长处之一,就是"传记文学特别发达",便于后人效法英雄伟人等。①

胡适不但在理论上极力鼓吹,并动员别人创作传记,而且亲自尝试、探索其写作。据初步统计,他一生的传记著述约120万字,其中既有自述、年谱与自传,也有中短篇他传,还有包括传记理论在内的演说、序言与日记等。其重要作品有《李超传》《张伯苓先生传》《四十自述》《胡适口述自传》《丁文江的传记》与《追悼志摩》,以及《荷泽大师神会和尚传》与《吴敬梓年谱》等。其中,《李超传》作于五四运动发生的 1919 年。作者为素不相识的女学生李超写传记,是为了配合新文化运动中提倡的妇女解放等思想启蒙,即通过李超受封建礼教迫害的不幸遭遇,向社会提出反封建家长专制与女子教育等问题。作品发表后引起广泛的社会反响,人们通过妇女被逼而死的事实,深刻认识到封建礼教的吃人本质,从而更加同情妇女命运,并支持其求解放的斗争等。正是由于作品描写了一个"20 世纪的中国的失败的娜拉",提出了对个体被压迫状况的批判性思考,因而具有现代性的文化意义。同时,作品通过为普通人立传来反映重大社会问题,在选材与方法上也有一定的示范意义。

其中,《四十自述》从父母结婚、作者本人童年、到上海读书、去美国留学,写到 1917 年发表《文学改良刍议》、参加文学革命止,反映了胡适在母亲教育下青少年时代的成长历史。其中,值得注意的是,作品开头以小说等文学笔法描写父母相亲的情景,以及第六章"逼上梁山——文学革命的开始"中的史料价值等。尤其是"我的母亲"一节,由于是"当年的孤儿对于半生守寡的母亲的记忆与感恩,既是理性和淡定的,又是铭心和深情的,相比于一般母子亲情的书写要深刻得多,付诸笔端,自然格外地令读者动心动容","随着几种版本入选教材的使用,这篇散文愈来愈为中学生和广大读者所接受和欣赏",它"无疑应该与《背影》等等作品一样,成为中国现代文学的经典作品,为一代又一代的读者所传诵"。② 的确,作品不但"以精彩的细节写出自己的童年生活和顽皮的性格",表现了作者"不隐瞒自己缺点的坦率作风",而且"以强烈的情感和生动的细节写出了母亲的形象和性格",即"坚强正直、富于心计、敢于负责的贤妻良母的形象"等。③

此外,《胡适口述自传》由美籍华人唐德刚根据胡适口述整理而成,它较全面、细致地记述了胡适的一生及其在文学革命运动中的作为与地位等。《荷泽大师神会和尚传》属研究性学术传记,其最突出的特点是原始资料的应用与严密的考证研究相结合。即作者以历史的眼光和中立的态度,在对《宋高僧传》《禅门师资承袭图》与《六祖坛经》等十几种原始资料进行比较分析的基础上,从考证神会与慧能的关系到为神会正名等,6 个部分环

① 参见杨正润《传记文学史纲》,江苏教育出版社 1994 年版,第 584～585 页。
② 吴周文《散文审美与学理性阐释》,广东人民出版社 2016 年版,第 237、242 页。
③ 参见郭久麟《传记文学写作与鉴赏》,中国三峡出版社 2003 年版,第 335～336 页。

环相扣、层层深入,从立论到定论,均破旧立新、言必有据。

胡适的他传创作现主要收入《胡适全集》(安徽教育出版社 2003 年)19 卷中。该卷分两辑,共 45 篇:其中,除 4 篇中长篇传记与年谱外,其他为短篇;涉及传(谱)主 61 人,其中,9 名为外国人,其他为古代与近现代中国人;形式除年谱与他传外,还包括读书札记和有关序言等;写作、发表(出版)的时间与地点等,则几乎贯穿他一生各时期所生活的中国大陆与中国台湾及美国等。4 部中长篇中,《丁文江的传记》最具代表性。它是胡适晚年篇幅最长、最主要的创作。作品既纵向记述了传主的一生经历,又从政治、社会、学术与个人生活等方面,全面、立体地展示了丁文江的思想、学识、品行与个性等——尤其是通过对丁文江人生的几个重要阶段以及作者同丁文江的关系与友谊的描写,写出了"一个最有光彩又最有能力的好人;这一个天生的能办事,能领导人,能训练人才,能建立学术的大人物"①,尤其是肯定了传主热爱科学、热爱祖国的思想与精神。总之,如果说,《丁在君这个人》更多的是作者站在朋友立场,以日常化的生活印象来对丁文江(在君)进行描写,那么,《丁文江的传记》则严肃、认真地考察传主的一生,明显侧重于对传主的思想、政治与学术等进行评述。同时,由于作者与传主关系密切,作品中不时出现"我"的身影;作品在描述丁文江时,也勾勒了近代中国科学的变化,为自然科学史尤其是地质学史留下了些许史料。

此外,《张伯苓先生传》先写张伯苓到其令尊好友严修家当私塾教师,后写其创办南开中学,抗战时将学校迁到重庆等。其中,对他在教育方面的成就及其思想等做了较深刻的分析。《追悼志摩》则以作者对徐志摩的了解,写出了诗人单纯的理想主义和他所追求的"三位一体"的人生,即认为"理想的人生必须要有爱,必须有自由,必须有美"等。

概括来说,胡适的传记创作表现出如下共同特点。一是在内容上注意宣扬爱国精神。这一点,除《丁文江的传记》与《张伯苓先生传》外,在《姚烈士传》《贞德传》与《中国爱国女杰王昭君传》等作中表现尤为鲜明。二是与白话文运动关系密切。除早期的《康奈尔君传》《先母引述》用文言外,其他作品都用白话。因而与他的理论主张相一致,在传记语言的实践方面,他也起了从古代到现代的桥梁作用。三是传主选择范围比前人(如梁启超)更为扩大。传主中,如老子、王昭君、章实斋(学诚)、段玉裁、神会和尚、吴敬梓等为古人,齐白石、康有为、孙中山与林森等为今人,贞德、爱迪生、康奈尔与司徒雷登等为外国人,丁文江、辜鸿铭等为文化名人,李超为普通学生。四是勇于对传记体裁与写作方法做各种尝试,因而形式也更为多样。②

① 《胡适全集》第 19 卷《丁文江的传记·引言》,安徽教育出版社 2003 年版,第 378 页。
② 参见陈兰村、叶志良主编《20 世纪中国传记文学论》,天津人民出版社 1998 年版,第 49～50 页。

二、创作的价值与意义

与梁启超一样，胡适的传记创作不但蕴含着从传统到现代的转型意义①，而且深具"新五性"②等方面的学术、理论价值。如在"主体虔敬"方面，虽然胡适对政治没有梁启超那么热心与投入，而保持若即若离的"自由"状态，但他却不但始终关心政治，而且能秉持正义良知，坚守传统知识分子的道德底线，为国家、社会与文化建设等尽自己的责任。因此，在其传记等创作中，他一方面积极宣传爱国、奉献与崇高、自强，另一方面，又坚持扬善惩恶、匡扶正义。正是如此，他赞扬爱迪生"终生作实验的精神"，"每次解答一个问题总想做到最好最完美（Perfect）的地步的精神"，崇拜杨斯盛"破家兴学"的伟大壮举（《中国第一伟人杨斯盛传》）；认为《爱国二童子传》"可以激发国民的自治思想、实业思想、爱国思想、崇拜英雄的思想"（《读〈爱国二童子传〉》）；姚烈士是一位"极爱国、极保种、极有血性的"英雄，他把"责任"看得比生命还贵重千百倍（《姚烈士传》），因而希望中国"快些多出几个贞德，几十个贞德，几千万个贞德"（《世界第一女杰贞德传》）。同时，他有感于崔述这样"伟大的学者"及其《考信录》这样"伟大的著作""竟被时代埋没了一百年"——连梁启超的《清代学术概论》这样论清代史学的专著"竟不曾提及崔述的名字"，故要专门为其作传。因为，"我深信中国新史学应该从崔述做起，用他的《考信录》做我们的出发点"，如"明年到了《东壁遗书》刻成的百年纪念，若还没有一篇郑重的介绍出来，我们就未免太对不住这位新史学的老先锋了"（《科学的古史家崔述》）。正是如此，他所选的传主（包括谱主等），都是那些精神伟大、贡献卓越或品德高尚、心灵美好的英雄、模范与专家、学者或科学家等，因而其创作就表现出鲜明的"题材庄重"的特点。

与此相连，胡适的传记等创作在"守真求实"方面也表现突出。这一点，也与他的传记观、文学观、历史观与学者身份紧密相关。即他本质上是一位学者，且直接继承了"乾嘉学派"重考据、词章等传统，甚至他也将传记看成"历史"。因而其创作不但注重"给史家做材料"，而且非常重视年谱等形式与"小心求证"等方法。正是如此，在写《齐白石年谱》时，他本想完全用齐白石提供的材料为依据，甚至题为"齐白石自述编年"。但他后来发现，《白石自状略》"在引用时必须稍加考订"：

第一，因为《自状略》的本子不同，有初稿和修改稿的差别。第二，因为老年人记忆旧事，总不免有小错误，故我们应该在可能范围之内多寻参考印证的资料。第三，我最感觉

---

① 关于梁启超创作的转型意义等，详见拙文《梁启超与中国纪实文学的现代转型》，《中国文化研究》2016 年秋之卷（总第 93 期）。

② "新五性"是笔者提出的关于纪实文学特性与评价方面的创作概念，包括主体虔敬、题材庄重、守真求实、情理融通与文史兼容。详见拙著《中国报告文学新论》（湖南大学出版社，2012 年版）、《"新五性"与报告文学之"文学"观念变革》（《江苏社会科学》2011 年第 1 期）和《论叶永烈的传记文学》（《现代传记研究》2015 年春季号）等。

奇怪的是《自状略》的年岁同白石其他记载里的年岁，往往有两岁的差异！《自状略》是他八十岁写的，其时当民国二十九年(1940)。从民国二十九年上推，他的生年应该是咸丰十一年辛酉(1861)。但我研究白石早年的记载，如《母亲周太君身世》等篇，白石是生在同治癸亥(1863)。我当时不敢亲自去问他老人家，只好托人去婉转探问他结婚时是和陈夫人同岁，还是比陈夫人小两岁，（白石《祭陈夫人文》说："同治十三年正月廿一日乃吾妻于归期也，是时吾妻年方十二。是年五月五日吾祖父寿终。"《自状略》说他自己十二岁时祖父死。故我要他替我解答这个编年上的矛盾。如果他和陈夫人同岁，他们都是同治二年生的了。）但我得到的只是一个含糊的答复，我就明白这里面大概有个小秘密，我只好把我的怀疑与考据都记在初稿的小注里，留待我的朋友黎劭西(锦熙)先生回来解答。①

后来，黎锦熙不但帮他解答了该疑问（即齐白石迷信算命先生说他"75 岁有大灾难"之言，故将 75 岁改为 77 岁），而且添补了许多宝贵材料，差不多给他的原稿增加了一倍的篇幅。不仅如此，胡适还将此稿交历史学家邓广铭审阅，并请他"放手做订补的工作"。而邓则"不但充分引用了《白石诗草》里的传记资料"，且"查验了王岂(闿)运的《汀绮楼日记》《湘绮楼全集》，和瞿鸿机、易顺鼎、陈师曾、樊增祥诸人的遗集"等。因而，一篇短短 3 万字的年谱，却是 3 人的合作成果。② 仅此一例，即可见作者态度的严肃与写作的艰辛。

然而，毕竟不同于传统的"历史"传记等，作为开时代新风的一代文化大师，胡适又注重"为文学开新路"，即也重视"文学性"，表现出"文史兼容"与"情理融通"等特色。在这方面，虽然他无法与新时期以来的当代作家相比，但我们仍可见其时代转型意义。也就是说，胡适的传记等创作，一方面继承了《史记》与"乾嘉学派"等民族传统和方法，另一方面，又打上了鲜明的时代印记，在思想认识、价值观念与审美追求等方面，表现出迥异于古人的"现代"精神，即他虽立场"自由"、态度"温和"、价值"中立"，但也在一定程度上表现出反帝反封、救亡图存与民主自由等思想倾向。

如在《姚烈士传》中，作者如此抨击时政并赞扬传主的爱国精神与"责任"担当等：他"为人专讲实行，不务空言，早年眼见我们中国的时局坏到这么地步，他便有了'以天下为己任'的志向。后来看见国势是险极了，然而那些官吏哪！国民哪！依旧是欢天喜地，醉生梦死，全不把国家兴亡放在心上"，"那时姚烈士真是气得了不得，他晓得现在的政府是全靠不住的了，要救我们自己的神州祖国，一定要靠我们国民自己的力量"③。因而他把"救国""救同胞"看成自己的责任，把"中国公学"当成救国的方法与手段；而当他竭尽全力，以致贫病交加而仍无法达到目的时，便与陈天华一样，毅然蹈海一死、以身殉国。因

---

①　《胡适全集》第 19 卷《齐白石年谱·序一》，安徽教育出版社 2003 年版，第 304～305 页。

②　《胡适全集》第 19 卷《齐白石年谱·序一》，安徽教育出版社 2003 年版，第 305～306 页。

③　《胡适全集》第 19 卷《姚烈士传》，安徽教育出版社 2003 年版，第 586～587 页。

而作者融情于理，如此细致揣摩（想象）传主临死前的心理与行动：

> 现在我性命都不要了，我的心还不算诚么？我这一死，一来呢，劝劝同事的人，大家担点责任罢！二来呢，劝劝四万万同胞，大家可怜我为国而死，爱爱国罢！三来呢，劝劝同胞，可怜我为中国公学而死，捐助捐助中国公学罢！四来呢，留一个好榜样给全国的同胞，使他们晓得，做国民的便应如此，办事的更应如此。五来呢，使人家晓得责任比生命重。要能果然如此，我的一死，可不是值得了么？兄弟想：那时姚烈士想到这里，自然手舞足蹈的快活起来了。姚烈士主意打定了，便在三月十一日那晚，写了一封遗书。那遗书狠（很）长，兄弟又记不清楚，我只记得几句：是我诚不忍坐待我中国公学破坏，致列强以中国人为绝无血性之国民，因而剖分我土地，渐灭我同胞，而亲见其惨状也，故蹈江以死。唉！列位，这话真伤心极了，伤心极了。①

这一点，在《丁文江的传记》中表现更为突出。在该作中，作者不但以挚友身份结合翔实史料，深情、全面地叙写了传主的辉煌一生，而且通过其典型细节、事例与趣闻等，立体、鲜活地再现了丁文江（在君）的思想、性格、才华与精神等。其中，不仅包括其从政、科研与文学写作，以及与"我"创办《独立评论》和《努力周报》等活动，而且写了其家庭、旅游、宗教信仰和他"最喜欢小孩子""是一个最和蔼，最可爱的人"等方面。尤其是以较大篇幅，具体描述了他的生病原因、病中表现及立遗嘱与去世等情景，说明他是"为了'求知'死的，是为了国家的备战工作死的，是为了工作不避劳苦而死的。他的最适当的墓志铭应该是他最喜欢的句子：明天就死又何妨！／只拼命做工，／就像你永永不会死一样！"②

当然，这种"情理融通"或"理性"特色等，还表现在作者对丁文江任地质调查所所长期间的工作及其对中国地质科学的贡献之肯定等方面。作者认为，"在君的最大贡献是他对于地质学有个全部的认识，所以他计划地质调查所，能在很短时期内树立一个纯粹科学研究的机构，作为中国地质学的建立和按步发展的领导中心"；第二大贡献"是他自己不辞劳苦，以身作则，为中国地质学者树立了实地调查采集的工作模范"；第三大贡献，则是其"真诚的爱护人才，热诚而大度的运用中、外、老、少的人才"等。③ 同时，作者还指出他"确曾有改革中国高等军事教育的雄心"等。

以上"新五性"方面的特色，实际也表现了作者对民族传统的创新与超越，同时也体现了其时代转型意义。这一点，我们还可从年谱形式的角度来加以说明。正如胡适所述："我是最爱看年谱的，因为我认定年谱乃是中国传记体的一大进化。"因而在《章实斋年谱》中，"我"也进行了如下"创新"：第一，"我把章实斋的著作，凡可以表示他的思想主

① 《胡适全集》第 19 卷《姚烈士传》，安徽教育出版社 2003 年版，第 593 页。
② 《胡适全集》第 19 卷《丁文江的传记》，安徽教育出版社 2003 年版，第 568 页。
③ 《胡适全集》第 19 卷《丁文江的传记》，安徽教育出版社 2003 年版，第 421～423 页。

张的变迁沿革的，都择要摘录，分年编入"；第二，"实斋批评同时的几个大师，如戴震、汪中、袁枚等，有很公平的话，也有很错误的话。我把这些批评，都摘要抄出，记在这几个人死的一年。这种批评，不但可以考见实斋个人的见地，又可以作当时思想史的材料"；第三，"向来的传记，往往只说本人的好处，不说他的坏处；我这部《年谱》，不但说他的长处，还常常指出他的短处……我不敢说我的评判都不错，但这种批评的方法，也许能替'年谱'开一个创例"。① 如此等等。

当然，也须指出，如同胡适人生与思想的复杂、矛盾一样②，他的传记写作等也表现出"新"与"旧"的矛盾："他虽然在理论上指出了中国传记的弱点和西方传记的优点，但在实际写作时却走上了中国传统的老路，对传统道德的推崇、赞美多于对新思潮和新道德的赞美；对材料的重视和考证超过对人物性格的刻画和描写。这使他的传记作品文学性较弱，缺乏艺术魅力。"③或者说，他虽一生提倡传记文学，"但实际上他的出发点和最后归宿都不在文学而是在史学，这和他晚年所表达的'史料的保存和发表都是第一重要事'的观念是完全一致的。在传记文学的创作方面，他也没有切实地完成一个完整的典范的传记文学作品；他一直以中国古代无长篇传记为憾事，但他自己一生的传记作品也绝大部分是短篇。这些又是他'提倡有心，实行无力'之一证。当然，这一切并不影响胡适在中国现代传记文学史上的地位。在中国传记文学的现代转型进程中，在吸收借鉴西方传记经验和尝试开创现代传记体式方面，胡适仍然是继梁启超之后的最重要、最有影响的提倡者和实践者之一。"④

① 《胡适全集》第 19 卷《章实斋年谱·胡序》，安徽教育出版社 2003 年版，第 30～31 页。
② 正如蒋介石的挽联所概括，他是"新文化中旧道德的楷模，旧伦理中新思想的师表"（见沈卫威《无地自由·胡适传》，河北人民出版社 2015 年版，第 467 页）。
③ 郭久麟《中国二十世纪传记文学史》，山西人民出版社 2009 年版，第 66 页。
④ 辜也平《中国现代传记文学史论》，人民文学出版社 2018 年版，第 137 页。

家国情怀与身份意识 *

——论两部龙瑛宗评传的传主塑造

马泰祥

内容摘要：晚近以来，我国台湾作家龙瑛宗成为传记书写的热门人选。王惠珍、周芬伶两位传记家基于与时代文化风潮的精神共振及自我意识的确立，不约而同选择以龙瑛宗作为传主进行评传的写作。两本评传的传主形象塑造的侧重点和策略有所不同，分别着力于传主人生体验的日语创作的前半期和中文创作的后半段。通过研析龙瑛宗传记写作的实绩和动机，可以管窥台湾文化场域内对于殖民创伤的检讨以及民族文化认同的追索之现况。

关键词：龙瑛宗　日据时期　台湾作家传记　中华文化认同

中国台湾作家龙瑛宗（1911—1999）应被视为日据时代台湾地区新文学创作成就最高者之一，他在日据时代即以日文小说《植有木瓜树的小镇》进军日本本岛文坛，获得当时颇具影响力的刊物《改造》征文比赛佳作奖，并成为 20 世纪 40 年代台湾文艺家协会要员以及台湾本岛杂志《文艺台湾》的重要参与者，以其偏嗜唯美、情绪迂回、文字细腻的文学特质，成为日据时代台湾文学中虚无浪漫主义的典型代表。龙瑛宗创作最活跃的时代，是距当下较久远的日据时期；作家创作鼎盛期所使用的文学语言，也是受殖民文教制度和语言政策的钳制，而不得不使用的日语；再加上作家于台湾光复后锐意进取，尝试摆脱日文表达的桎梏，努力重新掌握母语、改用流利的中文来创作，使得作家前后两个阶段的文学世界显示出相互冲撞和迸身的文学势态。因此，对于龙瑛宗这位台湾作家，研究界的关注与讨论在长期以来其实热度有限。

随着学界对于中国现代文学丰富性认识的不断加深，日据时代台湾文学的重要性和独特性再度受到重视。日据时代台湾作家的文学活动与创作实绩得到相应的关注。2006 年以来，由陈万益教授领衔整理，台湾地区的"台湾文学馆"出版了《龙瑛宗全集》中文卷与日文卷 2 套全集。以此为契机，龙瑛宗这位作家再度浮出历史地表而"活跃"了起来，成为海峡两岸台湾文学研究中的一个热点。晚近以来，两位台湾学者不约而同地以龙瑛

＊　作者简介：马泰祥，文学博士，西南大学文学院副教授。研究方向：台港暨海外华文文学、日据时期台湾文学。

宗作为传主，进行评传的写作，显示出学界对于这样一位颇具特质的台湾作家的格外珍视。

一、参差对照：两部龙瑛宗评传的诞生

这两部龙瑛宗的传记，一部是我国台湾地区东海大学周芬伶教授所撰写之《龙瑛宗传》（台湾地区印刻文学生活杂志出版有限公司，2015 年版），另一部则是台湾地区清华大学王惠珍博士之《战鼓声中的殖民地书写：作家龙瑛宗的文学轨迹》（台湾大学出版中心，2014 年版）。两部关于龙瑛宗的传记都属于学术评传，周芬伶所撰之评传涉及龙瑛宗一生的人生经验和文学际遇，记录传主生平、力求展示传主个性，是一部比较标准的作家传记；而王惠珍所撰之评传，则将焦点聚焦在作家创作生命中最为鼎盛的 1937 年至 1947 年 10 年间的文学活动上，凸显其特殊殖民地生活经验与日语文学创作之间的谱系联系，虽此评传亦将传主的整个人生经验纳入考量，但更强调其文学受容期与创作活跃期，问题意识更为集中，是为传主的断代研究型评传。

值得注意的是，两位传记作家的文化资源受容略有差异，导致传记的创作风格各具特质，显示出参差的对照。周芬伶教授长期执教中文系，身兼学者与作家身份，长于散文创作，从第一本散文集《绝美》开始，便不断跟随社会思潮调整叙述角度，显示出台湾女性散文书写的突破与多元构型，其散文创作被认为颇具尖锐感，"跨越了真假实相、文类、性别认同诸多界限"①，这种散文风格也渗入了传记书写之中；加之在该传记完成之前，周芬伶其实已经有了传记文学写作之经验，完成了两本关于作家张爱玲的评传，即《艳异：张爱玲与中国文学》（台北元尊文化出版，1999 年版）与《孔雀蓝调：张爱玲评传》（台北麦田出版，2005 年版），二书在张爱玲研究界获得颇高评价，大陆地区亦有引进。可以说在传记文学的写作上周芬伶已颇具心得、小有所成。王惠珍博士则具有日本留学的背景与严格的学术训练，受教于藤井省三、北冈正子等日本籍中国现代文学研究专家，因此具备一种跨文化、跨语境的学科知识体系与学术理论，此评传即诞生在传记家对传主龙瑛宗学术研究的延长线上，显示出实证主义研究方法在评传写作中的实践效果。为何两位传记作家不约而同选择了龙瑛宗这位作家作为传主？这种传主选择与书写权展示的背后，又显示出何种时代风潮与传记阅读间的互动生态，值得细究。

毫无疑问，传记写作中传记家对于传主的选择必须审慎而具有远见性。"选择什么样的传主，历史和时代精神规定了选择的方向，但是选择是否适合、是否准确，则显示了传记家的才华和能力。只有当传记家对历史、对人生和人性具有足够认识的时候，他才能发现最适合自己的传主。"②台湾作家龙瑛宗能于沉寂多年以后"浮出历史地表"，被两

---

① 张瑞芬《台湾当代女性散文史论》，台湾麦田出版 2007 年版，第 77 页。
② 杨正润《现代传记学》，南京大学出版社 2009 年版，第 150 页。

位风格不同的传记家分别选中，其中必有妙窍。可以说，龙瑛宗在这一轮传记书写热潮中的"被选择"，一方面提醒我们注意传记活动中各个主体之间的密切互动作用，显示出"阅读主体"的阅读热诚对于"书写主体"的创作冲劲的助推机制；另一方面也展示出"书写主体"与"历史主体"之间的情感联系，如何能帮助传记家透过传主生涯际遇的梳理、展示和剖析，实现自我意识的投射与生长。

　　首先，两本传记中传主龙瑛宗会被两位传记家选中，与当下重视区域文化、再梳理区域文学创作的时代浪潮有关。日据时代台湾文学创作，长久以来未能获得学界瞩目，导致日据时代台湾作家声名不彰、民众知名度较低。但在重视区域文化，从区域到中心迸发的时代风潮影响之下，日据时代台湾作家的创作得到系统化、综合化的整理。特别是进入 21 世纪以来，多位活跃于日据时代的台湾作家的文学创作得到全面整理，杨逵、张文环、张深切等台湾作家的文学全集，便集中在这一段时间编竣。这些文学全集的出版，也直接刺激了阅读市场对作家文学书写之外的个性、人格以及人生经验的关注。秉持着"知人论世"的理解，阅读市场与一般大众于焉产生对于作家传记的阅读/消费欲求。某种意义上，可以说是《龙瑛宗全集》的编撰工作直接助推两部传记的诞生，也可以读解为对本土文化风潮的深入耙梳和整理直接带动阅读主体的传记阅读期待，间接刺激了传记的本体生成。一个显见的例子便是两位传记家都不约而同地提到了《龙瑛宗全集》对各自传记撰写的助力作用。周芬伶在后记中坦承传主龙瑛宗"他最精彩的生活是在战前，战后的生活平淡加上停笔，四十几年的生活好空白，这是第一次放弃，只有等待全集救援""全集出版后对我的进度大有助益"[①]；王惠珍更是在全集编撰过程中，便直接取得材料进行传记撰写的前期准备："恰巧当时（台湾）清华大学陈万益教授的研究团队正在进行《龙瑛宗全集》资料的初编整理，有幸取得资料带到日本继续钻研"[②]。从"整理故纸堆"的文化风潮开始，龙瑛宗的全集出版带动并助推了作家传记的生产，为作为书写主体的传记家提供了相当丰富的材料，甚至"救援"传记家走出书写困境，完成文本主体提供给读者。从二位传记家选取龙瑛宗进行传记书写这一事实，的确可以看到传记活动四种主体之间较为复杂的互动关系。[③]

　　"研究并非唯有科学的客观性而已"[④]，实如日本学者下村作次郎评价王惠珍这本龙瑛宗评传时所言，两位传记家选取龙瑛宗作为"这一个"传主，也并非仅仅意图对这位作家文学创作水准和文学价值高低进行客观评骘。两位传记家同时将传主作为自己感情

---

①　周芬伶《后记》，《龙瑛宗传》，印刻文学生活杂志出版有限公司 2015 年版，第 303 页。
②　王惠珍《后记》，《战鼓声中的殖民地书写：作家龙瑛宗的文学轨迹》，台湾大学出版中心 2014 年版，第 459～460 页。
③　杨正润《现代传记学》，南京大学出版社 2009 年版，第 147 页。
④　〔日〕下村作次郎《序文三：正式的龙瑛宗研究之出版》，《战鼓声中的殖民地书写：作家龙瑛宗的文学轨迹》，台湾大学出版中心 2014 年版，第 32 页。

投射的对象,体验龙瑛宗作为日本殖民统治下的一位台湾文学青年的精神世界,于反躬自省中寄托理解和同情,在龙瑛宗的文学书写活动中寻求中华文化认同。传记写作在传记作家这里,是作为一种自我意识确立以及文化认同播散的路径而存在的。王惠珍在传记后记坦言"作家研究最大的魅力在于透过作家之眼,观看一个时代的悲欢离合与历史的流变。龙瑛宗观看事物的眼光,来自他知性的自信,通透清澈,其悲悯的人道主义精神蕴含着无限的温柔。他冷静地观照他的描写对象,将殖民地时代台湾人的生存艰困与精神苦闷化作文字",与传主的相遇是一个从平淡趋于热诚的过程:"选择研究对象就像前往日本留学一样,没有特殊的好恶,……恍然数算,和作家龙瑛宗'缠斗'竟已过了十六寒暑,蓦然回首向来处,颇有沧海桑田之感,但对作家的崇敬之意和感谢之情却随之不断增生。"①周芬伶则将这本传记的撰写视为超克精神困境的志业:"传记是如此庞大的工程,对我是心志的淬炼……初写传时,年当不惑,在写作与情感上却处于前所未有的彷徨,我欲冲出铁笼子,却差点粉身碎骨,这本书伴我走过迷惘之年到文字的火炼场,只为铸出一把剑。"②两位传记家在后记的记述里,都提及龙瑛宗人生经验与自己之间的搏击与呼应:作家龙瑛宗在面对日据时代语言困境和殖民压迫下,仍坚持与实践自己的文学创作,并在光复后通过自学汉语、祛除殖灵创伤而重登文坛。此种坚韧的文化信念与国族认同,不但教导来者谦卑认识那个特殊时代,并且深刻影响了后人的文化认同。两位传记家的生命历程中,无论是遭遇精神危机而彷徨,或是身处异国辗转求学而跌撞,这些人生际遇都与龙瑛宗及其创作发生微妙互动。传记家对于传主产生强烈的共情,以传记书写作为自我意识的外在表征形式。书写主体与历史主体之间的情感与精神之间的密切联系,的确能够为一本传记的成功增添砝码。

二、"殖民地本岛作家"和"重回的浦岛太郎":两部评传的传主塑造与阐释策略

如前所述,在台湾这个空间相对狭窄的地区性文化场域内,晚近以来能近乎同时地诞生出两部各具特质、形成参差对照的龙瑛宗评传,本就是传记撰写实践中的"美丽"收获。传记家选择传主的过程中,有相当高程度的相同的成分。除却这些"同质"的因素之外,两部龙瑛宗评传之间的"异质"的部分,更值得仔细推敲。针对同一位传主,在同一文化空间内并且在同一时代中,有多位传记家各自撰写了相关传记,而这些传记却塑造出了不同维度的传主形象,这是传记书写史中的一类特殊现象。如果将这些维度不同的传主形象进行对比分析与研究,可能会或多或少地揭示出在同一时代范畴内,多元思潮和

---

① 王惠珍《后记》,《战鼓声中的殖民地书写:作家龙瑛宗的文学轨迹》,台湾大学出版中心 2014 年版,第 460 页。
② 周芬伶《后记》,《龙瑛宗传》,印刻文学生活杂志出版有限公司 2015 年版,第 306 页。

风尚与重层文化镜像对传记书写的潜在作用机制。

　　龙瑛宗晚年曾以"浦岛太郎"的故事，比喻自己文学途路上所遭遇的语言转换的创作际遇。在日本民间传说中，浦岛太郎某日在海边搭救了一只海龟，海龟为报此恩，邀请浦岛太郎畅游龙宫。浦岛太郎大开眼界，受到美丽的乙姬的招待。一晃三年，因为思念家中老母亲，浦岛太郎请求回家。乙姬赠送了浦岛太郎一个精美的玉盒子，嘱之万勿开启。回到人间，浦岛太郎惊异地发现龙宫三年，而世上已历三百年。孤独的浦岛太郎打开了乙姬赠送的玉盒子，瞬间变为了老人："……像龟般地慢慢跑中文之路吧。经过了二、三十年苦练，好不容易爬上文坛来了。"作者慨叹转换创作语言的自己简直"像日本的浦岛太郎"[①]。从日据殖民地时代受制于殖民文教制度，不得不使用日语来进行创作并获取文学声望开始，再到光复之后经过漫长的"回心"之旅，从零开始学习自己的母语汉语，尝试用中文写作重返文坛。文学创作的语言问题不仅摆弄龙瑛宗的人生，又同时深深地影响了他的文化精神。也因为两种不同文学语言的客观存在，龙瑛宗的创作生命被分为日语创作时期和中文创作时期。日语创作时期的龙瑛宗"缘于腼腆内向的个性，出身商人之家的小资产阶级……加上处身于 20 世纪 40 年代台湾经济由农业经济步向市镇的、工商经济，以及台湾人心灵遭受到皇民化和战争威胁的阴影，龙瑛宗的文学世界，乃是以日式教育知识分子的观点，反映了日据末期在殖民统治及封建习俗深刻化的摧残下，台湾人的冲突、挫败和哀伤……充分显示出世纪末殖民地知识分子'美丽与哀愁'的思考角度"；中文创作时期的龙瑛宗的创作则更加得来不易："1980 年，透过苦修与磨练，龙瑛宗终于以中文写出首篇小说《杜甫在长安》，次年又发表中文小说《劲风与野草》，再度引起文坛的注意和肯定。"[②]

　　因此，两位传记家在建构传主形象的时候，也就有了不同的形象塑造重点和阐释策略。王惠珍的评传，如日本学者北冈正子的评价一样，"运用大量史料，如实地描绘出龙瑛宗身为作家的全貌……侧重于将龙瑛宗的文学经营，严谨地根据作家所处的政治情势，以及移居场所的变化，进行断代分期"，"本书不仅阐明许多龙瑛宗的传记事实，并且发现这位背负时代苦难的作家所遭受的限制、使用日语表达的无奈，以及其中所隐含的真谛。"[③]传记家正是为了凸显龙瑛宗在日据时代与其他台湾日语作家之间的不同，特点因比较而显，她更关注传主在文学生涯中的"日语创作"的环节。是故，这部评传采取了断代分期的写法，将传主在"日据时代的文学活动与表现"作为重点叙述的环节，设法构建出龙瑛宗作为一位被压迫的"殖民地台湾本岛作家"的现实定位，与殖民文化话语主体

---

①　龙瑛宗《崎岖的文学路——抗战文坛的回顾》，《龙瑛宗全集（第 7 卷）》，台湾文学馆 2006 年版，第 45 页。
②　张恒豪《纤美与哀愁——龙瑛宗集序》，《龙瑛宗集》，台北前卫出版 1991 年版，第 10～11 页。
③　〔日〕北冈正子《序文一：真挚的龙瑛宗研究》，《战鼓声中的殖民地书写：作家龙瑛宗的文学轨迹》，台湾大学出版中心 2014 年版，第 23～24 页。

之间可能存在的隐秘抵抗的动态关系。日据时代的龙瑛宗尽管在文学创作上偏嗜唯美、浪漫，但他的文学世界并不是无根之兰，其创作的形成、发展乃至扬名立万都受制于殖民文化压迫的事实，所写就的关于殖民地台湾本岛的故事又被殖民文化当局强行矮化、视为"外地文学"来装点陪衬宗主国文学，对此龙瑛宗并不甘心。他在 20 世纪 40 年代战争期间的创作，展示出了潜在而迂回的抵抗意识，守护着台湾本岛日语作家的文学尊严。从这样的传主塑形角度出发，王惠珍的评传在描写传主的时候，重点阐释这位"殖民地本岛文学家"身份的形成与确立的过程。因此，评传就很自然地以如下的两个部分作为分析传主日据时代人生经验的重要切入点：一是传主龙瑛宗在殖民统治时代如何自我启蒙而通过文学阅读获取养分，形成作家的志业意识；二是传主在初露锋芒后通过与日本本岛文坛的文学交游，获取更大的文学资源，成为日本文坛不可忽视的"台湾作家"，以这种文学声望作为抵抗殖民话语压制的资本。这两段对于传主人生经验的描写，比较巧妙地确立起了传记家试图描绘的从"殖民地文学青年"到"日本中央文坛外地作家"的人生经验，凸显其日文创作阶段在传主生命中的重要性，以及日语创作作为一种迂回抵抗殖民话语强权的可能性。

在追溯传主文学家身份的形成期这一部分，王惠珍评传考察龙瑛宗作为一位殖民地台湾文学爱好青年，如何通过文学阅读形成独特的文化素养，而将这种文化素养培育为日后进行创作的取之不尽、用之不竭的文学泉源；传记家通过梳理龙瑛宗小说创作中所提及的文学作品，倒推出作者个人的阅读偏好，并将作家个体阅读经验视为当时殖民地青年阅读倾向的一种重要表征。传记家敏锐地发现传主在学生时代积极阅读的杂志主要有日本大正时代和战前"教养主义"影响规范下的文化刊物，如《改造》《中央公论》等，阅读的书籍则包括日本流行的一元一本的《现代日本文学全集》等"圆本全集"和"文库本"等。这些杂志与书籍从日本流入殖民地台湾，"将殖民地的读书市场收编至帝国文化生产消费机制中"[1]，致使当时的殖民地知识青年被迫接受殖民宗主国的强势文化的侵蚀，促使其日语创作实践的产生。这部评传对于作为作家的传主文学受容情况的详尽考察，深度与广度都超越了一般的传记研究。而在探讨传主文学家名望的确立这一环节时，传记家同样采取了实证主义的研究分析方式，考察龙瑛宗在通过参与日本本岛文学评奖，终于获得了日本文坛关注，于人生中第一次远赴日本，"扬帆起航"而有了东京之行。王惠珍细致、详尽爬梳相关文学刊物对于此事的相关报道，结合当事人的回忆文字，考察传主于短暂的东京居留期间的文学交游情况，包括与改造社、文艺首都社两大文艺社团的交流，以及与日本文化名流阿部知二、森山启、芹泽光治良、青野季吉、佐佐木孝丸等人的互动。这次短暂并且丰富的文化交流，却极大地丰富了传主的文坛人脉关系，从

---

① 王惠珍《战鼓声中的殖民地书写：作家龙瑛宗的文学轨迹》，台湾大学出版中心 2014 年版，第 67 页。

而将传主"殖民地台湾本岛作家"的形象与殖民地宗主国文坛之间那种被迫的附生关系揭示得更加明确。由此可知，传记家在对传主的塑形过程中，通过强调龙瑛宗从殖民地文学青年向本岛日语作家迈进的历程，以及其特殊的东京经验对作家的重要意义，非常精准地显示出了传主的文学世界在东亚殖民地文学中特殊的历史定位和文化价值。

相较于王惠珍的评传，周芬伶所撰写的评传则更加关注作家生命历程和文化心理的成熟期。在周芬伶的评传中，大部分的篇幅指向的是龙瑛宗人生历程的后半部分，强调塑造龙瑛宗历经文学语言的桎梏，毅然从头学习中文，复以中文创作再现台湾文坛的"浦岛太郎"形象。传记中最为动人的部分，是为"战后初期的搏斗""与语文搏斗""在死亡的边缘——中文写作的苦恋"三章。这三章里周芬伶详细描述了龙瑛宗光复后如何经历迷茫、苦痛，毅然舍弃日语，通过转译、重复、改写等等从头来过学习中文。传主这一段文学上的语言转换的经验，被传记家视为"向死而生"的极致体验。

在传记家看来，传主龙瑛宗则是生命的强者，历经此种语言转换而能以"重回的浦岛太郎"的形象再度出现在台湾文坛。周芬伶所看重的龙瑛宗人生经验中的"晚期"，如她所指出那样，"晚"（lateness）并非指"暮年"（senility），被视为"晚期风格"的作品，其实比同时代作品在"前卫"程度上"早熟"，也就是更为反向或称逆行创作。[①] 传记家将传主的"晚期"也就是中文创作时期视为传记写作和传主形象塑造的关键。在传记文体的认知上，周芬伶认为重视传记书写即是重视文学延续与传承，引述胡适提倡传记文学时所言"为文学开生路，为史家找材料"，因此"理想中的传记是六分史学，四分文学"[②]。传记家在传记书写中针对评传传主为文学作家这一特质，将传主的文学书写特别是自传小说书写纳入考量，这种"四分文学"的处理方式，可见传记家独特的阐释策略。

为了塑造这位从文学语言表达障碍中突围成功，重回文坛的"浦岛太郎"传主形象，传记家将传主文学创作中的"自传小说"理出一条写作线索，将作家经营了长达40年的"杜南远系列自传小说"书写，作为理解作家人生体验特别是"晚期经验"的重要切入点。从日据时代日语创作开始，龙瑛宗便有一个以小说主人公"杜南远"为系列的自传小说，但这个自传小说系列在作家日语创作阶段未能持续、稍纵即逝。到了20世纪70年代，龙瑛宗成功完成语言转换之后，又以中文继续写作了大量的"杜南远"系列自传小说，从中文创作阶段的"杜南远"系列写作，传记家读出传主在创作中如何处理被殖民的创伤经验和深层心理层面中的悲剧意识。"杜南远"于传记家的笔下，正是传主"归来者形象"与"浦岛太郎"传说之间的一个重要接点。在传记家看来，龙瑛宗笔下的自我抒情主人公"杜南远"，既是祖国文化的象征，亦是感时忧国的中国诗人杜甫的形象投射；日据时代沉

① 周芬伶《龙瑛宗传》，印刻文学生活杂志出版有限公司2015年版，第254页。
② 周芬伶《后记》，《龙瑛宗传》，印刻文学生活杂志出版有限公司2015年版，第305页。

默的"杜南远"在殖民体制下是一个隐匿的身份，而这种隐匿身份直到 40 年后，经由传主从殖民者的语言日语转换回到民族语言中文，才能再度浮现。传记家勠力塑造的那位"重回的浦岛太郎"形象，与传主笔下穿梭在日语与中文之间的"杜南远"，至此方能形神合一。

三、结语

如果将这两部龙瑛宗的传记书写纳入台湾地区本土传记写作的宏观潮流来看的话，可能更容易看清传记书写现象背后的忧患意识与创作焦虑。袁祺在厘析日据时代以来台湾传记的书写风貌时，总结出理解从日据到光复台湾传记书写表现的一条线索，"随着民众文化素养的提升，个体现代自我意识、民族意识、文化身份意识也在增强，这些同样也渗透在传记写作之中。复杂的家国情怀、纠结的身份意识往往成为台湾本土传记作者挥之不去的情结，这些并未因为台湾回归而终结"①。王惠珍的评传从"荒村殖民地日语作家"诞生的轨迹中，看出传主龙瑛宗所背负的时代苦难，以及使用日语书写和表达背后的无奈；周芬伶在传主后期的中文自传小说中，窥探出传主逐渐明朗的国家与民族意识，"个人的漂泊与国家苦难正如身体和影子的关系，如同杜南远他代表的是作家个人的漂泊，也是现代人心灵中的流浪者，另一方面他又是国家与民族的象征，整个时代的苦难压在一个人身上，他成为历史的负荷者与负伤者"②。作为一种写作倾向来看，龙瑛宗传记写作潮在某种意义上仍然环绕着"复杂的家国情怀、纠结的身份意识"的主题进行表述，传主龙瑛宗也成为这种复杂情绪的人物显影，也就因此有了具备不同时代侧重点阐释策略的两本评传的诞生。

总而言之，在传主人物形象塑造这一议题上，两本评传虽然基于时代风潮的影响与自我意识的确立，都选择了同一位传主，但两本评传的传主形象塑造的侧重点和策略略有差异，分别着力于传主人生体验的前半期和后半段。在传记家的笔下，无论是传主前半生的日语时期，通过经受殖民地文教制度与文化氛围形塑自己的文学风格，来进行潜层抵抗，还是后半期通过超克前半期的日语创作，重获文学乃至是人生上的新生，作家人生的前后两个阶段都同样充满了生命的张力。凡此种种，两位传记家在透视龙瑛宗的人生经验、描绘传主的人物形象最具启发意义之处，即在于以跨时代、跨语言的作家龙瑛宗作为个案，目击一个日据时代成名的殖民地知识分子，经历台湾光复与语言转换，来寻求一种自我定位和文化意识的过程。通过阅读龙瑛宗传记，从龙瑛宗这位在日据时代便已具备抵抗心态，到了光复后方能通过语言转换寻回中华文化认同的"前殖民地本岛作家"身上，能否安放当今台湾社会诸多纷繁复杂的文化情绪，这一动态的传记生成过程对于当下台湾读者群体似乎有着更为深刻的意义。

---

① 袁祺《日据时期台湾传记的文化透视》，《现代传记研究》2017 年第 2 期，第 124 页。
② 周芬伶《龙瑛宗传》，印刻文学生活杂志出版有限公司 2015 年版，第 248～249 页。

政治家自传应备的真诚质朴品格刍议 *

——以《彭德怀自传》为例

王斌俊

内容摘要：《彭德怀自传》是传主在处于政治困厄的特殊背景下撰写，而又在他终被昭雪平反、恢复名誉后编辑出版的，具有写作条件、写作方式、写作目的以及发表方式与过程等许多方面的特殊性，从而使这部传记具有一些难能可贵的文本品质和精神理念价值。该自传比较典型地表现了革命政治家、杰出军事家自述个人成长奋斗历史与心路历程所应具备的真诚、质朴特质，述点为文实事求是、唯真唯实的精神品格和气质基调。该传对于研究和写作中国现当代革命史具有重要的文本与史料价值，对于革命政治军事人物传记、回忆录等历史叙事类著述的撰写，具有宝贵的学习参考与借鉴意义。

关键词：革命政治家军事家传记　《彭德怀自传》　文本品格　作传镜鉴

在我国当代，政治人物、人民军队将帅的回顾与忆往文章著作一般叫做"回忆录"，很少有叫"自述、自传"的。"文化大革命"前这方面作者的回忆录大多是短篇，发表于报刊；或者以短篇选编"多人合集"方式出版。后者颇具代表性的有中国青年出版社始于1957年的《红旗飘飘》、解放军出版社始于1958年的《星火燎原》这两套丛刊。也有一些虽已写出但因"文化大革命"未能发表、出版。在那段时间波澜起伏的政治环境下，发表自述、回忆录类文章，不时引起争议甚至被指斥批判，乃至株连他人、殃及出版。例如1962年《红旗飘飘》第17期，就因刊发中共秘密战线杰出老战士王超北口述回忆《古城斗"胡骑"》被牵涉时政因素，而在"紧绷阶级斗争的弦"的社会氛围中按指令停刊，已印好的书化浆处理。①

彭德怀自述就是在同样的历史背景下进行的。1959年庐山会议他被错误批判、"罢官"后，回顾和总结自己几十年的奋斗经历，穷困潦倒的家庭出身和悲伤苦难的初年岁月，由种种动因促使，陆续亲笔写下回顾、反思及总结性文字，其中尤以1962年上"八万言书"及之后的文字为多。这些自述"材料"有些递交给了上级组织，同时留了底稿或副

＊　作者简介：王斌俊，中国青年出版总社编审，研究方向：传记理论与写作研究、文化出版与传播。
①　石湾《〈红旗飘飘〉的创办与结束》，中华读书报2010-02-10。又见：许力以《春天的脚步——许力以回忆录》，华龄出版社2012年版。

本;有些未再递交。所幸的是,这些材料被分别保存了下来。经"彭德怀自述编写组"整理编辑后,人民出版社1981年12月以《彭德怀自述》为名出版发行,书名字体为"集彭德怀遗墨"设计,醒目地竖列于封面(该书由人民出版社多次再版重印)。转入改革开放时期,中央导倡老同志们写回忆录,提出"写点历史资料留给后人",之后党政军界个人回忆录、回顾文章逐渐增多。从彭德怀"自述"时间看,写作是比较早的,皆写于"文化大革命"发生前;"发表"的方式也有其特殊性——如果将递交给上级领导、向组织公开也视为发表的话。

这部二十三万言"自述"的全部内容,都是彭德怀处于政治困厄之中,带着一腔的不解、不平和忧虑,也带着心灵深处对冤屈的申诉和对客观评价的期待,经过认真回忆、仔细梳理、严肃审视和慎重落笔写下的。虽然书写时间跨度较大,其间政治社会背景又发生多次重大事件,政治上层人事出现数度重大变动,而且是在述者去世数年后经专门班子汇零为总、整理编辑再出版的,但即使按勒热讷在《自传契约》中主张的"必须具备作者、叙述者和人物的同一"①的自传文体界定的必要条件,也是苛刻的条件,它无疑也属于自传著作。关于该自传的内容来源及结构方式、成书过程,人民出版社1981年12月第一版《彭德怀自述》"出版说明"做了交代。这次编辑所做工作主要是:将原先不同时间写的分散的"材料"按历史顺序"合并整理","统一划分了章节"结构起来;解决自述材料"内容多所('所'后来版本改为'有')重复"问题,"对部分内容做了删节";"对文字衔接和标点做了一些技术性的整理";"此外,均保持原貌"。② 即按自传文体的一般要求做了一些编辑范围内技术层面的工作,使它从形式、体例上也往自传体式靠拢了。2002年1月,解放军文艺出版社以完全相同的内容改版出书时,出版者在书后说明:"我们这次出版,经征得有关方面的同意,将书名改为《彭德怀自传》。书中内容保持历史原貌,不作任何改动。"③(《彭德怀自传》以下简作《自传》。)

彭德怀"自述"初衷并非是要写一本公开出版的个人传记,而是为了回答审问、质问、询问,为了留下真相、说清"陈年往事"而写下的如实陈述和历史交代。由于是彭德怀这位功勋卓著、蒙受冤屈、刚正不阿、心系华夏苍生的英雄的自传,又是在特殊环境条件下、特别的人生际遇中用真诚的心灵和冷静的反思专心致志写出的,所以具有非凡的文本品质和传记价值。它对于认识和学习无产阶级革命家、政治家、军事家的崇高精神、宝贵品质来说是难得的"教科书",对于理解传主个人史以至中共党史、中国革命史具有重要价值,对于传记研究和写作(尤其是自传、自述或回忆录写作)具有宝贵的启示、借鉴作用。

---

① 〔法〕菲力浦·勒热讷著《自传契约》,杨国政译,生活·读书·新知三联书店2001年版,第203页。参见第14、220页。
② 《彭德怀自述》编辑组《出版说明》,《彭德怀自述》,人民出版社1981年版,第1~2页。
③ 彭德怀《彭德怀自传》,解放军文艺出版社2002年版,第297页。

仔细阅读《自传》，将它的全部内容与中国近现代历史联系起来考量，可以发现这部自传具有多方面优秀的特性和品格。

一、客观真实性与返回历史现场的史传品格

我们的现实生活中，有些人物的传记是由别人根据传主的"口述"再加上些另采的材料写成的。代笔者一般称为撰稿人或撰写人。从目前已经出书的情况看，后一种情况较多。而这部《自传》，作为叙事主体的"我"是作者、叙述者和传主的统一体，可以将比理解为该文本在表达上具有很强的直接性。全书本色的笔触是十分冷静、客观的，这同传主有什么就说什么，不屑藏着掖着的耿直性格和实事求是的思想作风完全吻合。特别是在涉及人际关系、人事关联交集方面，尤其避免了个人情绪化、情感化叙事。从整篇叙事中完全看不出对终结于出了"大事"的人物的历史有什么顺势"揭批"的笔墨。比如，该传中不仅没有，实际上至死也没有对被"彻底打倒"的刘少奇说过一句坏话，而对涉及居功至伟、万众拥戴的领袖的历史叙事，也不作哪怕稍违历史现场背景和语境的"抒情散文式""朴素阶级感情型"的挟今制昔似的描述。实为"直士"之笔，是自传写作上的"秉笔直书"，具有可贵的史传品格。下面列举该书几处具体的历史叙事加以说明。

抗战时期八路军"百团大战"是个很重要的历史事件。《自传》对战役背景、必要性和迫切性、行动目标、组织实施、重要成效和重大社会影响，作了客观全面的史笔性回顾和总结，还原史实本相，揭示其本质内涵。将战役组织指挥上的不足，与战役成果和重大社会历史意义明晰区分，充分肯定该战役的胜利成果和在抗战大局中的重要意义。坦言："上面这些后果的责任，是应当由我来负的。但是我认为，对于这次战役的估价，不能离开当时我们所处的环境和当时担负的任务。如果抛开这些，而重于从另一方面来说'就是为了维护蒋介石的统治'，'就是资产阶级思想的战略方针'，我认为这样来分析和推论一次战役行动，是有点过分，因为当时战役的胜利，实际上比损失要大得多。"还针对"文化大革命"中有些人恶毒攻击百团大战，"皖南事变是因为百团大战暴露了力量，引起蒋介石的进攻。消灭新四军八九千人，这个罪责应该彭德怀负"的荒谬之论，据客观事理予以辩驳。[①] 客观、思辨的叙事中体现出述者求真务实、实事求是的辩证唯物主义历史观。

又比如，在第十五章"庐山会议前后"中，关于"万言书"（即给主席的"意见信"）酝酿与写作前一段时间，述者到地方基层的调查过程，有较为详细的客观陈述，对考虑和递交"意见信"的细节也少有地做了细致回顾。如此就向世人清楚说明了他写信送信的真正动机和过程，同时，无形中也为后人提示了那次会议是做出了严重误判，由于严重失当而产生强烈的反面效应。

---

① 彭德怀《彭德怀自传》，解放军文艺出版社 2002 年版，第 247～248 页。

《自传》跨过漫长岁月的间隔、超越当下的坎坷困境，力求客观叙事，笃定求真求实，坦诚地回顾反思，这是由述者一贯的思想、性格和作风所决定的。这不仅仅是《自传》文本所呈现的风格特色，更是一条宝贵的自传写作原则。在这样一条原则面前，自传的语言修辞、文学手法方面的讲究是居于次要位置的。

自传的历史叙事，关涉到的最基本最直接的社会关系，就是作为述者的"我"与历史场域中"他者"的关系。因此，自传的客观真实性，在很大程度上取决于能否真诚如实地写好这一种基本关系。当然，处理不当的话，也容易在紧密关联这种关系的两个互相对应的方面出现问题，留下缺憾。一是述说"我"的优点业绩功劳时，予以夸大引申，有"王婆卖瓜"之偏；一是对于"我"的缺点失误，走麦城的事，糗事错事，则尽量缩小、掩盖甚至避而不提。一句话，容易掩劣彰善、矫饰溢美。该《自传》没有矮化他人以抬高自己、盲目"自我表扬"的自述之弊。

对于自传来说，诚实叙事的心灵"契约"和社会承诺，叙事客观全面、力求真实和准确恰当，正是保持其真实性的根本基础，是可靠、可信、可为史做鉴的保证。反之则不真实可信；异之——如写成虚实相杂、挟后叙前、运笔行文饱浸浓烈的主观情绪、个人性情的华彩文章，其叙史的可靠性、真实性也难免打折扣、被冲淡，从而让人难以信史视之。优秀革命者、政治军事人物的自传当以符合历史唯物主义的客观真实性为重中之重。这实为一项为传要义。

二、鲜明的申辩性与公道正义价值诉求

出于《自传》写作的特殊背景和意图，其文本带有明显的申辩性，饱含着述者发自内心深处的强烈申诉和解除误解、曲解的企望——诉求组织上通过对自己全部历史的审查、甄别和理解，尽快地为自己平反昭雪，公正地对待自己。《自传》的历史叙事，时常针对着被错误批判尤其是被"专案"审查后有些人"揭批"他的种种所谓"严重问题"而着笔，除了陈述清楚事情真相之外，传主还进行了必要的抗辩和反驳。

例如"井冈山突围"一节，联系到有人在《人民日报》上诬指他"不要根据地，违反毛主席指示"，他强烈指斥："我看这种人对根据地不是完全无知，就是打起伟大毛泽东思想红旗反对毛泽东思想……只是一位信口开河的主观主义者，他现在肚子吃得饱饱的，身上穿得暖暖的，也在随声附和地大骂违反毛泽东思想。让他去胡说八道吧，谨慎点吧，防止某天一跤跌倒，跌落自己的牙齿啊！"[①]

不过，述者并未将针对诬言谬议作为叙事行文的切入点，而是叙述到相关历史事实过程时发生关联、连带写出，申辩、反驳之言也是抓住要害、点到即止，未置多少直接的辩

①　彭德怀《彭德怀自传》，解放军文艺出版社2002年版，第121页。

诬话语。从《自传》总体上看，作为一位党和军队的杰出干部，述者最主要的方法是力求通过从正面"讲事实、摆道理、明是非"的方式叙述历史客观过程、人际关系和事情的来龙去脉、因缘后效、作用影响、经验教训，说明历史现场的真实情况，以求一正视听，证明种种歪批之谬、曲解之昧，也在无形中披露出历史误会之憾。述者心里是信奉"事实胜于雄辩"这一人世间普遍认同的道理的，归根结底对"历史是公正的""公道自在人心"这种社会和人民的根本待人之道、鉴人之理怀抱着不灭的希望。唯此他才着眼且着力于"让事实来说话"，即通过对历史事实的回顾和基于客观实际的说明来申辩、御诬；在客观的历史事实基础上拥有和捍卫着自己的发言权；同时也伸张了一腔正气、一身铁骨，显现出伟岸的形象。这样的申辩是据理以争、当仁不让的，说到底还是原则立场的反映，是对优秀共产党人实事求是精神的伸张，是对历史客观真实性的呵护。"申"的是历史本来面目，"诉"的是哪些"揭批"与事实真相柜悖，哪些属于历史的误会、政治关系的失衡和错综、政界人事沟通和理解上的复杂与遗憾。忍气吞声毫不作为，让历史真相烂于己腹之中，一任谬种流传、歪论误导，也是对历史、对人民不负责任的表现，为英雄好汉"大丈夫"所不为。

彭德怀生前坚持自述一举，叙录、评说、申辩，文内文外、写递藏留，林林总总，其间包含的浓烈的申辩意味，事实上是建立在真诚的"自传契约"即对真实可靠历史叙事的由衷承诺与恪守之上的。述者对完全诚实、真切和准确地去述录，具有高度自觉和自信，由此也才能从内心深处"不信青史尽成灰"。当他感到政治形势日渐严峻时，交代侄女彭梅魁"务必保管好"他写的和有关他蒙冤被批的一些材料，"千万不要弄丢了"，"等将来用得着的时候拿出来，为我争回清白"①。

三、扎实可靠的史料性与自传的历史文献价值

《自传》写作既具上述长处，自然具有另一侧面的品格，这就是它具有扎实可靠的史料性，即具备十分重要和珍贵的历史文献价值。

《自传》是完全可以相信的可靠的历史叙事，是革命斗争历程的理性回顾和反思总结，具有真实述录史实的品质，达到信史高度。传主的许多老战友、老同事对《自传》内容的肯定和赞许，中央为传主平反昭雪并同意组织编辑《自传》的原始手稿材料、由顶格出版社出版并广为发行，更是对该书重要历史文献意义的权威背书。《自传》的史传品格也为后续的许多研究者所证明。这也正是为什么治史者们、学术界视彭德怀的自述弥足珍贵并当作重要研究资料和援引史料的缘由之一。

关于《自传》的史料价值，在此仅举几例以为证。

---

① 滕叙兖《不信青史尽成灰：彭德怀的铁骨与柔肠》，中国青年出版社 2014 年版，第 333 页。

　　红军经过长征终于落脚陕北后，1936 年 1 月，中央军委主席毛泽东决定率部队东渡黄河，进入山西的吕梁山脉，开辟新根据地。《自传》对此记述道："我接到军委这个指示后，是拥护毛主席这一决定的，但是内心有两点顾虑：一是怕渡不过去……二是东渡黄河后，在蒋军大增援下，要保证能够撤回陕北根据地……我除复电同意外，还就自己的上述看法，提出东渡黄河是必要的，但须绝对保证同陕北根据地的联系……这引起了主席的不高兴，他说，你去绝对保证，我是不能绝对保证的。"①这里，对于自己内心的顾虑和提出补充意见的思想动机等做了较为详细的交代。

　　回顾 1933 年与十九路军谈判过程，《自传》中写道："我虽然不同意他们这种关门主义的看法，但又觉得自己提不出什么理由来。这时我有一种自卑感，觉得知识分子总是有他的歪道理。"②"在这以后大概一两个月，接到毛主席寄给我的一本《两个策略》③，上面用铅笔写着（大意），此书要在大革命时读着，就不会犯错误。在这以后不久，他又寄给我一本《'左派'幼稚病》④（这两本弓都是打漳州中学时得到的），他又在书上面写着：你看了以前送的那一本书，叫做知其一而不知其二；你看了《'左派'幼稚病》才会知道'左'与右同样有危害性。前一本我在当时还不易看懂，后一本比较易看懂些。这两本书，一直带到陕北吴起镇，我随主席先去甘泉十五军团处，某同志清文件时把它烧了，我当时真痛惜不已。"⑤这种发生在将帅二人间的事情，又多涉个人切身感受，若是避而不言，人们也就不得而知了。人物传记作为见证性书写，尤其是自传又加上个人亲身经历性，那就贵在记下这样的生动鲜活的人事活动细节、人际关系中那种"有体温"的情愫心思的质感——心心相印、心领神会、情投意合抑或隔膜生分、冷淡各色、疏离厌弃，还有误会的扦格、曲解的微妙、含蓄的隐约，等等。自传的独特价值空间和作用场域，理应包括为世人、后人展开一些具象化的十分感性鲜活的一众人物的历史褶皱和人情世故的内瓤肌理。

　　在总结经验教训方面，对于自己的错误和应当承担的责任，《自传》作者也是从严要求的。比如，叙说自己 1932 年一二月间"执行方面军总司令部打赣州的错误命令时，不仅未加任何抵制，而且是自觉地坚决地执行……这样片面的想法，显然是脱离了当时客观政治形势的。""从军事上看……我未积极建议打援……敌情没有确实弄清楚，就贸然攻坚，这也是一次严重的错误。"⑥

　　又如，1935 年遵义会议之后，在红军竭力摆脱敌方围追堵截的悾偬行军作战中，由时

①　彭德怀《彭德怀自传》，解放军文艺出版社 2002 年版，第 218～219 页。
②　彭德怀《彭德怀自传》，解放军文艺出版社 2002 年版，第 190 页。
③　〔苏〕列宁的政治著作。
④　〔苏〕列宁的政治著作。书名全称为《共产主义运动中的'左派'幼稚病》。
⑤　彭德怀《彭德怀自传》，解放军文艺出版社 2002 年版，第 190 页。
⑥　彭德怀《彭德怀自传》，解放军文艺出版社 2002 年版，第 181、182 页。

任红军三军团政治部主任刘少奇拟电文，以刘、杨[①]名义给中央军委发的一封电报，还有林彪写给中央军委的一封信(信中提议撤销毛泽东等人军事指挥权)，使得毛泽东误会了彭德怀，以致在会理会议上指出："林彪信是彭德怀同志鼓动起来的，还有刘、杨电报，这都是对失去中央苏区不满的右倾情绪的反映。"这个问题"在这二十四年中，主席大概讲过四次，我没有去向主席申明此事，也没有同其他任何同志谈过此事……我没有主动向主席说清楚，是我不对"[②]。

长征途中张国焘闹分裂，擅自改变部队行动方针给前敌总指挥部发电一事，由于后来未见电文原件留存，近些年有些人质疑此事的真实性。《自传》中，述者根据自己亲身经历，细致记录下当时所见所闻所感："某日午前到前总，还在谈北进。午饭后再去，陈昌浩完全改变了腔调，说阿坝比通、南、巴(川东北)还好。一个基本的游牧区，比农业区还好，这谁相信呢？全国政治形势需要红军北上抗日的事，一句也不谈了……这无疑是张国焘来了电报，改变了行动方针。我即到毛主席处告知此事。"[③]为研究判断这个重要历史事件的真相留下宝贵的第一手史料。

如此这般，乃是真诚的自传态度和秉笔直书的写作方法。反之，自传者若是着意去精心设计、巧妙构筑叙事的模糊性、多解性、歧义性乃至有意歪曲、隐讳，把古人所谓"曲笔""皮里阳秋""羚羊挂角，无迹可寻"等用于写作自传，那么其历史叙事的真心诚意、对历史的尊重和敬畏就难免受到世人质疑了。

近些年有的学者喜欢用一个词叫"见证性"。还有从事文学研究的专家由此把记录事实的历史性著述称作"见证文学"。其实，见证性就是指的史料性或称历史文献性，不过它具有强调亲自见证、是"第一手材料"的意味。文史界常用这类词汇所指代的分析角度和方法来品鉴、评价著述成果，来衡量判断所评论的著述对于相关历史认知和研究的价值高低和意义大小。但是，无论称为见证性、史料性，还是说具有文献价值，抑或说成传记文本的历史认识价值与扩展、深化历史认知的意义，都是建立在文本叙事的客观真实性(简言之即尽量"还原"历史现实)基础之上的，都是叙事客观性这个硬核内容品性的外溢效应和溢出价值，是其拓展、繁衍和累积的结果。人物传记如果失去叙事客观性，则谈不上什么真诚之心和真实之言，就不会有文本的客观真实性，也就不可能是历史性著述，不可能有历史文献价值，或者是此类价值的含金量很低。那样的话，也就很难帮助人们从中把握历史的脉搏，很难产生关于历史规律的总结、传递与镜鉴。

---

① "杨"指时任红军三军团政委杨尚昆。关于这封电报，《彭德怀自传》第 205 页写道："我觉得与我的看法不同，没有签字，以刘、杨名义发了。"

② 彭德怀《彭德怀自传》，解放军文艺出版社 2002 年版，第 205～206 页。

③ 彭德怀《彭德怀自传》，解放军文艺出版社 2002 年版，第 208～209 页。

四、自传的政治—社会效应性与人物政治思想道德形象评价

政治人物从事著述，和社会政治现实、历史的写法与人物评价密切关联，它是参与现实政治议程的一种方式或路径。可以说，政治人物、社会领袖人物的自传，都是政治性书写，会在政界、军界、思想文化界等范围不等的场域产生一定反响，甚至覆盖全社会。尤其是具有独到见解的建言献策、指谬纠正类的具有敏锐理性思维、高尚思想道德、求真务实探索勇气的文章，更会带来强烈政治影响和政坛反馈。缘于这样的社会角色功能，哪怕发表的是文艺作品，别人也自然会把你所写所言与你的政治角色功能联系起来去看、去想。何况，政治家、社会活动家自传的历史叙事是政治史叙事；不仅记史言事，还有以史鉴今、以史资政的特性。自传活动本质上是历史性著述中的个人史回顾与追记，同时也离不开宏观历史背景，要紧密关联到整体政治结构、社会结构。在政治人物自传这里，从个人史切口进入的是一众杰出人物和社会大众合力演绎的一场场历史大剧；构成自传的内容材料就是广义的政治活动，就是述者个人参与或未直接参与但与其关联甚密的政党、政权、军队、外交、国家经济和文化教育等政治实践行动。为此，政治人物自传活动必然具有政治—社会效应性。

这里所说的"政治—社会效应"，正是指国家政治层面、社会政治生活中，在政治、社会关系"应力"作用下产生的或正面或负面的反馈与效应。效应结果状况，是由政治关系中多种因素的耦合作用所决定的。其效应的强度依双方关系的"定性"情况和相关因素作用状况的不同而有强弱上的分别。属于历史著述性质的任何政治人物自传类文字，在不同政治形势背景下的发表（包括非正式的、内部或限定范围的发表），会造成不同的政治反响、社会效应和政策性反馈。换言之，政治人物、社会公众人物涉及个人历史的自述文字的公开与发表（哪怕是限定范围的），都跟其发表的具体时空环境条件紧密相关，客观上都具有政治—社会效应性，只是效应的性质和强弱程度不同而已。这也是在我国政治人物的自述、自传或回忆录为何要经过组织机构审核同意方可发表的一个原因。政治人物尤其是领导者自述、自传的政治—社会效应，又以其政坛效应、政策性反馈显得最为直接、敏感和快速。

政治人物自传的政治—社会效应性为人们发表和判断作品的实际社会作用与效果，为研究自传流传以及转变为社会集体意识和集体记忆提供了一个有益的观察视点和分析工具。回顾过去的六七十年，党政军人物许多回忆录、自述文章发表后产生了良好社会影响和作用，这是积极的、富有建设性的一类效应；在进入改革开放时期后大多是这种情况。前面提到的王超北口述回忆录的发表，在政治生态出现问题的情况下，似乎在政治上捅了多大娄子似的，被严肃处理，从而累及数人并雪藏一个丛刊 16 年，则反映了另一种效应情形。而彭德怀自述的"发表"则是上述一正一反两种效应兼有，而且在强度上

也很突出。

《自传》作者作为人生经历丰富多彩、坎坷跌宕、气象宏大的政治人物，又受到批判而被"罢官"，其讲话、发声，尤其是经过调研和思考得出的不同于周围多数人的见解，必会带来国家政治层面的强烈反响和回应。这种情形亦可称其为政治"应力"效应。而且，在不同的政治时空环境中发声会产生不同的结果，甚至是完全相反的效应，前后形成强烈反差。当时空条件的变迁容许我们把观察评论的历史尺度放得足够大的时候，纵观《自传》内容的发表（包括但不限于递交给上级组织的方式），可以明显地看出其所生效应是前后两种截然相反的历史场景。在前场，以彭德怀于 1962 年 6 月递交"八万言书"引发的震动为主场，"自述"申诉被解读为"坚持错误立场""顽固不化""想翻案"，以一时的"政治正确"遮蔽了科学理性的实事求是思想原则，有违于从客观实际出发、从事实材料出发、从实践标准出发的根本方法论。完全出乎述者意料的反效果、"反预期"回应，使得述者未敢将一些材料和底本等再上交或公开，而是像传递密件似地托付给可靠的亲人秘密保存，以待不可指日却尚可期待的时机（改革开放后这包材料终于辗转交到时任中共中央秘书长胡耀邦的手里，从而构成《自传》主要内容）。这里面包含述者那时的失望和无奈情绪；当然在失望的同时，又持有深切的期待和达观的愿景。个人史自述上的这一段波折，也说明传主在生命后期对于政治人物自传的政治—社会效应现象及其中的规律，也是由切肤之痛而催生出了些许体悟的。

上述就是前场给人们留下的一种政治—社会效应镜像。后场随着时代转折，则给人们留下了效应迥异的历史场景，即如前所述，对同样的自述内容，却发生了效应的方向性逆转和评价上的反正。社会实践过程证明，这后场的"自述"效应是实事求是、顺理成章的。这正应了"正义迟早会到"的格言。对此，述者九泉之下自然是不能得知了。所谓告慰英灵实际上只是对活着的人们的，是对后来者们的知会和抚慰。对这段故事前场中"自述"会带来的反应，彭德怀还是有所感知，有些思想准备的。他在开始写"八万言书"时对劝他"别写了"的人说："我写的也许现在没有用，留给后人做历史研究资料也好哇！"①他由衷地慨叹："我就是今天的于谦啊！"②他给后生讲于谦的故事和自己的冤屈，说："这种事情历史上多得很，现实也是十分复杂和矛盾的……我相信，历史将会为我做出公正的评价。我可能看不到这一天了，但是你是能看得到的。"③

政治人物传记的政治—社会效应，无论在自传还是他传上都为许多实例所证明。自传的政治—社会效应在革命政治家那里，可能是前后一致、效应程度递增的；也可能就像彭德怀"自述"那样，中间出现相反的理解和评价，从而形成反效应的情况。政治人物自

---

① 滕叙衮《不信青史尽成灰：彭德怀的铁骨与柔肠》，中国青年出版社 2014 年版，第 276 页。
② 滕叙衮《不信青史尽成灰：彭德怀的铁骨与柔肠》，中国青年出版社 2014 年版，第 309 页。
③ 滕叙衮《不信青史尽成灰：彭德怀的铁骨与柔肠》，中国青年出版社 2014 年版，第 322 页。

传效应性质和境遇状况前后截然相反，这种社会现象从根本上来说源于社会政治生活的矛盾复杂性和新的政治实践的探索性，取决于具体环境条件下对该人物及其自传的基本鉴定与总体评价。很难说有什么好办法能杜绝这种情况发生，特别是处于摸索着前进、国内外政治形势严峻、各种矛盾错综复杂的时期。但也正是在这种镜像变换、拨乱反正之中可见杰出政治家们初心始终不渝、信仰坚定不移、品质忠贞如一的人生价值和生命意义。

五、自省、反思性与自传的诚朴坦荡本质特征

自逊、自省有两种情况：一是传主在现实生活中待人接物、为人行事上呈谦逊风格，即平常说的为人低调；二是自传内容表达上具有自逊、自省的品性。二者有时是一致的，一同反映在自传中；有时并不一致。在实际工作中，彭德怀为人行事风格不好说是个低调的人，给人们的也非"谦谦君子"印象；但他在"自述"中还是相当自逊和低调的。这同"自述"的动因和直接目的有很大关系。

跟后来组织撰写的彭德怀全传相较，再互文了解彭德怀非凡经历和光辉事迹的老同志们的回忆、评论和解读，可以看出：《自传》（以公开出版的完备文本为分析研读样本）尽管是严格按照历史的时间顺序结构的，但其叙事还是着重于在当时政治际遇中被"揭批"、被指斥、被诟病、被误解的史事故实，而对能体现本人军事才能和指挥艺术的一些有名战例、艰苦斗争，对自己的功劳业绩，则舍略未述。行文用墨自敛，内容上多有省略，叙事总体上是十分简约的。

例如，解放战争中，1949年2月彭德怀顶替病重的徐向前指挥太原战役这一军事要事，《自传》只以"二中全会未开完，毛主席即令我去帮助指挥进攻太原。得手后……"一句带过。[①] 还有跟彭德怀关联紧密的"抗美援朝"这件大事，《自传》中叙事极简，除了对出兵援朝决策前后自己的思想活动和态度、主张做了简明记述外，对其余过程只是极简略地分别概述了五次战役的情况，几乎没叙写自己在谋略指挥上的重大作用和不朽的历史贡献。

从上述这点来看，《自传》可以说不是一种完全的传记。究其原因，固然有自述者主观意识因素的影响，同时也有客观政治环境条件因素的制约作用。这主要是由《自传》主要意图和写作方式、发表与公开的途径（递交组织）所决定的。对于《自传》述史的不完备、有些叙事过于简略，今天的我们难免心生遗憾。但是揆情度理地想一想，若不是在那样一种情况下彭德怀坚持着写了那么多自述文字并留存下来，还真未必能有他的这部自传呢。如是一想，遗憾之感恐怕也就平复许多了。

当然，《自传》的"简"是有底线、有选择的。在为了说清楚历史问题的前提下，凡是涉

---

① 彭德怀《彭德怀自传》，解放军文艺出版社2002年版，第262页。

及党和人民军队卓绝奋斗、重要业绩、崇高精神的关键战役、重大行动和历史性贡献，不予昭示则对不起革命英烈和人民军队的内容，尤其是受到别有用心之人歪曲、诬陷的史实，述者都力求予以写明和澄清。

再一点，《自传》贯穿着自省和反思精神，检点自己的历史表现时，标准高，审视严，态度严肃认真。彭德怀晚年公开表白的"我没有罪行，只有错误"①，可以说反映了他对自己历史评价的基线的认定和把守。但凡认为是自己认识缺陷、理解不深而存在错误或不足的事情，都悉数道出，不做回避舍略。例如，"关于第二次王明路线"一节中写道："这些原则问题，在王明路线中是混淆不清的。""在当时，我没有真正地认识到毛泽东同志路线的正确性，而是受了王明路线的影响，在这些原则问题上模糊不清。""直到一九三八年秋六届六中全会时，我才明确表示反对王明路线。"②

可是在损害党和军队光荣形象的污蔑和无中生有、颠倒黑白的"揭批"谬论面前，述者又是坚守底线，绝不"屈打成招"发出顺势虚构、认诬领辱之言。比如，在该书叙事的截止段落这样记写道，在庐山会议后面的发展过程中，在几位老同志"以热情和激动的心情"与"我"恳谈，"我非常感激他们对我的帮助，决心从严检讨自己"。"我采取了要什么就给什么的态度，只要不损害党和人民的利益就行，而对自己的错误做了一些不合事实的夸大检讨。惟有所谓'军事俱乐部'的问题，我坚持了实事求是的原则……我在军委扩大会议上作检讨时……有几个同志说我太顽固，太不严肃。其实，在庐山会议结束后，我就想把我在军队三十年来的影响肃清、搞臭。这样做，对保障人民解放军在党的领导下的进一步巩固，是有好处的……但是我不能乱供什么'军事俱乐部'的组织、纲领、目的、名单等，那样做，会产生严重的后果。我只能毁灭自己，决不能损害党所领导的人们军队。"③

这也是优秀政治人物谈论自己、看待自己总是把党和国家利益，党和人民军队、人民群众的奋斗历史与光荣看得比自己的功劳荣誉为重的一种体现。这对自传写作中处理好"爱惜自己身上的羽毛"与维护、张扬党和人民军队的伟大历史之间的关系，提供了宝贵启示。

六、语言的质朴、简捷彰显《自传》的行文特色

语言质朴、少文重质，言约意达、简洁明快，这一般是政治家自传的文字特点。《自传》的这一特点比较典型，且具有较浓的个性色彩。《自传》并未作文学修辞意义上的讲

---

① 滕叙兖《不信青史尽成灰：彭德怀的铁骨与柔肠》，中国青年出版社 2014 年版，第 393 页。
② 彭德怀《彭德怀自传》，解放军文艺出版社 2002 年版，第 233、236 页。按："第二次王明路线"的提出是在 1937 年 12 月 9 日至 14 日由王明提议在延安召开的中共中央政治局会议上。
③ 彭德怀《彭德怀自传》，解放军文艺出版社 2002 年版，第 288 页。

究,或者说,述者压根也没去想怎样去雕琢润饰,也没有什么"文学性""可读性""流传性"意识。要说述者在文字上有什么出发点,有什么写法上的考虑,想必就是一点:把历史事件的真实过程、人事活动的本来面目清清楚楚地写明白了就好。鉴于此,是不能拿"文学性""艺术性"这一类标准和适用于纯文学的尺度来衡量评说它。

这与其说是《自传》的一个弱点,还不如说是史传类作品这种体式先天俱来的缺点;与其说是传记文体的缺点,倒不如说是它的一个鲜明特征,是其文体本身内在的一种规定性。与纯文学体裁比较,说它是传记文体的一种局限性也未尝不可——任何文体自然都有其体制上的优长之处,也有其形式上的不足与局限性,有其不敷应对裕如之处。

当然,我们换个角度、调整一下尺度的话,就可看到《自传》自然生就了出自一位学历不高的元帅、革命政治家之手的纯真质朴和厚实之美。在开放性人文艺术概念的意义上讲,这当然也是文学艺术美的类型之一。我们自己的阅读体验也说明,那些质朴无华的语言,那些真诚实在的讲述,往往更能深深地打动我们的内心,甚至破防我们阅读上的"审美疲劳"。这中间除了感之以诚、启之以真、晓之以理的力量之外,也自有质朴、本色、自然的艺术因素默默地发生了积极作用。比如,回顾中央和红军被迫开始长征的情形,《自传》中描述道:"一、三军团像两个轿夫,抬起中央纵队这顶轿子,总算是在十二月抬到了贵州之遵义城,结束统治了四年之久的王明路线。"①后人在描述这段艰辛悲壮历程时,欲求文字生动感人,几乎都还喜欢沿用或引证彭德怀当年的这一种表达。如此完全由真切的军事生活感受浇筑成的语言,是十分鲜活生动的,阅读《自传》时常会被这样的叙事所打动。还有:"在那个时期,有许多地区的领导同志,滋长了思想方法上的主观主义,有时他们把社会主义建设时期的长远的战略性的任务,错误地作为当时的行动口号……有时中央下达了任务,他们层层加码。甚至流传了一些纯主观主义口号,如:'人有多大的胆,地就有多大的产';'左比右好,左是方法问题,右是立场问题'。"②我们知道,这里列举的口号在改革开放后被翻出来,才被当作违背科学、违背马克思主义哲学原理的荒谬观点受到批判。还有学者认为,经常用来言说在高度集中的计划经济时期管理和生产指挥方式弊端的词汇"层层加码",就是因彭德怀的使用而变为新的成语的。述及1959年庐山会议上为何要给主席写信时,《自传》中写道:"我把这些问题概括为浮夸风、'小资产阶级狂热性'、强迫命令等。这些问题,在庐山会议初期,到会同志并没有推心置腹地谈出来。鉴于以上这些情况,就促使了我给主席写信的念头。"③从《自传》叙事特别是对新中国成立后的叙事中可见,虽乏文质彬彬的修辞,却不乏思想的锋芒、针砭的锐利和指斥的晓畅淋漓,体现了述者勇毅的政治担当之下的话语本色、行文特点。

---

① 彭德怀《彭德怀自传》,解放军文艺出版社2002年版,第200～201页。
② 彭德怀《彭德怀自传》,解放军文艺出版社2002年版,第283页。
③ 彭德怀《彭德怀自传》,解放军文艺出版社2002年版,第284页。

　　对于优秀政治人物的自传以及他传，大众阅读者主要还是要着眼于求史求真求知，透过简约明快、直截了当的叙说而体悟会意那些融在其中的浓浓情操之美、心灵之美、崇高品格之美和顽强奋斗的行动之美，不宜把目光局促于字面上语言修辞的雕虫小技。基于此，我们的欣赏、钦佩之意也就由质朴本色的话语土壤中萌发分蘖了。

　　正因为彭德怀"自述"个人历史具有以上品性和标格，从而使得它同一般传记作品相比，同平稳政治生活状态、社会活动环境下撰写的自传类著述相比，具有了特别的意义和价值。而且《自传》这样的品性和标格，又反映了杰出的革命政治家传记品格的共性，因而它对于我们阅读和评论这一大类传记提供了参照坐标和对标样本，给我们写作这方面的传记提供了宝贵的镜鉴和启示。它至少启迪我们作传时减却不少因顺境安康、满足现状而极容易带来的矫情虚饰、浮言套语，平添几多的凝重与严肃、较真与细致、缜密与慎重，会去更多地考虑怎样在传记书写中融入观照现实与历史的审慎、渗透历史叙事的分寸感和责任感，尽力放大观视人生轨迹的历史尺度，提高传写历史人物（包括自述个人史）的理性思维高度和深度。

论伍尔夫传记文学的嬗变[*]

何亦可

内容摘要:伍尔夫认为,如何将花岗岩般的客观事实与彩虹般的艺术想象相结合,以及如何平衡历史事实与艺术虚构的关系是新传记文学变革面临的最关键问题。她从理论到实践,对传记文学进行创作与革新,这大体经历了两个阶段:第一阶段以 20 世纪 20 年代末,伍尔夫创作的随笔"新派传记"和传记小说《奥兰多》为代表,她将传记元素融入小说创作之中,增强了小说的表现力和可读性,同时,也是她对传统传记的反叛和对新传记创作的初步尝试;第二阶段以 30 年代末的随笔"传记文学的艺术"和传记《罗杰·弗莱传》为代表,她将小说元素引入传记创作,颠覆了几个世纪以来只陈述传主生平事迹的传统传记写作模式,更加关注客观事实与艺术真实之间的联姻,在尊重客观事实的同时,采用小说的手法着重揭示传主的个性和复杂多变的内心世界,从而开创了传记文学的新领域。

关键词:伍尔夫传记文学 "新派传记"《奥兰多》"传记文学的艺术"《罗杰·弗莱传》

引言

弗吉尼亚·伍尔夫(Virginia Woolf, 1882—1941)[1]是英国一位勇于创新的现代主义小说家,她所涉猎的文学艺术门类多种多样,如小说、传记、散文、戏剧、诗歌、音乐、绘画等,并且一直致力于各种文体的综合和创新。国内外研究认为伍尔夫的小说具有非常强烈的传记色彩,如《到灯塔去》(*To the Lighthouse*, 1927)的男女主人公是以她的父母为原型;在处女作《远航》(*The Voyage Out*, 1915)中也能找到作者的影子;《奥兰多》(*Orlando*, 1928)则是以好友薇塔及其家族为背景;等等。而她所写的传记同样也包含许多小说的元素,如《罗杰·弗莱传》(*Roger Fry*, 1940)、《弗拉西传》(*Flush*, 1933)等,可以看成是小说与传记的联姻。伍尔夫力图打破维多利亚时期以来传统传记的写作模

* 基金项目:教育部人文社会科学研究规划基金项目(18YJC752009)阶段性成果。
作者简介:何亦可,英语语言文学博士,硕士研究生导师,山东师范大学外国语学院讲师。研究方向:英美文学。
① 伍尔夫,也译为伍尔芙或吴尔夫。

式,在花岗岩般的历史事实之中大胆融入彩虹般的艺术想象。她认为传记作者不应机械刻板地罗列传主的陈年旧事,而是运用合乎逻辑的推理和合理的想象,从艺术真实的角度来努力展现传主的个性和内在精神。伍尔夫对传记文学的革新不仅体现在作品创作上,而且她还在两篇随笔中进行了锲而不舍的理论思考。1927 年,在她发表著名散文《新派传记》(The New Biography,1927)不久,传记体小说《奥兰多》便应运而生,从而奏响了传记革新的号角。数十年后,伍尔夫在另一篇随笔《传记文学的艺术》(The Art of Biography,1939)中,继续探讨传记的历史真实性和文学艺术性之间的关系。经过多年艰苦卓绝的创作,终于在 1940 年发表了《罗杰·弗莱传》,标志着她的传记文学理论的成熟并成功地付诸实践。伍尔夫在随笔中对传记文学的理论性探讨,都身体力行地体现在其实践创作之中。可见,这两篇随笔对研究其传记写作也有着非常重要的意义。

以往的研究者对伍尔夫传记文学的评析都仅限于单一作品,没有进一步挖掘其传记理论的形成与其创作之间的内在联系,也没有展现出她的传记文学嬗变的轨迹。从 20 世纪 20 年代到 40 年代,从"新派传记"到"传记文学的艺术",从《奥兰多》到《罗杰·弗莱传》,伍尔夫对传记文学的理解和创作随着时间的流转不断发生着微妙的变化,她的传记观也日臻成熟。她每次的传记实践都紧随其对传记理念的探讨,这并非巧合,而是伍尔夫传记文学思想发展的必然。因此,结合随笔分析作品,更有助于追踪伍尔夫传记文学理论的发展脉络以及传记文学作品的创作过程。本文力图从共时与历时两个层面,结合她的两篇随笔中对传记写作的理论探讨,分别对《奥兰多》和《罗杰·弗莱传》这两部文学作品进行剖析。

一、"新派传记"

伍尔夫的父亲莱斯利·斯蒂芬是 19 世纪英国著名的传记作家,曾负责主持编纂英国《国家名人传记词典》,因此,伍尔夫非常熟悉维多利亚时期传统传记的写作形式与技巧。在她看来,以往的传记作家只会刻板地追求外在琐碎的事实,其笔下的传主千篇一律都是丰功伟绩的缔造者,他们的作品犹如"为静卧的死人穿上讲究的衣裳的一种摆设"①。随着 20 世纪心理分析学的发展,现代"传记家除描述经验的事实之外,还注意到心理的事实,即人物的个性和行为动机"②,故如雨后春笋般出现了大量与传统写作技巧背道而驰的传记作品。1918 年,利顿·斯特拉奇③在创作《维多利亚名人传》(Eminent

---

① 〔英〕弗吉尼亚·伍尔芙《伍尔芙随笔全集 4》,王义国等译,中国社会科学出版社 2001 年版,第 1701 页。
② 杨正润《传记文学史纲》,江苏教育出版社 1994 年版,第 428 页。
③ 〔英〕利顿·斯特拉奇(Giles Lytton Strachey,1880—1932)英国传记作家,历史学家,批评家,主要作品有《维多利亚女王时代四名人传》和《维多利亚女王传》。

Victorians)时就提出,"传记家要保持自己精神的自由",不再一味地拘泥于历史材料。①伍尔夫敏锐地觉察到了英国传记文学新的发展动向,于是撰写了《新传记》这篇散文,明确指出新传记的目的"就是忠实地传达人的品性"②。她认为新传记本身包含两个要素:"一方面是客观真实性,另一方面是人的品性。假如我们把真实性看作是某种坚如磐石的东西,把人的品性看作是捉摸不定的彩虹,那么新传记的目的就是把二者天衣无缝地融为一体。"③真实性即传主一生客观外在的生活素材,是传记的骨架;人性则需要作家根据所掌握的素材进行分析、判断和提取,并借助小说的手段,通过严谨的逻辑推理和丰富的艺术想象力,建构出既符合客观真实又符合内在真实的人物形象。伍尔夫在此特别强调了艺术性对传记创作的重要性。

18—19 世纪的传记家们虽尽职尽责地把与传主相关的生平材料堆砌在读者面前,但忽略了对人物性格的展现和内在精神的发掘。而 20 世纪初的传记作家们在写作过程中建构起自由创作的艺术空间,为传记插上了想象的翅膀。伍尔夫十分欣喜地看到传记在 20 世纪终于有望实现"花岗岩"与"彩虹"的联姻。她在文中继续总结了"新派传记"的三大特征。首先,新传记须精练简洁,有选择地记叙能够表达传主个性的典型事件,而不再是流水账似的一味罗列大量传主生平资料。例如,莫洛亚④把按照传统模式要写成长长两卷本的雪莱传记生生压缩为一篇小小说的长度。其次,传记作家与传主之间的关系发生翻天覆地的变化。传统作家受到传主亲人和朋友之托,会亦步亦趋地追寻传主的脚步,竭尽能事地美化他。而新传记的作者则不会受到任何人的牵制,应始终"保持着自己的自由和独立判断的权利"⑤,客观公正地展现传主真实面目。最后,传记创作的革新必然会衍生出新的写作手法,即将传统传记的客观真实性与小说的艺术真实性巧妙地融合到一起。伍尔夫以哈罗德·尼科尔森⑥的《群像》为例,进一步阐释了新传记的写作手法。《群像》是尼科尔森为柯曾⑦而撰写的传记,在这部短小的传文中,尼科尔森并未表现出对传主的吹嘘和奉承,相反,柯曾爵士的形象却遭到他的调侃和嘲讽。作者不会因传主的生平而捆住手脚,通过对传主生平素材的合理取舍,抓住最能够反映人物个性的典型事件,某个趣闻抑或是一个不经意的回眸,捕捉传主的内心真实,让人物活灵活现地呈现在读者面前,从而更加深刻地揭示了传主的个性特征,也更能激发读者的好奇心和想象力。

---

① 〔英〕利顿·斯特拉奇《维多利亚名人传》,周玉军译,上海三联书店 2007 年版,第 2 页。

② 〔英〕弗吉尼亚·伍尔芙《伍尔芙随笔全集 4》,王义国等译,中国社会科学出版社 2001 年版,第 1700 页。

③ 〔英〕弗吉尼亚·伍尔芙《伍尔芙随笔全集 4》,王义国等译,中国社会科学出版社 2001 年版,第 1700 页。

④ 莫洛亚,Andre Mauois(1885—1967)是法国作家 E. S. W. Herzog 的笔名,主要作品有《英国史》《拜伦传》和《雨果传》等。

⑤ 〔英〕弗吉尼亚·伍尔芙《伍尔芙随笔全集 4》,王义国等译,中国社会科学出版社 2001 年版,第 1703 页。

⑥ 哈罗德·尼科尔森,Sir Harold Nicolson(1886—1968)英国外交官,著作有传记、政论、游记和神秘小说。

⑦ 柯曾,George Nathaniel Curzon(1859—1925)英国外交大臣和驻印度总督。

伍尔夫认为"尼科尔森使用许多小说的技巧来处理生活中的真实事件"①，不遗余力地将事实与虚构融为一体，尝试着花岗岩与彩虹的永恒联姻，这种新传记"在一个可能会成为某种方位标志的地方轻快地朝我们挥动着手臂"②。

伍尔夫在肯定尼科尔森对传统传记大胆革新的同时，也显露出一丝忧虑。她认为尼科尔森在面对事实的真实性与虚构的真实性这个问题时，将虚构运用得有些过分了，"以至于忽略了真实性，或仅仅不恰当选用它，他就会两头不讨好，他既不能获得虚构的自由，又不能得到事实的实质"③。而伍尔夫在随笔中指出，将花岗岩般坚硬的事实与彩虹般虚幻的想象糅合在一处，对一位传记作者而言确实是难以拿捏的。如果他轻率地运用作家的艺术自由，急切地把两者结合起来，那么"越来越真实的生活却成了虚构的生活"④。伍尔夫在为新传记的出现感到欣慰的同时，也清醒地认识到作家在创作过程中应该平衡事实与虚构的比重，将艺术的想象控制在一定的范围之内。面对 20 世纪 20 年代传记文学蓬勃发展的浪潮，伍尔夫热烈地回应着，以饱满的热情成为推动新传记文学发展的弄潮儿。为了以示对维多利亚时期传统传记的挑战和颠覆，在她"新传记"完成的第二年，一部风格独特的"新传记"《奥兰多》便横空出世。伍尔夫借用传记的体例，充分运用自由的想象力，穿越时空隧道和性别障碍，讲述了一个虚构的传奇人物——奥兰多的荒诞奇幻故事。创作的过程中，她在给薇塔的信中如此说道："我全身零时间沉浸在狂喜之中，头脑中充满了各种各样的念头"⑤，如同在创作一首狂想曲。

二、《奥兰多》——一部看似荒诞不经的狂想曲

这部作品的全名为《奥兰多：一部传记》，从人物和体例来看，伍尔夫完全按照传统的传记模式写作，然而，却向读者展现出一系列纪实的假象。

就人物而言，作品的主人公奥兰多的原型是伍尔夫的密友薇塔·萨克维尔·韦斯特（Vita Sackville-West，1892—1962）——一位出身名门望族的女诗人。薇塔与伍尔夫是亲密的朋友，她美丽聪明热爱艺术，却行事泼辣，喜欢易装，具有男性气质，是当时有名的"双性恋"。⑥ 伍尔夫正是以薇塔的家族史《诺尔城堡与萨克维尔家族》⑦为依托，塑造了奥兰多复杂多变的人物形象。查尔斯·霍夫曼等学者通过对《奥兰多》手稿的分析，指出奥

---

① 〔英〕弗吉尼亚·伍尔芙《伍尔芙随笔全集 4》，王义国等译，中国社会科学出版社 2001 年版，第 1706 页。
② 〔英〕弗吉尼亚·伍尔芙《伍尔芙随笔全集 4》，王义国等译，中国社会科学出版社 2001 年版，第 1707 页。
③ 〔英〕弗吉尼亚·伍尔芙《伍尔芙随笔全集 4》，王义国等译，中国社会科学出版社 2001 年版，第 1707 页。
④ 〔英〕弗吉尼亚·伍尔芙《伍尔芙随笔全集 4》，王义国等译，中国社会科学出版社 2001 年版，第 1706 页。
⑤ Woolf, Virginia. The Letters of Virginia Woolf. Ed. Nigel Nicolson and Joanne Trautmann. London：Hogarth，1980：38.
⑥ 吴庆宏《〈奥兰多〉中的文学与历史叙事》，《外国文学评论》2010 年第 4 期，第 112 页。
⑦ 《诺尔城堡与萨克维尔家族》（Knole and the Sackvilles，1922）由薇塔撰写。

兰多的每个时期都可以与历史长河中萨克维尔家族的几位成员相呼应。例如传记的开始,年轻的贵族少年奥兰多出现在伊丽莎白女王统治的1553年。而那一时期萨克维尔家族的托马斯恰巧16岁,而且与奥兰多同样才华横溢,深受女王宠幸并进入宫廷。17世纪的奥兰多失宠于女王,政治仕途令人担忧,他主动请缨出使土耳其。而爱德华·萨克维尔继承爵位之后,奔走在詹姆斯王的宫廷,并且同样出使君士坦丁堡。出现在1928年已经变为女性的奥兰多,完全是薇塔的翻版,她们都在36岁的年龄因诗作而获奖,都曾为祖宅的继承权走上法庭。但伍尔夫在《奥兰多》中虚构了奥兰多复杂多变又荒诞不经的传奇人生,让奥兰多在时间上穿越前后四个世纪,空间上跨越欧亚大陆,性别从男性变身女性,身份从贵族到文人、再到家庭妇女。如此不顾自然规律和生理科学的设计,都是借助了小说的虚构与大胆的想象,也完全违背了传统意义上的传记模式。

　　从形式而言,在作品的序言部分,伍尔夫首先向提供史料的传主亲友致谢,但传主故事是虚构的,显然传主亲友及提供的史料也纯属艺术想象。作品中还穿插八幅传记人物图像以显示其故事的真实性,但这些相片都是由伍尔夫亲友的人物肖像①所充当,例如,伍尔夫侄女安吉莉卡的化妆照被用来充当奥兰多的情人萨沙,奥兰多的肖像就是薇塔的照片。在书的最后,作者又煞有介事地列出众多参考书目和学术著作里才会出现的索引,以彰显传记写实的特征,刻意地让读者感受到花岗岩般坚硬的质感。从文类的划分而言,连当时的出版社和书商也不知道应该把《奥兰多》放在书架的小说一栏还是传记一栏。伍尔夫还专门在副标题中注明是一部传记,显示了她狡黠和戏谑的一面。如果真是传记,又何必"此地无银三百两"地在副标题中特意指明它是一部传记呢?

　　在叙事过程当中,伍尔夫在书中无时无刻地不在评论着传记的创作过程,对传记不断地进行戏仿。例如,叙述者说:"我们的任务很简单,就是叙述已知的事实,然后让读者自己去推断。"②紧接着第三章,叙述者继续说明对奥兰多政治生涯时期所掌握的史料少之又少,因此"我们的叙述很不完整,这不免可惜",只能根据残存的资料"一点点拼凑出一个梗概,却常常还得去推想、猜测,甚至要凭空虚构"③。叙述者还多次在小说中充当解说员的角色,在传统叙述声音之外故意穿插另一个叙述声音,不断地向读者披露传记写作的过程或故意留下一些悬念,以激发读者的好奇心,给人留下诸多自由遐想的空间。例如当谈到奥兰多的品性时,叙述者说:"此处,我们像传记作家常做的那样,鲁莽地披露了他的一个怪癖,或许,这应归咎于他的某位女性祖先曾穿过粗布衣、提过牛奶桶。"④叙

———————————

①　吕洪灵、蔡晨《花岗岩与彩虹的姻缘——伍尔夫的"新传记"〈奥兰多:一部传记〉》,《外国文学研究》2011年第2期,第54页。

②　〔英〕弗吉尼亚·吴尔夫《奥兰多》,林燕译,人民文学出版社2003年版,第33页。

③　〔英〕弗吉尼亚·吴尔夫《奥兰多》,林燕译,人民文学出版社2003年版,第66页。

④　〔英〕弗吉尼亚·吴尔夫《奥兰多》,林燕译,人民文学出版社2003年版,第10页。

述声音将读者的注意从传主的故事转移到叙述技巧本身，文本建构的自我意识让这部传记具有后现代主义元小说的特质。

虽然从形式到内容，乍看上去《奥兰多》都酷似一部传记，但伍尔夫在其中却融入了大量的艺术虚构，意图展现新传记的特征。伍尔夫认为，"在事实中掺和那么一点点虚构就能将人的个性活灵活现地展示出来"[①]，但她在《奥兰多》中可不是在事实中掺杂"一点点虚构"，而是天马行空地进行了近乎狂放不羁的想象。因此，关于《奥兰多》到底属于小说还是新传记这个问题，至今仍然存在争议。如果说它是小说，但伍尔夫却煞费苦心地为其披上了传记的外衣。伍厚恺先生认为"它是对传记体裁的戏拟，或者是一部颠覆传统传记模式的'反传记'"[②]。作品中有她对旧传记的嘲讽和戏仿，也有对新传记的期待。如果将《奥兰多》视为传记，其中却包含了大量虚构的成分，这显然有悖于传记写作的基本原则。有的学者干脆把其归为既非小说又不是传记的复杂文体，如埃德尔所言："既非传记也非小说，它是传记家的寓言。"[③]笔者认为，与其将《奥兰多》看成是一部传记，倒不如将其看成是一部传记体小说，伍尔夫借助小说技巧讲述了一个具有传记形式的虚构故事[④]。就如同书信体的小说一样，传记式小说只是小说的一种新写作手法或表现形式。虽然书中的传主也有原型，但这两者却相距十万八千里，因此《奥兰多》与一般意义上的传记有着本质上的不同，并且与其"新派传记"所倡导的真实性原则相违背。伍尔夫大胆地虚构了一个荒诞的故事，甚至不惜违背自然规律将传主一夜之间由男变女，试图从不同性别视角来揭露几百年来英国文学传统的种种弊端和男权制度的丑恶，借"'文学病'现象批判了忽视物质现实的文学现象"[⑤]，进而展现自己双性同体和女性主义思想。

虽然《奥兰多》"完全打破了传记真实性的要求和虚构所允许的范围，对传主进行变形处理，加入相当多的虚幻成分"[⑥]，实际上也是伍尔夫对传统传记的一种挑战和反叛，她试图运用大量的虚构成分来体现对旧传记的不满和对新传记文学的探索。这也可以看作是伍尔夫对文类综合的又一次大胆尝试。她把传记元素融入小说的探索和创新，也是在为下一步创作新传记进行练笔。既然可以把传记的元素融入小说，同样可以将小说的创作手法融入传记中。这就是一向致力于各种文体综合和创新的伍尔夫要继续探索的问题。

---

① 〔英〕弗吉尼亚·伍尔芙《伍尔芙随笔全集4》，王义国等译，中国社会科学出版社2001年版，第1706页。
② 伍厚恺《弗吉尼亚·伍尔夫：存在的瞬间》，四川人民出版社1999年版，第286页。
③ Edel, Leon. Writing Lives: Principia Biographica. New York: W. W. Norton, 1987：192.
④ Nadel, Ira Bruce. Biography: Fiction, Fact and Form. New York: Palgrave Macmillan, 1984：140.
⑤ 申富英、王敏《伍尔夫的身体美学思想——以〈奥兰多〉为中心的考察》，《山东社会科学》2021年第1期，第111页。
⑥ 杨正润《实验与颠覆：传记中的现代派与后现代》，《浙江师范大学学报（社会科学版）》2009年第2期，第37页。

三、"传记文学的艺术"

随着时间的推移,在审视同时代其他传记作家的作品时,伍尔夫对传记文学类别的认识和态度,也在不断地发生着变化。伍尔夫在《新派传记》里探讨了传记中事实与虚构的融合,指出传记作家面临最大的问题是如何妥帖地将花岗岩般坚硬的事实和彩虹般浪漫的想象结合在一起,她认为偏重了哪一方都不能称之为新派传记。18、19 世纪的传记作品完全是传主生平史料的堆砌,因此 20 世纪的传记则应该发掘人物的性格,斩断捆绑在传记作家身上的枷锁,释放他们的艺术想象力。于是一首文学狂想曲《奥兰多》横空出世,承载着伍尔夫对新传记的殷切希望。虽然在《新派传记》的结尾,她意识到轻率运用艺术想象的危险后果,但在《奥兰多》中读者看到的是作者对虚构真实的过分追求。从本质意义来讲,为一个本不存在的人作传有违传记最基本的写作原则,因此《奥兰多》是一部传记体小说。伍尔夫之所以写出这部作品,一则是希望将传记的元素引进小说,实现文体的杂糅与综合;二则是要表达出她对传统传记的颠覆与革新,为新传记摇旗呐喊。十年之后,伍尔夫对传记文学的发展有了更深刻的理解,从当初对传记与小说结合的盲目乐观到后期的谨慎观望。当在为逝去好友罗杰·弗莱写传时,伍尔夫才深刻意识到,为一位真实人物写传和为一位虚构人物写传有着很大的不同,真正体会到传记作家所受到的各种限制和约束。"小说家享有充分的自由,而传记作家却被捆着手脚"①。在《罗杰·弗莱传》的写作过程中,伍尔夫于 1939 年完成了随笔《传记文学的艺术》,再次强调作家不能以牺牲客观真实换取虚构的真实。艺术想象并不能是任意的凭空虚构,而应该根据传主素材进行合理想象与合乎传主个性的逻辑推演,尽力再现传主的性格特征。伍尔夫认为,传记家在事实的基础上进行艺术想象或加工,同样可以创造出艺术的真实性,将客观真实与虚构真实融合到一起,这才是传记本身应该达到的目的,也体现了传记作家对传主的人性关怀。因此伍尔夫呼吁传记文学借助小说的力量,充分利用想象的自由空间去创造这种艺术的真实,借以更加客观又生动地体现人物本身的品性。

在《传记文学的艺术》中,伍尔夫讨论的核心问题是传记的文类归属。文章开始就提出"传记文学究竟是不是一门艺术?"②伍尔夫并没有直接回答,而是在梳理了传记的发展史后发现,相对于小说和诗歌,传记作为一种文学形式仍然是"各门类中受到限制最多"③的一种,传记作家似乎是披枷戴锁写作。因此维多利亚时期"绝大多数传记作品都形同威斯敏斯特教堂的蜡像"④,外表光鲜,实则如僵尸般死气沉沉。伍尔夫认为,传统的传记

---

①　〔英〕弗吉尼亚·伍尔芙《伍尔芙随笔全集 3》,王斌等译,中国社会科学出版社 2001 年版,第 1329 页。
②　〔英〕弗吉尼亚·伍尔芙《伍尔芙随笔全集 3》,王斌等译,中国社会科学出版社 2001 年版,第 1328 页。
③　〔英〕弗吉尼亚·伍尔芙《伍尔芙随笔全集 3》,王斌等译,中国社会科学出版社 2001 年版,第 1328 页。
④　〔英〕弗吉尼亚·伍尔芙《伍尔芙随笔全集 3》,王斌等译,中国社会科学出版社 2001 年版,第 1329 页。

作家虽然坚持传记创作的客观真实性原则，但他们往往有意隐藏传主缺点或羞于见人的一面，把传主描绘成完美无缺的英雄。甚至为了美化传主，不惜捏造事实或编造谎言，以欺骗读者。因此，若审查以往的人物传记，未必全都是真实可信的。有意捏造事实美化传主来欺骗读者的做法，更是不道德的，必须毫不留情地加以抛弃。这种歌功颂德式的虚假记叙必然会引起读者的怀疑和反感，但直到19世纪末，公众才对传统传记里传主的完美形象提出质疑，一些作家才开始意识到必须改弦更张，另谋出路。因此，伍尔夫提出，为了重塑传主的本来面目，传记作家还需要具备诗人、小说家和心理学家的素质，才能够通过史实尽量准确地剖析和把握传主的内心世界。

伍尔夫在文中非常赞同利顿·斯特雷奇的观点，后者曾经说过："未经阐释的真实就像埋藏在地下的黄金一样毫无用处；而艺术就是伟大的阐释者。只有它才能将庞杂浩瀚的事实统一为一个有意义的整体，进行辨析、强调、抑制并照亮想象力的幽暗角落。"①建造纪念碑的石料固然重要，但如果没有设计者的匠心独运，再好的石料也无法变成庄严肃穆的纪念碑。斯特雷奇认为传记文学最根本的目的就是用艺术的手段阐释客观事实的意义，赋予传记以新的生命力。伍尔夫的文学理念与他观点十分契合，并再次强调了花岗岩与彩虹的融合。伍尔夫认为作家只有挣脱编年史的桎梏，在占有大量史实的基础上，经过精心构思、认真取舍、巧妙编导，在占有大量史实的基础上，"遵从现实的事实逻辑"②，以非虚构叙事方式，即借助小说的想象力，才能将其升华为真正的艺术品。所谓非虚构叙事并非是凭空想象，而是根据传主性格、品性和一贯行事风格以及当时所处的环境，分析其隐藏在背后的心理活动和思想轨迹。因此，新传记就应该是史与文的亲密结合，花岗岩般的质感与彩虹般的艺术想象的联姻，是传记与小说两种文体的水乳交融。传主的真实经历是传记的骨架，而通过非虚构性记叙才能创作出有血有肉和栩栩如生的人物。正是有了花岗岩的质感和彩虹般艺术真实，不仅增加了传记的可读性，而且拓展了传记的内涵和外延。

随笔的第二部分以斯特雷奇的两部传记《维多利亚女王》（*Queen Victoria*，1921）和《伊丽莎白和埃塞克斯》（*Elizabeth and Essex: a Tragic History*，1928）为例，继续探讨传记的艺术性。伍尔夫认为，斯特雪奇在撰写《维多利亚女王》时还是遵循传统的传记写作原则，因为女王生平事迹都是为人所熟知的，"她的所作所为和几乎一切想法都如同常识一般。没有人比她更精确、严格地被证实、鉴定"③。斯特雷奇难以展开艺术想象的翅膀，而是被一堆史料束缚住了手脚。然而，当斯特雷奇在创作《伊丽莎白》时，向传统规范发起挑战。由于时代久远，伊丽莎白女王的生平事迹被笼罩在一层厚厚的帷幕里，于是

① 伍厚恺《存在的瞬间》，四川人民出版社1999年版，第288～289页。
② 刘建军《西方传记文学写作的逻辑起点与价值取向》，《现代传记研究》2017年第1期，第73页。
③ 〔英〕弗吉尼亚·伍尔芙《伍尔芙随笔全集3》，王斌等译，中国社会科学出版社2001年版，第1331页。

斯特雷奇借机充分发挥小说家的创作能力,塑造了一个鲜活的历史人物。但伍尔夫认为斯特雷奇过分忽视了对伊丽莎白真实历史的记述,过多运用了小说的虚构,使读者很难看到传主确切完整的信息。因此指出《伊丽莎白》最终是一部失败的作品,是一本"关于古怪灵魂甚至更为奇特身体的缺乏确切完整信息的书"①。而传记本身的特质决定其要以事实为基础,然后结合想象,是事实与虚构的有机结合。伍尔夫通过对《伊丽莎白》的分析,再次强调了传记真实的重要性,指出传记作家需要"平衡事实与虚构的比例"②。通过对《罗杰·弗莱传》的分析,能够更为直观地洞察到伍尔夫是如何界定传记文学的艺术性这一问题。

四、《罗杰·弗莱传》——一部精美的艺术品

罗杰·弗莱(Roger Fry,1866—1934)是英国著名的现代艺术批评家、美学家和画家。他最早将后印象主义绘画艺术引入英国,提出的形式主义美学观对现代主义美学理论产生巨大影响。弗莱早年就读于剑桥大学国王学院学习自然科学,严谨的科学训练使他养成了敏锐的观察力和严密的逻辑思维能力。后来出于对绘画的热爱,他先后到法国和意大利学习艺术,最终成为一名艺术鉴赏师和画家。1910 年,弗莱加入了"布鲁姆斯伯里团体",并通过这个团体与伍尔夫结下了不解之缘。弗莱的美学思想对伍尔夫的文学创作起到非常重要的作用。他强调画作要具备"有意味的"形式,推崇想象生活的"内心真实",这与伍尔夫对现代主义小说形式和"心理现实"的追求是一致的。艺术上的相同理念让两人成为一生的挚友。弗莱生前曾经公开表达了请伍尔夫为他写传的意愿,后者不负重托,了却了好友的一桩心愿。

伍尔夫在《传记文学的艺术》中重新审视了传记作家的身份界定问题,同时探讨了传记文学的艺术性问题,她认为"传记作家并非是艺术家,不过是个艺匠;他的作品也不是艺术作品,而是介乎于艺术品和艺匠的作品之间"③。伍尔夫把传记比作工艺品(artistic craft),这个比喻与弗莱的美学理论有着极深的渊源。1913 年,弗莱创建了"欧米伽"工作室(Omega workshops),这是一家设计兼规模化经营的艺术创意工作室。弗莱认为当时的社会将艺术与技艺完全割裂,而在他看来,工艺品融合了两者的特征:既实用又有艺术价值。弗莱拒绝大规模机械化标准化的生产,在他的工作室中,工匠"展开无尽的想象",手工创造出独一无二的工艺品。它们可以不完美甚至残缺,但一定不能失去艺术的光

---

① 〔英〕弗吉尼亚·伍尔芙《伍尔芙随笔全集 3》,王斌等译,中国社会科学出版社 2001 年版,第 1333 页。
② Woolf,Virginia. The Diary of Virgir.ia Woolf. Vol. 3. Ed. Anne Olivier Bell with Andrew McNeillie. New York: Harcourt Brace,1980:162.
③ 〔英〕弗吉尼亚·伍尔芙《伍尔芙随笔全集 3》,王斌等译,中国社会科学出版社 2001 年版,第 1335 页。

晕。[①] 他要求欧米伽工作室创造的作品要具有极大的独特性，而"欧米伽"Ω 这个标志象征着多样和差异，是僵硬工艺与自由艺术的和谐统一。弗莱对艺术与技艺的认识启发了伍尔夫对传记与小说的深层理解，可以说欧米伽也是新传记的标志，是花岗岩与彩虹的完美结合。伍尔夫将《罗杰·弗莱传》的创作比作辛苦加工一件工艺品的过程，把这部作品看作"一件储藏柜"，自己需要"学会几手工匠的活计"[②]才行。

　　尽管在"传记文学的艺术"中，伍尔夫再次阐述了新传记理论，但真正实践起来仍然困难重重。因为她在创作《罗杰·弗莱传》时，必须首先在弗莱庞杂的书信、日记、论著和生平资料中梳理出头绪，然后根据自己的判断和理解进行加工和取舍，并根据平时对挚友的了解努力发掘弗莱开朗、睿智、慷慨、豁达的个性，从不同的视角来展现他丰富多彩的人生。收集和整理资料是一件非常枯燥、烦琐和难以把握的工作，伍尔夫在日记里曾写道："（传记）写作是一件苦差事，繁重乏味，漫长单调。"[③]其次，如何与传主亲友达成共识？怎样处理弗莱在专业领域的纷争？怎么从浩瀚的个人资料中挑选出最能够表现传主内在精神的素材？怎样处理事实与艺术的关系？凡此种种，这些十分棘手的问题曾经长时间困扰着伍尔夫，使她左右为难。自弗莱 1935 年去世后，伍尔夫就开始为创作其传记而做准备，直到 1938 年 5 月 3 日，她对如何创作弗莱的传记仍举棋不定、忧心忡忡。她在给薇塔的信中这样写道："我该怎样去写传记啊？我被弗莱的资料搞得心烦意乱。我该怎样处理事实？或者还是该像我倾向的那样纯粹虚构？人生是什么？罗杰的人生是什么？"[④]弗莱是一位在当时英国艺术评论界颇有影响的人物，他生前大量的活动轨迹及学术成就已广为人知。作为最好和最熟悉的朋友，伍尔夫若想在已知事实的基础上对好友的人品秉性恰如其分地进行艺术发掘是非常困难的。在《罗杰·弗莱传》的创作过程中，伍尔夫不得不放弃《奥兰多》中那种幽默、戏仿和狂放不羁的叙事手法，同时常常采用现代小说的写作手法，探索人物内心深处的秘密，以充分展现弗莱的个性特征和人格魄力。

　　经过五年多艰苦卓绝的努力，伍尔夫终于在 1940 年完成了《罗杰·弗莱传》的创作。伍尔夫原计划根据弗莱的生平分为五部分来写，分别是青少年时期、剑桥求学生涯、伦敦生活、在"布鲁姆斯伯里集团"的地位和晚年生活。成书之时传记分为 11 个章节：1. 儿童

① Fry, Roger. "Prospectus for the Omega Workshops". A Roger Fry Reader. Ed. Christopher Reed. Chicago: Chicago UP, 1996: 199.
② Woolf, Virginia. The Letters of Virginia Woolf Vol. 6. Ed. Nigel Nicolson and Joanne Trautmann. London: Hogarth, 1980: 381.
③ Woolf, Virginia. The Diary of Virginia Woolf. Vol. 5. Ed. Anne Olivier Bell with Andrew McNeillie. New York: Harcourt Brace, 1984: 133.
④ Woolf, Virginia. The Letters of Virginia Woolf Vol. 6. Ed. Nigel Nicolson and Joanne Trautmann. London: Hogarth, 1980: 226.

时期,2. 剑桥时期,3. 伦敦—意大利—巴黎,4. 爱情与婚姻,5. 工作,6. 美国,7. 后印象主义者,8. 欧米伽,9. 战争岁月,10. 视觉与设计,11. 转变。根据每章题目的设置,能够看出作者是完全按照传主的生平轨迹展开记叙的。虽然伍尔夫在创作过程中受到前所未有的压力和束缚,但她依然努力行使一位小说家的职责。传记内容带有明显的现代小说元素,伍尔夫常常借助意识流的写作手法,通过对瞬间印象的把握,碎片化叙事和读者建构,生动再现了弗莱真实的内心世界。她在传记里摒弃了大量繁杂冗长的细枝末节,着重选择几个对弗莱人生有重大意义的意象、主题和场景,借以再现他"体面、诚实、心胸宽广而温柔的心"[①]。

伍尔夫认为,人最初的记忆对其一生的认知有极其深远的影响,在她的自传《过去的素描》(*A Sketch of the Past*)中,她饱含深情地描述自己人生的最初记忆,并认为这是她"所有回忆中最珍贵的一段。如果把人生比作一只碗,随着时间的推移,碗中的水越积越多,那么最初的记忆便是支撑所有回忆的底座"[②]。伍尔夫高度重视人在孩童时期对世界的感官认知,因此在《罗杰·弗莱传》中,她十分关注传主的儿童时代及生活环境,并引用弗莱的回忆录作为传记的开头:"'我人生的头六年是在一栋 18 世纪狭小的宅子里度过的,后院的花园对我而言,比起一生所见任何的花园都更能激发我的想象。'我们读到这里可以暂时停下来思考一下这所小房子对弗莱今后的人生起到了怎样的作用。"[③]花开满园的瞬间在弗莱的印象中生根发芽,冥冥之中引导他放弃了科学研究走上艺术之路。

伍尔夫善于通过抓住弗莱的某些生活场景和片段,真实而生动地刻画了传主的形象和品性。如 1910 年,她曾接受弗莱的邀请一起参加了伦敦后印象派的画展,并由此受到很大的启发。传记记叙了弗莱在女王音乐厅讲演的情景:"当幻灯投射出下一幅画作之时,他的讲解会出现片刻停顿。他重新凝视画面,灵光一闪,突然找到了自己所要的那个字眼,便将现场感受即兴加以解说,仿佛是第一次作这样的演讲。这或许就是他能始终攫住听众心灵的秘密吧。在聆听时,他们常常能目睹那种灵感突然袭来、创见逐渐形成的过程;在感知的片刻,他灵性勃发,通体透明。"[④]显然,伍尔夫有意识地选择弗莱讲解印象派画作的这一细节,重温好友的博学多才和演说家的风采。通过对讲座中弗莱的一举一动,一笑一颦等一系列画面的描述,活灵活现地彰显了弗莱睿智、机警、幽默和对艺术的执着追求,再现了他手执魔棒指着这根或那根线条,用令人惊叹的语言让那些深深潜藏在画中的理念和艺术品位显露出来。不仅让读者认识到这位伟大艺术家丰富多彩的

---

① 〔英〕弗吉尼亚·伍尔夫《伍尔夫日记选》,戴红珍、宋炳辉译,百花文艺出版社 1997 年版,第 178 页。

② Woolf, Virginia. Moments of Being: Autobiographical Writings. Ed. Jeanne Schulkind. London: Pimlico, 2002: 64-66.

③ Woolf, Virginia. Roger Fry: A Biography. Ed. Dianne F. Gillespie. Oxford: Blackwell-Shakespeare Head, 1995: 11.

④ 转引自吴庆宏《论〈罗杰·弗莱传〉中的非虚构叙事》,《河南科技学院学报》2016 年第 11 期,第 89 页。

内心世界和广阔的艺术天地，同时也表达了作者对传主的崇敬之情。

"弗莱一生有多个面孔：活泼的、严肃的、官方的、私密的"[1]，伍尔夫运用碎片化叙事刻画了一个性格多样和复杂多变的人物形象，从多个侧面展示了弗莱绚丽多彩的多面人生，给读者留下画家、美学理论家、艺术评论家、天才演说家、旅行家等多才多艺的美好形象。例如在"转变"一章里，伍尔夫将弗莱的这段历史用15张快照——呈现出来，完成一幅类似电影蒙太奇式"碎片式的素描"。最后伍尔夫并未提供任何总结性评论，而是引用弗莱散文"回顾"里的话做总结："我所做的任何结论都会将我推入神秘主义的深渊，所以我选择在崖边驻足。"[2]弗莱到底是一个什么样的人，还是让读者通过传记自己去揣摩和品味。弗莱认为，真正的艺术品应该激发观赏者的想象力和创造力，作者与观赏者的共同参与才能真正体现绘画本身的价值。同样，伍尔夫希望与读者建立平等的合作关系，她认为一部文学作品应该是开放的，需要读者自己去建构和完成。传记的读者也是作家的合作者，如同绘画，作家勾勒出线条，而读者自己去填充色彩，两者共同创作出一幅和谐的画面。

伍尔夫在传记中并不想创造出一个一成不变、僵硬的人物形象。沿着弗莱的生活和思想轨迹，伍尔夫向读者展示了他如何最初被意大利文艺复兴时期的艺术所吸引，从一个"害羞而好学的青年"变成一个"叛逆的领袖，西方现代主义美学的开山鼻祖，现代英国绘画艺术之父"。[3]再现了一位青年学生的剑桥学习生涯，一位画家对艺术的刻苦专注，一位鉴赏家的敏锐眼光，一位美术史家的渊博，一位艺术批评家的洞察力，一个天才演说家的学者风范。伍尔夫通过对弗莱多种角色的不断转换，展现了其不断变化的思想轨迹和不断奋斗的生命历程。

尽管伍尔夫力图摆脱世俗观念的羁绊，尽量展现弗莱的本真面目，但有时候碍于情感和外界压力还是不得不做出某些妥协和让步。实际上，弗莱的婚姻家庭经历十分复杂曲折，除了与海伦·孔贝结婚并生育了两个孩子外，他还曾与多名女性有过恋爱关系，其中包括伍尔夫的姐姐凡尼莎、艺术家妮娜·汉姆奈、乔赛特·科特梅莱克、海伦·阿恩雷普等。弗莱的家人在伍尔夫创作初期，曾向她委婉地表达美化弗莱的请求。伍尔夫只能按照家属的意愿避开不利于传主的事件，例如跳开她姐姐凡妮莎与弗莱的那段婚外情[4]，将传主塑造成一位有道德和忠于操守的人。当传记初稿完成等待校对出版的间隙，伍尔

---

① Woolf, Virginia. Roger Fry: A Biography. Ed. Dianne F. Gillespie. Oxford: Blackwell-Shakespeare Head, 1995: 160.

② Woolf, Virginia. Roger Fry: A Biography. Ed. Dianne F. Gillespie. Oxford: Blackwell-Shakespeare Head, 1995: 244.

③ Woolf, Virginia. Roger Fry: A Biography. Ed. Dianne F. Gillespie. Oxford: Blackwell-Shakespeare Head, 1995: 182.

④ 1911年梵妮莎生病期间得到弗莱无微不至的照顾，两人坠入爱河。

夫将它分别寄给弗莱的姐姐马格里·弗莱和自己的姐姐凡妮莎，两人都对这部作品给予了高度评价。马格里认为传记中的弗莱"非常真实形象"，凡妮莎则感激涕零地对妹妹说："我不知该如何表达对你的感谢！"①得到这些肯定回应之后，伍尔夫终于可以松口气了，因为在此之前，她一直担心传记能否得到弗莱亲友的认可。伍尔夫在1934年11月的日记中流露出作为一个小说家的不满，"海伦②和马格里希望我妥善处理弗莱的感情经历，我别无选择。如果没有这些限制，我想会创作出一个完全不同的弗莱，但我并没有这样的自由"③。伍尔夫既要遵守传记的写作原则，又要保证史料的真实并顾及传主亲人的感受，这常常使她进退两难。为了维护朋友和生者的名誉，她不得不答应弗莱亲属和姐姐的要求，绕开弗莱个人情感上的纠葛，在传记中很少提及传主的私生活。这不能不说是《罗杰·弗莱传》中一个很大的缺憾，也给读者留下诸多疑惑，因为爱情、婚姻和家庭生活毕竟是人生极为重要的组成部分。

　　由此看来，传记作者要全面真实和毫无保留地展现传主的一生，仍然存在一些难以化解的障碍和困难。时至今日，由于作者的立场、观念、经历、视角、教育背景不同，或受到其他社会因素的干扰，即使是撰写同一人物的传记，不同作者所给出的传主形象也会有很大的出入，甚至出现截然相反的面孔。有的把传主写成完美无缺的楷模，有的却描述成十恶不赦的罪人。这些传记作者常常被某些思想观念所绑架，忘记了"人无完人，金无足赤"的古训，违背了历史唯物主义和辩证唯物主义的基本原则，不能客观公正和全面地评价传主的生平事迹。如何客观公正地评价历史人物的功过是非，如何消解人们头脑中为尊者讳、为贤者讳、为亲者讳和为死者讳的传统痼疾，至今仍然是值得进一步认真研究的棘手问题。

　　《罗杰·弗莱传》发行之初，曾因其明显有悖传统传记规范而遭受批评界的非议，"被评论家们看作是与她主要作品不相干的怪异之作"④。但随着传记文学的蓬勃发展，加之新传记克服了传统传记刻板僵化和缺乏生命力的缺点，在创作上具有广视角、大容量、深层次、多手法、可读性强的特点，逐渐为世人普遍接受，因此《罗杰·弗莱传》再版时激发了许多读者的浓厚兴趣。汤姆斯·刘易斯认为这部传记作品的成功之处就在于它准确抓住了人物的人性。⑤赫伽德·费德里克也表示该书所进行的实验比大家所认可的更有

---

① Woolf，Virginia. The Diary of Virginia Woolf. Vol. 5. Ed. Anne Olivier Bell with Andrew McNeillie. New York：Harcourt Brace，1984：271-2.

② 弗莱的情人，两人虽未结婚，但感情笃定。

③ Woolf，Virginia. The Diary of Virginia Woolf. Vol. 4. Ed. Anne Olivier Bell with Andrew McNeillie. New York：Harcourt Brace，1982：260.

④ 唐岫敏《斯特拉奇与"新传记"：历史与文化的透视》，山西人民出版社2010年版，第162页。

⑤ Lewis，Thomas S.W. "Combining 'The Advantages of Fact and Fiction'：Virginia Woolf's Biographies of Vita Sackville-West，Flush，and Roger Fry." Virginia Woolf：Centennial Essays. Ed. Elaine K. Ginsberg and Laura Moss Gottlieb. Troy：Whitson，1983：295-324. 317.

趣更雄心勃勃。[①] 伍尔夫作为 20 世纪现代文学领域的开拓者，一生都致力于文学理论和小说创作的革新，《罗杰·弗莱传》正体现了她对新传记写作的一种大胆探索。

结语

传记研究家艾拉·布鲁斯·纳德尔认为，伍尔夫革新了传记形式，实现了虚构想象与生活素材的对话。[②] 伍尔夫孜孜不倦地探索新传记文学的理论和实践，不仅丰富了小说的创作形式，而且使传统传记获得了新生。通过对她的两篇随笔和两部传记文学作品的分析，探讨传记体小说与人物传记在体裁上的区别，以及由此伴随着不同的写作方法。《奥兰多》和《罗杰·弗莱传》都属于传记文学的范畴，《奥兰多》在小说中移植了传记的写作手法，而《罗杰·弗莱传》却是在人物传记中融进了小说的元素。伍尔夫试图消除传记与小说两种体裁之间难以逾越的鸿沟，完成了由传记小说到新传记创作的嬗变。传记作者获得了更多的创作自由，以生动简捷的故事情节，活泼精练的语言记叙，细致入微的心理描写，使传主的形象栩栩如生，因此越来越受到广大读者的青睐。

伍尔夫虽然不是第一个创探索新传记文学的作家，但却是第一个明确提出"新传记"概念并加以详细阐释和付诸实践的人，是当之无愧的新传记文学的开拓者。正是经过她及同代人和后来同道者的不懈努力，掀起了一次又一次的传记改革浪潮，终于摆脱了长达几个世纪传记只见史料不见心性、死板和平面化的弊病，开辟了传记文学的崭新道路。尽管至今仍有人对新传记文学的前途表示担忧，认为文学手法的介入会冲击传记本身的真实性。但可以肯定的是，随着时代的演进和社会的发展，新传记文学的理论必将日益深入人心，写作方法也会日臻完善和成熟，其文学价值、历史意义和教育功能也会日益被广大读者所接受。

---

① Regard, Fédéric. Mapping the Self: Space, Identity, Discourse in British Auto /Biography. Saint-Étienne : Publications de l'Université de Saint-Etienne,2003：204.

② Nadel, Ira Bruce. Biography: Fiction, Fact and Form. New York: Palgrave Macmillan, 1984：150.

从文学家到寒门贵子[*]

——民国时期对哈姆生的传记书写与形象建构

徐晓红　张百多

内容摘要：1920 年挪威作家哈姆生获得诺贝尔文学奖的消息传入中国，引起了五四作家的广泛关注，比起哈姆生的文学作品，其极具传奇色彩的生平传记更加惹人瞩目，当时报刊上哈姆生的传记书写保持较高的出现频率，从这些传记文章类型和内容的分析中，可发现围绕哈姆生存在三种可能的形象建构，即"挪威文学的代表""成功的文学家""寒门贵子"。但随着社会语境等种种因素的影响，逐渐固化为一种稳定的形象，即"寒门贵子"的励志典型。通过对哈姆生传记书写的考察，可见国人对哈姆生形象的建构，表面上是对挪威作家形象的观照，实则是假借哈姆生的形象建构完成了一次自我理想形象的投射。

关键词：哈姆生　传记书写　形象建构　接受研究

1920 年的诺贝尔文学奖颁给了挪威作家克努特·哈姆生（Knut·Hamsun，1859—1952），国人即时报道了哈姆生获奖的消息。[①] 在五四新文学初创期，哈姆生作为第一个被引入中国的诺贝尔文学奖获得者，可以算是炙手可热，茅盾、胡愈之、顾一樵等均对哈姆生做过介绍，《小说月报》《东方杂志》等诸多期刊上出现了不少哈姆生的传记文章。然而随着国人对哈姆生了解的深入，哈姆生这一作家形象也悄然发生了变化，比起其作品，"绅士农夫"等轶事的传播更为广泛，直到 40 年代，哈姆生的文学家形象已经标签化，继而完全变成了一个励志典型。本文拟立足于民国时期的社会语境，对哈姆生的传记书写及哈姆生形象建构做一勾勒，并尝试分析哈姆生这一"寒门贵子"形象确立的原因，为哈姆生在中国的研究提供一种新的思路。

[*]　基金项目：国家社科基金一般项目"挪威文学经典在中国的翻译、传播与影响研究：1919—1949"（批准号19BZW148）。
　　作者简介：徐晓红，中国海洋大学文学院新闻传播学院副教授。研究方向：中国现代文学、翻译文学与中日精神医学交涉史研究。张百多，中国海洋大学文学与新闻传播学院硕士研究生。研究方向：比较文学与世界文学。

[①]　《得诺贝尔奖金者》，《小时报》1920 年 11 月 7 日。该短讯报道了"文学奖金则为一那威诗翁汉生所得"。

一、哈姆生传记书写类型与形象演变

民国时期对哈姆生的传记书写是一个较为宽泛的概念，1920 年至 1949 年间，以"哈姆生传"为题或明确强调传记文体的文章并不多，大多是报刊上的文学版块介绍。涉及哈姆生的生平与文学成就，如茅盾在《小说月报》新辟的《海外文坛消息》专栏中对哈姆生及其作品的介绍，虽无传记文体之名，但从内容上说也可以当作一种传记书写。除却一些对哈姆生作家与作品的评论外，还有一些对哈姆生轶闻逸事的介绍，这也可以算作一种传记书写。另外，在当时出版的世界文学史、诺贝尔文学奖作家传、文学类辞典等中出现了对哈姆生简短的介绍，比如郑振铎《文学大纲》①、蒋启璠的《近代文学家》②、施宏告著的《诺贝尔文学奖金与历届获得者》③、苏联学者柯根的《世界文学史纲》④等中都有对哈姆生的介绍和评论。综合而言，民国时期对于哈姆生的传记书写大抵可以分为两种类型：一种是以介绍哈姆生的文学成就与人生经历为主的，本传式的传记；另一种是以介绍哈姆生的逸事为主的逸事性质的，或者称为别传式的传记。当然，这种分类方式并不完全，其中不乏难以归类的篇目，如鲁迅为《哈谟生的几句话》⑤，但总体而言可做出以上的大致归类。

（一）本传式书写与杂传式书写

本传式的传记书写也可细分为两种类型：一种以茅盾、赵景深、海峰等人为代表，他们的文章主要以作家作品介绍为主，旨在向国内读者介绍域外新兴作家及外国文坛最新消息；另一种是以对哈姆生及其文学作品做出评价为主要内容的文章，其根本目的在于为哈姆生下一个文学上的定义，希望给予其文学史上的定位，这类文章多出于介绍外国作家的书籍中。这两种细分都指向同一个目的，即介绍哈姆生及其文学作品。如果从文章结构上分析本传式传记书写的文章，就不难发现这些文章的作者们都遵循一个共同规律，即"人生＋文学"的写作结构。在这类文章中，作者往往先进行人物生平的介绍，再介绍其文学上的风格或者成就，这或许是一般作家介绍文章的普遍写法，但在哈姆生的传记书写中，作者们显然是在强调一种哈姆生人生与文学的共鸣，比如在海峰的《哈姆生传》中，就明确提出"要想真懂得一个文学家的著作，必定先要明白这个文学家的生平；明白了他的生平，就可以研究他的文章了"⑥。再如曼华在《哈姆生》一篇中写道："这些实生

---

① 　郑振铎《文学大纲》第四卷，商务印书馆 1931 年版，第 450～451 页。
② 　蒋启璠编译《近代文学家》，上海泰东图书局 1923 年版，第 230～235 页。
③ 　施宏告《诺贝尔文学奖金与历届获得者》，人文书店 1932 年版，第 76～77 页。
④ 　〔苏联〕柯根《世界文学史》，杨心秋、雷鸣蛰译，读书生活出版社 1936 年版，第 482～497 页。
⑤ 　鲁迅《哈谟生的几句话》，《朝花》1929 年第 11 期，第 81～83 页。
⑥ 　海峰《哈姆生传》，《文学旬刊》1922 年第 31 期，第 3 页。

活的体验，是足以使他成为《饿》（Hunger）的作者无疑。"①沈雁冰在《哈姆生和斯劈脱尔》一文中，也将哈姆生的生平与其文学创作紧密地结合起来，"Newfoundland 渔港的荒凉景象所给与哈姆生的印象，极深而且是很重要，这是造成哈姆生文学作品中的写实的印证与稀有的心理观念的背景"②。关注作家生平本没有什么特殊之处，但在哈姆生的传记书写中，对这种人生与文学共鸣的关注尤甚。推想来说，或许是和哈姆生本身略为传奇的人生经历有关。哈姆生出生于挪威北部一个贫困的农民之家，从小背井离乡，一共只上过二百五十多天的学③，两次前往美国讨生活，都以失败告终，回乡之后依靠写作小说声名鹊起，并最终获得诺贝尔文学奖。单从哈姆生的人生经历来说，其成功之路的确具有很强的戏剧性，哈姆生在正规教育缺失的情况下成为诺贝尔奖获得者，对于当时的外国文学介绍者确有不小的吸引力。要解释其成功原因，除却天才一途④，必然要考虑哈姆生在社会这个"大学"里是如何学习的。因此，哈姆生的人生经历与文学之关系也就成了介绍哈姆生的一个主要探讨方向，对于哈姆生生平的介绍以一种不可或缺的气势嵌入哈姆生的文学介绍之中。

哈姆生作品的自传性特点也会促使读者们去了解哈姆生的生平，将小说中的人物代入其真实的人生境遇之中，以体会其作品中表现出的微妙的心理变化。哈姆生与受过良好教育的作家们不同，其很多作品难以通过知识考据进行分析理解，只能与其个人经历相联系，不然这些作品都可能被看作疯人的呓语，或者只能看到表面，难以体会深意。这也就从文学批评的角度上，为哈姆生的传记书写提出了要求。挪威和德国的哈姆生研究者较早就开始了以"行迹考察"的方式着手哈姆生传记的考察，在哈姆生还在世时就出版了史料丰富的哈姆生传记；英美的哈姆生研究虽然开始得较晚，但在开始大规模译介哈姆生后，也马上着手哈姆生的传记研究。因此，要理解哈姆生的作品，对于其传记的研究也是必不可少的，这也从文学接受和批评的角度刺激了中国对哈姆生传记的译介。

本传式书写较为常见的行文结构是以哈姆生的人生经历对照哈姆生的文学创作。单就解释其成功原因这一点来说，这种做法是无可指摘的，挪威作家英·科伦在《汉姆生传》中曾写道："现在汉姆生四十八岁，他终于成功地把自己与他的故事分离开来。"⑤哈姆生的作品中（尤其是前中期的作品）往往具有很强的自传意味，"知其人，观其文"的做法显然是恰当的。然而，当时对于哈姆生生平与文学的比较却往往是比附式的，即将哈姆生的人生际遇与文学创作进行配对。可以说，大多数情况下的配对是有道理的，比如日

①　曼华《读书副刊:哈姆生:现代作家之十五》,《华年》1936 年第 5 卷第 35 期,第 14～15 页。
②　茅盾《哈姆生和斯劈脱尔》,《新青年》1921 年第 9 卷第 1 期,第 98～105 页。
③　〔挪威〕英·科伦《汉姆生传》,王义国译,人民文学出版社 2010 年版,第 13 页。
④　〔苏联〕高尔基《挪威哈姆生论》,《时事新报(上海)》1932 年 10 月,第 23 页。
⑤　〔挪威〕英·科伦《汉姆生传》,王义国译,人民文学出版社 2010 年版,第 166 页。

本宫原晃一郎的《关于哈姆生》一文中,就指出哈姆生文学作品中关于大自然的绚丽描写是受了其小时候在挪威的生活环境和放牧工作的影响①,再比如,几乎所有本传式介绍都会提到,哈姆生早期的贫苦生活与其成名作小说《饿》之间的关系,认为哈姆生的生活经历为《饿》的创作提供了素材。然而,这些文章普遍认为《饿》是哈姆生早期贫苦生活的真实写照,是一种"写实"的文学。但实际上,《饿》和写实之间并没有当时人们想的那么亲近。《饿》从写作手法到立意,都不能算作一篇完全写实的作品,哈姆生在这篇小说中运用了大量的心理描写,并且杂之以想象联想,意识流式的表现手法,在主题中也有荒诞和疯癫的色彩。美国学者彼得·盖伊在《现代主义》中就认为,挪威的哈姆生和奥地利的施尼茨勒是西方现代主义文学的两大开端。② 在笔者看来,哈姆生可谓病迹学研究的极佳对象,可对哈姆生精神疾病与文学创作的关系展开研究,其文学精髓还尚待发现。③ 由此可见,哈姆生人生与文学创作关系之间的复杂程度远超出当时人的想象。由此也可以看出,这种对照式的构建关联仅仅是讨论了人生经历如何为文学创作提供素材,而哈姆生的人生经历对其文学创作的影响,尤其是对其特殊的创作手法的生成影响,涉及得并不多。对于哈姆生这种特殊表现手法的生成问题,在这些介绍文章里大都含糊而过,稍有涉及的如宫原晃一郎的文章,也只是说其小说具有自传色彩,因而倾向于表现自我的状态④。这种表述无疑过于笼统了,且在后文中,宫原晃一郎依旧坚持哈姆生表现了"惨痛透血的现实"⑤,又回到写实一派的理解中去了。

除却对哈姆生的本传式传记书写外,在当时的报刊及单行本中,还有不少杂传式的传记书写,这种文章往往不长,类似于"花边新闻",在一些报刊里也被归到"杂讯"版块。从文章的结构上说,具有杂传式传记书写特色的文章,只讲关于哈姆生的一件事或强调哈姆生的某一个特质,比如哈姆生不喜欢接受记者采访⑥、哈姆生大发脾气、马车夫诺奖作家、鞋匠作家哈姆生等。这些杂传式的传记书写相较于本传式出现得更晚,且在后期关于哈姆生的介绍文章中越来越占有主流。这其实不难理解,本传式的介绍具有权威性,其人物形象相对固定之后,再想要丰富传主人物形象,就只有依靠杂传或者逸事类的传记书写来完成。与此同时,杂传式的、简短的关于哈姆生的小文章的出现也意味着更正式的、本传式的传记书写获得了较为普遍的认可,其后对于哈姆生形象的描摹也就是在本传式传记书写的基础上加以装饰。到了 20 世纪三四十年代,国内对于哈姆生的形象塑造已经相当固化。虽然同时期出现的介绍哈姆生的文章从质量上已经开始走下坡

---

① 〔日〕宫原晃一郎《关于哈姆生》,汪馥泉译,《新文艺》1929 年第 1 卷第 1 期,第 104～109 页。
② 〔美〕彼得·盖伊《现代主义——从波德莱尔到贝克特之后》,骆守怡译,译林出版社 2017 年版。
③ 徐晓红《哈姆生的抗病、诊疗体验与创作》,《中国海洋大学学报(社会科学版)》2021 年第 1 期,第 128～134 页。
④ 〔日〕宫原晃一郎《关于哈姆生》,汪馥泉译,《新文艺》1929 年第 1 卷第 1 期,第 104～109 页。
⑤ 〔日〕宫原晃一郎《关于哈姆生》,汪馥泉译,《新文艺》1929 年第 1 卷第 1 期,第 104～109 页。
⑥ 夏□《怕记者的哈姆生》,《大公报(上海)》1946 年 11 月 1 日,第 0012 版。

路，但彼时大多数介绍文章所呈现的人物形象也都大抵类似，即一种励志的"寒门贵子"的形象。

（二）从三种形象假设到一种形象构建

如果说，本传式传记书写还是在进行信息引入，那么杂传式的传记书写则表现出强烈的形象塑造目的。通过分析本传式传记书写中对哈姆生形象的塑造，不难发现这些文章几乎都指向三个关键词，即挪威文学的代表、成功的文学家、寒门贵子。法国文学理论家达尼埃尔·亨利·巴柔在《形象》中指出："形象就是一种对他者的翻译，同时也是一种自我翻译。"①三个关键词实际上对应当时中国对其接受的三种需求，或者说建构哈姆生的三种可能形象，即弱小民族的文学、优秀的外国文学范式以及有典范意义的个人。首先，挪威人哈姆生并不是唯一一个在民国时期被介绍到中国来的挪威作家，前有易卜生和比昂松，后又有包以尔和温塞特等作家，可以说当时中国对挪威作家还是保有相当的关注度的。除却民族文学上的价值，挪威作为一个1905年才获得独立的国家，在政治意义上对彼时的中国来说也具有相当的"亲和力"，乍一看是很符合周氏兄弟提倡的"弱小民族"的概念的。而又由于前有对易卜生的广泛译介，中国对于挪威文学的态度自然也是相当积极，在不止一篇介绍文章中，哈姆生被称作易卜生和比昂松的接班人。② 在文学传统传承上，哈姆生是作为挪威文学的最新代表被中国接受的，这也就在深层意义上意味着哈姆生在彼时中国读者的心目中有延续易卜生文学辉煌的任务。但实际上，哈姆生本人对于沿着易卜生的文学之路走下去的兴趣并不大，反而更倾向于自立门户，宣传自己的文学观念。其次，作为成功文学家的哈姆生更被看重其文学成就，在这个方面的译介目的符合当时较为普遍的学习外国优秀文学的译介需求。在哈姆生获得诺贝尔文学奖之前，中国几乎无人关注哈姆生，真正对哈姆生的译介还要到1920年其获奖之后。哈姆生是在其文学最被世界所认可的时刻被介绍到中国的，彼时哈姆生刚获得诺贝尔文学奖，而中国也处于新文学的起步阶段，对于外国文学持有一种积极学习的态度。可以说在诺贝尔文学奖的背书之下，哈姆生进入中国的起点不可谓不高，"知名文学家"也就成为中国对哈姆生介绍中最基本的一个身份。当然，哈姆生应当被划作哪一派在当时算是众说纷纭，很难有一个统一的答案，呼声较大的一种观点当属"新浪漫主义派"，但其影响和被引频率也有限，这也说明当时国人对于哈姆生文学并没有形成一个较为总体的认识。最后，作为寒门贵子的哈姆生无疑更容易受到彼时中国的关注。巴柔在《总体文学与比较文学》中指出"一切形象都源于对自我与他者，本土与异域关系的自觉意识之中，

---

① 孟华主编《比较文学形象学》，北京大学出版社2001年版，第164页。
② 〔日〕宫原晃一郎《关于哈姆生》，汪馥泉译，《新文艺》1929年第1卷第1期，第104～109页。又见：〔挪威〕哈姆生《饿》，章铁民译，水沫书店1930年版，第6～7页。

即使这种意识是十分微弱的。因此,形象即为对两种类型文化现实间的差距所作的文学的或非文学的,且能说明符指关系的表诉。"①哈姆生早期人生经历在中国的文化语境下,发生了符指关系的变化,所指从一个个体的经历变成了一种文化的典型。从传统来说,中国古代的传记书写中,就存在一种寒门贵子的典型,比如范仲淹、欧阳修、匡衡等人,这绝不是个案,而是一种类型。这种寒门贵子的传记典型在中国接受哈姆生时也就成了一个良好的接收器,中国在接受哈姆生时十分敏锐地感知到其人生经历背后蕴含的典型形象。

可以说,这三个关键词构成了中国在最初接受哈姆生时的三种形象假设:弱小民族文学的代表、先进文学的代表和寒门贵子(底层群众)的代表。相比于其他两种形象,最后一种在中国有着广阔的接受基础,也是最好理解的。到了杂传式传记书写阶段,三种形象假设也变成了这种相对固定的形象,即寒门贵子和清高文人。从这些杂传式书写的主要内容也可以看出其中端倪,20世纪三四十年代时,国人对哈姆生似乎已经失却了最初译介时的兴趣,相应的评论介绍文章相比于前十年也似无太大进步,与之相应的是杂传式书写增加,"马车夫哈姆生""绅士农夫""鞋匠作家"等字眼频频出现在相关文章中。而关于哈姆生的文学风格或者文学创作的最新见解,甚至于对其挪威作家的身份,再专门提及的文章也就更少了。由此可以发现,民国时期哈姆生传记书写是总体上从本传式书写到杂传式书写的变化,从多种接受可能到单一形象塑造的变化。从本传式书写到杂传式书写的过程中,三种可能的形象被一种确定形象所替代,这种确定形象并不是单纯地三选一,而是一种构建过程。正如法国比较文学研究者布吕奈尔所说:"形象是加入了文化的和情感的、客观的和主观的因素的个人的或集体的表现。"②在这个过程中,哈姆生的形象既被选择也被构建,其中加入了诸多中国的文化与情感因素,并且产生了相当的稳定性。20世纪40年代哈姆生公然宣布支持纳粹德国而致名声败坏后,仍然有不少介绍"怕记者的哈姆生"的文章出现,哈姆生小说依然被译载。③哈姆生在中国的形象建构呈现出一种未曾料想的转变,从最开始以挪威大文豪身份进入中国,到最后变成一个寒门贵子(或一种高尚人格)的代表,这是一个动态的过程,影响其传记书写变化的因素也是复杂的。下文将着重分析讨论这一演变的过程及导致这种变化的原因。

二、文学接受的受挫与文学家形象的失落

哈姆生传记书写发展过程中,一个基础的变化在于:人们对于哈姆生的文学关注越

---

① 〔法〕达尼埃尔·亨利·巴柔《总体文学与比较文学》,阿·高兰出版社1994年版,第60页。
② 孟华主编《比较文学形象学》,北京大学出版社2001年版,第113页。
③ 以哈姆生的小说《生命的呼喊》为例,直到1947年,仍有新译本出现,被刊载于《时事新报》(重庆)和《世界新潮》(广州)。

来越少，对于其人生经历谈得越来越多。这也就是从诺贝尔奖得主哈姆生到马车夫文学家哈姆生的变化，这显然是与最初译介哈姆生的目的背道而驰的。实际上，通过对哈姆生的译介情况和对哈姆生文学的评价可以明显看出，国人对于哈姆生文学的期待遭遇了重大挫折，以至于无法全面接受·只有部分人可以部分地接受，这使得哈姆生的文学难以满足当时中国的文学发展需求，从而从文学角度失去了被大范围推广与接受的可能。由此导致国人对其文学创作的关注逐渐减少，以至于后期哈姆生再有新作，也不再热情介绍。文学家哈姆生的名头固然可以成立，但在传记书写之中，文学家的身份逐渐变成了一个无实际意义的标签，而不再被特别关注了。

（一）哈姆生小说翻译情况

从最初目的来看，哈姆生的传记书写与哈姆生小说的汉译有着相似性，即将哈姆生的文学引入中国。从宏观层面来说，将外国优秀文学引入中国，这一点并不是哈姆生的译介独有的，彼时对外国作家译介大多都遵循作家介绍、作品译介、文学评论三者相互结合的译介模式。一般来说，对外国作家的译介中，以上三者的比重相对均衡，然而，哈姆生的传记书写和文学译介却呈现出一种特殊的境况。哈姆生一生著作颇丰，有多部长篇小说和数量可观的短篇小说。民国时期对其作品的译介相对来说则显得有些单薄。总体上，民国时期中国对哈姆生的译介规模并不大。① 目前可知的中译本作品有：《饿》（章铁民译，1930）、《饿》（叶树芳编述，1934）、《魏都丽姑娘》（亦译《维多利亚》，邱韵铎译，1929）、《恋爱三昧》（施蛰存译，1933）、《牧羊神》（顾一樵译，1934）、《生之呼喊》（短篇小说，译本和译者较多，约十几种）、《戒指》（短篇小说，译本和译者较多）、《奇谈》（长篇小说摘译）、《什么是爱》（长篇小说摘译）、《森林之冬》（短篇小说，郑伯奇译）、《神秘》中的一个小片段（鲁迅译）。除却两篇短篇小说译本较多外，三部长篇小说的译本数量和发行量都有限。以《饿》为例，水沫书店出版的《饿》仅仅印了 1500 册，甚至译者章铁民也对译本的未来表示悲观。而最令人感到意外的是，作为诺贝尔文学奖获得者被介绍到中国的哈姆生，其获奖作品《大地的成长》并没有得到翻译。国内中文期刊中只是有几篇介绍文章概述了小说的内容，并且对小说做出了简要的评价，当时国内的外文报纸 *The China Press* 也只刊载过《大地的成长》的英译。② 虽然已被译出的三部长篇小说也可以算作哈姆生的代表作，但在名声上相比于《大地的成长》还是逊色一些，译者邱韵铎在《魏都丽姑娘》开篇的简介里也坦言："'魏都丽'此作，虽不能列入韩氏（哈姆生）杰作，但即此已可窥见其之笔调神秘异美。"③哈姆生最具声誉的作品《大地的成长》在民国时期没有被译介，这从

---

① 徐晓红《民国时期对哈姆生的译介》，《新文学史料》2019 年第 3 期，第 121~128 页。
② Knut Hamsun. A Mother's Return Home, Translated by W. Worster, M. A. The China Press. 1927. 7. 6.
③ 〔挪威〕纳突韩生《魏都丽姑娘》，邱韵铎译，现代书局 1929 年版，第 2 页。

哈姆生作品的整体译介看来，不能不算是一种缺失。

从以上对于民国时期哈姆生作品中译情况的介绍中不难看出，国内对哈姆生作品的译介存在一定的空白和滞后，这与介绍哈姆生时几乎其每新出一篇小说必及时介绍的情况呈现出鲜明的对比。且在对哈姆生作家及其作品的介绍中，否定评价占极少数，大多数都是肯定评价，其中也不乏夸饰。从重译本数量而言，短篇小说《生命的呼喊》和《戒指》是最受欢迎的，但这两篇都是篇幅很短的小说，在哈姆生整体文学系统中，仅仅处于很次要的位置。① 实际上，从译介情况来看，哈姆生的恋爱小说在民国时期是被热烈接受的，这无疑刺激了国人对哈姆生的译介需求，在一定程度上提升了哈姆生在中国的知名度，间接促进了哈姆生的传记译介与书写。然而，在当时中国对哈姆生的传记书写中却并没有特别体现出多少对于哈姆生人生经历与恋爱小说创作关系的关注，从材料获取和文学发生的角度都没有特别的表现。这种缺失或也说明，其恋爱小说的接受与其传记传播大抵是脱节的。读者们更关注恋爱小说的内容，而对于恋爱小说的作者是如何创作出这些作品的，或由于材料有限，或由于关注不够，也就没有被特别体现在哈姆生的传记书写当中。

（二）期待遇挫

通过对早期哈姆生本传式书写的分析，可以相对明了地了解中国在接受哈姆生肇始时对其抱有的文学期待。从对哈姆生评介的文章中可以概括出四种最基本的期待，即哈姆生"左倾"的文学立场、哈姆生作品的农民文学特色、哈姆生的文学表现方法、哈姆生优美的自然景物描写。然而随着国内文人学者对于哈姆生的作品了解进一步增加，这四种基本的文学期待竟全部遇挫了。

1. 哈姆生与"左倾"文学立场

哈姆生出身贫寒，又依靠一篇具有自传性质的、描写生存艰难的《饿》而声名鹊起。哈姆生的小说里又常常描写大胆的男女自由恋爱，如《维多利亚》《牧羊神》等，具有很强的反传统道德的意味，哈姆生自己也说"我的脸和手都显出我是普罗阶级"②。这在当时的人看来，自然要将哈姆生的文学与现实主义和无产阶级产生联系。茅盾在《哈姆生和斯劈脱尔》一文中就指出："哈姆生同情与被损害者的阶级，他的作风颇与俄国的文豪相近。"③而宫原晃一郎则称："但在人道的气魄上，在忠实于穷人底生活上，在以同情来描写

---

① 这里是从哈姆生整体文学创作来说的。当然，民国时期这两篇哈姆生的短篇小说的多次重译本身是值得关注的，相比于其他作品的冷遇，这两篇小说的多次重译更显示出当时中国对其文学的一种需求，即对恋爱问题、妇女解放问题的关注。
② 克俭《1929年世界文坛的回顾》，《现代小说》1929年12月第3卷第3期，第189～199页。
③ 茅盾《哈姆生和斯劈脱尔》，《新青年》1921年第9卷第1期，第98～105页。

这一点上（尤其在这《饿》上），叫他为北欧底杜思托伊夫斯基也对的吧。"①而鲁迅则在《论"他妈的"》和《文学与政治的歧途》中也曾将哈姆生的《饿》当作正面例子，指出哈姆生的小说是有真实生活体验的，是反映人生的。② 无疑这里也是将哈姆生放在积极正面的立场上来说的。但实际上，哈姆生的文学立场并不能算作是"左倾"的，甚至也很难算作现实主义的。从哈姆生本人态度来说，他对于穷苦大众并没有像上述作者那样充满关怀，正相反，哈姆生对穷人并不抱有什么好感，在他脱离贫穷成为一个成功的小说家之后，他的作品里就很少再写无产阶级的穷人了，其自己也一直以上层人士自诩。而在写到底层穷人的作品中，哈姆生对这些穷人也并不客气，在《饿》当中，小说的主人公无情地嘲笑了公园里贫困的老人和街边上卖小蛋糕为生的老太太的不体面。《饿》之中所表现出的"理想主义者的失意"是极其主观的，作者并没有意图表现是当时社会的结构性矛盾造成这种情况，仅仅只是关注作为一个的"饥饿者"的主人公的心理状态和感受。这一点很快便被国内关注哈姆生的人发现了，如鲁迅就曾在《哈谟生的几句话》里提道："《朝花》六期上登过一篇短篇的瑙威作家哈谟生，去年日本出版的《国际文化》上，将他算作左翼的作家，但看他几种作品，如《维多利亚》和《饿》里面，贵族底的处所却不少。"③此处"贵族底的处所"的表达是颇值得玩味的。美国学者 Josef · Wieher 在 1922 年《克努特 · 哈姆生的个性及其人生观》(*Knut Hamsun*, *His Personality and His Outlook upon Life*) 一书中，也就此明确表示："强大力量和能力对他来说是在生活中享有更多资源唯一正当的理由。但这种能力必须与伟大（的人格）、宽宏大量（的品质）和个人勇气相结合，总之，它必须具有英雄气概和高尚（贵族式）的品格。"④这里的"贵族"实际是指哈姆生具有精神贵族的态度，虽然哈姆生是贫寒出身，但其从小就认为自己将会成为一个成功的作家，而作家这个职业在哈姆生看来和一般的职业劳动显然不是一个层次的。在《饿》中，哈姆生表示作家是最值得尊敬的职业，只有作家才能像上帝那样改变和拯救世界。⑤ 又如胡秋原也在《钱杏邨理论之清算》中提及，"像 K · Hamsun, de Curel 那像有天才的人，尚且因为不理解现代解放运动之实际，歪曲社会榨取之真相，站在少数特权者的见地，而使艺术完全失败，那么这样厚颜饶舌的小人还能给人一点什么东西呢？"⑥《苏联作家与哈姆生开玩笑》一文中，苏联作家们送了哈姆生一个漆盒，在其上也题字曰："献给伟大的汉姆生——一

---

① 〔日〕宫原晃一郎《关于哈姆生》，汪馥泉译，《新文艺》1929 年第 1 卷第 1 期，第 104～109 页。

② 章铁民记录《文学与政治的歧途》，《秋野》1928 年第 3 期，第 199～205 页。

③ 鲁迅《哈谟生的几句话》，《朝花》1929 年第 11 期，第 81～83 页。

④ Josef Wiehr, Knut Hamsun, His Personality and His Outlook upon Life . Smith College Studies in Modern Languages，Vol. III, Nos. 1-2, Oct. , 1921-Jan. , 1922. 71.

⑤ 〔挪威〕哈姆生《饿》，章铁民译，水沫书店 1930 年版。

⑥ 胡秋原《钱杏邨理论之清算》，《读书杂志》1932 年第 2 卷第 1 期，第 91～136 页。

个固执偏见以为普罗列塔利亚特与革命是与艺术无分的人。"①哈姆生对此回信表示自己并无看不起普罗阶级的意思，但也不否认，自己认为造漆盒的大众是艺术的，而非革命的。虽然，国内文学界最开始对哈姆生文学立场的理解还较为浅层，但哈姆生并非一个"左倾"作家的现实，很快被一些敏锐的批评家认识到了。由此，关于哈姆生的"左倾"文学立场的期待也就立不住脚了。②

2. 哈姆生与农民文学

哈姆生是农民的儿子，其早期的作品背景也是以斯堪的纳维亚北部的农村为主，其获得诺贝尔文学奖的作品《大地的生长》也是描写农民开荒的小说，且在获得成功之后，哈姆生自己也购买了一个庄园，做起庄园主来，时不时也自己下地干活。因此，在国人对哈姆生的接受中，有指导和借鉴意义的农民文学也是当时中国文学界对哈姆生的期待之一。在曼华、宫原晃一郎、沈雁冰等人的介绍中，也常见对哈姆生"归隐田园"的介绍。谢六逸依照日本农民文艺会《农民文艺十六讲》编译的《农民文学 ABC》③中，也将哈姆生认定为"农民作家"。从广义上来说，哈姆生的一系列描写农村生活的小说的确属于农民文学。然而从狭义上说，哈姆生所写的则是一种田园牧歌或者伊甸园式的农村生活，这与当时中国农村的实际情况大相径庭。我们并不能否认哈姆生所写的农村生活是写实的，正如谢六逸所言："农民在挪威的位置，是居于他国所无的特殊地位。这是理解挪威的农民文学最必要的条件之一，也是农民作家频出的原因。"④彼时之挪威被称为农民组成的国家，农民在社会上地位很高，再加之多数挪威文人都有长期的农村生活经验，就导致挪威文学之中农村要素格外之多。而挪威同时又是人少地多，封建传统残留很少，哈姆生小说中农民的生活境况或许的确存在，这和当时之中国完全不能放在同一层面做比较。以其他挪威作家而言，例如挪威第一位诺奖得主比昂松也写过一些农民小说，同样没有激烈的阶级矛盾，更多的是人与自然关系的探讨，是人与人之间淳朴民风的展示。

在介绍哈姆生的农民文学时，农民文学的定义还十分模糊，受后来无产阶级文学的影响，一般认为农民文学指的就是那些反映农村农民与地主阶级矛盾的文学。但当时农民文学的概念主要是由日本传入，中国对这个概念的理解与之不尽相同，比如有说法认

---

① 苏菲亚《苏联作家与汉姆生开玩笑》，《清华暑期周刊》1934 年第 1 期，第 18～20 页。蒲子译的《哈姆生访问记》（载《现代》1934 年 5 月第 5 卷第 1 号）一文中也表示"只求其去启发艺术，不像一个普罗利塔利亚，不像一个革命徒，而像一个艺术家。"

② 哈姆生的政治立场实际说来也是较为复杂的，这一点当时国内一些学者也有所发现，如史晚青在《文学之社会的意义》（《读书月刊》，1931 年 8 月 10 日第 2 卷第 4～5 期"文学研究专号"）中就以戏剧《圣门之旁》为例，指出哈姆生"是不能成资产阶级的喉舌，同时又绝对不能认为新兴阶级的声音。为什么呢？原来，它只是一个与现实社会完全矛盾的怪胎"。这种认识无疑较"哈姆生非左翼"的认识更进一步，已经较为充分地认识到了哈姆生政治观念的复杂性。

③ 谢六逸编译《农民文学 ABC》，世界书局 1928 年版，第 75～78 页。

④ 谢六逸编译《农民文学 ABC》，世界书局 1928 年版，第 72 页。

为："农民文学的意义狭窄地说来，必须含有一种功利思想，作为一种运动的意义在内。"①
这显然更倾向于阶级斗争指导下的农民文学，而又有人为农民文学规定了五种意义，包括田园生活的文学，描写农民与农民生活的文学，教化农民的文学，农民自己或是有农民的经验的作家所倡作的文学，具有地方主义的文学。② 这显然将农民文学的领域又扩大了不少，几乎与农民相关的文学都可以叫作农民文学。在不同的定义下，哈姆生的"农民文学"在"是与不是"之间徘徊。在民国时期，广义的农民文学作为一种倡导，实际上并没有得到很好推广，反而是狭义的、带有功利性的反应阶级矛盾的一种"农民文学"，如茅盾的"农村三部曲"等，得到了一定的发展。因此，从广义的农民文学定义上说，哈姆生的文学固然符合当时文学译介的需求，也能满足倡导这种文学的群体的期待。但实际上中国农民文学始终只停留在构想中，并没有像日本那样真正形成一种文学样态。而从狭义的农民文学定义上说，哈姆生的文学就不符合其标准，因而也就无法满足其期待了。

　　3. 哈姆生有先进的文学表现方法

　　哈姆生的文学带有强烈的个人色彩和现代性。哈姆生很擅长自传式书写，尤其对角色心理的细微变化十分敏感，对于一些极端情况下的心理，比如恋爱心理、饥饿时的心理、精神病发作时的心理拿捏得十分到位。哈姆生还十分注重联想和想象，获诺奖之前的小说中已经大量出现类似于意识流的表现手法，且哈姆生十分注意运用象征和隐喻，在他的小说里常常巧妙地将北欧民间传说嵌入故事当中构成隐喻和象征。从文学表现技巧的角度看，彼得·盖伊将哈姆生列为欧洲现代主义文学的先锋之一可以说丝毫不为过。哈姆生的文学表现手法自然也被哈姆生译介者们所关注，有将之称为"浪漫主义"手法的，也有将之称为"新浪漫主义"手法的，也有将之称为"心理描写"的，但始终没能达成一种统一的意见。

　　在译介哈姆生的年代，中国对于欧洲现代派文学的理解还并不十分深入，因此也就很难从此角度做出切合的评价。尽管当时一致认为哈姆生的文学技巧十分高超，但在被真正接受时，其文学表现手法仍然显现出"水土不服"的症候。章铁民在翻译《饿》时，就曾表示太难翻译，根本无法把作者的心理活动完整地表现出来，在致章衣萍的信中曾说："这种费力的事，原只有傻子干的。倘若俗人肯来玩弄你的心血，倒也罢了。最悲哀的，你跪在俗人面前，求他玩弄你的心血，他还显出不屑的神气呢。"③章衣萍在回信中也曾说过，"这个年头而译《饿》，诚难免饿死之虞。"④对于更具有现代主义风格的《神秘》，民国时期仅仅介绍过，更是无人再提及要翻译。相反，现代主义意味并不那么浓，故事性和抒情

---

① 杨柳岸《农民文学概述》，《微音月刊》1933年第3卷第3期，第55～60页。
② 刘焯《农民文学的认识》，《民国日报》1929年10月12日。
③ 章衣萍《青年集》，光华书局1931年版，第179页。
④ 章衣萍《青年集》，光华书局1931年版，第177页。

性更强的,描写男女恋爱的《牧羊神》和《维多利亚》深受欢迎,鲁迅也曾打算翻译《维多利亚》。① 值得注意的是,对于哈姆生的作品,作为新感觉派主将的施蛰存表现出较大的兴趣,不仅翻译了《恋爱三昧》(即《牧羊神》),还在小说中借鉴了哈姆生的创作技巧。这说明哈姆生的技巧与接受西方现代派熏陶的新感觉派有着一定的"相性",也从另一个角度说明,哈姆生这些具有现代主义风格的作品,不容易在彼时中国被大规模接受。

4. 哈姆生的自然景物描写

哈姆生作品的另一大特色便是生动的景物描写,这也是挪威文学一个较为共性的特征。李长之在《北欧文学》中就曾提到北欧文学家们"擅长描绘自然"。② 在哈姆生的介绍文章自然将这一点与其早年在农村生活与放牧经历结合在一起,并进一步将之划归到"浪漫主义"的阵营中去,然而也有称这种描写是写实主义的。对于哈姆生作品中生动的自然景物描写,且不论到底是浪漫主义的还是写实主义的,单从内容上看,便可发现哈姆生描写的挪威景色对于当时的中国人来说未免太过遥远了。在译介哈姆生之前也有中国人到访过挪威,比如康有为 1904 年就曾游历北欧三国,也描写了挪威独特的自然风光。③ 但挪威的森林,峡湾以及独特的气候对于当时的中国来说依然十分陌生,比如在哈姆生的《牧羊神》中,提到了一种叫"iron night"的特殊自然现象,即挪威每年八月进入冬季气温骤降的几天,在翻译过程中,顾一樵便把这个词翻译成了"霜降",这显然是不符合原文意思的。除此之外,哈姆生在文中还大量描写了挪威森林的景象、夏夜里潮湿的气候、走到森林里衣服会湿透等现象。挪威发达的航运业以及与航运业相伴的峡湾景象在哈姆生的小说情节推演中都起到过重要作用。这些自然景象对没有相应"接收器"的中国人来说过于陌生,甚至于会将之误认为"想象"出的景象。此外,五四新文学的主张也强调反对"山林文学",④鲁迅也在《帮忙文学与帮闲文学》中明确将"山林文学"归为"帮闲文学"加以反对,⑤且鲁迅本身也曾表示对大自然的无感。哈姆生描写景物的方式固然有其独特性和地域性,但也正是这种独特性和地域性所带来的空间上的隔阂让对自然景物描写有着悠久接受传统的中国读者的期待又一次破灭了。

至此,在最初哈姆生介绍中构成的四种文学期待大体上都破灭了。这里并不是说哈姆生的文学完全没有符合任何人的期待,正如前文提到,鲁迅、郁达夫、施蛰存等人对于哈姆生的小说,尤其是恋爱小说大加赞扬,有的计划翻译,有的实际已经翻译了其中的片段,但这些学者作家对哈姆生的恋爱小说表现出独特的兴趣,大抵也与其自身相关恋爱

---

① 雪《中译哈姆生名作三部》,《新文艺》1929 年第 1 卷第 2 期,第 195～196 页。
② 李长之《北欧文学》,中国国际广播出版社 2017 年版,第 12 页。
③ 康有为《康有为列国游记》下册,中国旅游出版社 2016 年版,第 12 页。
④ 陈独秀《文学革命论》,《新青年》1917 年第 2 卷第 1 期,第 6～9 页。
⑤ 鲁迅、柯桑《月旦精华:帮忙文学与帮闲文学:鲁迅先生北大讲演纪录》,《论语》1933 年第 8 期,第 48～50 页。

体验的匮乏有着较大的联系，仍然是对于题材的关注，而非对哈姆生文学整体的关注。不得不承认，哈姆生的文学在彼时之中国，在没有很好的"接收器"的情况下，通过介绍构建起的期待在实际的理解障碍面前很快坍塌。虽然适度的期待遇挫可以造成陌生化的效果，为小说提供别样的接受体验，但过度遇挫则会直接打击接收方的积极性，从而最终导致完全放弃。哈姆生小说的译者群体并不稳定，而且均非文坛主流作家，他们的译作在影响力和知名度上略显逊色，而且他们本人并未做出对哈姆生小说的详细评论，这也会影响到哈姆生文学的传播。哈姆生也没有像其前辈易卜生一样成为某种文学论争的中心，只有个别作家读者对其文学真正展现出兴趣。因此，哈姆生的文学家身份也就渐渐淡漠下去了。取而代之的是从其他形象假设中构建起一个"新的"属于中国的哈姆生。

三、"寒门贵子"形象的演变与确定

作为文学家的哈姆生在中国接受遇挫后，其形象并未在中国消失，也未停止发展，而是在国内的接受选择下，向着一种有中国传统文化特色的"寒门贵子"形象发展，并最终得以确定。结合种种因素，造成这种形象固化的原因可以归纳为以下三点。

(一)哈姆生传记书写源材料减少

20 世纪 20 年代进行哈姆生传记书写无疑是一件较为困难的事，当时之中国几乎找不出懂挪威语的人来。因此，中国获得关于哈姆生的消息必然要经过中间语言转述，经过二手甚至几手辗转，这就需要分析哈姆生进入中国的文学流通渠道。总结来说，中国接受哈姆生及其文学的国际流通渠道可以大体分为两类：一类是通过德国、俄国、日本的渠道获得；一类是通过英国与美国的渠道获得。

世界文学范围内，对于北欧文学接受最积极的国家当属德国。出于地理和社会历史原因，德国对于北欧文学始终保持着较为积极的接受态度，北欧很多作家都有在德国生活的经历，比较著名的如易卜生和比昂松，易卜生后半生大抵都是在德国度过的。民国时期国人了解北欧文学也多是从德国转译材料，比如李长之撰写《北欧文学》多采用德文材料，新中国成立后北欧文学研究者也多是德国文学研究者。[①] 哈姆生在挪威之外的接受者也是以德国为主，可以说哈姆生于文学上得到最大肯定的且销量最佳的并不是在本国挪威而是德国，亦或者说哈姆生就是在德国成名的。哈姆生在德国的影响不可谓不大，每有新作，都最先出德译本。哈姆生在世时，哈姆生研究也是以德国为中心。不少德语作家和哈姆生都有交集，德国对哈姆生的接受是全方位的，当时关于哈姆生信息中德语材料是最丰富的。但实际上，国人对哈姆生的译介却并不太依赖于德语材料，虽然也

---

① 叶隽《北欧精神之格义与现代中国知识精英的世界胸怀》，《中国文学研究》2017 年第 1 期，第 22 页。

有人借助德语了解哈姆生，比如郁达夫和鲁迅①，但从中国对哈姆生译介主潮开始的时间（20世纪20年代）推断，通过德语介绍哈姆生并未形成规模。此外，茅盾在最开始介绍哈姆生时也曾提到："哈姆生在俄国极富盛名。"②国内译入柯根的《世界文学史纲》中也有哈姆生的专节叙述③，高尔基对哈姆生颇为欣赏，也曾写过《挪威哈姆生论》④。当时日本对于北欧文学的译介也十分积极，对于哈姆生也保持了高度的关注，并且日本的挪威文学研究者中，有几位通晓挪威语的，比如前文提及的宫原晃一郎。在当时的日本作家中，也有较为欣赏哈姆生的，如芥川龙之介就曾说过哈姆生是发现食欲中的诗的人。⑤而当时通晓日语的中国学者并不在少数，鲁迅对哈姆生的关注最早就是受到日本哈姆生研究者的影响，他曾提到自己读过片山正雄的《哈姆生传》，并熟知日本最新的哈姆生研究状况。⑥由是观之，日本在哈姆生传入中国的过程中，也起到了不可替代的中介作用，但随着中日关系恶化，再想通过日本引进哈姆生的信息也变得更加困难了。

真正影响哈姆生在中国传播的还是来自英、美的译介。与德、俄、日对哈姆生的热烈欢迎相反，英、美对于哈姆生的关注始终不温不火。在哈姆生获得诺贝尔文学奖之前，英、美对于哈姆生作品的翻译十分有限，这一是与英、美文学界对北欧文学本身关注不够有关；二是或许与哈姆生因早年失败的赴美经历而对英、美怀有一定的敌意有关，这一点不仅体现在哈姆生的《现代美国精神》一书中，当时徐志摩在《哈姆生的美国观》中也做过介绍。⑦

据笔者不完全统计，1920年之前，《饿》只有一个英译本，1899年由乔治·埃格顿（George Egerton）翻译，另外有一个短篇《爱之奴》（*Slaves of Love*）（1900，译者未知）以及长篇《薄土》（*Shallow Soil*）（1914，Carl Christian Hyllested 译）。从1920年到1930年，包括新译重译再版的哈姆生英译本有不少于17种。与此同时，搜索"哈姆生（Hamsun）"词条在1890至1950年出现在美国书籍报刊中的频率，可以明显发现，除却1920至1929这10年，相关词条出现量约为2000条外，其他5个10年间，词条出现量平均为300条左右，这其中还包括大量售书广告。⑧虽然这项统计并不完整，但也可以大概看出，英、美介绍哈姆生的热潮与哈姆生介绍在中国大规模出现的时间基本上是吻合的。此外，国内出现的几个哈姆生小说的译本也几乎都是从英译本翻译而来。国内从英语渠

① 郁达夫最初所读哈姆生的作品系德文版，鲁迅最早所读的《饿》为日文版，后鲁迅计划翻译《饿》向郁达夫借德文版，可能打算与日文版做比对。
② 茅盾《哈姆生和斯劈脱尔》，《新青年》1921年第9卷第1期，第98～105页。
③ 〔苏联〕柯根著《世界文学史》，杨心秋，雷鸣蛰译，读书生活出版社1936年版，第482～497页。
④ 《时事新报·星期学灯》1932年10月23日。
⑤ 「文芸的な、余りに文芸的な」（《文艺的，过于文艺的》），《芥川龙之介全集5》，筑摩书房1971年版，第177页。
⑥ 鲁迅《哈谟生的几句话》，《朝花》1929年第11期，第81～83页。
⑦ 摩《哈姆生的美国观》，《现代小说》1929年11月15日第3卷第2期，第220～221页。
⑧ 数据来源：Hathitrust Digital Library. https://www.hathitrust.org/

道接受哈姆生的主要是茅盾和赵景深等人,早期对哈姆生介绍较多的也是这一批学者。根据茅盾和赵景深介绍文章所列的文献引用,可以找到国内介绍哈姆生主要依据的英文材料,主要包括 *Living Age*(《生活的时代》),*New York Times*(《纽约时报》),*Bookman*(《读书》)杂志上的几篇文章,①以及两本介绍哈姆生的专著 *Knut Hamsun, His Personality and His Outlook upon Life*②和 *Knut Hamsun*。③从这些材料中,不难找到前文中提到的哈姆生三种形象假设的来源,包括哈姆生早期在美国的经历、哈姆生的文学成名史等。而从英、美涉及哈姆生的文章数量来看,从 1930 年开始直到哈姆生去世(1952 年),每 10 年涉及哈姆生的文章数量骤降至 200~300 篇,尤其是 1940—1949 年,提及哈姆生的书籍文章只有 209 篇,比哈姆生获得诺奖之前的数量还低。这说明英、美彼时已经不再特别关注哈姆生了,这对于中国的哈姆生译介来说无疑是一个巨大的打击,过度依赖于英、美渠道的文学流通导致约在 1935 年以后不再有新的关于哈姆生的见解和声音在国内出现。此时哈姆生在中国的接受出现了信息源大幅骤减,也就是说,失去了英、美渠道对于哈姆生的介绍,中国对于哈姆生的认识更新几乎陷入了停滞,只能基于既有的、已经译介进入的信息对于哈姆生进行介绍。哈姆生的形象在长期得不到外部新信息的更新的情况下,只能在沉淀后,被中国二次接受并被发掘出新的价值。

(二)从既有材料中发掘新的价值

中国对哈姆生形象新价值的发掘大抵是从 20 世纪 30 年代开始的,从介绍文章题目的变化中便可以见其端倪。早期介绍哈姆生的文章题目往往称哈姆生以"诺贝尔奖金获得者""挪威大小说家"等头衔。而 30 年代开始,哈姆生的介绍文章中则开始出现"绅士农夫"④等概念。从内容上而言,《近代名人介绍:"绅士农夫"的哈姆生》并没有多少新材料,但值得注意的是,在文末为哈姆生做总结性陈述的时候,作者使用了"绅士农夫"的定性。这显然不同于早期从文学角度评判哈姆生而给出的头衔,并不带有文学意味,反而带有强烈的阶级意味。从文中最后所说"所以有'绅士农夫'之称"的语气可以推断,这个概念或不是作者之首创,英文文献中的确用"noble"和"aristocracy"形容过哈姆生,也提及哈姆生早年的农民生活以及后来归隐田园的选择,由此将哈姆生称为"绅士农夫"也便合理。

然而,单就"绅士农夫"这一形象的构造而言,就蕴含着两种矛盾,即哈姆生前后身份

① 关于的当时国内主要接触到的英文文学报刊,可参见赵景深《英文文学杂志介绍》,《现代文学评论》1931 年,第 1 卷第 1 期,第 1~6 页。
② Josef Wiehr, Knut Hamsun, his personality and his outlook upon life . Smith College Studies in Modern Languages, Vol. III, Nos. 1-2, Oct., 1921-Jan., 1922.
③ Hanna Astrup Larsen, Knut Hamsun, New York: Alfred A. Knopf, Inc. 1922.
④ 樱宁《近代名人介绍:"绅士农夫"的哈姆生》,《循环》1931 年第 1 卷第 24 期,第 10 页。

变化的矛盾和两个身份所代表的生存状态的矛盾。"绅士农夫"将哈姆生的出身与成就概括了出来。从农民到上层绅士,是哈姆生人生中实现的社会身份转变。但在完成这种转变后,哈姆生对农民群体表现出一种排斥,对于自己的父母兄弟,哈姆生成名后也不怎么来往,甚至父母去世哈姆生也不太在意,和自己的兄弟就姓名权问题产生过纠纷。① 就哈姆生个人态度来说,这种矛盾也是确实存在着的。哈姆生虽然精神上为贵族,但其心心念念的仍然是乡村,他的作品中有大量农村生活书写,同时也有不少对于城市现代生活的批判,其不止一次在小说里宣扬回到农村去。可以说哈姆生始终不能抛弃自己对于农村的眷恋,也不愿抛弃自己的"农民"身份,在某种程度上,哈姆生既对自己的农民身份感到自豪,又对其充满了自卑、鄙视。哈姆生这种对于农民身份的矛盾心理实际上并不是从同一层面出发的,哈姆生鄙视精神不丰富,意志力不强的群体,对于他来说,在这个层面上,农民往往是无知且木讷的。此外,哈姆生对于社会快速的工业现代化又充满了鄙夷,这和哈姆生早年漂泊美国的经历有关,哈姆生始终认为现代化使人堕落,让社会变得物欲横流。(当然,哈姆生自己显然也被这种物欲"腐化"得不轻,曾沉溺于赌博,让自己陷入财务危机。)从这个角度说,哈姆生向往的农村是一种想象中的农村,这和当今都市人向往田园生活一样,是一种抽象概念。由是说来,两种层次都表明了哈姆生精神贵族的特质,但两种不同层面的态度同时出现在一个人身上,便会构成一种矛盾的假象。"绅士农夫"这一概念所表现出的其实是哈姆生本人的复杂性,但当时中国是没有条件也无意于接受那么复杂的哈姆生的形象的。"绅士农夫"形象被解释成了"不忘本"和"情操高尚"。对于有着悠久农业传统且有着丰富的归隐田园文化的中国来说,"绅士农夫"与陶渊明等诸多隐逸文人有着一定的同构性,这一概念无疑变成了一个褒义词,在当时的语境下,褪去了底层存在着的身份矛盾。而实际上,"绅士农夫"并不是哈姆生形象的最终样态,但作为一个重要的形象转折,其为后来的"寒门贵子"和"清高文人"形象提供了一个身份基础,一个陶渊明式文人的身份基础。

　　随后1932年又有一篇《挪威文豪哈姆生的轶事:一个绅士农夫,吃尽千辛万苦》②,这篇文章在内容上与《近代名人介绍:"绅士农夫"的哈姆生》几乎完全相同,但多了一个副标题"吃尽千辛万苦"。且不论两篇文章作者是否为同一人,也不论是否有剽窃,只从标题的增改上便可以看到一种倾向,即强调"绅士农夫"身份转变的倾向。如果说第一篇"绅士农夫"可以有多种阐发可能的话,这一篇在标题上更明确了"绅士农夫"的意蕴,就是指哈姆生从贫穷的农民变身成为一个上流人物的过程。而在这之后,顺着这条思路,又出现了"马车夫""鞋匠"的构建。其中,"马车夫"的形象构建尤甚,这些文章尤其强调

---

① Knut Hamsun and His Name. The Living Age. v.316 Jan.-Mar. 1923.
② 文水《挪威文豪哈姆生的轶事:一个绅士农夫,吃尽千辛万苦》,《青年友》1932年第12卷第5期,第47～49页。

哈姆生在美国谋生做"马车夫"的经历，并以之与后来文学上的成功做对比。但事实上，哈姆生在美国并没有做过马车夫，他所做的是电车售票员。[①] 这里马车夫的概念也是一种误传或者是一种误译。茅盾在 1921 年的介绍文章里，称哈姆生做的是"街车御者"[②]，这本身就已经有歧义了，"御者"本有"司机之意"，但并不能说茅盾在这里就翻译有误。在 1922 年的《哈姆生传》[③]当中，称其为"赶街车的差事"[④]，在 1922 年《中华英文周报》上刊登了一篇由 Gray，P. 著，张文庄翻译的哈姆生传略，这篇文章是中英对照版，用文言文翻译，其中对中哈姆生当时的职业翻译较为准确，文章中英文原文为"ringing the signal bell on a street car"，翻译为"于电车中充卖票鸣铃之职"。[⑤] 但这篇文章本身目的并不在于介绍哈姆生，而在于教授英语翻译，方便读者学习英语，因此，能否被当时介绍哈姆生的撰文者发现仍是个问题。但是从这个误译中可以推测，这些写哈姆生是"马车夫文人"的作者对哈姆生的外文资料接触是很有限的。从字面上而言，无论是否存在有意误读或者误译，当时取"马车夫"获奖为标题的确是非常巧妙的做法，相比起"卖票鸣铃"者，马车夫更让人印象深刻，这一身份与大文学家形成更大的反差，更能吸引读者。

除却马车夫的身份，介绍哈姆生逸事的文章还多用"鞋匠"身份，"鞋匠"一说来自于哈姆生小时候在鞋匠店里做小工的经历，这段时间十分短暂，在《纳德哈姆生传略》里曾提过"年十七，为补鞋匠之学徒"[⑥]。在高乔平、周则鸣编的《世界著名文艺家逸话：他们的生活》中，也有《皮鞋店学徒的处女作出版——哈谟荀（脑威）》一篇相关介绍。[⑦] 实际上，专用鞋匠为题的文章并不如以马车夫为名的多，但无论是马车夫还是鞋匠，其使用的根本目的在于强调哈姆生青年时期的贫困，为其后来发迹成功做铺垫。当然，还应该注意的是，选取马车夫为新形象建构的原材料并不是无根无据的，《哈姆生传》中曾经提到过

① 哈姆生在美国芝加哥工作的时间正好处于 1882—1888 年间，该时间段为电车逐步取代马拉车的时段（1882 年芝加哥第一条电车线路开通，1895 年大部分马车被淘汰，但直到 1903 年还有一些马车线路在运行，详见 Chicago Tribune，February 14，1859. Chicago Tribune，September 5，1880. The Daily Inter Ocean，January 28，1882. Chicago Sunday Tribune，May 19，1895）。也就是说，芝加哥城里是同时存在马拉车和电车两种交通方式，且线路分布较为复杂。"哈姆生不是马车夫"的说法是来自于科伦的《汉姆生传》和当时的一些英文介绍，《汉姆生传》对这个问题有过较为详细的解释，说明哈姆生当时服务的线路是电车线路，较为可信。当时"马车夫"的说法来源除却国内误译（见后注释⑤）外，还有一些英文介绍中也使用过"conductor on Chicago horse car"（The China Press，1921 年 1 月 23 日。）的说法，笔者推测此处并不排除当时部分美国撰稿者也不清楚芝加哥公共交通线路的具体情况，因而按照习惯将哈姆生的工作错认为马车夫。

② 茅盾《哈姆生和斯劈脱尔》，《新青年》1921 年第 9 卷第 1 期，第 98～105 页。

③ 海峰《哈姆生传》，《文学旬刊》1922 年第 31 期，第 3 页。

④ 从翻译层面上说，哈姆生谋生的芝加哥"街车"一词有不同的表达，Horse-Railways 是马拉车；Cable Cars 是电车；Streetcars 后来通指电车，但早期也可以指马拉车；Trolley 一词要到 20 世纪之后才被广泛使用。且在哈姆生赴美谋生时存在马拉车和电车同时运营的情况，造成歧义的大概是 Streetcars 这个表达，因此，国内在翻译这个词的时候会产生误解。

⑤ 〔美〕Gray P.《纳德哈姆生传略》，张文庄译，《中华英文周报》1922 年第 7 卷第 172 期，第 367～369 页。

⑥ 〔美〕Gray P.《纳德哈姆生传略》，张文庄译，《中华英文周报》1922 年第 7 卷第 171 期，第 348～350 页。

⑦ 高乔平、周则鸣编《世界著名文艺家逸话：他们的生活》，世界书局 1929 年版，第 58～62 页。

哈姆生一边赶马车一边看书。这个故事颇有些"牛角挂书"的味道,更符合"寒门贵子"的成名史,因而也就更被关注。

在"绅士农夫"和马车夫形象被染上中国传统文化色彩之时,也已经有人开始关注哈姆生的种种逸事,比如哈姆生七十大寿时难以忍受在人群中成为焦点,悄悄独自跑到树林里;哈姆生在写作时要保持独处等事迹被频繁介绍;《现代世界文坛逸话:哈姆生的怪脾气》①一文算是篇幅较长的哈姆生逸事,文中提及哈姆生喜爱孤独、不爱与人交流、不爱读书、不谈政治、不爱慕虚荣等特点。从事实来看,这其中所说内容可以算是正误参半,比如不爱读书、不谈政治与不爱慕虚荣诸特点则完全是一面之词。哈姆生虽然受教育有限,但忠情于阅读各类文字作品,并且常常做读书汇报演讲,并有一段时期以之为生计;哈姆生也对政治有着极大的热情,其戏剧三部曲之《王国之门》就与政治相关,该作是作为对当时挪威议会所做决定的回应而写出的。② 哈姆生在德国入侵挪威时曾发表亲德言论,并与希特勒当面谈论政治③,至于说哈姆生不爱慕虚荣则更是无稽之谈,哈姆生本人很看重自己的形象,但哈姆生表现出的虚荣是构建一种自己不爱慕虚荣的高尚形象,本质上仍然是贵族的虚荣。虽然,逸事之中对哈姆生有诸多误读,但如果反观误读的内容则会发现,这些误读全都指向同一个目的,即表现哈姆生是一个"清高文人"。如果观察"寒门贵子""绅士农夫""清高文人"三个形象之间的联系就不难发现,"绅士农夫"概念中同时表现出了代表社会身份转变的"寒门贵子"和代表品德高尚的"清高文人"的可能性,在这个转变中,哈姆生的整体形象被代入了中国传统文人风骨情操的价值评价体系之中,并以这个体系为标准进行了重构。

结合哈姆生形象的变化过程来看,便可以在种种误读之中发现一种主动构建的痕迹,即当时国内开始在有限的哈姆生的资料中主动构建符合国人期待的哈姆生形象,一个"寒门贵子"且"具有清高人格"的理想文人形象。其实,在这个形象相对确定以后,哈姆生的文学家标签也经历了进一步的淡化,在这个淡化过程中,这种中国传统理想文人形象的构建也被简化了,变成了更为普世的"寒门贵子"形象。在当时的学生读物《飞跃的人们》④一书中,哈姆生的事迹和发明家、医生、探险家的故事并置,也就是说,此时的哈姆生是以什么身份成功的已经并不重要了,经过层层过滤后,国人对哈姆生形象最终可以总结为这样一句话:哈姆生是一个出身贫寒而经过努力获得成功的人。

(三)在复杂形势下的缝隙中存在

1943 年 6 月 26 日,第二次世界大战爆发后的第四年,纳粹德国与苏联正在乌克兰平

① 杨昌溪《现代世界文坛逸话:哈姆生的怪脾气》,《现代文学评论》1931 年第 1 卷第 2 期,第 4～7 页。
② 〔挪威〕英·科伦著《汉姆生传》,王义国译,人民文学出版社 2010 年版,第 117 页。
③ 〔挪威〕英·科伦著《汉姆生传》,王义国译,人民文学出版社 2010 年版,第 397 页。
④ 江锶编译《飞跃的人们》,中华书局 1946 年版,第 115～117 页。

原上鏖战,83 岁的挪威作家哈姆生走进了阿道夫·希特勒的房间,他是作为世界著名作家代表觐见这位纳粹德国"元首"的。① 早在 1940 年 4 月,当纳粹德国的铁蹄踏入挪威的国土时,哈姆生就发表过一篇名为《给我们说句话》(*A Word for Us*)的文章,公然支持纳粹德国的侵略行径。② 一时之间,挪威国内举国哗然,英、美对于哈姆生的降德行为做了一些报道,但数量有限,毕竟哈姆生进入英、美文学圈的黄金时期也仅仅只有 20 世纪 20 年代的 10 年。与此同时,作为同盟国一员的中国,在《中美周刊》上也发表了一篇《降德文人哈姆生》的文章,文章痛斥哈姆生丢失节操,助纣为虐,写得颇为激昂。③ 但吊诡的是,同年上海的《现代》杂志上发表了一篇《马车夫文豪:获得诺贝尔文学奖金的哈姆生》④,文章并无什么新意,只是绘声绘色地将之前提到的哈姆生事迹整合成一篇文章,权当一种介绍。发表这篇文章的《现代》杂志 1940 年 7 月创刊,同年 9 月便停刊,一共只发行了 4 期,属于上海孤岛时期的文学类刊物。"马车夫文豪"哈姆生再被提起之时,降德文人哈姆生已经发表,这似乎预示着哈姆生将在中国拥有一个新形象:一个助纣为虐的失节文人。然而,在整个二战期间,中国国内哈姆生的介绍文章以及小说翻译(主要为《戒指》和《生命的呼喊》两篇)并没有因为哈姆生的失节行为而减少,相比来说,指责哈姆生的文章更显寥寥,且多为时事新闻记者的手笔,人们似乎仍然津津乐道"鞋匠""马车夫"哈姆生传奇的成功事迹。

在战时背景下,如何看待哈姆生,已经不仅仅是一个文学问题,进而成了一种政治问题。当然,这个问题似乎在世界范围内的影响有限,同盟国对其报道确实也有限,批判也是有限的。直到二战结束,挪威才将这个昔日令他们感到骄傲的大文豪以叛国罪进行审判。国内一些英文报纸报道了审判哈姆生的新闻,而中文报纸则并未见到相关报道,相反,对于哈姆生的介绍和短篇小说的重译仍时有见刊,内容仍多是"马车夫文豪"。这种对哈姆生传记书写与文学译介上的积极态度和哈姆生现实中的行为形成了鲜明对比。哈姆生于 40 年代曾以"叛国者"和"纳粹帮凶"的身份回到中国人的视野之中,只不过声音太过微弱,只有几篇报道,且多为国内的英文报刊转载,并未对既有的哈姆生形象造成什么影响。

综上所述,哈姆生究竟是一个什么形象,对于当时中国的文艺界已经是一个无足轻重的问题了。且 40 年代中国现代文学已发展到一定的阶段,对于外国文学的译介需求也有所转变。哈姆生的形象便发生了下沉,不再局限于文学界,而开始面向更为广阔的社会面,从一个先锋性的文学家变成了具有普世教育意义的成功典型。而且 40 年代前

---

① 〔挪威〕英·科伦著《汉姆生传》,王义国译,人民文学出版社 2010 年版,第 396 页。

② 〔挪威〕英·科伦著《汉姆生传》,王义国译,人民文学出版社 2010 年版,第 376 页。

③ 过客《降德文人哈姆生》,《中美周刊》1940 年第 1 卷第 46 期,第 19～21 页。

④ 封玉玲《马车夫文豪:获得诺贝尔文学奖金的哈姆生》,《现代(上海 1940)》1940 年创刊号,第 14～16 页。

半段正是抗日战争的胶着期,译介自强不息、自学成才的哈姆生更能对国人形成鼓舞。

可以说,哈姆生在国际道义上形象的崩坏,并未波及其在中国的形象。除却新的材料难以进入中国外,当时中国社会历史条件下存在的种种政治缝隙也为其形象的稳定存在提供了可能。至此,民国时期哈姆生的形象被最终确定下来,哈姆生也在彼时之中国完成了从"挪威文豪"到"寒门贵子"形象的转身。

四、结语

总体而言,民国时期对哈姆生的形象接受过程是比较复杂的,从"文学家"到"寒门贵子",哈姆生的形象在中国经历了一次较大的转变,即从最开始以文学译介为目的本传式书写到后来以励志教育为目的杂传式书写的转变。这其中受到哈姆生在中国文学接受遇挫、传入中国的哈姆生资料减少、对异域文学译介关注点的转移等因素的影响,哈姆生文学家的身份逐渐淡化;而比较符合中国接受意愿的,具有中国文化色彩的"寒门贵子"形象被固定下来,并不断被坐实加强。可以说哈姆生的形象被单一化,符号化了。民国时期哈姆生传记书写总体由复杂到简单,从文学介绍变成了树立典型,其形象的丰富性渐渐剥落。从总体的接受情况来说,对其传记的态度是由重视变为了不重视,这是与当时的社会历史条件与文学需求相关的,也从侧面反映出我国现代文学之发展状况。通过对民国时期哈姆生形象建构的考察,还可以看出国人在异域作家接受中体现出的主体性,正如让·斯塔罗宾斯基所说,"注视,为了你被注视"①。中国对哈姆生形象的接受和重构,表面上是对一位挪威作家形象的观照,实则是假借哈姆生的形象建构完成了一次自我理想形象的投射。在这种形象投射中,我们既可以看到彼时异域作家在中国的形象变异情况,也可以看到国人的一种自我期待,这其中包括完美的传统文人人格理想,也包括奋发图强、改变命运的传统精神的复归。哈姆生的形象由此也就具有了独一无二的中国文化属性,成为"中国的寒门贵子"。当然,需要指出的是,哈姆生形象总体情况的转变并不意味着当时在个人层面上对哈姆生的接受都是如此,本文也只能相对地勾勒出哈姆生形象接受的大体轮廓,为我们了解当时的外国作家译介样态提供参考。

---

① 〔瑞士〕让·斯塔罗宾斯基著《镜中的忧郁》,郭宏安译,华东师范大学出版社 2012 年版,第 185 页。

未来论坛

醒与昧之间: 方苞贞节烈妇传记书写*

周　芹

内容摘要: 方苞作为桐城派的代表作家,在传记创作方面亦有其个人特色。通过整理研究可以发现,方苞所作女性传记的传主大多为封建社会被颂扬的贞节烈妇,她们大多无名于史册,因其贞节烈事迹为人称颂并获得入传资格,得以流传于世。方苞不止一次地在传记的议论部分提到做此传以辅世教,希望通过对她们的传写,为清代女忹树立德行标杆。通过方苞对贞节烈妇的褒奖以及对女性生存困境的反省,可以勾勒出方苞本人的女性观,亦能窥见清代女性真实的社会地位以及清代社会从行为到思想、从硬性规定到思想渗透等方面对女性的禁锢。

关键词: 方苞　贞节烈妇　传记　清代女性

前言

康雍乾年间,随着程朱理学逐渐成为官方意识的主导,政府鼓励女性忠贞节烈,提倡女子守节,"饿死事小,失节事大"的观念深入人心。加之女教兴盛,官方大力表彰贞节烈妇,以"从一而终"作为规范妇女行为的伦理准则,将越来越多的女性禁锢在贞节牌坊下,贞节烈妇数量逐年飙升。更有甚者,在所谓的妇德教化下,女性的思想被同化,产生符合当时礼法,实则扭曲的价值观。官方意识形态上对女子守节的颂扬,使得清代的贞节烈妇传记远远超过以往的所有朝代,据学者统计,有 559 位节妇、烈妇、贞女记录在《清史稿·列女传》中,更有 9482 位节妇、2841 位烈妇记录于《古今图书集成》的《闺列传》和《闺节烈传》中。[①]

桐城派作为清代影响最大的古文流派,也是清代散文创作的重要阵地。方苞作为桐城派的代表人物,其古文创作在清代文坛独树一帜。在方苞的传记文创作中,同样有诸多为贞节烈妇所作的传记。此类传记大多以方苞的亲朋旧友,如甥女、妹妹、族人为传

---

* 基金项目:国家社会科学基金重大项目"中国古代杂传叙录、整理与研究"(编号 20&ZD267)。
　作者简介:周芹,中国海洋大学文学与新闻传播学院硕士研究生。研究方向:中国古代传记文学与文献、中国古代小说与文献。

① 任伟《早期桐城派女性书写研究》,安庆师范大学 2021 年硕士学位论文,第 8 页。

主,或是以他行至某处的见闻为内容。方苞为此类人物做传,在述其生平的同时,更多地夹杂着他个人的议论,甚至在有的传文中,议论部分明显多于对传主生平的记叙。方苞的传记文对传主的选择及其在文中阐发的议论,不仅体现出方苞个人的价值观和他对于程朱理学的拥护,更体现出他对于女性的存在价值以及女性生存困顿的认识。本文以方苞散文中传写贞节烈妇的传记文为研究对象,探讨方苞为之作传的贞节烈妇的生存处境以及方苞的女性观。在方苞的笔下,有对女子守贞传统的肯定,对贞节烈妇的颂扬,也有对当时烈妇制度的批判、对女性生存现状的控诉、对官吏制度的抨击,借此反映出清代女性的生存困境。方苞对当时女德的颂扬与对妇女生存现状的关注,体现出其进步性与落后性相杂糅的女性观,表现了方苞在清醒与愚昧之间的徘徊。

一、方苞传记文中的贞节烈妇

方苞在《书王氏三烈女传后》中有言:"其造乱者,不过数人,或竟得保其首领以殁,而使天下忠臣、义士、孝子、悌弟、贞妇、烈女,无罪而并命于水火盗贼之间,且身死而名传者,千百中无十一焉,岂非造物之不能无憾者哉。"[①]方苞目睹战乱之后包括贞妇烈女在内的无数忠义之士身死而名无传,抱憾极深,因而尽己所能为其目所能及的忠义之士做传。传主或许是他的亲友,抑或是行至某处的见闻之人,方苞笔下的这些贞节烈妇,大多数并没有被史传记录在册的机会,方苞关注到了他们,并借由自己的笔墨使他们得以名留青史。在《望溪集》中,共有 10 篇为贞节烈妇所作的传记,记录下十余位名不见经传甚至是贫苦的妇女。若划分其类型,大致可以分为三类:未嫁夫死而侍其舅姑的贞女、拮据苦身而艰辛课子的节妇、夫死殉节或遇暴而死的烈妇。

(一)未嫁夫死而侍其舅姑的贞女

《庐江宋氏二贞妇传》所记的李氏,便是一位未嫁夫死,仍为夫守贞、侍奉公婆的贞女。李氏为翰林院编修丹壑之季女、大学士文定公孙女,聘于庐江宋学士嵩南次子嗣熙。宋氏有二子,长子嗣焱为方苞长女之夫,方苞因南山集案牵连被逮,于仓皇为难中将其长女归于宋氏。次子嗣熙为李氏未嫁夫,李氏未嫁,嗣熙即死,李氏听闻此消息之后,痛不欲生,父母知道难夺其志,遂默许其独居 14 年,直到她年至 30 岁时,认为自己已经足够成熟,能够肩负起侍奉舅姑的责任,便辞家去往夫家侍奉舅姑,替其丈夫完成孝道。

实际上,清代妇女在出嫁前,丈夫遭遇意外而死,礼未成,依照律法可以取消婚约,清代律法有规定:"若以定婚未及成亲,而男或女有身故者,不追财礼。"[②]成婚之前,男女双

---

① ［清］方苞撰,刘季高校点《方苞集》,上海古籍出版社 1983 年版,第 127 页。
② 田涛、郑秦点校《大清律例》卷十《户律》,法律出版社 1999 年版,第 204 页。

方有一方意外而故，不追财礼，婚约不再作数，女方自然不必为尚未结婚的丈夫守节。方苞在《康烈女传》文末的议论中也写道："昔震川归有光着论，以谓为嫁夫死，于礼为非。"①说明在清代，未嫁夫死则礼不成是大众所公认的。遇见未嫁即夫死的情况，一般女方的父母也会为其女儿考虑，劝说她改嫁，方苞《庐江宋氏二贞妇传》中所记的贞女李氏，在年逾三十拜见其舅姑时便说："儿赖父母明大义，得全余生。"②说明李氏的父母本身并不同意她为嗣熙守贞，而是在她"不欲生"③的坚持下，李氏双亲知其"志不可夺，许成其志"④，劝阻无效，她才能够未出嫁便为丧夫守节。

（二）拮据苦身而艰辛课子的节妇

在方苞的贞节烈妇的传记文中，拮据苦身而艰辛课子的节妇形象是最多的。在《金陵近支二节妇传》中，记录了方苞为贞节烈妇作传的初衷："三百年宗妇内宗多尚志节，或附谱牒，或载桐懿。明善公所记邑中孝弟节烈事。余尝欲录所闻见以续之，而苦无暇日。"⑤因此，在他听闻在金陵的二位近支节妇的事迹后，为其作传，希望能使她们有名留世。两位节妇皆为生育孩子后夫亡，因此不仅仅要为丈夫守贞，更要肩负起抚养孩子的责任。节妇王氏对待其子教督甚厉，等孩子长大后，则"侍侧犹如畏然"⑥，完全符合"出嫁从夫，夫死从子"的封建女德。另一位节妇邓氏亦是如此。二位节妇母皆无一陇之植，母家亦婆艰，她们在丈夫死后承担起抚养孩子、教育孩子的职责。同样，在《光节妇传》中，节妇光氏本为方苞女甥，嫁于光氏，生一子后，光氏客死他乡，节妇光氏便独自抚养孩子，侍奉舅姑，替光氏尽为人子的孝道。《二贞女传》中的节妇任氏，其夫钟奇死后，不仅仅承担起了抚养钟奇遗腹子的义务，更是抚养了钟奇四位皆为孩提的弟妹，"保抱携持，为之母，为之师"⑦。

在清代，女性难有正常职业养家糊口时，单亲家庭无疑使妇女的担子更为沉重，清代女性成为单亲母亲，面临的便不仅仅是要为夫守节，若是母家亦不富贵，供养孩子则会成为很大的问题。《高节妇传》中高位的妻子节妇高氏便是一位单亲母亲。高位去世的时候，节妇高氏年仅十七，育有二子，因高氏无宗亲，节妇高氏在丈夫死后依靠着母兄生存。但她的母兄也仅仅是靠力气吃饭的人家，家中并不富裕，难以供养妹妹与两个外甥，数次催促高氏改嫁，于是节妇高氏便将嫁妆变现，独自抚养两个儿子。当时，女子贫困无依的

---

① ［清］方苞撰，刘季高校点《方苞集》，上海古籍出版社1983年版，第760页。
② ［清］方苞撰，刘季高校点《方苞集》，上海古籍出版社1983年版，第227页。
③ ［清］方苞撰，刘季高校点《方苞集》，上海古籍出版社1983年版，第227页。
④ ［清］方苞撰，刘季高校点《方苞集》，上海古籍出版社1983年版，第227页。
⑤ ［清］方苞撰，刘季高校点《方苞集》，上海古籍出版社1983年版，第226页。
⑥ ［清］方苞撰，刘季高校点《方苞集》，上海古籍出版社1983年版，第230页。
⑦ ［清］方苞撰，刘季高校点《方苞集》，上海古籍出版社1983年版，第230页。

多以缝纫为生,节妇高氏租赁了一间板屋,以缝纫供养两个儿子。由于贫困,衣食亦为艰难,节妇高氏的两个儿子未能接受教育,长子作为市贩,中年殁。次子为小吏,因罪被贬谪辽东,于是节妇高氏便又承担了抚养诸孙的责任。

丧夫的女子不仅自身生活艰辛,难有保障,还要抚养孩子,侍奉舅姑,但即便是如此,依然被认为恩义难两全。在《吕九仪妻夏氏》一文中,方苞写道:"妇人居常而早寡者,无死道也。夫不以良死,则义可死;而堂有舅姑,室有子,或己之父母笃老而无兄弟,则其死也,虽当与义而伤于恩。"①女子丧夫,随夫殉节,被称为"义",而殉节后的女子无法供养孩子与双方双亲,未尽孝道,伤于父母亲恩,因此说恩义难两全。在《吕九仪妻夏氏》中,吕九仪死于仇,他的妻子夏氏想要做一位烈女随夫殉节,被她的婆婆制止。于是夏氏便承担起了家庭的重任,操持门户,侍奉舅姑,等到 20 年后,舅姑已殁,二子也成家立业后,夏氏完成了她作为女子的使命,再为夫殉节,如此做到了恩义两全。方苞评价道:"其始之欲就死也义,终则不怼于义亦不伤于恩。故夏氏之生也,贤其死也。"②方苞显然是认同这种做法的,认为夏氏既不伤于恩亦不伤于义,是两全之策,给予高度赞扬。

(三)夫死殉节或遇暴而死的烈女

《清史稿·列女传》记载的 559 位妇女中,有 294 位为烈女,《古今图书集成》的《闺列传》和《闺节烈传》中记载的烈女更是达到了 2841 位之多,她们通过结束自己生命的方式,来表明自己的贞节与对丈夫的情义。方苞的贞节烈妇传记中,也不乏为烈妇所作的传记。在《康烈女传》中,烈女康氏幼时许嫁邻家张氏子京,张氏家道中落之后,她的父兄本想取消婚约,却被烈女康氏大义诘责,正色制止。而在她未出嫁时,传来了张氏子的死讯,烈女康氏自幼未尝知诗书,独独对世俗人所称道的古时忠孝节烈事了解颇深且深受影响,时时诵读,彷徨追慕。因而在听闻张氏死讯后,烈女康氏便想要效仿忠孝节烈的古者,为夫殉节,即使遭到了父兄的严厉制止,她仍然选择在深夜无人察觉之时自缢而死,以全己志。这件事传至京城的大街小巷,绅士君子、妇女儿童皆为其贞烈感伤。方苞更是对其评价极高,将她与卫夫姜和纪叔姬比肩,论其为"奇女子"。可见,方苞对于康烈女这种殉节的行为也是高度赞扬。

不过,方苞的为烈女所作的传仅此一篇表达他对烈妇的高度赞扬,其余皆为烈女之死所引发的思考。在《高烈妇传》中,方苞传写了一位遇暴后为保其贞节而死的烈妇。烈妇魏氏为县民高尔信之妻,高尔信与他的同僚宋某庭宇相望,宋某妻与烈妇魏氏曾因言语冲突而失和,在烈妇魏氏归宁前,魏氏母遣从子自铣迎其归宁,魏氏婆母与丈夫皆外

---

① ［清］方苞撰,刘季高校点《方苞集》,上海古籍出版社 1983 年版,第 244 页。
② ［清］方苞撰,刘季高校点《方苞集》,上海古籍出版社 1983 年版,第 244 页。

出，宋某妻便借机构陷烈妇魏氏与自铣私通，并与众多无籍者闯入烈妇魏氏家中，强迫自铣立借据。烈妇魏氏明白一旦自铣立下借据，则再难证明自身清白，于是要求立刻报官，并以死相要挟。自铣由于害怕，急于求脱，于是准备立借据，烈妇魏氏见状，引刀自刎。直到烈妇高氏死后多年，众人才知道她是被冤枉诬陷而自杀。方苞在传记末尾也发出了深切的哀叹："世有鸟兽行而能杀身以自名者乎？自古妇人之义皆死以彰。"①在《西邻愍烈女》中，记录了一位婢女的悲惨故事。西邻烈女本为一位婢女，遭人诬陷以死拒之，其母知道后震怒，以棉里裹昵物置于烈女口中，药入喉间而死。鸟兽横行于世，而被诬陷的妇人只能通过以死明志才能自证清白，岂非《易经》中所言日中见沫，载鬼一车！

二、方苞传记文中所体现的女性观

随着清代程朱理学成为官方哲学，女性的贞烈传统发展到明末清初，较之前代已可谓是到了顶峰，夫为妻纲的伦理观念深入人心。明末儒学者王相之母刘氏所作《女范捷录》记载了明末清初之人对于"贞烈"的理解："忠臣不事两国，烈女不更二夫。故一与之醮，终身不移。男可重婚，女无再适。是故艰难苦节谓之贞，慷慨捐生谓之烈。"②在家从父，出嫁从夫，夫死从子，女性的个人意志被泯灭，一生只能跟随一个男人，成了当时众人眼中的伦理纲常。

方苞作为程朱理学的拥护者，在其贞节烈妇传记文的撰写中，体现出他本人对于女性贞节烈传统的态度："自秦皇始设禁令，历代守之，而所化尚希；程子一言，乃震动乎宇宙，而有关于百世以下之人纪若此。此孔、孟、程、朱立言之功，所以与天地参，而直承乎尧、舜、汤、文之统与！……亦将有辅与世教，而非徒为曹氏之光荣也！"③方苞在《严镇曹氏妇女贞烈传序》中为严镇曹氏家族的贞节烈妇传作序，认为应作此类传记传于世，借此对世人进行道德教化，自己对贞节烈妇的记录与表彰不仅仅是曹家的荣光，更应该作为道德教化的模本，辅于世教。这样的观念同样出现在方苞的传记文创作中。方苞的传记文创作，继承史传笔法，夹叙夹议，为他人作传的同时述评结合，传达出他本人的价值观。方苞的贞节烈妇传记文中的议论手法也十分鲜明，文末常有大段的议论，甚至有的传记文的议论部分多于传人部分。

对于女性的贞节传统，方苞无疑是持肯定态度，并对其大加赞扬。但相比于贞节妇女，方苞对烈妇的态度则并非那么明朗，他一方面对为夫殉节的烈妇持赞扬态度，另一方面，他能够看到烈妇传统对女性生命的漠视，能够看到现存官吏制度对女性的不公。

---

①　［清］方苞撰，刘季高校点《方苞集》，上海古籍出版社1983年版，第231页。
②　楼含松主编《中国历代家训集成5》，浙江古籍出版社2017年版，第2936页。
③　［清］方苞撰，刘季高校点《方苞集》，上海古籍出版社1983年版，第106页。

(一)对贞节烈妇传统认识的醒与昧

方苞在《岩镇曹氏女妇贞烈传序》一文中谈到他对于女性贞节烈传统的关注。方苞曾经历数各朝各代烈妇传统后有言："盖夫妇之义,至程子然后大明。前此以范文正公之贤,犹推国恩于朱氏,而程子则以娶其子妇者,为其孙之仇。其论娶失节之妇也,以为己亦失节,而'饿死事小,失节事大'之言,则村农市儿皆耳熟焉。"①说明在方苞所处的时代,"饿死事小,失节事大"已经妇孺皆知,成为人们的共识,而且娶失节妇女会被认为自己也失节,这种观念从一定程度上也促使妇女守节成为一件极为重要、甚至是衡量女子人生价值的事。

方苞对贞节妇女不遗余力地称赞,如他在《金陵近支二节妇传》的末尾阐发议论："故因二子请表其母,而并阐先王制礼之意,与今功令之可法后王,匪直于吾宗有耀也。"②方苞认为对二位节母的表彰是追随官方礼制之意,并将有教于后世,同时也是一件极为光宗耀祖的事。在《二贞妇传》中,方苞赞扬节母方氏"是皆遭事之变而曲得其时义,虽圣贤处此,其道亦无以加焉者也"③。节母方氏是方苞在滕氏私塾教书时所听闻的一个童仆的母亲,在雇主家中任劳任怨,"凡之役贱且劳者,不敢避"④,但为夫守志,自守贞节,不与男杂役往来,不同处,甚至不会同处一室。在丈夫做了不检点的事之后,她拒不与其同处,却又在丈夫死后为其守贞,抚养孤子,终身艰苦拮据。《高节妇传》中的节妇高氏,年老之后苦尽甘来,儿媳事无巨细侍奉她的生活,并且心甘情愿,最后甚至还有了"超自然"的嘉奖:高氏曾经租赁板屋的方位·占卜后发现是一块风水宝地,因而能够旺其子孙,众人皆以为是美谈,方苞论其"节妇之风义,子妇之成而化之"⑤,高节妇的风义得到了回报,有了儿媳谷氏的悉心照料,还得以庇佑子孙。从方苞对节妇的传写与议论中可见他对于贞节妇人的赞扬与褒奖,对于贞节传统的推崇。在对待女子守节的问题上,方苞秉持着一贯以来封建妇德对女子的要求,表现出其信服封建礼教的一面,为贞节妇女立传以教化世人或许是他作传的初衷。

方苞对于烈妇的传写则不单单聚焦于对烈妇殉节的颂扬,对待烈妇,方苞有两种不同的态度。方苞并非完全赞同烈妇传统,仅在《康烈女传》一篇传记文中表达了对女子殉节的颂扬："余尝怪古者圣人、贤人至于倜傥怪伟非常之材不可胜纪,何独其时女子是少奇也？……而康女志不得伸,遂崎岖不负其义以死。以余所闻见如此,是何奇女子之众

---

① ［清］方苞撰,刘季高校点《方苞集》,上海古籍出版社1983年版,第105页。
② ［清］方苞撰,刘季高校点《方苞集》,上海古籍出版社1983年版,第227页。
③ ［清］方苞撰,刘季高校点《方苞集》,上海古籍出版社1983年版,第230页。
④ ［清］方苞撰,刘季高校点《方苞集》,上海古籍出版社1983年版,第230页。
⑤ ［清］方苞撰,刘季高校点《方苞集》,上海古籍出版社1983年版,第232页。

与！"①烈女康氏在听闻未嫁夫死讯时，想要效仿古者为夫殉节，他的父兄皆以为她"狂耶"②，"凡女所称皆古事，岂今人所为？"③说明虽然女子殉节的传统一直都有，但是到了清代，尤其是未嫁丧夫被认作礼不成，女方的家人更希望她能够有好的归宿，并不同意女儿为无形的礼教放弃生命，为未嫁夫殉节，而烈女康氏选择偷偷自缢以全其志。最终她得偿所愿，像所彷徨追慕的古者一般，得到了世人的追慕与赞叹，方苞对其行为亦是评价极高，也是方苞对女子节烈行为的称颂。

而在《西邻愍烈女》中，方苞对西邻烈女的记录便不再是对女子节烈的称颂，相反，西邻烈女的事只是一个引子，他看到的事烈女殉节背后的现实：

> 昔先王知民性之不可枉也，故狱之疑者，讯之群臣，讯之群吏，而又议事以制，不征于书。其典狱者，又能悉其聪明致其忠爱以尽之，所以下无遁情而罚必中也。自三季以后，民抗敝以巧法，吏昏瞑以决事，贞良者枉死于无告，淫匿者安利而无殃，求其所以然者而不得也。④

通过西邻烈女的死，方苞关注到了官吏制度的不平，将古今的官吏断案情况进行对比，批评当时吏治的昏聩。同样的关注出现在《高烈妇传》中，烈妇高氏遭人诬陷，为证清白而自刎的行为，使方苞对现行的官吏制度产生了质疑："古之听讼狱者，必悉其聪明致其忠爱以尽之；疑狱氾与众共之。世有鸟兽行而能杀身以自明者乎？自古妇人之义皆以死而彰，魏氏则即死而犹暗郁。"⑤疑犯尚且听其辩解，为何女子自证清白却只能赴死？烈妇高氏之死引发了方苞对当时的律法和判案情况的思考，希望通过烈妇高氏之死警醒官吏，引以为戒，对官吏制度进行审查。但是，方苞对烈妇殉节的思索仅仅停留在对女性遭受到的不平等待遇的关注，对部分女性殉节的不合理性的关注，并非认识到殉节传统本身的愚昧性，对殉节的节烈妇女仍是高度赞扬，表现出其女性观中清醒与愚昧相杂糅的一面。

（二）对女性生存困境认识的两面性

方苞在其贞节烈妇传记文中，不断地提及女性的生存困境，认识到女性尤其是贞节烈妇生存于世的艰辛与不公。他不止一次一针见血地指出女性生存现状："居常者不觉，遭危变然后知妇人之担荷之重如此。"⑥（《金陵近支二节妇传》）作为封建社会中的文人士

---

① ［清］方苞撰，刘季高校点《方苞集》，上海古籍出版社 1983 年版，第 761 页。
② ［清］方苞撰，刘季高校点《方苞集》，上海古籍出版社 1983 年版，第 760 页。
③ ［清］方苞撰，刘季高校点《方苞集》，上海古籍出版社 1983 年版，第 760 页。
④ ［清］方苞撰，刘季高校点《方苞集》，上海古籍出版社 1983 年版，第 243 页。
⑤ ［清］方苞撰，刘季高校点《方苞集》，上海古籍出版社 1983 年版，第 231 页。
⑥ ［清］方苞撰，刘季高校点《方苞集》，上海古籍出版社 1983 年版，第 226 页。

子,方苞能够认识到独身母亲生存的困难,认识到女性所肩负的重任。封建社会女性不承担工作,供养家庭的任务由男性完成,但实际上,女性虽然不工作,操持管理好一个家庭也绝非易事。经历危变之后才能够发现,丧夫的女子不仅仅要承担起家庭中衣食住行的开销,还要持门户,养遗孤,只能够拮据苦身,不断压榨自我,清苦非常。同样的情况也出现在方苞其他的贞节烈妇传中,丧夫的女子守贞不再嫁,却面临着艰辛异常的生活,若是母家富裕,或许能够稍缓其生活的压力,若是平民孀妇,母家难以供养,那么妇女此时面临的则会是生存上的巨大困境,如前文提及方苞《高节妇传》中的节妇高氏。

除了妇女守贞面临的生存压力,方苞同时还注意到了女性在婚姻内面临的困境。在《谢季方传》中,方苞关注到了女性在婚姻内遭受暴力这一现象。谢季方为方苞的妹妹,其丈夫纨绔好玩,简默贞静的谢季方讨不到丈夫欢心,时常遭受到丈夫的暴力对待,方苞听闻后却只能"含泪终不言"[①],爱莫能助。即便如此,谢季方仍在丈夫重病后为其买妾生子,并将妾室之子视如己出,宁可自己忍饥挨饿、忍寒受冻也要供养妾室与孺子。方苞在传文末尾的议论中,发现了女性在婚姻中的被动与不幸:"女子处饶乐而家室平和,易为贤耳"[②],平和之家女子易作贤妻,而如若像方苞妹妹这般所遇非人,女子除了忍受,又有何法解脱呢?

如前文所提到,方苞所认识到的女性的生存困境,并非全然从女性的角度出发,更多的是作为一个引子,引出其背后所体现的现行律法、官吏制度的不平与昏聩。或许是时代与性别的局限,方苞对于女性生存困境的认识并不彻底,也未能认识到女性本身的困境的根本原因,具有进步性与落后性相杂糅的一面。

三、方苞传记文折射出的清代女性生存困境

清代官方意识形态对妇女节烈的追捧,也使得这一时间受旌表的贞节烈妇数量迅速增加。清朝政府从顺治初年开始旌表贞节烈妇,康雍乾三位皇帝在此基础上,更是不遗余力对贞洁烈妇进行旌表,受旌表的妇女的数量逐渐增加,到乾隆年间,由朝廷旌表的贞节烈妇有 33679 人,年平均 732 人。在这样的社会氛围下,"饿死事小,失节事大"为全社会所公认,守贞与节烈逐渐成为丧偶妇女的行为规范,成为她们潜意识中不容置疑的教条。

方苞的贞节烈妇传记文,短短几篇反映出多种典型性的女性生存困境。然而,未嫁夫死而侍其舅姑的贞女、拮据苦身艰辛课子的节妇、未嫁丧夫要以死殉节的烈女、遭他人诬陷唯死可明志的烈妇,她们的出现并非是某条拍板定案的律法,也并非一朝一夕的言

---

① 　[清]方苞撰,刘季高校点《方苞集》,上海古籍出版社 1983 年版,第 501 页。
② 　[清]方苞撰,刘季高校点《方苞集》,上海古籍出版社 1983 年版,第 501 页。

语说教,甚至大多守贞与殉节的妇女是出于强烈的自我意志,节烈传统成为她们坚定的信仰,使她们为此付出生命在所不惜。无论是旌表还是沉湎于道德说教,都使女性一步步走入男权社会为她们画下的怪圈,从根本上压抑自己的个人意志。女子个人的意愿不被关注亦不被在乎,所谓的旌表也充满了伪善和苦痛。

(一)赞扬—模仿—再赞扬模式对女性思想的禁锢

方苞《康烈女传》中的烈女康氏,未尝知诗书,却熟知古者忠孝节烈事,彷徨追慕,时时诵读,因而在其未嫁夫死后,她决定效仿她所追慕的古人,以死殉节。如果说烈妇殉情是因为夫妻二人之间情深似海,那么为一面都没有见过的未嫁夫殉节则只能是因为礼教的束缚。《康烈女传》中的烈女康氏,她殉情的对象对于她来说甚至只是一个陌生人,因此烈女康氏的行为实非殉情,而为殉节。导致她为一个不相干的陌生人甘愿失去生命的,正是她时时诵读,彷徨追慕的节烈古者。清代的妇德教育正是如此,通过旌表节烈妇女、宣扬节烈妇女事迹,给予不合理的伦理道德规范以无上的推崇,泯灭女性的个人意志,使得她们发自内心遵循灭人欲的教条,坚定不移。

对贞节烈妇的旌表,明代典章制度就有明确记载,《大明会典》礼部"旌表"条规定:"凡孝子顺孙,义夫节妇,志行卓异者,有司正官举名,监察御史、按察司体覈,转达上司,旌表门闾。"又令"凡民间寡妇,三十以前,夫亡守制,五十以后,不改节者,旌表门闾,免除本家差役"①。为夫守节的贞节妇女不仅可以得到旌表,光耀门楣,还可以为家族带来物质上的实际利益。与此同时,女教兴盛,明成祖徐皇后为教育宫中妇女谨守女德,作《内训》,赞扬女性贞节:"体柔顺,率贞洁,服三从之训,谨内外之别,勉之敬之,终始惟一,由是可以修家政,可以和上下,可以睦婚戚,而无不动协矣。"②教导女子要柔顺贞洁,始终唯一,并将家庭上下的和谐、婚姻的和睦归结于女性,对女子的行为进行潜移默化的规训。

方苞在其贞节烈妇传记文中,也数次提到他做传的目的,除了使这些作为道德标杆的妇女有传传世之外,同时也有令后人效仿、教化世人的目的。在《书直隶新安张烈妇荆氏行实后》中,方苞由于与御侍交好,具得烈妇荆氏的行迹以记录于传,同时方苞在文末的议论中写道:"而因以悟圣人系易之由,故总所闻见而并论之,以明彰女教,且使为人夫者,监此以考妇德,而无所蔽焉。"③记录下贞德妇女的行迹作为表率,使其能够明彰女教,后世便可以此考论妇女德行。在《书烈妇东鄂氏事略后》的文末,亦有此议论:"故凡数所知见而备论之,以昭国家风教之盛,俾达于史官,得据为列女传之总序焉。"④要为贞节妇

① ［清］申时行、赵用贤篆修《大明会典》卷七十九《礼部三十七》,明万历内府刻本。
② 楼含松主编《中国历代家训集成 3》,浙江古籍出版社 2017 年版,第 1586 页。
③ ［清］方苞撰,刘季高校点《方苞集》,上海古籍出版社 1983 年版,第 129 页。
④ ［清］方苞撰,刘季高校点《方苞集》,上海古籍出版社 1983 年版,第 130 页。

女做传传于后世,以正国家风教。可见,方苞为贞节烈妇做传绝不乏使后人效仿之意,希望能够以此正风教,作为后世妇女行为的道德规范与准则。

上至官方,下至文人作传,都对贞节烈妇不遗余力地进行褒奖。这种褒奖确实引起了后人的一再效仿,形成了一种"赞扬—模仿—再赞扬"的模式,而清代女性则被禁锢于这种怪圈,逐渐泯灭个人意志,对本不合理的行为规范习以为常。对贞节烈妇的旌表与颂扬只是作为一种奖励机制,让孀妇压抑自我,心甘情愿为其丈夫守贞甚至殉节,思想上的自我认同是男权社会对女性最大的禁锢。

(二)守贞与再嫁的两难抉择

即使清代对贞节烈妇的旌表使得守节女性的数量急剧增加,但也并非严令禁止孀妇再嫁。郭松义先生在其《清代妇女的守节和再嫁》一文中,提到他曾经对 50 余部族谱进行考察,发现妇女再嫁多发生在下层家庭中,有功名的绅宦家庭,无一例再嫁者。① 清代孀妇的命运并非只有殉节或守贞,也存在再嫁的情况。绅宦家庭中的孀妇由于物质生活有所保障,因此不必过分拮据,对是否要再嫁的选择较为自由。而一般下层家庭中孀妇,要么独自承担如此重任,要么被迫无奈选择再嫁。之所以说"被迫",是因为即使清代不强制守贞行为,允许孀妇再嫁,但律法却对再嫁的孀妇并不宽容。《清律》中曾有记载:"再嫁之妇不得受封,所以重名器也。命妇再受封,义当守志,不容再嫁以辱名器。"②再嫁的妇女在某些方面是受到极大的限制的,她们被认为不守贞而失节,因此不能够再受封,这种歧视甚至会推及她们的家人,影响其孩子和丈夫的仕途。再嫁妇女若是无子,则家庭地位也没有保障。若是母家富贵,至少守节不必担心自己和孩子的吃穿用度。那么,便如郭松义先生文中所说,底层妇女要么面临艰难结局的生活,要么被认作失节,独自面对自四面八方的歧视,妇女守贞看似软性的要求背后,使清代妇女尤其是平民妇女陷入两难的抉择中。

结语

传记能够最真实地反映某一阶段的社会现状和为传者本人的价值观。清代作为封建社会的最后一个时期,对女性的伦理道德规训也达到了顶峰。通过对桐城派散文大家方苞的贞节烈妇传记文进行研究,可以发现方苞所处时代对贞节烈妇的看法以及她们身上的一些共性。封建社会对女性的压抑不仅仅体现在一系列法律法规上,更体现在通过不痛不痒的褒奖与规训,禁锢女性的思想,使她们逐渐接受灭人欲的道德准则,甚至完全

---

① 郭松义《清代妇女的守节和再嫁》,《浙江社会科学》2001 年第 1 期,第 130～131 页。
② 〔清〕沈之奇注、洪弘绪增订《大清律辑注》卷六《户律》,清乾隆十一年刻本。

泯灭个人意志,崇拜与追慕虚无缥缈的伦理教条,萌生扭曲的价值观。时代所限,方苞本人对于贞节烈妇生存境遇的认识以及态度介于清醒与愚昧之间,进步性与落后性相杂糅,他能够看到封建社会的女性所面临的一些压力,但又并非完全的进步和开放,未能真正站在女性的视角上看待问题。通过研究方苞的贞节烈妇传记,我们可以对方苞的女性观进行归纳解读,进而从中窥见他所处的文人士子阶层的女性观,丰富方苞传记文研究,亦能在清代女性散传的传主选择和表现方面有所归纳与补充。

20 世纪美国华裔流散文学的自传性书写*

——以汤亭亭《女勇士》为例

解雨萌

内容摘要：20 世纪的美国华裔流散文学自传性书写根植于时代语境，以汤亭亭为代表的流散作家们从对个人经历的书写中探寻自我的民族身份，在"误读"中完成了对中华文化的解构与重构，传承与发扬。在中美文化的碰撞与交融中，华裔流散文学的自传性书写逐渐融入美国的多元文学，得到了更多的关注，在为中国文化的传播做出积极贡献的同时，也不可避免地产生了一定的负面影响。

关键词：华裔　自传性　中国文化　解构　重构

美国华裔流散文学的发展始于全球化影响下的 19 世纪的华裔大规模移民浪潮。20 世纪的美国华裔作家们在适应环境，艰难生存的同时，也创作了大量优秀的自传性作品。从早期的一味追求翔实而文学性艺术性不足，到后期得到美国主流文化的认可，真正发出华裔群体的声音，华裔作家们一步一步努力探索，发展出了全新的兼具中西方特色的自传性书写。汤亭亭的《女勇士》是 20 世纪最为杰出的美国华裔自传性书写作品之一，不仅根植于时代语境，书写了华裔的个人经历和对民族身份的探寻，还在传承中对中国传统文化进行了大胆重构。这和东西方文化的碰撞与交融为华裔自传性书写注入了新的活力，但也埋下了潜在的隐患。目前的美国华裔流散文学研究往往从后殖民等视角出发，探究流散作家的文化认同或归属，此外，研究热点更多聚焦于 20 世纪的几位美国华裔女性作家的文学作品，研究视角较为局限。本文以汤亭亭的自传性作品《女勇士》为例，探讨 20 世纪美国华裔流散文学自传性书写的普遍特性和进步发展，并辩证地看待西方价值观下的自传性书写的文化与社会影响。

一、美国华裔的自传性书写

20 世纪的美国华裔流散文学的自传书写是时代语境下的，深受其特殊的少数族裔身份和社会政治文化环境影响的独特的自传性书写。这种自传性书写不仅是时代语境下

* 作者简介：解雨萌，中国海洋大学外国语学院硕士研究生。研究方向：英美文学，比较文学。

的书写，而且是华裔个人经历的书写以及民族身份的探寻，是美国华裔的流散作家融入美国社会、获得美国身份的奋斗史。汤亭亭的自传性作品《女勇士》作为 20 世纪美国华裔流散文学的杰出代表，深刻地体现了 20 世纪美国华裔流散文学根植于时代语境下的民族身份探寻。

自传是一种"广泛而有特色的美国表达形式"①。它"为个体提供了向公众表达自己声音的机会"②。对于少数族裔来说，自传性书写是极为重要的向社会诉说自我经历和民族历史，寻求身份认同和民族地位的情绪与需求的宣泄口。

在 20 世纪美国的历史中，几乎没有华裔的正面记录，华裔劳工的血泪史被扭曲甚至完全抹去，华裔从根本上被刻上了"愚昧无知"的烙印，他们挣扎无路，反抗无门，只是在华裔聚居的社区中固守着中国文化之根，却无力对外发出华裔自己的声音。于是，作为第一代移民的华裔流散作家们开启了自传性书写之路。在早期的自传性作品中，作家们试图较为翔实地描绘个人和民族的苦难与挣扎，渴望以中国的传统文化叩响美国主流社会的大门。但这一预期目标却并没有实现，反而使文学创作陷入了缺乏艺术性的困境。他们的自传性作品往往作为"研究社会历史事件和个人生活的资料，常常被当作社会证据来读"③，受到更多关注的是作品中描绘的真实中国社会生活图景，而非文学性与艺术性。

后期的华裔文学作品则跳出了真实性的桎梏，也不再拘泥于传统的中国语境，创作出的自传性作品更具有东西方文化碰撞与交融的时代特性。第二代移民走上华裔流散文学台前，开始了具有鲜明时代特性的崭新的自传性书写。汤亭亭的《女勇士》写于 20 世纪 70 年代，在这一时期的文学作品深受民权运动的影响，黑人对社会权利的呐喊再度激起了华裔群体的反抗意识以及对话语权的渴望。"无名姑姑"正是丧失话语权，无力反抗且被孤立的华裔群体的代表，暗示了丧失话语权的悲剧命运，号召华裔群体奋起反抗，为自由而奋斗。

此外，受非虚构小说和后现代主义思潮对传统传记和小说结构与体裁等的解构影响，传记与小说、现实与故事，以及真实与虚构的界限似乎都被混淆，小说家的作品中加入了大量的纪实叙述，而传记家的作品中也混入了更多的虚构与想象。《女勇士》等 20 世纪后期的华裔自传性文学的创作无疑在某种程度上受到了非虚构小说和后现代思潮的影响，在真实经历的书写与大胆虚构的交融中展现了强烈的自传性。

---

① Gocblar, David. The Major Phases of Philip Roth. New York：Continuum International Publishing Group，2001：110.
② Parrish, Timothy. ed. The Cambridge Companion to Philip Roth. London：Cambridge University Press，2007：158.
③ 〔法〕菲力普·勒热讷《自传契约》，杨国政译，北京大学出版社 2013 年版，第 18 页。

　　美国华裔自传性书写根植于特定的时代语境,受特殊的少数族裔的身份和文化环境影响。20世纪后期的自传性书写风格的转变也展现了后现代主义和非虚构小说的思潮的特殊时代印记。除受时代因素影响这一文学的普遍特性以外,对个人经历的书写和民族身份的探寻也是20世纪美国华裔流散文学自传性书写的重要手段与永恒主题。

　　自传性书写中必然含有相当篇幅的个人经历书写,否则也就谈不上自传性了。对文学作品自传性的界定,也往往是对文学作品中个人经历描述的真实性评估。20世纪早期的美国华裔流散文学多专注于描述个人的悲剧命运和艰难处境,尽管这种描述可能并非完全真实,而是掺杂了些许为了迎合西方主流社会对中国的落后认知来博取同情并获得生存空间的稍显功利性的谎言,但依然获得了西方文学界的"自传性"评定。从这一点来看,美国华裔的自传性书写从发展初期就体现了20世纪后半叶的非虚构思想主张,即真实与虚构的交融。后期的自传性书写同样重视个人经历的书写,但与此同时,虚构性的内容占据了更大的篇幅,适当的虚构性内容不仅无损于作品的自传性,还能体现东西方价值观的碰撞,具有更加深刻的文学意义。

　　汤亭亭的《女勇士》全称为《女勇士:在鬼佬群中度过的少女时代回忆录》,"副标题的关键词'回忆录'三字暗示了强烈的自传色彩"[①]。在这部作品中,汤亭亭以第一人称的叙事视角讲述了自己的成长和生活经历,体现了普遍意义上的自传性。受非虚构思潮的影响,汤亭亭在《女勇士》中大胆虚构,顺应西方语境改写中国神话传说,从中华文化的解构与重建中传承和发扬中华文化,但最终还是落脚于个人的迷惘与挣扎,这又是其自传性书写大胆创新的体现。

　　民族身份探寻是流散文学的永恒主题。20世纪的美国华裔流散文学也充分体现了这一点。对少数族裔来说,融入美国的主流社会的历程往往漫长而艰难。黄皮肤,黑眼睛的亚裔特征使得亚裔被美国主流社会的大门隔离在外,而华裔作家的写作更是陷入了民族身份的困境。"将一个民族形容词放在一个作家的前面必然会给他贴上标签,阻碍一切想象经验的出现"[②]。早期的华裔自传性书写被当作真实的中国社会研究素材,为西方主流社会形成对中国的落后刻板印象增砖添瓦,也使得华裔移民作为不受欢迎的"野蛮且落后"的外来族裔受到了更多的歧视。在这种境况下,坚韧的华裔移民仍然迅速在这陌生的国度扎根,顽强地生存了下来。同样是在这种情况下,第二代的美国华裔移民出生了。他们生于美国,长于美国,从小接受美国教育,在西方价值观下成长。由于肤色和华裔身份,他们在学校受到了来自四面八方的歧视,同学的霸凌甚至老师的羞辱都使得他们厌恶甚至痛恨自己的华裔身份乃至所有的"封建粗鄙"的中国文化,决心要完全抛

①　郭海霞《后现代自传体小说——〈勇士〉体裁论争与界定探析》,《华文文学》2018年第5期,第112~118页。
②　王光林《摆脱"身份"关注社会——华裔澳大利亚作家布赖恩·卡斯特罗访谈录》,《译林》2004年第4期,第209页。

弃自己的华裔身份，彻底融入"自由开放"的美国民主社会，成为"文明"的美国人中的一员。但他们的尝试注定徒劳无功，因为中华民族身份始终是刻在华裔灵魂中的印记，无法覆盖也无法抹去。因此，新生代华裔"在对自我身份和文化身份的追问和寻求中呈现出了一种清醒的、痛苦的和撕裂的精神历程"①。他们无法接受中国文化，却在潜移默化中被影响了；他们渴望融入美国社会，却注定无法实现。他们游离在两种文化之间，成为双重的"边缘人"。在 20 世纪后期的华裔新生代自传性书写作品中，我们可以清晰地看到他们对民族身份的探寻主线。通过自传性书写的文学实践，新生代的华裔流散作家逐渐了解且认同了自己的中国文化之根，但从小在西方语境中构建的西方价值体系与对融入美国社会的渴求，仍然推动着他们最终实现了东西方文化的碰撞与交融，也就实现了流散作家自身的双重文化身份认同。在《女勇士》中，读者可以看到汤亭亭为得到美国社会的认可并构建美国身份做出的挣扎探索，同时也能读到她对中华传统与华裔身份从厌恶抵触到接受认可的转变。因此，《女勇士》中的自传性书写不仅体现在汤亭亭对个人经历的书写，而且体现在其民族身份探寻与双重文化身份构建之中。

二、中华文化传承与发扬

华裔流散作家在进行自传性文学创作时，往往会提及、引用或大篇幅讲述中国传统文化。历史故事与神话传说是流散作家们在自传性书写中最常使用的素材。但大部分华裔作家笔下的中国传统文化都并非完全真实，而是先对中国传统文化进行解构，后再以西方语境重新建构，在解构和重建中完成了对中国传统文化的传承与发扬，也体现了流散作家自身双重文化的身份认同和建构，在这一过程中，美国华裔流散文学的自传性也就体现出来了。

初期的美国华裔流散作家在进行自传性文学创作时，常常是描绘自己记忆中的中国文化传统，这些作品"往往建立在作家对过去生活事件的记忆基础上，而个体记忆既是一个遗忘的过程，也是一个加工的过程"②。因此，对于讲述中华传统文化的华裔流散作家的自传性书写来说，随着记忆的遗忘与加工，自传书写的真实性也随之下降，而虚构性书写所占比重则逐渐增大。初期的华裔自传性书写大多都依靠移民前的记忆，写作内容相对翔实，能够相对真实地反映中国生活的图景。20 世纪中后期的华裔自传性书写则不然，这一时期的自传性书写的创作主体是新生代华裔，他们从小就生活在西方的社会文化语境和价值观下，对中国传统文化的了解仅限于父母或长辈讲述的故事，而这些故事往往建立在上一代华裔移民逐渐遗忘甚至自我加工后的记忆之上，真实性存疑。而这些

---

① 余星《从流散视角解读美国华裔女作家伍慧明的作品〈骨〉》，《中北大学学报（社会科学版）》2015 年第 5 期，第 77 ～80 页。
② 赵小琪《论欧美华人女作家自传性作品的不可靠性叙述》，《中国比较文学》2021 年第 3 期，第 152 页。

或许是经过了加工的故事，又由二代移民的新生代华裔作家从西方价值观视角理解、解构并重新建构，最终呈现为自传性书写作品中的西方价值观下的"中华文化传统"。

由于东西方价值观念的冲突，出生于美国的华裔作家在对中国故事的解构与重建中，难免会出现有意或无意的误读与误用。"华裔美国作家笔下的中国文化是他们的再创造……他们对中国文化也远不如对西方文化熟悉，引用时难免出错"①。

例如，《女勇士》中："我现在明白了，妈妈斗得过鬼是因为她什么都吃——动作麻利地抠出两只鱼眼，妈妈吃一只，爸爸吃一只。所有打鬼英雄都敢吃。"②在汤亭亭的叙述中，妈妈勇兰所代表的所有的中国人什么都吃，什么都敢吃，什么都爱吃。黄鼬、乌龟、蜗牛、生猴脑、血豆腐和鱿鱼眼，这些都成了中国人的食材，有时这些食物令人作呕，让汤亭亭觉得"我宁可吃塑料活着"③。从这些描述中，我们足以看出汤亭亭对中国人饮食习惯的不理解，某种程度上来说是对中国饮食文化的误读。此外，汤亭亭对花木兰这一中国传说故事的书写也体现了华裔流散作家自传性写作中对中国文化传统的"误读"。与中国传统的"忠孝两全，替父从军"的花木兰这一女英雄形象不同，《女勇士》将花木兰替父从军与岳母刺字的历史故事融合起来，主要探寻的不再是"忠孝"这一中国传统美德，而是女性对不公正、不平等待遇的反抗以及对勇气、力量和自由的追寻。这种西方语境下的对中国传统文化与美德的"误读"却最终落脚于"我"，也就是汤亭亭乃至是整个华裔群体对话语权、社会地位和自由平等的渴望与探索。因此，对花木兰这一中国传统历史故事的改写与"误读"，实际上也是华裔流散作家自传性书写中对中国传统文化的"批判性"传承。这种传承不仅增进了华裔流散作家对中国传统文化和华裔身份的认同，同时也为其自传性书写注入了深厚的文化底蕴与民族特色。

批评家们对《女勇士》中对中国文化的改写往往褒贬不一。有些批评家认为汤亭亭对中国文化的改写是极为成功的，为西方价值观下的中国文化注入了新的生机与活力，是对中国文化传统的另类发扬。而以赵建秀（Frank Chin）为首，以华裔作家为主的评论家群体却对汤亭亭的"误读"严厉批评，他们指出汤亭亭对中国传统文化和神话传说的改写是不符合中国社会历史现实的，是极为虚构而夸张，为迎合西方主流社会的东方主义思想而编造出来的，是对中国传统文化和美德的歪曲与亵渎。笔者认为，要辩证地看待汤亭亭对中国文化传统的改写，即汤亭亭自传性书写中对中国文化的改写既是传承也是发扬，既有误读也有创新的闪光点。

汤亭亭在《女勇士》中从美国语境和西方价值观出发，对中国传统的神话传说进行了解构与重新建构。她解构了传统的中国神话传说，消解了其中蕴含的中国传统价值观

---

① 吴冰《关于华裔美国文学研究的思考》，《外国文学评论》2008年第2期，第19页。
② 〔美〕汤婷婷《女勇士》，王爱燕译，新星出版社2018年版，第98页。
③ 〔美〕汤婷婷《女勇士》，王爱燕译，新星出版社2018年版，第102页。

念,并添加美国文化元素和西方价值观念,重新建构起适应美国语境和社会文化的西式中国神话,由此来实现华裔流散作家的双重文化身份建构。《女勇士》中第二章"白虎"中,白虎山修道小女孩对不公正的社会的反抗和对力量与自由的追寻就是对中国传统神话故事的解构与重建。《木兰诗》中的木兰与汤亭亭笔下的形象大相径庭,前者中,木兰替父从军,强调的是"孝"这一中华民族传统美德,而后者则通过白虎山修道小女孩的革命与反抗的意识与实践反映出"木兰"对力量和自由的追寻。在这个故事中,汤亭亭解构了中国传统的"忠孝"美德和中国传统价值观念与社会背景,融入了美国华裔的真实移民史以及个人在探寻民族身份和寻求文化认同时的痛苦与挣扎,并通过实现中国传统传说故事在美国社会文化语境下的再创造,使得中美文化碰撞、融合。在此意义上,汤亭亭对中国传统神话传说的改写促进了中国传统文化在美国的传播。作为华裔作家,她也认同在西方进行中国传统文化书写时需要注重"美国性"与"文学性"的具备,而不必一味追求真实。"我认为,白人通过买我的书知道了中国伟大神话。神话延续的方式是代代相传"[1]。"实际上,我作品中的美国味比中国味多得多……我的创作是美国文学的一部分"[2]。面对批评家"改写中国神话传说即是对中国传统文化和美德的歪曲与亵渎"的指责,她回应:"他们不明白神话必须改变。……神话带到大洋彼岸就成为美国神话。我写的就是新的,美国式神话。"[3]

华裔流散作家在自传性书写中解构了中国文化,以西方语境重新建构,在解构和重建中体现了流散作家自身双重文化的身份认同和中国传统文化的传承与发扬,在这一过程中,发展了美国华裔流散文学的"中西交融"的新的自传性。

三、西方价值观下的华裔自传性书写反思

经过美国华裔流散作家的长期努力,一种新的,根植于西方语境并实现了东西方文化碰撞与交融的崭新的华裔自传性书写形式已经建立起来。20 世纪后期,以《女勇士》为代表的华裔自传性书写"实际上是一种兼容了中美两种文化特质的杂糅文化,体现出华裔勇敢地跨越中美文化边界,努力构建一种独特的、混杂的民族文化新家园"[4]。然而,正如批评家所指出的,这些中西杂糅的自传性书写实际上也存在着一定的弊端,作为读者和文学研究者,我们更应该辩证地、客观地看待 20 世纪西方价值观下的华裔自传性书写。

---

① SKENAZY, PAUL. Conversations with Maxine Hong Kingston. Jackson: University of Mississippi Press, 1998: 184.
② 王晶、繁荣萍、石颖《华裔美国文学中的中国文化解析》,《大众文艺(理论)》2009 年第 5 期,第 91 页。
③ LIM, SHIRLEY. Approaches to Teaching Kingston's The Woman Warrior. New York: The Modern Language Association of America, 1991: 24.
④ 马桂花《美国华裔流散文学中的民族身份和文化认同》,《贵州民族研究》2017 年第 12 期,第 163 页。

　　西方价值观下的华裔自传性书写无疑具有其积极意义。20 世纪后期的华裔自传文学创作得到美国主流文化的认可，成为美国多元文化的一分子，使改写后的中国传统文化走入了美国文学视野，传播和发扬了中国文化，也扩大了海外华人流散文学的影响。根植于西方主流价值观念的东西方文化碰撞与交融的自传性书写为华裔文学创作指明了方向，推动了海外华人的文学创作。华裔移民的挣扎历史也得到了较为广泛的关注，通过自传性文学创作，华裔在一定程度上获得了话语权，得以为自己的和整个华裔群体的自由平等权利而发声，流散作家的双重文化身份也得以建构。同时，华裔自传性书写的发展也促进了东西方文化的交流，中国学者们也越来越多地把目光从《女勇士》扩散到华裔自传性书写的整体，丰富了流散文学的研究视角。

　　然而华裔自传性书写在为中国文化的传播做出积极贡献的同时也难免存在弊端。长时间处于西方社会语境中，华裔流散作家不可避免地会受到西方主流文化价值观和东方主义的影响，他们的自传性书写在为华裔同胞发声的同时，也有意或无意地迎合了西方主流对中国"愚昧落后"印象的期待，加深了刻板印象。此外，华裔流散作家在"误读"中改写中国传统神话传说，虽然改写后更加容易被西方主流文化社会理解与接受，但也因此而舍弃了不少根植于中华民族五千多年历史的传统美德，这不仅导致西方读者对中国传统文化产生误解，也在中国文化研究与批评领域引起了轩然大波。

　　不可否认的是，20 世纪美国华裔所创作的西方价值观念下的自传性书写具备其独特的进步意义与不足之处。作为读者和文学研究者，我们应该更加辩证客观地看待其特性和影响。

　　20 世纪的美国华裔流散文学的确具有一定的自传性，这些自传性书写根植于时代语境，以汤亭亭为代表的流散作家们从对个人经历的书写中探寻自我的民族身份，在"误读"下完成对中华文化的解构与重构，传承与发扬。这种自传性书写实现了东西方文化的碰撞与交融。在此过程中，流散作家的身份从华裔群体和美国主流群体的边缘人转化为文化沟通的桥梁，获得双重文化认同。

　　在中美文化的碰撞与交融中，华裔流散文学的自传性书写逐渐融入美国的多元文学，得到了更多的关注，在为中国文化的传播做出积极贡献的同时也难免地产生了一定的负面影响。处于西方社会语境中，华裔流散作家不可避免地会受到西方文化价值观的影响，落入东方主义的认知陷阱。

2021 年中国古代传记国内研究述评*

李汭桐

内容摘要：2021 年是国内古代传记研究成果丰硕的一年，总体呈现出以下几个方面的特点：第一，古代传记研究呈现出类型上的丰富性与数量的可观，对"史传""文传""行状""墓志"等均有大量研究；第二，古代传记研究涉足的领域具有广阔性，包括"佛教传记""民族传记""女性传记""心理传记""名胜传记""物传记"等，甚至还与绘画进行结合研究；第三，古代传记的人物形象研究具有考据性、深刻性，多采用史传与史外传相比较、文学与史学相结合的研究方法；第四，古代传记的文体研究展现出通融性，尤其是在与古代小说的比较方面，展现出你中有我、我中有你的特点；第五，古代著名文学家如"三曹""三苏"等，其传记在研究的基础上被二次创作，具有创新性。

关键词：2021 年　中国古代传记　学术述评

2021 年是国内古代传记研究成果丰硕的一年。关于古代传记，《四库全书总目》将其定义为："传记者，总名也。类而别之，则叙一人之始末者为传之属，叙一事之始末者为记之属。"①这个定义比较符合我们现在对于"传记"一词的认定，结合当今学者如朱东润先生②、陈兰村先生③等对"传记"范围的界定，广义上的古代传记应该包括正史的人物文献，正史之外的杂传（汉魏六朝），包括散传、类传、家传等，以及文人创作的抒情性、议论性较强、存于别集或正史集部的传记散文，可称为传记文，此外还有墓志、行状等。在国内重要的数据平台，如知网、万方等，本文以上述提到的"传记"及其下行词为关键词进行高级检索，共得到近三百条结果。过去一年的古代传记研究可谓硕果累累，且总体呈现出以下几个方面的特点：第一，古代传记研究呈现出类型上的丰富性与数量的可观，对"史传""文传""行状""墓志"等均有大量研究；第二，古代传记研究涉足的领域具有广阔性，包括"佛教传记""民族传记""女性传记""心理传记""名胜传记""物传记"等，甚至还与绘画进

---

* 基金项目：国家社会科学基金重大项目"中国古代杂传叙录、整理与研究"（编号：20&ZD267）中期成果。
李汭桐，中国海洋大学文学与新闻传播学院硕士研究生，研究方向：中国古代传记文学与文献，中国古代小说与文献。
① ［清］永瑢撰《四库全书总目》，清乾隆五十四年（1789）武英殿训本，卷五十八，传记类二。
② 朱东润《朱东润文存》，上海古籍出版社 2014 年版。
③ 陈兰村《中国传记文学发展史》，语文出版社 2012 年版。

行结合研究;第三,古代传记的人物形象研究具有考据性、深刻性,多采用史传与史外传相比较、文学与史学相结合的研究方法;第四,古代传记的文体研究展现出通融性,尤其是在与古代小说的比较方面,展现出你中有我、我中有你的特点;第五,古代著名文学家如"三曹""三苏"等,其传记在研究的基础上被二次创作,具有创新性。以上是2021年的古代传记研究的可喜之面,然而,也存在着问题:理论的探索以及体系的建构尚显薄弱,专篇论文数量少,创新性和针对性也不强,成为整体研究中有待提升的短板。

本文从三个维度——宏观、微观、当下新创出发,条分缕析,对过去一年古代传记的研究进行学术述评,以此为鉴,寻找新的研究方向。

一、2021年古代传记研究的宏观概述

(一)中国古代传记的分类研究

宏观来看,2021年的古代传记研究所覆盖的传记作品类型较为广泛,基本将主流的古代传记都囊括其中,即史传、文传、行状、碑志四大类型都有专门的文章进行探析,且时间跨度极大——从先秦到清代,地域跨度也很大——包括了中西对比,呈现出横纵交织的网状结构。

1. 史传

史传是传记发展的起点,史传研究在传记研究中也有奠基作用。如《〈史记〉时间叙事》利用经典时间叙事观念发掘《史记》在时间形式上的审美意蕴。① 《论〈史记〉中的虚构性叙事》分析了实录精神影响下《史记》在人物塑造与细节描摹方面虚构之意。《〈史记〉列传编纂结构与书法》通过分析七十列传的史事、史文、史法、史意,解析史书编纂以及传记书写的体例。② 《当代传记文学理论视域下〈希腊罗马名人传〉与〈史记〉"人物纪传"比较研究》一文通过中西二史的比较,发现二者在文化背景完全不同的情况下有着超越时空的相同的传记书写倾向——追求真实性基础上的"虚构",即将史料根据自己的个人志趣进行剪裁。③ 虽然这两部作品都属于正史范畴,但是历史书写并不排斥文学性的存在,而文学性的书写也可以为历史增添人性关怀与鲜活色彩。作者在文章中讨论了传记与小说的关系,这篇论文的视角独特,立意新颖,不仅有中西比较,还介入了当代传记理论,最后得出富有深见的结论。《明清八股与史传》一文揭示了明代中期以后八股借鉴史传(包括《史记》《左传》等)在书写方面的艺术技巧与突出成就,为八股文注入了"充实的内

① 朱晨《〈史记〉时间叙事研究》,陕西理工大学硕士论文,2021年。
② 张琳《论〈史记〉中的虚构性叙事》,《新疆广播电视大学学报》2021年第2期,第35～39页。
③ 乌英嘎《当代传记文学理论视域下〈希腊罗马名人传〉与〈史记〉"人物纪传"比较研究》,内蒙古师范大学硕士论文,2021年。

容和蓬勃的生机"。① 史传因此越来越多地进入文章选集和评点家视野，日益辞章化和文学经典化。以上对史传的研究体现了对古代传记源头的追溯与探索，虽然有些话题是老生常谈，但是也不乏一些新观点的涌现。除此之外，史传研究的另一重地是文献考据，属于历史学科研究范畴。如《〈八朝名臣言行录〉文献学研究》一文利用朱熹与他人的往来书信等边角材料发掘原书的散佚、亡佚、漏佚内容。② 《〈明史·桂萼传〉勘误四则》对上疏时间、人名、事件时间、用词各进行一处勘误。③ 《〈石匮书·列女传〉与〈明史·列女传〉的比较研究——以诸娥事迹为主线》的作者以诸娥事迹为线索，发掘了一直处于边缘化的《石匮书·列女传》，并在其与《明史·列女传》进行比较与考证发现后者之误，而《石匮书》作为一部私人之史的亦有可取之处。④ 这个比较研究证明了正史传记并非全部真实，私家传记有时反而更胜一筹，可补正史之阙。

2. 传记文

文人传记研究方面，文人创作传记文类型丰富，包括传记文、行状、碑志等，但其中最能体现其艺术特色的还是传记文的写作，这方面研究最多的来源为硕士论文，书写体例为文体演变、叙事技巧、理论提炼以及审美意蕴探索等传统模式。如《苏轼传记文研究》概括了苏轼传记文写作对先秦史传及韩柳文传的继承，同时发掘了苏轼传记文创作的创新之处，打破文体界限，将诗也融入传记之中，具有"自成一家"和"传神的"特点；如传记选材方面，展现了其积极入世的儒家思想，择经世之人及高尚之辈入传文之中，具有弘扬善义之用。⑤ 传记文学的两层含义就是记人与扬理，而苏传文理兼备，言之有物，是为佳作。苏轼的传记文传递了他的生死观、入世观、超然的人生境界等，其传文有浩然正气，且行文疏荡，展现了自然洒脱而内涵气韵的审美形态。类似的论文还有《宋濂人物传记研究》⑥《刘禹锡传记文学思想与创作研究》⑦《包世臣经世散文研究》⑧《马祖常散文研究》⑨《中唐文人交游与文学发展之关系——以六位文人为中心》⑩等。

此外，还有《论柳宗元诗文美学》一文，论其传记文有济世之心、黍离之悲、教化之义，可针砭时弊，其重视传文实录性，因此作者认为柳传是对司马之文最好的继承。⑪ 柳宗元

① 何诗海《明清八股与史传》，《文学评论》2021年第4期，第48～56页。
② 王海宾《〈八朝名臣言行录〉文献学研究》，吉林大学博士论文，2021年。
③ 张幼欣《〈明史·桂萼传〉勘误四则》，《兰台世界》2021年第9期，第132～134页。
④ 沈礼昌《〈石匮书·列女传〉与〈明史·列女传〉的比较研究》，内蒙古科技大学包头师范学院硕士论文，2021年。
⑤ 王锐《苏轼传记文研究》，中国矿业大学硕士论文，2021年。
⑥ 贾松《宋濂人物传记研究》，扬州大学硕士论文，2021年。
⑦ 李欣欣《刘禹锡传记文学思想与创作研究》，浙江师范大学硕士论文，2021年。
⑧ 赵安妮《包世臣经世散文研究》，兰州大学硕士论文，2021年。
⑨ 马珊《马祖常散文研究》，青海师范大学硕士论文，2021年。
⑩ 郭怡君《中唐文人交游与文学发展之关系》，河北大学硕士论文，2021年。
⑪ 郭新庆《论柳宗元诗文美学》，《大连大学学报》2021年第1期，第80～88页。

的传文中还使用骈文韵语，读之回味无穷，这是其独特之处。《论章学诚的散文创作及其特征》写章氏人物传记不拘一格，有传、家传、别传、列传、小传、行述、书事等不同类型，这些传记保存在文集和方志中。① 《论司马光〈文中子补传〉》一文从正史传记与杂传两条发展线索入手，选取具有二者之长的代表作品司马光的《文中子补传》作为研究对象，通过分析该传主资料的史书记载情况、此传文纪事的熔断之法以及其"中和笃实"的文章风格，得出《文中子补传》具有"补史之阙"的重要意义，是存于集部文人传记的转型之作，具有融汇经史的重要意义，为古代传记文学发展的承上启下之作。② 此文作者孙文起先生眼光独到、逻辑清晰、文理并茂，论文与传文风格相似，是一个形式与内容皆为典范的妙作。

传记文研究为古代传记研究的重镇，文人传记书写与正史列传既有区别又有联系，但可以肯定的是文传的创造性更强，其不只是在塑造一个人物，也是在塑造作者本身。正如艾德尔所说："传记家在企图了解另一个人的生平之前必须试图了解他自己。"③文人传记并没有脱离传记的真实性，而是继承了史传的合理虚构或是借之抒情议论。如果说史传更多是宏大叙事和功德之作，那么文人书写的传记则更多属于私人叙事与个人之思，传记作者选取身边可见素材，不再只对帝王将相的歌功颂德，还有对现实人生的思考批驳，行文也从毕恭毕敬转向洒脱抒怀，是传记作品具有文学性的最好体现。

3. 行状

行状是古代记述人生平涯略的一种应用型文体，因为以记人及其事迹为核心，固可将其看作传记的一种。2021 年对行状专门研究的论文共五篇，首先是文学类两篇:《宋代行状文体研究》一文通观两宋四百余篇行状，从行状文体起源、宋代行状的变体入手，梳理摸排了宋代行状文体的发展脉络，填补了宋代行状研究的空白。④ 《唐宋行状创作目的变迁及其影响》一文则将视角聚焦于行状创作者的文人心态与社会背景，行状作者希求进入史书的愿望极大地影响了传主选择，使其创作内容发生变迁。⑤ 其次是史学类，共三篇，其将行状文作为史料或考据文献，包括《〈旧唐书〉史料来源分析——以"行状"为中心》⑥《南宋续鬐及其〈王彦四厢行状〉考论》⑦《满汉文〈和硕怡贤亲王行状〉考释》⑧。行状文的研究展现了文史相通的传记研究风貌。

① 张富林《论章学诚的散文创作及其特征》，《商丘师范学院学报》2021 年 11 期，第 87～91 页。
② 孙文起《论司马光〈文中子补传〉》，《中原文化研究》2021 年第 6 期，第 115～121 页。
③ 杨正润《现代传记文学》，南京大学出版社 2009 年版，第 481 页。
④ 张蒙《宋代行状文体研究》，石河子大学硕士论文，2021 年。
⑤ 杨向奎、杨雯钤《唐宋行状创作目的的变迁及其影响》，《石河子大学学报（哲学社会科学版）》2021 年第 5 期，第 129～133 页。
⑥ 冯锦福《〈旧唐书〉史料来源分析——以"行状"为中心》，《名家名作》2021 年第 3 期，第 66～67 页。
⑦ 姜锡东《南宋续鬐及其〈王彦四厢行状〉考论》，《中国史研究》2021 年第 1 期，第 130～146 页。
⑧ 裴宇辰《满汉文〈和硕怡贤亲王行状〉考释》，《吉林师范大学学报（人文社会科学版）》2021 年第 5 期，第 15～23 页。

4. 碑志

碑志为碑传和志传的合称，二者往往一起创作。碑传属于作者受人之托为人写碑文，记叙逝者生平，含碑（墓碑、碑记、墓表、墓碣文、权厝志、神道碑、墓志铭等）和传（家传、小传、别传、行状、行实、事略等）两个方面，其中蕴含很多正史所没有的细节，具有一定的史料价值。由于碑传是受人之托所写，有时死后之辞，往往不会有负面书写，多为称颂之辞。而"'志传'则指方志中的人物传（或称人物志）和独立成书的各类传记，稍晚于史传出现"①。志传一般以官方修撰为主，而碑传则为私人传记。"志传、碑传文受传主生平事迹所限，不能虚构，凭空塑造·因而只能'因文运事'，故文学价值不大。但是一篇传文因作者的布局裁剪而颇能体现作者的价值取向和预设立场的。"②2021 年专门研究碑志的文章有《汪琬碑传文研究》③《戴震志传文、碑传文论略》④《以文存史：论王世懋碑传文的史料价值》⑤《论魏禧的徽州碑传文》⑥《创作目的与真实性：宋代碑文撰写者的理论思考与应对策略》⑦《近十年来中古碑志研究的新动向》⑧《从"史笔"到"文笔"——论唐前墓碑文的文学嬗变》⑨《李世熊碑志文研究》⑩等。数量较多，几乎涵盖了传记研究的所有角度的探析，如史料价值、文体形态、书写方式、研究动向等，具有启发意义。

（二）中国古代传记的主题研究

除了上述所说的传记研究中类型的丰富，传记主题及研究方法上则呈现出与其他学科融汇的广阔视阈，如佛教传记、女性传记、心理传记，这些传记新齐头并进、发展迅速，于平行结构中突显出传记研究领域的潜能与张力。

1. 佛教传记

代表研究如《佛魔斗争在佛陀传记中的演变》⑪展现了神话因素在佛教传记中的内化，其中的趣味性故事具有惩恶扬善、启迪人心的作用。《藏族高僧传记中的神异故事类

---

① 朱宏胜《戴震志传文、碑传文论略》，《池州学院学报》2021 年第 2 期，第 102～106 页。
② 朱宏胜《戴震志传文、碑传文论略》，《池州学院学报》2021 年第 2 期，第 102～106 页。
③ 孙昕《汪琬碑传文研究》，长春理工大学硕士论文，2021 年。
④ 朱宏胜《戴震志传文、碑传文论略》，《池州学院学报》2021 年第 2 期，第 102～106 页。
⑤ 周慧敏《以文存史：论王世懋碑传文的史料价值》，《明清文学与文献》2021 年 00 期，第 27～40 页。
⑥ 王鹏《论魏禧的徽州碑传文》，《安康学院学报》2021 年第 4 期，第 85～88 页。
⑦ 杨树坤《创作目的与真实性：宋代碑文撰写者的理论思考与应对策略》，《安庆师范大学学报（社会科学版）》2021 年第 1 期，第 55～61 页。
⑧ 孙正军《近十年来中古碑志研究的新动向》，《史学月刊》2021 年第 4 期，第 107～118 页。
⑨ 林家骊、何玛丽《从"史笔"到"文笔"——论言前墓碑文的文学嬗变》，《浙江大学学报（人文社会科学版）》2021 年第 4 期，第 36～49 页。
⑩ 张宇《李世熊碑志文研究》，《闽台文化研究》2021 年 4 期，第 88～92 页。
⑪ 侯传文《佛魔斗争在佛陀传记中的演变》，《东方论坛》2021 年第 3 期，第 31～45 页。

型研究》①发掘了藏族高僧传记中的"神迹"，这些故事的存在衬托了传记主人公高僧的神圣形象，并有利于加强藏民的佛教信仰。强调佛教传记文学性的研究还有《宋代禅史书写中的"夜晚"与"教外别传"》②以及《信仰建构与历史书写——惠皎〈高僧传〉叙述意图分析》③，两个研究关注到传记叙述问题，体现了佛教传记书写的中国化。还有《明代老年女性的佛教信仰与生活空间——以墓志铭为中心》④是女性生活与宗教信仰掩映的传记写照。还有另外一类佛教传记，以藏文书写为特色，展现了不一样的审美意蕴，相关研究有《藏文高僧传的文学特色研究——以第三世土观·洛桑却吉尼玛为个案》⑤，传记作者土观·洛桑为活佛，其书写的两部高僧传代表了藏文高僧传记文学的较高成就，其传文史合璧，既具有历史史料意义，同时也兼备文学审美的可读性。《四世噶玛巴若贝多吉元末西北朝圣巡礼活动考述——以其藏文传记史料为中心》⑥亦以活佛书写的传记作为研究对象，其传文记录的内容不仅包括佛教活动，且显示了元代的西北地区多民族融合与交流的情况，是重要的历史文献。该类佛教传记具有藏文书写与民族意识相结合的特色，目前西南民族大学、西北民族大学、西藏大学等是此类研究的重要阵地。

2. 女性传记

女性传记虽不是新话题，但是在 2021 年却涌现了很多值得一提的研究。如通过传记反思古代女性生存情况的《明代女性墓志铭的共性书写》以及前文提到的《明代老年女性的佛教信仰与生活空间——以墓志铭为中心》；通过传记之间的叙事对比研究女性形象建构的《制造"名女人"：叙事学视域中的女性"忆传"与普通传记》⑦；专门研究女性传记书写与传记作者妇女观的《早期桐城派女性书写研究》⑧《知识下移与六朝才女书写标准的演变》⑨《〈石匮书·列女传〉与〈明史·列女传〉的比较研究——以诸娥事迹为主线》⑩；以及研究女性传记编写体例的《冼宝干〈佛山忠义乡志〉中列女编写形制探析》⑪等。女性

---

① 梁冬《藏族高僧传记中的神异故事类型研究》，《西部学刊》2021 年第 21 期，第 12～14 页。
② 李暲《宋代禅史书写中的"夜晚"与"教外别传"》，《山东社会科学》2021 年第 7 期，第 81～86 页。
③ 周骅《信仰建构与历史书写——惠皎〈高僧传〉叙述意图分析》，《南亚东南亚研究》2021 年第 4 期，第 107～121、156～157 页。
④ 张雨《明代老年女性的佛教信仰与生活空间——以墓志铭为中心》，《中国社会历史评论》2021 年第 26 卷，第 50～63 页。
⑤ 徐长菊《藏文高僧传的文学特色研究——以第三世土观·洛桑却吉尼玛为个案》，《青藏高原论坛》2021 年第 1 期，第 102～110 页。
⑥ 谢光典《四世噶玛巴若贝多吉元末西北朝圣巡礼活动考述——以其藏文传记史料为中心》，《中国边疆史地研究》2021 年第 3 期，第 181～188＋217 页。
⑦ 石晓玲《制造"名女人"：叙事学视域中的女性"忆传"与普通传记》，《传记文学》2021 年第 8 期，第 148～155 页。
⑧ 任伟《早期桐城派女性书写研究》，安庆师范大学硕士论文，2021 年。
⑨ 赫兆丰《知识下移与六朝才女书写标准的演变》，《文学遗产》2021 年第 5 期，第 42～54 页。
⑩ 沈礼昌《〈石匮书·列女传〉与〈明史·列女传〉的比较研究——以诸娥事迹为主线》，内蒙古科技大学包头师范学院硕士论文，2021 年。
⑪ 季琴《冼宝干〈佛山忠义乡志〉中列女编写形制探析》，《唐都学刊》2021 年第 37 卷第 5 期，第 106～112 页。

研究属于性别领域的研究课题，是社会学的重要内容。传记具有实录性特点，不同的传记有不同的实录侧重，当这些聚合起来，就会形成真实的图景，女性传记研究意义也正在于此，我们通过阅读与分析她们的生平，发掘被规训下的真实女性。

3. 心理传记

心理传记学是心理学研究人格的一种方法，而心理传记则是对传主人生经历背后心理动机的探讨，研究者不仅要有扎实的文本分析能力、历史还原能力，同时还要具备一定的心理学素养。此类研究近些年较为新颖，学科主力为心理学和教育学，虽然数量不多，却为古代传记研究打开了一扇新的窗口，代表性研究有《荣耀与耻辱：心理传记学视野下赵孟頫的自我同一性追求》①以及《清末四臣比较心理传记学研究：学养与民族关系》②等。

二、2021 年古代传记研究情况的微观分析

传记书写的主体为人，所以对传主的形象研究就成为传记研究的又一重要内容，而书写人物又需要借助一定的方法。前两部分梳理了 2021 年的古代传记研究的宏观局面，本部分从微观入手，发掘传记形象与传记理论研究的新进展。

（一）传主形象研究

2021 年的传记形象研究以这几篇为代表。《王阳明"佞臣"形象的"实录"书写》③一文结合王世贞对《明实录》中王阳明佞臣的批驳对《明实录》中的"传记片段"重新进行审视，发现佞臣形象的塑造源于著史之人与王阳明的私人恩怨以及明代当时的党派斗争。该文条分缕析，揭示了国史书写背后隐藏的问题，以及权力控制下史传、家传等人物形象建构的主观性。《宋元时期岳飞传记研究》④通过搜寻宋元历史文献中所有关于岳飞的传记资料，力图还原一个真实的岳飞形象。《南宋张浚形象再研究》⑤一文研究了史传和杂传之中的张浚形象，发现前者基于时代需要对人物的生平经历选取具有政治导向性，而后者却褒贬不一，正面负面书写兼具。基于此矛盾，该文作者结合南宋的政治生态以及张浚生平事迹的再梳理，得出其实为"功不抵过、功不掩过的南宋名臣"的正确历史评价。该文作者客观审视传记史料，并将各种传记文献进行整合与梳理，有考据之力。《书写徐

① 杨琳《荣耀与耻辱：心理传记学视野下赵孟頫的自我同一性追求》，西北师范大学硕士论文，2021 年。
② 刘红晋《清末四臣比较心理传记学研究：学养与民族关系》，第二十三届全国心理学学术会议摘要集（上）2021 年，第 279～280 页。
③ 谢一丹《王阳明"佞臣"形象的"实录"书写》，《现代传记研究》2021 年，第 189～201 页。
④ 韩秀峰《宋元时期岳飞传记研究》，河北大学硕士论文，2021 年。
⑤ 刘炜《南宋张浚形象再研究》，上海师范大学硕士论文，2021 年。

渭——以明清传记为中心》①比对了书写徐渭的多个传记，包括他传和自传，发现其中存在三方面的问题："奇"与"畸"的体认差异、"文"与"道"的内涵区别以及"真"与"法"的书写思想。上述为史学考证下的形象分析，它们通过对史传、杂传、文传等多种材料互见与对读，分析同一人物或同一群体被不同建构的原因，辨别主观性的书写，致力于还原具有历史真实性的人。而传记人物文学形象深入分析的典范则为熊明先生撰写的《琴与嵇康文学形象的生成》②，汉魏六朝杂传中的嵇康形象具有多面性，或为名士，或为鬼魂、神仙，然不变的是其形象建构总是与琴息息相关，此文以此为线索，梳理了琴对嵇康在不同语境下形象生成的影响，探析了嵇康文学形象多面化的原因。此文将有关嵇康的所有杂传进行梳理比对，最终得出真知灼见，展现了传记文学研究的精髓。

在传记形象分析方面，还有些研究引用了新方法和新视角，如将古代传记与肖像画进行结合考察，开拓了文本视野与层次，如：《海昏侯墓"孔子画像"的文本考察》③《古代肖像画与传记文体》④。

（二）传记理论开拓

2021年古代传记理论研究掺杂于传记作品的全面研究中，本文第一部分提到的文传研究论文中包含很多传记书写所遵循的理论和原则，但其大多挪用文人的散文理论。虽然传记文本质上属于一种记叙性散文，但它终究与抒情散文等不同，因此这样的借鉴或搬用虽然也说得通，但并不具备针对性。而纵观2021年的古代传记理论的专项研究文章，比较有代表性的仅有三篇：《"今文苑"与"小说言"：论李开先的群像叙事》⑤《〈唐才子传〉的"才性"批评模式》⑥以及《曾巩的碑传理论及其传记的"平和"之意》⑦，数量略少，但质量较高，具有借鉴性。所以，总体来说，古代传记理论的研究虽已涉猎，但并没有形成一个完整的体系，较为分散，缺乏独特性与针对性，是未来需要努力的方向。

（三）传记文体研究

2021年古代传记研究的微观表征还有一个突出的特点，就是传记与小说的文体互通

---

① 郑志群《书写徐渭——以明清传记为中心》，《传记文学》2021年第11期，第153～160页。
② 熊明《琴与嵇康文学形象的生成》，《贵州社会科学》2021年第7期，第101～110页。
③ 何丹《海昏侯墓"孔子画像"的文本考察》，《上海交通大学学报（哲学社会科学版）》2021年第5期，第84～90页。
④ 赵宏祥《古代肖像画与传记文体》，《中山大学学报（社会科学版）》2021年第4期，第63～72页。
⑤ 叶晔《"今文苑"与"小说言"：论李开先的群像叙事》，《华东师范大学学报（哲学社会科学版）》2021年第4期，第83～96，181～182页。
⑥ 杨志云《〈唐才子传〉的"才性"批评模式》，《传记文学》2021年第12期，第148～155页。
⑦ 孙文起《曾巩的碑传理论及其传记的"平和"之意》，《东华理工大学学报（社会科学版）》2021年第40卷第6期，第547～552页。

问题得到广泛关注,形成小说的"史传"传统以及传记"小说气"①的互渗。

首先,在小说的"史传"传统方面,相关研究颇多,如:《中国历代小说序跋对〈史记〉的运用研究》②提到《史记》在小说序跋中为怪力乱神的书写提供正当性支撑;《从记叙到叙事:论早期文学作品中小说因子的生长》③认为《左传》等史传文学的叙事因素为小说生成提供土壤,史传传统推动小说创作的同时却也对小说的艺术性与独立性产生阻碍;《明代黄暐家族的小说编撰研究》④论及黄氏小说的艺术特色正在于"述论结合的史传笔法";《论〈聊斋志异〉对"史说同质"观的继承和发展》⑤从"异史氏曰"等五个方面阐释了《聊斋志异》对"史说同质"继承以及对传统小说观的超越;《"世说"叙事与史传叙事:晚明文言小说叙事新变——以顾元庆〈云林遗事〉为考察对象》⑥聚焦于晚明中后期史学思潮的兴起,此事件使如《云林遗事》的文言笔记小说亦有史传风采;《东君小说与史传传统》⑦则跨越性地将研究目光转向当代先锋小说对史传的模拟及其传统的继承;还有《从〈中国古代小说中的"史传"传统及其历史变迁〉看中华文化精神的诠释》⑧一文对陕西师大何悦玲博士所写的专著进行评述,认为这种史传传统展现了中国古代小说内藏的中华精神文化密码。

其次,在传记的"小说气"方面,《宋濂纪传体散文新探——基于小说目录学与选本学的视角》⑨一文指出宋濂的纪传体散文具有传统小说文体的特征,有的甚至完全可以当作小说来赏读,可见传记与小说的互通性。

最后,还有一些研究文章直接对传记、小说(传奇)、诗歌等文体之间的关系进行了总结,如:《小说·传记·诗歌:罗宁教授学术述略》⑩《鲁迅对"传奇"的建构及其对现代学术

① 传记的"小说气"一语来自李祖陶等人对侯方域传记的点评,而 2021 年的古代传记研究亦有此类关注。详细可参考:罗玲谊《论侯方域〈壮悔堂文集〉中传的"小说气"》,《华北水利水电学院学报(社科版)》2007 年第 2 期,第 65~67 页。
② 何悦玲、王宝坤《中国历代小说序跋对〈史记〉的运用研究》,《太原学院学报(社会科学版)》2021 年第 22 卷第 4 期,第 70~83 页。
③ 杨晓丽《从记叙到叙事:论早期文学作品中小说因子的生长》,《内蒙古大学学报(哲学社会科学版)》2021 年第 53 卷第 5 期,第 93~99 页。
④ 李林策《明代黄暐家族的小说编撰研究》,浙江师范大学硕士论文,2021 年。
⑤ 杨林夕《论〈聊斋志异〉对"史说同质"观的继承和发展》,《长沙民政职业技术学院学报》2021 年第 28 卷第 1 期,第 127~130 页。
⑥ 张慧、宁稼雨《"世说"叙事与史传叙事:晚明文言小说叙事新变——以顾元庆〈云林遗事〉为考察对象》,《郑州大学学报(哲学社会科学版)》2021 年第 54 卷第 3 期,第 83~88 页。
⑦ 段思铭《东君小说与史传传统》,湘潭大学硕士论文,2021 年。
⑧ 田甜《从〈中国古代小说中的"史传"传统及其历史变迁〉看中华文化精神的诠释》,《出版广角》2021 年第 13 期,第 91~93 页。
⑨ 朱玉、高玉海《宋濂纪传体散文新探——基于小说目录学与选本学的视角》,《河北师范大学学报(哲学社会科学版)》2021 年第 44 卷第 3 期,第 85~91 页。
⑩ 王治田《小说·传记·诗歌:罗宁教授学术述略》,《天中学刊》2021 年第 36 卷第 3 期,第 62~70 页。

的影响——以中国小说史、文学史为中心》①以及《从传记到传奇：唐人传奇如何化茧成蝶》②都指出应该对传记与其他相关文体之间的关系进行关注与反思，这不论对研究小说还是研究传记都大有裨益。

三、传记艺术研究

古代传记研究除了学术上的不断探索外，在 2021 年还诞生了创作方面的创新。《传记文学》杂志于 2021 年的多期中以专题形式对古代著名文化名人进行了考察基础上的传记新创，众多知名学者都纷纷献稿，如刘怀荣教授与王汉鑫共撰的《"三曹"的奇异人生与文学创新》③、周沛的《韩愈：振衰起弊的一代文宗》④、周剑之的《百世士与千载文："三苏"的人生经历与文学世界》⑤、王聪《杜甫：通往诗圣之路》⑥等。此外，该杂志还以专题形式刊载了一些特殊的风物传记，比如《中华民族的精神象征：长城传》⑦、田林与王阳的《民族融合：古代长城沿线的商贸往来》⑧、程遂营《和田：丝路上的中华美玉之乡》⑨、吴娇《画卷背后——〈富春山居图〉的八百年往事》⑩等。这些传记书写运用了古代史料，可以看作现代创作新题材古代传记，弘扬了中华传统文化精神，具有与时俱进的意义！

小结

鉴过去，知未来。通过对 2021 年中国古代传记的国内研究情况分析，我们可以看到其不论在宏观整体方面还是微观考察方面都具有欣欣向荣之势，成就是突出的，当然也有短板的存在，那就是在传记理论的建构方面还需要再接再厉。古代传记来源于史，而后发展才有了文学与史学并行的线路，这就注定了其具有跨学科的性质。因此，在如今的学术生态中，我们更不能偏安一隅，总以传统的文学研究方式嵌套古代传记的研究，而应在扎实的文本分析基础上寻找创新的源泉，用开阔的视野去寻找新的学术增长点！

---

① 罗宁、武丽霞《鲁迅对"传奇"的建构及其对现代学术的影响——以中国小说史、文学史为中心》，《江西师范大学学报（哲学社会科学版）》2021 年第 54 卷第 1 期，第 88～99 页。

② 陈文新《从传记到传奇：唐人传奇如何化茧成蝶》，《名作欣赏》2021 年第 22 期，第 5～13 页。

③ 刘怀荣、王汉鑫《"三曹"的奇异人生与文学创新》，《传记文学》2021 年第 6 期，第 38～45 页。

④ 周沛《韩愈：振衰起弊的一代文宗》，《传记文学》2021 年第 6 期，第 69～78 页。

⑤ 周剑之《百世士与千载文："三苏"的人生经历与文学世界》，《传记文学》2021 年第 6 期，第 79～88 页。

⑥ 王聪《杜甫：通往"诗圣"之路》，《传记文学》2021 年第 6 期，第 58～68 页。

⑦ 本刊编辑部《中华民族的精神象征：长城传》，《传记文学》2021 年第 12 期，第 6～7 页。

⑧ 田林、王阳《民族融合：古代长城沿线的商贸往来》，《传记文学》2021 年第 12 期，第 8～20 页。

⑨ 程遂营《和田：〈丝路上的中华美玉之乡〉》，《传记文学》2021 年第 12 期，第 116～122 页。

⑩ 吴娇《画卷背后——〈富春山居图〉的八百年往事》，《传记文学》2021 年第 9 期，第 28～37 页。

征稿启事

《中国传记评论》是由中国海洋大学传记与小说重点研究团队负责编辑出版的学术论文集。本书立足学术前沿，观照中外古今传记文学文本、文献及其理论问题。设有中外传记文献整理、中国古代传记研究、中国近现代传记研究、国外传记研究、中外传记史研究、比较传记研究等栏目。设立"特稿"专栏，发表名家新论；设立"未来论坛"专栏，发表学界新秀高论。

《中国传记评论》聚焦中外古今传记文学文本、文献、理论等诸方面，既欢迎具有创造性、思想性、前沿性的理论研究成果，也欢迎具有考据性、实证性、基础性的文献整理成果。

一、来稿注意事项

1. 本书仅接受电子文档（投稿邮箱见后）。文档请用 word 文档格式。

2. 本书要求稿件具有原创性。来稿若不属本刊范畴，或不合学术规范，或经查证一稿多投，将径予退稿。

3. 来稿请使用简体字，稿件字数以 2 万字左右为宜。

4. 来稿请另页注明作者信息，包括姓名、工作单位、研究方向、联系方式以及学术简历等。

二、稿件格式要求

1. 稿件内容

★来稿正文应依次包括如下内容：

论文标题，内容摘要，关键词，基金项目，作者简介，正文。

★论文标题：限 20 字以内，副标题不超过 18 字。使用 word 自动标题 3 号格式，宋体。

★内容摘要：字数在 300 字以内，5 号字仿宋。

★关键词：一般为 3 至 5 个，两个关键词之间空一个字符，5 号字仿宋。

★基金项目：来稿如系课题成果，请在题注中说明，并注明课题的批准编号。

★作者简介：姓名，单位，研究方向

2. 正文格式

★正文使用宋体五号字。引文使用仿宋五号字，缩进两格。

★正文需要分节。一级标题用"一"（依次类推），使用 word 自动标题 4，宋体。二级标题用"（一）"使用 word 自动标题 5，宋体（依次类推）。

★正文中涉及公历世纪、年代、年、月、日、时刻和计数、计量等,均使用阿拉伯数字。

★正文中所使用的图片,包括以图片形式出现的自造字,应当准确清晰。

3. 注释格式

★引文出处与注释文字(即对正文的附加解释或补充说明),一律使用页下注形式。每页连续编号,用①②(依次类推),小 5 号字,宋体。朝代或国名加"[]"。换页重新编号。

A. 专著

[朝代]编著者:书名(卷、册),出版社,出版时间,页码。

例:

①李剑国:《唐前志怪小说史》,人民文学出版社,2011 年,第 35 页。

②鲁迅:《鲁迅全集》第九卷《中国小说史略》,人民文学出版社,2005 年,第 239 页。

引用同一文献二次以上、在不同页引用同一文献者,均需提供完整信息,不得省略。

B. 论文

[朝代或国名]作者:篇名,刊名(或连续出版物名),刊期(或出版社,出版年),页码。

例:

①查洪德:《以传奇为传记:姚燧散文读札》,《文学遗产》2011 年第 1 期,第 138~140 页。

②吴丽娱:《从唐代礼书的修订方式看礼的型制变迁》,《中国古代法律文献研究》第 8 辑,社科文献出版社,2014 年,第 148~177 页。

C. 古籍文献

[朝代]作者:书名(卷或册),版本(抄本/刻本/石印本/影印本/整理本),版刻或出版时间、页码)

例:

①[汉]司马迁:《史记》卷二《夏本纪》,日本岩崎文库藏唐抄本。

②[清]钱泰吉:《曝书杂记》卷三,清咸丰六年(1856)蒋氏别下斋刊本,第 20 页。

③[宋]卫湜:《礼记集说》卷一一,[清]纳兰性德辑:《通志堂经解》(第 12 册),江苏广陵古籍刻印社影印本,1996 年,第 405 页。

④[南朝宋]刘义庆撰,[南朝梁]刘孝标注,余嘉锡笺疏,周祖谟等整理,《世说新语笺疏》,上海古籍出版社,1996 年,第 45 页。

D. 析出文献

[朝代或国名]作者:书名,作者书名(卷或册),出版社,出版时间,页码。

例:

①[清]孙星衍:《史记天官书补证》,张舜徽编《二十五史三编》第 2 分册,岳麓书社,1994 年,第 621 页。

E. 外文文献

遵从该文种注释习惯。下列格式仅适用于英文文献：

作者. 书名或篇名（斜体）. 出版地：出版社，出版年：页码.

例：

①Hacker Andrew. *An Introduction to Literary Criticism*. Boston：D. C. Heath and Company，1961：324.

②Li Jianguo，and Chen Hong. *The History of Chinese Fiction*（*The Ming Dynasty*）. Beijing：Higher Education Press，2007.

③Zha Hongde. "Romance as Biography：Commenton Yao Sui's Essay." Literary Heritage 2011(1)：138-140.

三、作者简介

作者简介应包括姓名，单位，职称，研究领域。联系方式（包括邮箱、电话，邮件地址（快递地址）。

四、稿件处理

1. 本书采用双向匿名审稿制度。编辑部一般在收到来稿后三个月内将审稿结果通过邮件告知作者。由于各种不确定因素，若编辑部未能如期告知审稿意见的，请作者于三个月后邮件咨询稿件进度。如需撤稿，请及时告知编辑部。

2. 本书不向作者收取审稿费、版面费等任何费用。稿件一经采用，本书将寄赠样书（每位作者 2 册）。

3. 投稿邮箱：zgzjpl@163.com

4.《中国传记评论》已许可中国知网以数字化方式复制、汇编、发行、信息网络传播本书全文。本书所有文章全文均可在中国知网查询、阅读和下载。

5. 诚挚期待学术界的支持与帮助。征稿长期有效，欢迎来稿。

《中国传记评论》欢迎随时来稿，稿件将及时审理，如录用，将依据来稿时间先后排定发表辑次。

中国海洋大学传记与小说重点研究团队

《中国传记评论》编辑部